L'usine à privilèges

Christina McDowell

L'usine à privilèges

Traduit de l'anglais (États-Unis)
par Valentine Leÿs

Liana Levi

Titre original : *The Cave Dwellers*

ISBN : 979-10-349-0541-6

www.lianalevi.fr

Et d'abord penses-tu que dans cette situation ils aient vu d'eux-mêmes et de leurs voisins autre chose que les ombres projetées par le feu sur la partie de la caverne qui leur fait face ?

– Peut-il en être autrement, dit-il, s'ils sont contraints toute leur vie de rester la tête immobile ?

Le mythe de la caverne, Platon, *République*, VII.

Première partie

Prologue

Il ôte sa veste, puis son masque, craque une allumette et fait couler le kérosène dans la cheminée en pierre de taille – pour l'ambiance.

Dans cette ville, le coucher du soleil n'est qu'une distraction : c'est l'heure où le métro bondé trace ses lignes brisées, où les passagers, enveloppés dans leur souffrance vertueuse, transitent sous les esplanades imitant des places parisiennes et les statues de grands hommes parfumées à l'urine.

La plupart des cambriolages se produisent en pleine nuit : alertés par la sonnerie du système d'alarme, les habitants vérifient si le croquemitaine ne se cache pas sous leur lit. Mais pas en ce jour d'octobre. Au-dessus des tunnels inondés du métro qui ne s'arrête pas dans les beaux quartiers, là où les geais bleus volent dans le ciel d'automne et où les citrouilles évidées sourient de toutes leurs dents, une demeure coloniale est posée à la lisière de Rock Creek Park, un bois vaste et sombre en bordure d'un quartier qui n'a pas de nom.

La porte du garage était encore ouverte, le moteur de la Ferrari rouge de M. Banks encore cliquetant de chaleur, lorsque l'inconnu est entré derrière lui. Le postier, à quelques pas de là sur le trottoir, avait le dos tourné, sa sacoche sur l'épaule. Ses écouteurs l'empêchaient d'entendre sonner les cloches de la National Cathedral dans la tour centrale, celle qui a reçu le nom d'un cantique chrétien : *Gloria in excelsis.*

L'inconnu pose la bouteille de kérosène sur le manteau de la cheminée, à côté des photos de famille où l'on reconnaît des personnalités éminentes de Washington : des ambassadeurs de pays d'Europe, le ministre de la Défense des États-Unis, le prince Bandar ben Sultan d'Arabie saoudite, un sénateur et des membres de la famille Walton.

Mme Banks, Audrey, sa benjamine, et l'employée de maison ne savent pas que quelqu'un d'autre se trouve dans la maison. Sans le papier peint capitonné que le décorateur d'intérieur a posé quelques semaines auparavant pour insonoriser la salle de cinéma privée, elles pourraient entendre le souffle des flammes dans le silence.

Dans l'ombre du cabinet de toilette, l'inconnu épie M. Banks tandis qu'il défait ses boutons de manchette monogrammés, pieds nus sur le marbre tiède, et enfile sa tenue de sport. Sans un instant d'hésitation, l'homme s'avance, le ceinture et le jette au sol, lui lie les mains derrière le dos, puis lui enfonce un bâillon dans la bouche tout en lui expliquant ce qu'il veut et ce qu'il va faire pour l'obtenir.

« Papa ? appelle Audrey depuis sa chambre à l'autre bout du couloir. T'es prêt ? » Elle attend avec impatience que son père lui fasse essayer sa nouvelle BMW X5.

Lorsque l'inconnu entre dans la chambre d'Audrey, elle reste figée face à lui dans son sweat-shirt Saint Peter's Academy et son legging Kate Spade, et le regarde, désorientée. Ils sursautent tous deux lorsqu'une bourrasque soudaine fait claquer une branche d'arbre contre la vitre ; puis l'inconnu se jette sur elle et lui empoigne le visage, écrasant ses joues entre ses doigts. Il la ligote à sa chaise favorite, celle sur laquelle sont brodées des miniatures de scènes de contes de fées, mais sans la bâillonner. Les murs sont trop épais, la maison trop vaste pour qu'un voisin puisse entendre les échos de terreur qui vont bientôt parvenir jusqu'à ses parents.

Mme Banks remarque un pétale fané sur son orchidée blanche. La porte-fenêtre de la loggia s'ouvre derrière elle tandis que glissent sur son écran les images de la séance photos pour la carte de Noël familiale, prises dans leur château du sud de la France. Assise à son bureau, elle fait défiler sa liste de contacts pendant que le soleil couchant dessine aux murs les ombres grimpantes de branches d'arbres sauvages. C'est alors qu'elle entend Audrey pousser le premier d'une salve de hurlements viscéraux.

Dans la buanderie, en bas de l'escalier du sous-sol près de la salle de jeux d'Audrey, l'employée de maison range des bouteilles de chardonnay Kendall-Jackson dans le second réfrigérateur. Elle n'entend rien d'autre que le ronronnement des machines à laver et le tintement du verre contre les paniers en plastique.

On ne sait pas si Mme Banks est parvenue jusqu'à la chambre de sa fille pour la voir, la toucher, la sentir, l'aimer une dernière fois. Les seules traces de pas qui ont pu être reconstituées sont celles qui se trouvent à l'extérieur de la maison. On ne fait jamais bien attention à ces minutes entre chien et loup : mais où donc est passée la lumière ?

Une voisine qui promène son bouledogue français, des feuilles mortes craquant sous ses pas, hume dans l'air une senteur sèche de feu de bois et se dit : c'est mon moment préféré de l'année. La voiture d'une agence de gardiennage passe au ralenti au moment où la fumée s'élève comme un spectre brumeux de la cheminée de la chambre d'Audrey. Le vigile salue la voisine de la main, puis se dirige vers le pont qui se trouve dans le parc au fond de la vallée, scrutant le bois à la recherche de joggeuses. Il s'arrête. Éteint ses phares. Entrouvre sa vitre. Attend. Entend le bruit de son moteur, le hululement d'une chouette dans un arbre au loin. Puis il remonte la pente en marche arrière, manquant de justesse une jeune fille qui passait à vélo derrière lui.

1

Plus tôt ce jour-là…

Doug Wallace, haletant, tend péniblement la main vers la télécommande au bout de son bureau, mais sans parvenir à l'atteindre. Il baisse la tête et essuie la sueur de son front avec son avant-bras, puis essaie à nouveau. Le pantalon de son costume sur mesure J. Press, qui lui donne l'impression d'être un homme important, lui descend en bas des chevilles tandis qu'il prend par-derrière Cate, sa nouvelle collaboratrice, à plat ventre sur son bureau d'acajou. Oh oui. Une jeune fille chrétienne de San Diego, blonde, bien sous tous rapports, petits seins mais il n'a rien contre, et puis ce visage… Nom de Dieu, que son visage est beau ! Il retourne son corps si jeune, doré par le soleil. Il ne veut pas lui briser le cœur mais il n'a pas pu résister à sa pulsion : il la lui fallait. Il n'en peut plus de contempler les yeux sans passion de sa femme aux paupières tatouées d'eyeliner. Il n'en revient pas d'avoir été élu sénateur du grand État de Caroline du Nord. Quelle vie que la sienne aujourd'hui : les meubles massifs en acajou, les boutons de porte cuivrés, la vue sur le Capitole ! Les gens veulent entendre ce qu'il a à dire.

Le cliché serait presque insoutenable si les hauts fonctionnaires et les politiciens n'avaient pas toujours eu pour coutume, à travers l'Histoire, de contraindre les jeunes stagiaires à des rapports sexuels dans leurs « salles de réunion » :

rideaux tirés, murs vides, table en bois glacial. Le bureau de Doug, au moins, est recouvert d'un sous-main en cuir : c'est déjà un progrès, même si ce n'est pas parfait. Une photographie de Doug à l'époque où il avait encore tous ses cheveux, avec deux camarades de fac à la cérémonie d'investiture de Ronald Reagan, le regarde depuis son étagère. Que de chemin parcouru !

Sur l'écran de télévision, l'espace d'une milliseconde, Doug aperçoit les sous-titres : *AVERTISSEMENT : les images qui vont suivre sont de nature à heurter les personnes sensibles.* Des parasites, des images saccadées entrecoupées d'éclats de voix : « *C'est des coups de feu ? ... OH MERDE, DES COUPS DE FEU !* » Une rafale de balles claque comme une averse soudaine, probablement un AR-15. Les cris gutturaux des passants se muent en sanglots, des canettes de bière et des gobelets rouges sont éparpillés autour de ce qui semble être un monceau de cadavres de citoyens ordinaires – le genre de personnes qui, pour être honnête, n'intéresse Doug que très modérément. Tout près, on distingue un tic-tac qui pourrait être celui d'une bombe. Personne ne le sait, pas même les agents du FBI. Le présentateur : « *EN DIRECT ! Nous sommes ici dans la capitale du...* »

Silence.

Doug laisse tomber la télécommande, qui percute le bord de son bureau et heurte le sol.

« Qu'est-ce qu'il y a ? Ça va ? » demande Cate.

Elle se fait du souci pour lui.

« Rien, rien. » Doug reporte son attention sur Cate. Il pose la main sur sa bouche, enveloppant tendrement de sa paume les lèvres charnues, car il ne veut pas penser à l'expression d'horreur qui gagnera bientôt ce doux visage : celle d'une jeune Républicaine qui croit sans doute à une forme modérée de réglementation du port d'armes. Quand elle découvrira les victimes du massacre, leur jeunesse, elle ne saisira peut-être pas que le cours des actions de Doug est en train de s'envoler. *Les armes semi-automatiques AR-15 se vendent au rythme de quinze unités par heure,* lit-on au bas de l'écran.

« Oh oui ! » gémit Cate. Elle tourne son visage juvénile d'un côté, puis de l'autre, et malaxe ses seins à pleines mains, convaincue que Doug la regarde, qu'il voit apparaître entre ses doigts ses tétons dressés. Pourtant, rien n'est plus loin de la vérité. D'ailleurs, aucun des deux ne regarde vraiment l'autre. Cate, elle, est absorbée par l'idée fantasmée qu'elle se fait de cette scène. Elle se répète qu'elle le vaut bien, que Doug est en train de mettre en danger pour elle son mariage, ses enfants, sa réputation, son amour-propre. « C'est ça, l'amour », se dit-elle. Mais au fond, elle mélange tout. Elle pense à l'agence de relations presse qu'elle lancera lorsqu'ils auront rendu publique leur union : Doug sera son premier client. Ensemble, ils bâtiront un empire politique. L'hiver, ils passeront leurs week-ends loin du monde, dans leur nouvelle villa au bord de la mer à Nantucket. Peut-être qu'à Noël elle lui offrira un pantalon brodé de toutes petites baleines, ça lui ferait tellement plaisir…

Doug, en sueur, assène des coups de reins d'adolescent maladroit tout en regardant grimper à la télévision le cours de ses actions. Cate remarque qu'il ne la regarde pas. Elle entoure sa taille de ses jambes et l'attire à elle par le bout de la cravate jusqu'à ce que leurs nez se touchent. Mais Doug ne parvient pas à la regarder. Il ferme les yeux et imagine la prostituée qu'il a rencontrée lors d'un voyage d'affaires en Chine, l'actrice de la vidéo qu'il a vue sur Pornhub dans son bureau la veille avant d'aller au lit. Il sait qu'il fait une erreur. Il lève les yeux vers les sous-titres qui défilent à l'écran : *L'AR-15 est l'arme la plus utilisée dans le pays. Elle est devenue un symbole pour les deux camps qui s'affrontent dans le débat sur le contrôle des armes à feu. Selon le mouvement pro-armes, ce n'est pas le fusil qui est responsable, mais le tireur.*

« Oh, je crois que je vais... »

Un soleil d'automne humide descend sur les trottoirs maculés de feuilles rouges et brunes de la capitale. La barrière qui ferme le parking du Russell Building du Sénat s'enfonce dans le sol pour laisser passer la Porsche 911 noire de Doug qui sort dans les rues de Southeast DC. Les employés de bureau se dispersent en direction du métro, petits soldats mécaniques sans opinions ni identité, incapables d'entrevoir une quelconque forme de vérité au-delà de leur chèque de paie bihebdomadaire. Plusieurs camionnettes blanches des forces de sécurité portant les mots POLICE FÉDÉRALE : SÉCURITÉ INTÉRIEURE passent à toute allure. Doug ne remarque rien. Il est trop occupé à chercher le gel hydro-alcoolique dans sa boîte à gants tout en demandant à son smartphone de composer le numéro de Tim. Mince. Doug referme brutalement la boîte à gants. Impossible de le trouver là-dedans. Il se renifle les doigts.

« Allô ? répond une voix à l'autre bout du fil.

– Bonjour Tim, c'est Doug, dit-il, paniqué.

– Doug, bonjour, comment allez-vous ? Je n'ai pas eu de vos nouvelles depuis un moment, remarque Tim avec une sérénité exaspérante.

– J'ai réfléchi à notre conversation de l'autre jour. Peut-être qu'en effet j'ai un problème. C'est vrai que... Si ce n'était pas Cate, ça pourrait être n'importe qui d'autre. » Doug attend une réponse mais n'entend que le silence. « Seulement... Je comprends que tout cela est vrai si l'on considère la chose d'un point de vue intellectuel. Mais ce n'est pas ce que je ressens. Je ne sais pas. Je ne sais pas ce que je dis, conclut-il avec un petit rire honteux.

– Hmm, acquiesce vaguement Tim sans lui être d'aucun secours. Eh bien, je suis en train d'arriver chez Al. Si vous voulez nous rejoindre, vous êtes toujours le bienvenu.

– J'arrive », répond Doug, les mains crispées sur le volant.

Doug descend à toute allure Rock Creek Parkway et longe les collines du cimetière de Oak Hill avec ses pierres tombales centenaires, ses croix de pierre, ses anges en deuil, ses cénotaphes et ses mausolées. « Un jour, je serai enterré ici », pense-t-il souvent – avec tous les généraux, les maires, les banquiers et les sénateurs qui l'ont précédé. Les grands hommes. Les Corcoran et les Graham de ce monde. Tout comme la majorité des personnes qui l'entourent, Doug ne soupçonne pas l'étendue de sa mégalomanie. Il se voit juste comme un jeune homme bien élevé du sud des États-Unis, fils du procureur de Durham en Caroline du Nord. Sa mère donnait des cours de catéchisme dans le quartier tandis que son père travaillait à expédier en prison les Noirs et les gens de couleur (mais Doug n'a pas vraiment conscience de ce versant de l'histoire).

Tandis qu'il ralentit à l'approche de l'entrée, il pense à son frère aîné. Ken est né aveugle, et Doug considère que la faute en revient à sa mère. En effet, malgré ses croyances religieuses, celle-ci avait un faible pour les martinis, les Marlboro rouges et Elvis. Sa mère, elle, disait que tout était la faute des médecins. L'accouchement avait été difficile et ils avaient dû utiliser des forceps qui avaient déformé le crâne tendre du bébé. Elle s'en est toujours tenue à cette version, dont Doug ne s'est jamais contenté. Ken est mort juste avant son dix-huitième anniversaire, après de multiples problèmes de santé, d'une défaillance des organes vitaux. Doug n'a pas oublié l'appel téléphonique de sa mère – les sanglots rauques dans sa voix tandis qu'elle répétait, prostrée : « Il est mort, il est mort. » Ce souvenir lui revient souvent quand il est seul au volant de sa voiture. Il sent monter dans sa poitrine une vague de fureur contre elle. La mort de Ken, la négligence dont a souffert Doug pendant son enfance, les bouteilles de bourbon vides de son père sont à l'origine de ce qu'il nomme ses « problèmes d'intimité » : sa quête jamais assouvie du pouvoir, du succès et des femmes. Le problème s'était déjà manifesté bien avant qu'il n'épouse Betsy. Lorsque Doug avait dix-sept ans, en découvrant que sa mère avait un amant, il avait décidé de coucher avec l'employée de maison. Quelques jours plus tard, faisant usage de son nom et de son carnet de chèques, son père avait expédié la femme de l'autre côté de l'Atlantique, la renvoyant dans sa famille au Ghana. Ils n'avaient plus jamais reparlé de l'affaire, et Doug non plus.

Il vérifie l'adresse sur son téléphone, puis examine en plissant les yeux les chiffres dorés accrochés à l'un des piliers de brique rouge encadrant un imposant portail de fer forgé. Mais... ça alors : il connaît cette propriété ! Un ancien de l'université Vanderbilt, ou Mellon, il ne se souvient plus laquelle. La maison est perchée au-dessus d'un parc qui a servi de décor à toutes sortes d'événements, du plus macabre au plus inoffensif : découverte du cadavre en décomposition d'une stagiaire de la Maison-Blanche, viols, rendez-vous amoureux, visites touristiques, rires d'enfants gambadant à travers Peirce Mill, culture de fleurs dans l'ancienne plantation d'où se sont un jour échappés des esclaves... Un lieu où l'horreur et le glamour se nourrissent mutuellement, sous l'effet de cette symbiose malsaine qui fait de Washington une ville aussi fascinante que répulsive.

La Porsche de Doug, précédée des faisceaux de ses phares, atteint l'entrée du domaine qui l'attire comme s'il renfermait la réponse à sa question. Tim se tient dans la lumière, les bras croisés, encadré par deux énormes colonnes doriques : Rolex en or, mocassins bateau, tricot à losanges. Doug se gare, sort de sa voiture, s'avance vers Tim et lui serre la main. Avec une tape dans le dos, Tim l'accompagne à l'intérieur.

Les murs de la demeure sont tapissés de manuels de droit, d'encyclopédies et de photographies de diplomates étrangers, de rois, de reines et de présidents – ainsi que d'un portrait de Jeff Bezos. Dans la bibliothèque, un Chagall original est accroché au-dessus de la cheminée de marbre vert, devant laquelle sept hommes sont assis en cercle sur des chaises Chippendale. Difficile de les distinguer entre eux : tous sont blancs, riches et visiblement haut placés. Pour y parvenir, il faudrait pouvoir connaître la voiture qu'ils conduisent ou le quartier qu'ils habitent : Kalorama, McLean, Chevy Chase ou Georgetown. Il serait hautement improbable que l'un d'entre eux réside à Silver Spring, à Bethesda, à Arlington ou à Old Town, des quartiers réservés aux employés ordinaires du Pentagone ou, pire, de la Chambre de Commerce. Si d'aventure l'un de ces hommes vivait à Potomac ou à Great Falls, alors ce serait sur un terrain de plusieurs hectares, sur une des falaises surplombant le fleuve Potomac : il s'agirait vraisemblablement d'un retraité de plus de soixante-dix ans, refusant d'avouer qu'il a perdu toute sa fortune et qu'il est sur le point de se déclarer en faillite avant de s'établir dans une résidence privée à Reston en Virginie.

Plus de la moitié sont vêtus d'un costume J. Press et les autres d'un polo et d'un pantalon de toile, avec parfois un pull rouge noué autour des épaules. Ils portent des lunettes, et certains ont une moustache tandis que les autres sont rasés de près. Tous sont assis jambes écartées et se frottent les genoux du plat des mains.

Ils lèvent les yeux vers Doug. « Bienvenue », murmurent quelques-uns, avec parfois un hochement de tête pour montrer qu'ils ont remarqué son existence, car sa seule présence en ce lieu suffit à indiquer qu'il est un homme important. Le héros, l'avocat. L'homme qui, avant son élection au Sénat, en pleine crise des *subprimes*, a injecté les capitaux publics nécessaires au sauvetage de l'économie (et, plus particulièrement, du groupe AIG). L'homme qui a sauvé leurs bonus. Sous les applaudissements du Sénat. L'homme qui sait que tous lui renverront l'ascenseur sous forme de donations à son parti…

Doug se consume de honte. Il a du mal à se faire à l'idée qu'il est une fois de plus de retour dans cette pièce. Ses joues virent à la même teinte que le pantalon d'été en toile corail qu'il garde bien plié dans l'armoire de cèdre de sa femme. Il trouve une chaise vacante sur laquelle repose un livre gravé des lettres *SAA* : le sigle des dépendants sexuels anonymes. C'est alors que Doug remarque la banquette capitonnée au centre du cercle, sur laquelle sont disposées différentes brochures. C'est la même banquette que sa femme a, ce matin même, entourée d'un cercle sur le catalogue de meubles de Kellogg Collection pour qu'il y jette un coup d'œil. Il a oublié. Ils devaient la commander à temps pour la recevoir avant le dîner de ce soir. Le dîner ! Doug se met à paniquer au moment où la réunion démarre.

Jeff, la cinquantaine bien tassée, une mèche de cheveux gris rabattue sur le crâne, enfile ses lunettes rondes et lit dans son classeur : « Bonjour. Je m'appelle Jeff, et je suis un dépendant sexuel. Je serai votre modérateur pour cette réunion. Nous allons ce soir nous concentrer sur la onzième étape : "Nous avons cherché par la prière et la méditation à améliorer notre contact conscient avec Dieu, tel que nous Le concevions, Lui demandant seulement de connaître sa volonté à notre égard et de nous donner la force de l'exécuter." »

Doug lève les yeux de son téléphone pour vérifier que personne ne le voit passer un savon à sa secrétaire, qui a omis de lui rappeler le dîner qui a lieu chez lui dans quelques heures. *Envoyer.* Il pose son téléphone entre ses jambes. Il attend. Il respire lentement et se remet à écouter Jeff sans l'écouter vraiment. Il pense à ce que Betsy va lui dire quand il arrivera en retard, en sueur, empestant à plein nez le parfum floral de Cate. *Ding!* Doug désactive sa sonnerie, puis rafraîchit sa boîte électronique. Sa secrétaire lui a bien envoyé un rappel il y a une heure et demie. Merde. Il était avec Cate.

« Nous allons maintenant prendre dix minutes pour méditer. Pendant cet intervalle, nous vous encourageons à réfléchir aux problèmes qui vous ont amenés ici et à la manière dont vous souhaiteriez vivre votre rétablissement. Le minuteur sonnera lorsque le temps sera écoulé. »

Dans la pièce, les hommes changent de position et adoptent une posture propice à la méditation : les bras appuyés sur les genoux, les mains détendues entre leurs jambes écartées, la poitrine qui se soulève et s'abaisse au rythme de leur respiration. C'est une blague ? se demande Doug.

Washington Life Magazine

Le Washington Life Magazine, *sous-titré « Un regard d'initié sur le pouvoir, la philanthropie et la société », couvre depuis 1991 l'essentiel de la vie mondaine à Washington. Les événements sont généralement hiérarchisés par ordre d'importance, suivant la qualité de leurs invités. Le magazine sert tout à la fois de classement des plus grosses fortunes, d'annuaire de la bonne société, de chronique de la vie mondaine et de liste des personnalités les plus influentes. Détenu par un milliardaire qui réside dans le quartier de Kalorama et s'est établi à Washington pour y asseoir son influence sociale, il est le symbole ultime du prestige washingtonien. Le but de cette parution est avant tout de mettre en lumière et de préserver les structures de pouvoir existantes. Toute personne ambitieuse s'installant à Washington s'empresse de s'y abonner. Bien que le* Washington Life Magazine *reste largement inconnu de ceux qui vivent hors des cercles les plus fortunés, il s'agit d'une parution essentielle pour l'éclairage qu'elle apporte sur les activités financières des individus les plus puissants de la scène politique et médiatique. Le magazine fournit des indications sur les bonnes causes soutenues par ces personnalités, et influence la manière dont politiciens, philanthropes et personnalités mondaines élaborent le récit de leur vie personnelle et professionnelle. D'après le site d'information* Daily Beast, *le quarante-cinquième président des États-Unis se flatte d'avoir « vu » (et non pas lu) tous les numéros du magazine*[1].

1. Asawin Suebsaeng, « Trump is Oddly Obsessed with This DC Society Magazine », *Daily Beast* (site internet), 4 décembre 2019.

2

Dans sa maison d'architecte toute neuve à McLean, Betsy Wallace presse entre ses mains manucurées les joues de sa femme de chambre péruvienne et y dépose un gros baiser humide – « *Gracias, cariño* » –, marquant d'une trace de gloss la peau lisse de Teresa. C'est tellement formidable de pouvoir parler à la bonne dans sa langue maternelle. Depuis que ses deux filles sont inscrites dans deux établissements différents de la Saint Peter's Academy, Haley en primaire et Mackenzie au lycée, sa vie est tout simplement épuisante. Il faut que l'argenterie soit polie pendant qu'elle va chercher les filles à leurs activités extrascolaires. Et puis les invités arrivent dans deux heures et demie : deux des plus gros donateurs de Doug, un investisseur en capital risque, un dirigeant de la tech, un banquier privé, un membre de la famille Mars, un avocat, un expert en stratégie politique (et sa stagiaire chargée des réseaux sociaux), ainsi que leurs épouses respectives. Mais surtout, un photographe du *Washington Life*. Doug, Betsy et les filles seront photographiés devant la cheminée en pierre de taille : c'est précisément pour obtenir cette photo que Betsy s'est battue sans relâche, dans le souci de garantir à son couple le niveau de visibilité qui sied à de nouveaux résidents à Washington.

Betsy a déjà vécu dans la région, il y a des années de cela. Elle a réussi jusqu'à présent à garder sous silence le fait qu'au début des années quatre-vingt-dix elle a été mariée à un lobbyiste puissant âgé de vingt ans de plus qu'elle qui, peu de temps après leur séparation, est soudain décédé d'un « cancer ». Lassée des infidélités de son mari, Betsy l'avait quitté après deux ans de mariage. Après leur divorce, sur son lit de mort, il lui a avoué qu'il avait eu des rapports sexuels avec des hommes pendant toute la durée de leur mariage. Puis il a rendu son dernier souffle dans ses bras. Il est mort du Sida. Par chance, il avait toujours refusé de la toucher. Betsy est alors retournée vivre à Raleigh, sa ville natale, où elle a rencontré Doug à une réception chez un ami commun. Avocat influent, bel homme, débordant d'ambition politique : il était parfait. Aujourd'hui, arrivée au milieu de la quarantaine, Betsy sait qu'elle tient sa seconde chance de gravir les échelons de la société washingtonienne. C'est peut-être que le destin en a décidé ainsi, pense-t-elle.

Avant de quitter la maison, Betsy pose sur son bureau Kellogg Collection trois formulaires de candidature à différents country clubs : le Washington Club réservé aux Blancs protestants, le Columbia Country Club pour les bons catholiques (irlandais de préférence) et enfin le Kenwood Country Club qui pourra toujours leur fournir une solution de secours puisqu'il a été le premier club à accepter les Juifs. La tâche ne sera pas aisée car sa famille n'est pas, à la différence des autres, originaire de Washington, mais la position de pouvoir dont jouit son mari devrait améliorer leurs chances.

« *Ciao, cariño !* » Betsy se jette un dernier coup d'œil dans le miroir ancien doré à l'or fin, la bouche en cœur. Ses cheveux blonds sont tellement chargés de laque que si elle agitait la tête de gauche à droite, ils resteraient immobiles comme un roc.

Betsy gare sa Jaguar bleue le long du trottoir devant l'école primaire et attend Haley, sa benjamine. La plus jolie des deux. De l'autre côté de la rue, chez Cactus Cantina, des employés de bureau sirotent leurs margaritas, profitant de l'happy hour. Des adolescentes aux chignons serrés en justaucorps et anorak émergent d'un pas sautillant de la Washington School of Ballet, leurs cappuccinos Starbucks à la main. Mais l'attention de Betsy est ailleurs : elle surveille les mères garées devant elle, dans leurs SUV Range Rover ou Mercedes aux plaques d'immatriculation customisées. TENSTAR : une star du tennis ? BLU DVL1 : une fan de super-héros ? Ou encore 1800-GD : la ligne directe de Dieu ? Certaines se saluent de la main, d'autres s'envoient des baisers de loin ou se donnent rendez-vous : au déjeuner ! au gala caritatif ! au cours de yoga ! Rien que des démocrates… Betsy essaie désespérément d'identifier des mamans d'obédience républicaine avec lesquelles elle pourrait s'inscrire au cours de marche sportive. Soudain, elle aperçoit Linda Williams qui s'avance vers sa voiture garée plus loin. Linda est la femme de Chris Williams, le présentateur-vedette de Fox News, et le dernier journaliste à avoir animé un débat présidentiel avant que le « Grand Old Party » ne prenne le Sénat et la Chambre des représentants. Betsy déboîte à gauche pour doubler les autres voitures et se rapprocher de Linda.

« Lin-Lin-Linda ! » Depuis sa nouvelle place de stationnement, Betsy fait de grands signes, mais Linda ne l'entend pas et n'aperçoit pas ses mouvements de bras frénétiques quand elle monte dans son break Audi. Frustrée, Betsy regarde autour d'elle tandis que les enfants se précipitent vers les automobiles, puis décide de donner du klaxon. *Tût-tût !* Nouveau signe de la main. La femme se tourne enfin dans sa direction… mais ce n'est pas elle qu'elle regarde. Becca, la fille de Linda, cheveux châtain terne et jupe écossaise enfilée par-dessus son pantalon d'équitation, passe devant la voiture de Betsy. « Zut ! », marmonne-t-elle.

Haley, blonde aux yeux bleus et trop jeune encore, à onze ans, pour développer un trouble alimentaire (même si cela ne saurait tarder), arrive juste derrière Becca et ouvre la portière de Betsy côté passager.

« Non, non, non, monte à l'arrière ! Nous allons chercher ta sœur, c'est elle qui va conduire jusqu'à la maison. »

Haley ouvre la portière arrière avec un grognement. Vêtue d'une robe de fête rouge, elle tient d'une main une housse à vêtements de chez Saks Fifth Avenue et de l'autre son étui de violoncelle.

« Oh, très bien, tu as mis la robe que je t'ai achetée. »

Betsy traverse Massachusetts Avenue et fonce comme un bolide vers Cathedral Heights, brûlant au passage stops et passages piétons.

« Pourquoi est-ce que tu n'inviterais pas Becca Williams à venir jouer à la maison, ma chérie ? Elle a l'air gentille.

– Beurk, jamais de la vie, proteste Haley. Elle est bizarre, et en plus elle parle jamais.

– Mais mon amour, peut-être qu'elle est timide et qu'elle a besoin de se faire des amis. »

Haley regarde fixement par la fenêtre.

« Je pourrais vous emmener toutes les deux faire du shopping à Georgetown. On s'amuserait bien, non ?

– Ouais, peut-être. »

Elles passent à toute allure devant l'ambassade iranienne abandonnée et l'observatoire naval. Le soleil décline dans les phares éblouissants des voitures. Arrivée à la clôture de bois blanc qui entoure le lycée, Betsy aperçoit Mackenzie, debout sous un réverbère qui déverse sur elle une lueur verdâtre. Elle tient d'une main son étui de violon et de l'autre un sac à dos Kate Spade (pour faire comme les filles populaires). Ses cheveux bruns sont curieusement clairsemés. Des plaques chauves laissent apparaître son crâne à l'arrière de sa tête, et quelques mèches emmêlées lui barrent le front. Cela fait trois mois maintenant que Mackenzie s'est mise à s'arracher des mèches de cheveux, depuis qu'ils ont déménagé pour Washington. Betsy s'est donné pour mission de la débarrasser de ce tic nerveux.

« Oh chérie, chérie, chérie, pourquoi ne t'es-tu pas habillée correctement pour le dîner de ce soir ? Je te l'ai répété mille fois.

– J'ai pas eu le temps, Maman. J'ai grave trop de devoirs. »

Sans perdre son sang-froid, Betsy tend à Mackenzie les clés de la voiture et se glisse sur le siège passager en s'efforçant de ne pas égratigner ses Manolos.

« Beurk, tu pues, dit Haley à sa sœur en se bouchant le nez.

– Ferme ta gueule, connasse, réplique Mackenzie.

– Les filles ! crie Betsy. Ça suffit comme ça. »

Tandis que Mackenzie emprunte Chain Bridge Road, Betsy croit utile de souligner (une fois de plus) que sa fille n'est pas assez habillée pour le dîner. « Le photographe du *Washington Life Magazine* vient prendre notre photo de famille ce soir. Je te l'ai dit mille fois. Comment as-tu pu oublier ? »

Mackenzie donne un coup de frein un peu trop sec qui fait plonger en avant la tête de sa mère.

« Tu conduis trop mal, dit Haley en articulant minutieusement chaque mot.

– Tais-toi, sale pute ! » crie Mackenzie.

Betsy fait volte-face, les lèvres pincées, l'index pointé sur Haley. « Toi, je ne veux plus t'entendre jusqu'à la maison, compris ? » Elle se tourne et jette un œil sur sa montre

Cartier sertie de diamants. « Je veux que vous soyez toutes les deux habillées et prêtes avec vos instruments à sept heures et quart pour l'arrivée des invités, vous m'entendez ?

– Non ! Je suis trop fatiguée, Maman, j'ai pas envie de jouer ! pleurniche Mackenzie.

– Maman, nooooon ! braille Haley.

– Les filles, nous avons des invités ! C'est très important pour votre p... »

Mackenzie appuie d'un coup brutal sur la pédale de frein. « NON ! » La voiture pile.

« Très bien, gare la voiture. C'est la dernière fois que tu conduis.

– NON !

– Gare-toi immédiatement, ou tu seras privée de sorties.

– TU PEUX PAS ME FORCER ! »

Arrivée au carrefour de Georgetown Pike, la voiture se retrouve face à un feu clignotant.

« GARE-TOI ! » hurle Betsy en tentant de saisir le volant.

La voiture fait une embardée. Les roues avant patinent et franchissent la double ligne jaune, quand soudain une limousine noire arrive face à eux.

TÛÛÛÛÛÛÛT !

D'un grand coup de volant, Mackenzie ramène la voiture sur la bonne voie, tandis que la limousine les frôle et s'éloigne. La jeune fille s'arrête dans un crissement de pneus. Betsy, hystérique, ouvre en grand la portière côté passager. Haley, qui ne trouve plus rien à dire, reste sur la banquette arrière, ceinture attachée, terrifiée à l'idée des conséquences fatales qu'aurait pu avoir cet instant, et aussi de celles qui restent à venir.

Des gouttes de transpiration perlent sur la lèvre supérieure de Doug. Il écoute le récit d'un homme qui ne peut s'empêcher de se masturber compulsivement dans les toilettes de son bureau. Le téléphone de Doug s'illumine. Appel de : Chérie. Il va lui falloir au moins une demi-heure pour passer le pont et arriver chez lui en Virginie. Il presse le bouton Rejeter l'appel sur le côté du téléphone, qu'il range dans la poche intérieure de sa veste. « Merci d'avoir partagé cette expérience », déclarent à l'unisson les autres hommes, feignant la compassion malgré le caractère particulièrement honteux de l'acte qui vient de leur être exposé. Doug se lève et articule sans bruit le mot « Betsy » à l'attention de Tim tout en enjambant maladroitement la banquette capitonnée, et se hâte vers la sortie.

Les invités arrivent dans une heure. Teresa accueille Betsy, qui est dans un état de panique avancé. Mackenzie et Haley montent les marches du perron, traînant derrière elles leurs instruments. Betsy se retourne pour les attendre à la porte en jetant un regard noir à Mackenzie. « Monte dans ta chambre tout de suite », siffle-t-elle entre ses dents serrées.

Les invités prennent place un à un parmi les banquettes capitonnées, les chaises Chippendale, les rideaux drapés, les consoles, les lampes et les coussins à franges de chez Kellogg Collection, et le piano à queue rutilant sur lequel reposent des photographies de la famille à Nantucket, dans les Hamptons et dans différents châteaux européens. Ils discutent réforme fiscale et assurance maladie tout en grignotant des crudités, une flûte de kir royal à la main.

Doug s'introduit furtivement par la porte du garage, rejoint sur la pointe des pieds l'escalier de service et se dirige vers la salle de bains principale, où il s'asperge le visage. Au bord du lavabo, son téléphone s'allume : OÙ ES-TU NOM DE DIEU ?????

Il regarde son reflet, le temps de se donner une contenance pour ses amis (ou plutôt ses donateurs) qui l'attendent à l'étage du dessous. Doug n'est pas un dépendant sexuel, ça non, juste un homme comme les autres, un homme qui a des besoins tout comme son père, et le père de son père avant lui, et le père du père de son père. Il enfile une chemise fraîchement repassée et une cravate à rayures bleues et blanches, se tamponne un peu d'eau de Cologne derrière l'oreille et fait disparaître de sa peau une infime trace de rouge à lèvres.

Au moment où Doug emprunte le couloir qui mène à l'escalier principal, Mackenzie apparaît à la porte de sa chambre. Elle s'est enfin changée pour le dîner : mini-jupe noire, Doc Martens bordeaux et top à bretelles en lycra pêche. Ses cheveux sont tirés en arrière pour cacher ses plaques dégarnies. L'espace d'un instant, Doug ne peut s'empêcher de remarquer ses énormes seins qui débordent de son décolleté comme deux têtes de poupées. Cette vision le stoppe net dans sa lancée.

« Salut Papa.

– Hein ? »

Doug, à court de mots, est frappé par la révélation soudaine que sa fille n'a que quelques années de moins que Cate. S'arrachant à son état hypnotique, il aboie : « Bon sang, Mackenzie, va te mettre un chandail. Nous avons des invités. »

Mackenzie repart dans sa chambre et claque la porte.

La sonnette retentit, laissant entendre une petite mélodie sucrée. Tony, le photographe du *Washington Life*, entre dans le hall. La peau bronzée, il porte les dernières lunettes Warby Parker, un jean skinny et une chemise boutonnée jusqu'en haut. Très chic. Avec son étui d'appareil photo en bandoulière, il a une allure qui tient plus d'Hollywood que de Washington. Tony photographie tout le gratin du *Who's Who* politique et financier – plus précisément, leurs épouses – et il est toujours présent aux événements mondains les plus en vue: lancements de livres, soirées dans les ambassades, fêtes électorales, galas caritatifs, déjeuners et enterrements.

Betsy l'accueille dans l'entrée avec un large sourire, les bras grands ouverts, comme si elle le connaissait depuis toujours alors qu'elle ne l'a jamais rencontré.

« Tony, mon chou ! s'exclame-t-elle en l'embrassant sur la joue.

– Vous êtes superbe, dit Tony en la saisissant par l'avant-bras d'un geste expert. Et votre héros de mari, où est-il donc ? » ajoute-t-il en dodelinant doucement de la tête.

Doug apparaît derrière eux et pince les fesses de Betsy. Elle se retourne d'un bond avec un petit glapissement et pose sa main sur la joue de son mari. « Te voilà, toi ! »

Doug se penche vers Tony pour lui serrer la main. « Doug, enchanté. »

Ensemble, ils se dirigent vers le salon où Haley a installé son pupitre. Son violoncelle est posé à côté d'elle, prêt pour le récital. Les invités font connaissance autour du piano, regardant par la fenêtre les courts de tennis, tandis que d'autres, assis sur les canapés à fleurs, picorent du brie et des bâtonnets de carottes. Les épouses sont rassemblées, couvertes d'épaisseurs de colliers en or et de broches en diamants – une libellule, un cheval, une croix – tandis que les hommes restent debout, les uns en nœud papillon rouge, les autres en polo blanc et blazer, un foulard de soie dépassant de leur poche de poitrine. Seul le dirigeant de la tech porte un jean et une chemise noire à manches longues. Il n'a pas besoin d'impressionner qui que ce soit: il est juste là pour s'assurer que le secteur des nouvelles technologies reste exempt de toute réglementation et que la neutralité du réseau est préservée, conformément aux desseins de Dieu et de Mark Zuckerberg.

Mackenzie apparaît dans une robe sage, violon et archet à la main. Un sourire crispé aux lèvres, elle traîne sa chaise jusqu'à celle de sa sœur en la laissant racler le parquet.

Pour les donateurs comme pour les administrés, la soirée se passe à merveille. Betsy, une flûte de champagne à la main, regarde en souriant ses filles qui frottent les cordes de leurs instruments avec une ferveur sincère. Doug s'approche de sa femme et passe le bras autour de sa taille. Tony capture des instants sur le vif depuis tous les coins de la pièce. Il finit par un portrait de groupe sous les yeux émus des invités, éblouis par la perfection de cette famille, de ce couple, de ce programme politique. La famille tout entière ruisselle de ce charme que l'on n'éprouve que lors du premier contact et qui ne fonctionne qu'à une certaine distance : dans un article de presse, une photo de profil Facebook, une carte de Noël familiale ou une photographie du *Washington Life Magazine*.

3

Elizabeth (Bunny) Bartholomew regarde dehors par la grande baie vitrée. À travers le verre ancien, le monde lui paraît légèrement trouble. Son reflet déformé – peau claire, taches de rousseur, cheveux blond vénitien – lui rend son regard. Derrière la vitre, le soleil pâle est en train de se coucher. Des chaises Adirondack blanches sont éparpillées sous un énorme chêne qui tend ses branches dénudées dans toutes les directions. Le décor, bien que familier, n'est guère réjouissant. Presque tous les employés du Washington Club – serveurs, barmen, voituriers, agents de service – sont noirs, tandis que tous les membres sans exception qui attendent d'être servis dans la salle à manger sont blancs.

« Tellement dégueulasse », pense Bunny.

Le Washington Club, l'un des premiers country clubs établis aux États-Unis, devait à l'origine sa réputation à la chasse à courre, très appréciée des directeurs de cabinet, généraux et autres hauts fonctionnaires du gouvernement. Au fil du temps, le club est devenu un refuge à l'écart de la vie urbaine pour les familles blanches protestantes du secteur. Les Bartholomew en sont membres depuis sa fondation.

Bunny, en jupe plissée et pull de cashmere bleu ciel (les jeans sont interdits par le règlement du club), est assise entre ses parents, Meredith et Chuck Bartholomew. En se retournant vers la salle à manger principale, elle peut constater que tous les pères sans exception portent un polo blanc ou pastel, et toutes les mères un foulard de soie et des clous d'oreilles en diamants – les perles sont réservées aux jeunes filles.

« On se croirait dans un film d'horreur, marmonne Bunny.

– Que dis-tu, ma chérie ? » demande Meredith en posant un petit pain sur l'assiette de Chuck : une scène que l'on croirait tout droit sortie des années cinquante.

Meredith a les cheveux courts et blancs aux racines. Son carré plongeant, qui accentue la ligne de sa mâchoire, lui fait un port de tête régalien.

On pourrait croire que, pour ses dix-sept ans, Bunny est douée d'une lucidité exceptionnelle, mais ce n'est pas le cas. C'est juste que, depuis peu, elle remarque ce qui fait la particularité de son entourage. Son pedigree. Sa *blanchité.* Bunny n'a rien d'extraordinaire : elle ne fait qu'ouvrir les yeux. Sa mère est démocrate, après tout. Quant à son père, c'est un Républicain de la « vieille école », dont les convictions conservatrices portent avant tout sur la fiscalité et non sur les questions raciales. Meredith arbore toujours un autocollant Obama à l'arrière de son break Volvo de 1998, dont elle refuse de se séparer pour des raisons sentimentales autant que pratiques. Bref, des gens comme eux ne pourraient jamais être taxés de racisme ! Les Bartholomew ont beau être membres des clubs les plus élitistes de la ville, ils ne sont en aucune manière perçus comme cupides ou tape-à-l'œil : on les considère comme des gens discrets et élégants – une fortune ancienne, comme on dit. Et Bunny commence tout juste à entrevoir ce genre de choses.

« J'ai dit que j'ai faim », répond-elle avant d'avaler une gorgée d'eau.

Ce n'est pas le moment d'attaquer ses parents sur leur racisme inconscient. Depuis la mort de la grand-mère de Bunny, Elizabeth Spencer Morrison, la matriarche de la famille dont la jeune fille a hérité du prénom, Meredith est de plus en plus fragile. Obsédée par l'idée d'entrer en contact avec l'esprit de sa mère, elle est convaincue qu'elle l'entend la nuit frapper contre sa tête de lit. « Est-ce que cela t'est déjà arrivé ? », demande-t-elle régulièrement à Bunny, quand elle est dans son bureau, occupée à cliquer en tous sens sur des sites Internet de médiums et de voyantes. Bunny n'a pas le cœur de lui dire qu'elle ne croit pas aux vies antérieures ni aux vies postérieures, et que quand on meurt, il n'y a rien de plus qu'un grand trou noir de néant pour l'éternité.

Au fond, ce que Meredith a du mal à regarder en face, c'est la lente désintégration du pouvoir des familles Morrison et Bartholomew. La lignée de Meredith comme celle de Chuck remontent aux origines mêmes de Washington : des évêques, des maires, des colonels, tous ceux qui ont « bâti » cette ville, toutes ces familles dont personne n'a jamais entendu parler parce que, de leurs propres dires, elles n'ont pas besoin de publicité. La fortune familiale de Meredith a été amassée grâce à la vente de la moitié de la poudre à canon utilisée par l'armée de l'Union pendant la guerre de Sécession, ainsi que celle de plus de deux millions de tonnes d'explosifs lors de la Seconde Guerre mondiale. Quant au grand-père de Chuck, il a participé au développement de la bombe atomique. Sa famille s'est enrichie grâce à l'énergie nucléaire, et plus tard à la production de produits chimiques servant à la confection de matériaux isothermes, de vêtements imperméables et de toutes sortes d'autres choses auxquelles on ne pense jamais. Leur mariage a été l'union mûrement réfléchie de deux fortunes bâties sur l'armement et la guerre.

Un serveur noir portant sur son badge le nom de LANCE vient à la table pour prendre leur commande.

« Lance ! Très cher, comment allez-vous ? » demande Meredith.

Elle est tellement aimable avec lui. Elle lui serre la main tellement longtemps, le questionne sur sa famille avec un tel enthousiasme : la santé de sa mère, son frère qui étudie le droit à Howard… Bunny en a conscience, et rien ne l'agace plus. Tout est faux là-dedans : le large sourire de sa mère tout autant que ses facettes dentaires.

Meredith a toujours eu la conviction que l'égalité véritable est impossible à atteindre, qu'elle n'existe pas et n'existera jamais. Elle semble s'en accommoder – rien de plus facile pour elle, évidemment. Son grand-père, qu'elle a connu dans son enfance, a toujours instillé en elle une grande fierté vis-à-vis des idéologies capitalistes, faisant passer avant tout les intérêts de la famille, rongé par une peur viscérale du communisme. Et pourtant, depuis la mort de sa mère, quelque chose en Meredith commence à vaciller.

« Que puis-je vous servir aujourd'hui, madame Bartholomew ?

– Je vais prendre une salade composée. Merci, très cher. »

Bunny regarde Lance sans sourire ni rien changer de son attitude coutumière.

« Pour moi un cheeseburger avec des frites. À point, s'il vous plaît.

– Et pour vous, monsieur ? »

Chuck replie son menu et le brandit en direction de Lance sans le regarder. « Je vais prendre le poulet piccata. »

Au moment où Lance va partir, Meredith se souvient de Cate.

« Oh ! Lance, très cher, nous avons oublié de passer commande pour Cate. Elle doit nous retrouver ici, elle ne va pas tarder. Chuck, est-ce qu'elle t'a envoyé sa commande par SMS ? »

Chuck jette un œil à son portable.

« Salade composée au bleu.

– Je vous apporte ça tout de suite. »

Meredith se penche et tend la main, encore une fois, vers le bras de Lance. « Merci, très cher. » Si les sons étaient des mots, on pourrait jurer qu'elle vient de lui dire : « Désolée, très cher. » Un peu plus tôt cette semaine, Meredith est allée à une manifestation de Black Lives Matter avec une vieille amie de Yale.

Cate arrive au pas de course dans la salle du restaurant, essoufflée, sa veste à la main, jupe noire au genou, le chignon échevelé. On pourrait presque ne pas la reconnaître maintenant qu'elle est habillée, si ce n'est que l'arrière de son string rose dépasse de la ceinture de sa jupe dans laquelle elle a fourré à la hâte le bas de sa blouse. Bunny le remarque au moment où Cate s'assied sur la chaise à côté de la sienne, mais elle ne lui dit rien.

« Bonjour tout le monde. Désolée, il y a encore eu un déraillement sur la ligne rouge. Pas de blessés, Dieu merci. » Cate laisse tomber sur le dossier de sa chaise sa veste écossaise Burberry qui a appartenu à Meredith.

« Vous voyez, dit Chuck en secouant la tête, c'est exactement ce que je vous disais à l'instant sur ces problèmes d'infrastructures.

– Ma chérie, tu devrais vraiment penser à t'acheter une voiture », dit Meredith, pleine de sollicitude. Elle n'a pris le métro qu'une seule fois dans sa vie, pour aller à la Marche des Femmes un an plus tôt.

« Je ne sais pas. J'aime bien l'idée de ne pas avoir d'empreinte carbone, répond Cate.

– Je croyais que tu étais républicaine ? s'étonne Chuck.

– Oncle Chuck, je crois à la réalité du réchauffement climatique.

– Ah, ces millennials... » soupire Chuck en vidant son verre.

Cate s'éclaircit la voix et pose la serviette de table en lin blanc sur ses genoux.

« J'imagine que vous avez entendu parler de cette terrible fusillade au festival de rock des Midlands ?

– Comment ? Où ça ? demandent simultanément Meredith et Chuck.

– Dans le Missouri », répond Bunny en faisant défiler les images sur son écran de téléphone, déjà absorbée.

Meredith tripote ses bracelets en or et boit une petite gorgée de vin en feignant d'être intéressée. « Non, ma chérie, je n'ai rien entendu de tout ça.

– Ah, oui, j'ai vu passer quelque chose là-dessus dans la soirée, acquiesce Chuck.

– Bunny, ma chérie, est-ce que tu te sens en sécurité au lycée ? demande Meredith.

– Maman, dans mon lycée, il y a des agents des services secrets », lui rappelle Bunny sans quitter des yeux son téléphone. Vu l'endroit où elle étudie, elle n'aura jamais à faire face à des problèmes de ce genre.

« Oh, bien sûr, dit Meredith en reposant son verre.

– Je crois que je vais bientôt avoir une promotion, annonce Cate avant d'avaler un grand verre d'eau.

– C'est formidable, ma chérie », répond Meredith.

Chuck se tourne vers Cate, les mains croisées sur la table : « Je suis sûr que tu t'en sortiras très bien, mais écoute-moi. Plus tu graviras les échelons en politique, plus tu dois te souvenir de protéger ta vie privée autant que possible. C'est le seul moyen de pouvoir vivre comme tu l'entends et de rester libre, plutôt que de créer des attentes chez les autres que tu te sentiras obligée de satisfaire. »

Cate médite un instant ses paroles. Satisfaire les attentes des autres, est-ce que ce n'est justement pas ce que l'on est censé faire en politique ?

« Tu dois toujours penser à tes intérêts avant toute autre chose », déclare Chuck, l'index pointé sur elle.

Cate écoute son oncle comme une jeune fille bien élevée. Tout cela, elle le sait déjà. Mais elle sait aussi que de nos jours, la célébrité est essentielle pour réussir en politique. Il faut être visible, et non invisible. Chuck est complètement hors sujet sur cette question de la vie privée. Elle sourit, les mains posées sur ses genoux, et jette un regard à la salle du restaurant en riant intérieurement à la vue de tous ces professeurs, ces journalistes d'opinion, ces vieux croûtons de la politique avec leurs épouses à moitié endormies. Si l'on veut gagner, la célébrité est incontournable. Et Cate est bien décidée à gagner.

Lance arrive à leur table avec un énorme plateau chargé d'assiettes. Un garçon de salle, qui semble avoir le même âge que Bunny, lui emboîte le pas et déplie avec empressement un trépied pour poser le plateau.

« Merci. » Meredith se penche en avant, transperçant le jeune homme de son regard plein de sollicitude, et lui glisse avec un clin d'œil un billet de vingt dollars.

Embassy Row

Au début du XX*e siècle, Massachusetts Avenue, la voie qui relie la demeure du vice-président à Sheridan Circle, était désignée sous le nom de « Millionaire's Row ». C'est là qu'étaient construites les demeures cossues abritant l'élite de la nation*[1]*. Cependant, avec la Grande Dépression, de nombreuses familles furent contraintes de mettre ces maisons en vente. Très rapidement, des institutions sociales (des clubs privés très sélectifs) et des diplomates s'y établirent. L'ambassade britannique fut construite en 1930, et l'ambassade japonaise en 1931. Dès les années quarante, le quartier fut surnommé « Embassy Row ».*

Aujourd'hui, les diplomates et leurs familles résidant à Washington sont protégés par un dispositif que l'on appelle l'immunité diplomatique[2]*. Ce système fait que les enfants des ambassadeurs et des ambassadrices (au même titre que les ambassadeurs eux-mêmes) sont protégés de toute action en justice, arrestation ou poursuite judiciaire sous la loi nationale. Par exemple, une rumeur raconte qu'une fraternité d'étudiants a été renvoyée (pour des raisons demeurées obscures) de l'American University. La fraternité a malgré cela continué d'accueillir des membres, et notamment de nombreux étudiants étrangers. Vers 2014, un membre temporaire de cette fraternité qui avait décidé de la quitter a été agressé dans un garage. L'un des agresseurs, le fils d'un diplomate, a échappé à la prison et a pu s'enfuir dans son pays d'origine, tandis que les deux autres ont écopé chacun de 120 jours de prison et de 100 jours de travaux d'intérêt public.*

---

1. Scott Harris, « Ten Facts You May Not Know About Dupont Circle », *DCist* (site internet), 30 janvier 2017,

2. Département d'État des États-Unis d'Amérique, Bureau des Missions étrangères.

4

Depuis la fenêtre de sa chambre, Bunny entend le rythme familier des roulettes des poubelles sur les pavés de l'allée. La maison de brique rouge qui se trouve de l'autre côté de la rue, habitée après la guerre de Sécession par le général Ulysses S. Grant, est illuminée de lampes clignotantes, rendue à la vie par un milliardaire de la Silicon Valley. Depuis quelque temps, Bunny s'amuse à espionner les nouveaux voisins. Rien de spécial à rapporter jusqu'ici, si ce n'est que leur chien est un Cavalier King Charles qui répond au nom de « Steve Jobs », et que la bonne sort le promener tous les matins.

Bunny ferme la porte de sa chambre, au dos de laquelle est scotché un poster de Bernie Sanders portant le slogan : *Feel the Bern.* Dans la chambre d'amis en face, elle entend Cate qui glousse au téléphone avec une copine californienne. Elle attend le *bip bip bip* du système d'alarme que Chuck met en marche pour la nuit – le code est 007, précédé d'un zéro. Son sac à dos, rempli de feuilles à rouler Bernie Sanders et de préservatifs qu'elle a récupérés lors d'une visite au Planning familial, est zippé. Une fois l'alarme enclenchée, Bunny bascule le loquet de sa fenêtre, puis soulève précautionneusement le panneau supérieur de la vitre. Elle laisse tomber son sac à dos dans le massif de buis juste en dessous, puis saute à son tour. L'année précédente, quand ses parents sont partis jouer au golf en Irlande, Bunny a découvert une anomalie dans le système d'alarme : il suffit de lever le panneau du haut pour empêcher l'alarme de se déclencher.

Elle descend à vélo le trottoir pavé de briques irrégulières de R Street, longeant sur sa droite le domaine abandonné de Katharine Graham et sur sa gauche le cimetière d'Oak Hill dont les grilles de fer forgé sont barrées de chaînes et de verrous pour protéger les fantômes de l'aristocratie washingtonienne de l'intrusion des simples mortels. Des rats se faufilent derrière les poubelles et des ratons laveurs trottent dans les allées sous les vieux réverbères à gaz de Georgetown.

Bunny s'arrête au feu rouge avant Sheridan Circle, à l'intersection des quartiers de Kalorama, Dupont et Georgetown. Elle lève les yeux vers la statue d'un général de la guerre de Sécession qui chevauche un cheval prêt à se cabrer, une main tendue vers l'arrière, l'autre brandissant une épée invisible prête à pourfendre l'ennemi – un héros qui s'apprête à partir massacrer les Indiens des Grandes Plaines. Des voitures aux sirènes hurlantes bloquent toutes les issues du rond-point : Bunny est forcée de patienter. L'escorte du vice-président passe à grand bruit, une voiture de police après l'autre, puis le peloton de Chevrolet Suburban et la limousine noire, drapeaux américains flottant au vent des deux côtés du véhicule, suivie enfin des démineurs. Bunny est accoutumée à ce genre d'interruptions.

Kalorama est le quartier le plus riche de la ville, le milieu naturel des politiciens – des Trump aux Obama, en passant par les Clinton, les Taft et les Roosevelt – qui y vivent ou y ont vécu aux côtés des juges de la Cour suprême, des géants des médias et de l'aristocratie internationale. C'est un quartier ancien, fait de villas coloniales presque entassées les unes sur les autres. Embassy Row se trouve juste derrière, la France dix mètres plus loin sur la droite, et la Grande-Bretagne dix mètres sur la gauche. Pour l'Afghanistan, il suffit de tourner à droite sur Wyoming Avenue. Lorsque Bunny était enfant, elle aimait s'imaginer avec ses amies que l'une d'elles venait par exemple d'Albanie, et qu'elle commettait un meurtre : elle pourrait alors courir à l'ambassade pour obtenir sa protection, et ne jamais être arrêtée tant qu'elle resterait en terre étrangère… Une conversation quelque peu sinistre pour des fillettes de onze ans, mais tout à fait normale à Washington. Kalorama n'est pas le genre de quartier où vous pouvez traverser tranquillement la rue pour demander au voisin d'en face s'il n'aurait pas un peu de lait pour vous dépanner – surtout si son peuple a commis un génocide contre le vôtre quelques décennies plus tôt.

Les agents des services secrets, stationnés de part et d'autre de la rue, barrent l'entrée de la résidence de l'ancien Président. Et dans le pâté de maisons juste derrière celui-ci vivent des proches du Président actuel, si près que l'on pourrait jeter une balle de baseball d'une maison à l'autre pour y briser une fenêtre. D'ailleurs, la majorité des vétérans de la politique, démocrates comme républicains, vivent dans ce quartier. Ils ont toujours vécu ici et ils y vivront toujours.

Des drapeaux colorés couverts d'inscriptions en arabe flottent dans le vent glacé. Une odeur de bois brûlé émane d'une grande demeure non loin de là. Bunny enchaîne son vélo à la clôture verte derrière la mosquée. La maison du vice-président se trouve quelques pâtés de maisons plus loin. Des caméras de vidéosurveillance sont dissimulées aux feux de signalisation, dans les arbres et aux coins des ambassades, braquées comme des armes à feu dans toutes les directions. Bunny hisse son sac à dos sur son épaule, remonte la capuche de son sweat-shirt et marche à grands pas vers la maison de son petit ami. Pas évident de faire le mur quand on doit manœuvrer sur un terrain truffé de caméras du gouvernement. L'année dernière, les amis de Bunny en ont fait l'expérience : Teddy Rasmussen, un élève de deuxième année, a essayé de faire une fête qui a été presque aussitôt interrompue par les gardes du corps de l'ambassade d'Ouzbékistan. Les rejetons de l'élite washingtonienne sont confrontés à des problèmes d'un genre inhabituel pour le commun des adolescents.

5

Le général Edward Montgomery, chef d'État-Major des armées, est debout entre les colonnes doriques de sa maison de Massachusetts Avenue, une ancienne école de l'époque coloniale convertie en habitation. C'est un homme d'un mètre quatre-vingt-dix à la stature imposante, aux larges épaules légèrement voûtées par l'âge. Connu pour ses états de service dans le Golfe, en Irak et en Afghanistan, il est le plus décoré de tous les généraux d'Amérique et il est aujourd'hui à la tête de l'armée la plus puissante du monde. Même à la maison, avec son fils cadet Billy, il s'exprime en jargon militaire : *affirmatif, négatif, message reçu.* Il aime les lits faits au carré, les pièces bien rangées et les chemises bien rentrées dans le pantalon, et il ne tolère pas que l'on garde son chapeau à table – ni où que ce soit d'ailleurs, sauf sur un terrain de baseball. Lorsqu'il s'adresse à quelqu'un, il s'attend à ce qu'on lui réponde *oui, mon Général* ou *non, mon Général.* Il est issu d'une famille extraordinairement pieuse et modeste de la Virginie minière, une région où l'écart entre les nantis et les laissés-pour-compte se creuse davantage chaque jour. Sa carrière militaire lui a permis de s'extraire de ce milieu, et il est très conscient que c'est à l'armée qu'il doit la vie confortable dont il jouit aujourd'hui. La famille Montgomery ne s'est que très récemment accoutumée à la richesse et au pouvoir.

Une file de véhicules officiels garés dans l'allée circulaire masque toute activité potentiellement suspecte à la vue des caméras et des passants. Bunny, cachée de l'autre côté de la rue derrière les haies de l'ambassade haïtienne, guette le moment propice pour se faufiler jusqu'à l'entrée de service sur le côté de la maison où l'attend Billy.

Le général Montgomery serre la main à des hommes en costume noir. Ils remontent dans leurs SUV et il les regarde disparaître au bout de Massachusetts Avenue, immobile, les épaules remontées jusqu'aux oreilles. Son souffle fait des nuages dans l'air froid. Il lève les yeux, regarde la lune ronde et brillante, puis retourne vers la maison, entre et claque la porte derrière lui.

Assise à la table de la cuisine, Carol, l'épouse du général, plie du linge. Sur l'écran de télévision devant elle, le reportage consacré à la fusillade de masse est interrompu par un communiqué spécial. Un gros titre défile en bas de l'écran : *Accusations de violences conjugales contre le directeur de cabinet de la Maison-Blanche. Le Président ne s'est pas exprimé.*

Sans se départir de son calme, Carol saisit une autre serviette dans le panier à linge. Elle savait depuis des semaines que l'affaire allait éclater, mais elle n'en a dit mot à personne, sauf lors de conversations avec son mari. Le général a beau être capable de violentes colères, il n'a jamais levé la main sur Carol. Parfois sur ses fils, mais sur elle, jamais.

Carol porte une veste en tweed et une paire de lunettes de lecture rouges posée sur ses cheveux gris. Elle passe la plus grande partie de ses journées à faire du bénévolat à la bibliothèque municipale, pour aider des vétérans en convalescence à utiliser les ordinateurs en accès libre et Internet. Elle ne l'admettra jamais, mais elle a un faible pour les romans de Danielle Steel dont elle garde les livres cachés à l'étage dans la chambre d'amis. Catholique fervente, née dans une petite ville du Connecticut, elle était chargée après l'école de préparer les colis pour les livraisons de son père, qui tenait une épicerie de quartier. Carol n'entre pas dans le moule de l'élite washingtonienne, et elle ne s'en soucie guère. Elle a hâte que son mari soit à la retraite pour qu'ils puissent retourner vivre en Virginie, où ils viennent d'acheter une ferme sur une vieille plantation de maïs qui date d'avant la guerre de Sécession.

Le visage de Chris Williams, le présentateur-vedette de Fox News, apparaît à l'écran : « *À la Maison-Blanche, c'est toujours le chaos. On nous transmet à l'instant une photographie de l'épouse du directeur de cabinet, tirée du procès-verbal de police déposé il y a quelques semaines.* » Une image apparaît à l'écran : une femme sans maquillage, l'œil droit gonflé et cerné d'une marque bleue et brune, la lèvre fendue, le cou cerclé de bleus.

« Mon Dieu », murmure Carol en posant la dernière serviette sur la pile à côté d'elle.

Elle se lève pour éteindre la télévision juste au moment où le général entre dans la cuisine. Il reste debout dans l'ouverture de la porte. Carol se retourne pour lui faire face, dans l'attente de ce qu'il s'apprête à lui dire.

« Entre par ici, vite ! » Billy guide Bunny vers le vieil ascenseur de service de la cave. « Chut ! » souffle-t-il, le doigt sur les lèvres. L'ascenseur oscille quand il claque le portillon et appuie sur le bouton du quatrième étage.

« Si l'ascenseur tombe en panne, on est obligés de se marier », murmure-t-il. Bunny pouffe de rire et tente de passer la main sous le sweat-shirt de Billy. « Fais voir », dit-elle.

Billy a des cheveux châtain clair en bataille et un corps de joueur de baseball, sec et élancé. Il fait partie de l'équipe du lycée et il a remporté l'année précédente le titre de joueur de la saison. Même s'il ne le laisse jamais paraître, il est extrêmement sensible – ce qui peut sembler étonnant quand on connaît son père.

« Ah oui, tu veux que je te montre ? » Il la saisit par les poignets et repousse ses mains. Il a deux fois sa force. Il se penche pour l'embrasser. L'ascenseur s'arrête avec un sursaut, et la porte s'ouvre.

« Tant pis, on ne se mariera pas », dit-elle.

Billy attire Bunny dans sa chambre à la décoration nautique : la chambre d'un lycéen au sortir de l'enfance, assoiffé d'aventure malgré sa vie protégée. Bunny caresse du bout des doigts le bureau de bois sur lequel sont posés un pot géant de poudre protéinée, un reste de bonbons d'Halloween de l'année passée et une bouteille d'eau de Cologne Abercrombie & Fitch. Sous le lit fait au carré se trouve un paquet de crackers format familial, prêt à l'emploi pour les week-ends de gueule de bois. Une console Xbox et ses manettes sont éparpillées au sol, et des chemises Vineyard Vines suspendues en rang dans la penderie. Au-dessus du lit est accroché un drapeau jaune qui représente un serpent à sonnettes enroulé sur lui-même, accompagné de la devise : NE ME MARCHE PAS DESSUS.

Bunny tente à nouveau de passer la main sous le sweat-shirt de Billy qui tressaille de douleur. « Hé, doucement ! » Elle soulève sa chemise jusqu'en haut, laissant apparaître un pansement blanc juste en dessous du cœur.

« Oh putain, ton père va te tuer ! s'exclame-t-elle.

– Il a plein d'autres raisons de me tuer », répond Billy en glissant la main sous la jupe plissée de Bunny.

Elle le repousse. « Attends, j'ai encore des choses à te demander. »

Billy lève les deux mains au ciel d'un air innocent.

« Qu'est-ce que tu t'es fait tatouer ? demande-t-elle en s'approchant de la fenêtre.

– C'est un secret. »

Bunny ouvre grand la porte-fenêtre et sort.

« Allez, dis-moi !

– Non », répond Billy, d'humeur taquine.

Il sort derrière elle. Bunny avance sur le balcon en regardant la lune, puis revient vers Billy et s'accoude à une gargouille de pierre. « Ton père l'a vu ? » Elle sort une cigarette de sa poche et l'allume.

« Ça va pas la tête ?

– Je veux dire ton sweat-shirt ! »

Elle pointe du doigt le logo en soufflant la fumée : NYU.

« Oh, je ne suis pas sûr.

– Quand est-ce que tu vas avoir la réponse de l'académie militaire ?

– Je ne sais pas. »

Billy s'approche d'elle. Il la prend par la taille et blottit sa tête sur son épaule.

« C'est bon, on peut arrêter de parler maintenant ?

– Pas encore », répond Bunny en le repoussant doucement.

Elle part vers l'autre côté du balcon. Billy soupire et se penche pour saisir le ukulélé posé contre le mur de sa chambre. Il se met à jouer, bien décidé à éviter toute discussion sur son père et les études que celui-ci compte lui imposer après le lycée.

Bunny change de sujet :

« Qui est venu discuter avec ton père à une heure pareille ?

– Je ne sais pas, mais ma mère était trop bizarre dans la cuisine tout à l'heure. »

Soudain, une voix leur parvient par la fenêtre de la chambre :

« William ?

– Merde, mon père. Planque-toi ! »

Bunny écrase sa cigarette sur la balustrade et s'accroupit dans le coin, tout contre le mur de la maison. Billy entre d'un bond et claque la porte-fenêtre derrière lui, laissant Bunny dehors dans le froid.

Billy est debout devant la grande fenêtre, son ukulélé à la main.

« Il est tard, mon fils. Tu devrais être couché au lieu de jouer de ce machin idiot. »

Billy pose le ukulélé derrière lui et répond en bombant le torse :

« Oui, mon Général.

– Il faut que je te parle de quelque chose de très important. Demain, je vais prendre la parole au National Press Club et je voudrais que tu m'accompagnes.

– Et le lycée ?

– J'ai déjà appelé le lycée.

– Entendu. Message reçu, mon Général », répond Billy.

Le général jette un regard au sweat-shirt de son fils, puis s'en va vers la porte. Même le dos tourné, sa présence reste tout aussi imposante.

« Bonne nuit, mon fils.

– Bonne nuit, Papa. »

Billy pousse un soupir de soulagement. Il entend toquer : il a oublié que Bunny est restée cachée dehors. Il se précipite pour lui ouvrir.

« Qu'est-ce qui s'est passé ? demande Bunny en rentrant dans la pièce.

– Rien de spécial. Il va parler au Press Club demain, il veut que j'aille avec lui. »

Elle le prend dans ses bras, les yeux dans les yeux. De toute évidence, Billy ne veut pas parler de son père. Bunny connaît le mépris du général pour son amour de la musique, ainsi que les ambitions qu'il a pour son fils : Billy étudiera à l'académie militaire de West Point, comme l'ont fait son père et son frère aîné.

Bunny prend la main de Billy et l'attire sous sa jupe plissée. Lorsqu'il embrasse les taches de rousseur pâles sur son nez, elle soupire de plaisir. Un sourire aux lèvres, il la guide à reculons jusqu'au pied de son lit. « Chut ! souffle-t-il. Surtout, pas un bruit ! »

6

Les agents Gomez et Nevins, garés devant la banque Wells Fargo de Cleveland Park, rédigent un rapport de police avant de commencer leur ronde de minuit. Nevins ressemble plus à un professeur assistant de Georgetown University qu'à un policier. De stature moyenne, il a les cheveux blonds et porte des lunettes métalliques qui glissent sur son nez. Gomez, plus court et râblé, est un Latino à la mâchoire carrée. Ils passent la majeure partie de leurs rondes à « courir après la radio » dans les beaux quartiers, et à secourir des personnes âgées qui ont une fâcheuse tendance aux mauvaises chutes.

Gomez est occupé à faire défiler des profils sur Tinder lorsqu'un vieil homme blanc, col remonté et cheveux argentés, s'approche du véhicule et cogne à la fenêtre.

« C'est reparti, soupire Gomez en entrouvrant la fenêtre juste assez pour permettre à l'homme de voir ses yeux.

– Il y a un SDF qui dort dans l'entrée de la banque, à côté du distributeur, dit l'homme, visiblement perturbé.

– Est-ce qu'il vous a causé du tort ? Il a attaqué quelqu'un ?

– Euh, non. Mais…

– Monsieur, il est là-dedans parce qu'il fait froid dehors », l'interrompt Gomez.

Le vieux s'approche de la vitre dans l'espoir de croiser le regard de l'agent Nevins, assis à la place du conducteur, dont il espère visiblement une réponse plus conforme à ses attentes. Après un long silence gênant, l'homme ajoute, les bras croisés : « Alors, vous comptez faire quelque chose ?

– Monsieur, à moins que nous ne recevions un appel de la banque, nous ne sommes pas autorisés à entrer pour expulser cet individu sans motif. Il ne fait que dormir. »

L'homme se gonfle d'indignation. « C'est ridicule ! » tonne-t-il en secouant la tête. Ce vieil homme blanc est pourtant un progressiste. Il a voté pour les politiques d'aide aux SDF, pour qu'on leur construise des abris, plutôt que de les mettre en prison. Comment est-ce possible ? C'est lamentable. Un SDF qui dort devant le distributeur automatique de sa banque !

« Passez une bonne soirée, monsieur », lance Gomez. S'il avait eu une casquette, il l'aurait levée pour le saluer. Le vieil homme blanc retourne à grands pas vers sa berline Audi garée derrière eux.

« Chaque fois pareil, putain, grogne Gomez en remontant sa vitre.

– Tiens, jette un œil. »

Nevins fait glisser l'ordinateur sur le tableau de bord jusqu'à Gomez, qui lève les yeux de son téléphone pour examiner le rapport, lorsque la radio s'allume en crachotant : « Message pour la voiture vingt et un-deux cent vingt et un. On nous signale un incendie au 500 Wildwood Drive. Un suspect armé a été repéré. Les pompiers sont en route. »

Nevins jette son sac à dos sur le siège arrière et remonte ses lunettes.

« C'est parti ! » s'exclame Gomez, au moment où une ambulance et un camion de pompiers passent à toute allure dans la direction opposée. Avant qu'il ait le temps de boucler sa ceinture et Nevins de mettre le contact, deux autres camions de pompiers et une autre ambulance les dépassent encore plus vite.

« Ouais ! se réjouit Gomez. On est sur un gros coup. Allez, fonce ! »

Nevins allume la sirène et fait demi-tour en dérapant pour rattraper l'ambulance. Ils tournent sur Massachusetts Avenue. Au moment où ils dépassent l'ambulance, ils croisent une jeune fille blanche à vélo sur le trottoir, un sac à dos sur l'épaule.

Un réverbère à gaz explose. Lorsque Nevins approche de l'incendie qui ravage une demeure coloniale de huit cents mètres carrés, des éclats de verre sont projetés contre le pare-brise de la voiture. Des tourbillons de fumée noire s'élèvent entre les saules pleureurs qui bordent Wildwood Drive, dont les branches dénudées penchent dans le vent en direction de Rock Creek Park. Le parc n'a soudain plus rien d'un endroit où l'on irait promener ses enfants, faire un tour en calèche ou sortir son chien.

L'ambulance et les camions de pompiers sont encore à quelques rues de là. En temps normal, les policiers s'amusent à faire la course avec leurs collègues. Mais ce soir, personne n'a envie de s'amuser.

Nevins sort de la voiture en se protégeant la bouche avec son avant-bras. « Nom de Dieu, Gomez ! » hurle-t-il pour couvrir le hurlement des sirènes et le rugissement du camion de pompiers qui résonnent jusque dans son ventre. Il dégaine son arme. Gomez fonce vers l'arrière de la maison, laissant la portière de la voiture ouverte. Il tousse, les yeux plissés, en contemplant les flammes déchaînées qui jaillissent des plafonds à moulures et traversent les boiseries précieuses des fenêtres. Des fragments de bois carbonisés pleuvent sur les massifs de buis. Le feu vient du premier étage.

« J'entends des cris ! Il y a quelqu'un qui crie ! Gomez ! »

Suffoquant, Nevins empoigne l'émetteur accroché à sa poitrine tout en s'approchant de la porte d'entrée. « Vingt et un-deux cent vingt et un, ici l'agent Nevins. Envoyez des renforts. Je répète : envoyez des renforts ! »

Gomez arrive en courant. Nevins, l'oreille contre la porte, tente de discerner d'où viennent les hurlements. « Tu entends ça ? » demande-t-il à son compagnon. Ils écoutent en silence les crépitements du feu. Soudain, la porte d'entrée explose, projetant au sol les deux policiers.

Gomez, assis sur le trottoir, respire dans un masque à oxygène tandis que l'on transporte Nevins, qui souffre de sévères brûlures au visage, dans une ambulance. Un pompier porte un corps hors de la maison, et une douzaine d'autres tentent de maîtriser le feu. Le corps est celui d'une femme.

« Elle respire ! Elle respire ! »

Du sang se répand sur le trottoir tandis que l'on apporte précipitamment un brancard. Le pompier découpe le chemisier de la femme en évitant ce qui ressemble à des blessures à l'arme blanche parmi les brûlures. Afin de conserver les pièces à conviction, il dépose avec soin les fragments de vêtements dans un sac plastique.

Quelques secondes plus tard, un autre pompier sort de la maison les mains vides, chancelant, le visage rouge et couvert de suie, dégageant une odeur d'acide et de produits chimiques. Il tombe à genoux et se met à vomir.

Le capitaine de la brigade s'avance vers le pompier, qui peine à reprendre son souffle. Entre deux halètements, il balbutie : « Chef, j'ai une fille. Je peux pas vous dire ce que j'ai vu. » Il crache par terre et répète : « J'ai une fille. J'ai une fille. J'ai une fille… »

La presse rapporte que David, Genevieve et Audrey Banks ainsi que leur employée de maison ont été sauvagement torturés avant que la maison ne soit incendiée. On a retrouvé les corps calcinés de M. et Mme Banks ligotés ensemble et bâillonnés. Les ombres de leurs vies semblaient encore danser le long du mur face à eux. Audrey a été frappée à mort avec une batte de baseball portant l'autographe de Ted Williams. Le sabre de samouraï de M. Banks, souvenir d'un voyage professionnel au Japon, a été utilisé pour découper le corps de la jeune fille.

C'est l'employée de maison qui a appelé les secours après avoir été battue et laissée pour morte. Encore en vie et dévouée jusqu'au bout à ses employeurs, elle a été évacuée de la maison par un pompier. Elle est décédée dans l'ambulance en route vers l'hôpital. Il n'y a eu aucun survivant.

Mais le plus troublant, plus encore que les meurtres eux-mêmes, c'est le fait qu'aucun voisin ne soit sorti de chez lui pour voir si quelqu'un avait survécu. Pas un seul. Personne n'a rien remarqué lorsqu'à minuit les flammes ont dévoré le toit. Le hurlement strident des sirènes n'a fait que les tirer un instant d'un mauvais rêve, le temps de retourner leur oreiller et de retomber dans un étrange sommeil. Ce n'est que le lendemain matin, avec l'apparition des équipes de télévision et du FBI, que les Washingtoniens ont émergé de chez eux, à l'abri derrière leurs haies et leurs clôtures, bouche bée, abritant leurs enfants choyés dans leurs bras.

Personne à Washington ne veut être mêlé à un scandale. Les conséquences peuvent être fatales, sur le plan social comme économique. Pour survivre dans cette ville, il faut savoir placer ses pions : mieux vaut être fort aux échecs, chaque coup doit être mûrement calculé. L'essentiel est de ne pas se montrer vulnérable, faute de quoi quelqu'un profitera de votre faiblesse qui vous sera reprochée. Le moindre faux pas peut vous valoir d'être ostracisé par la bonne société et vous priver ainsi de toute influence et de tout pouvoir.

Prenons par exemple la famille Dobkin. Le père, haut placé dans la finance, avait organisé pour sa fille un mariage à un million de dollars et choisi de faire appel aux services d'une organisatrice de mariages spécialisée dans les noces de célébrités. M. Dobkin visait les pages du *Vanity Fair* ou d'*Architectural Digest*, plutôt que celles du *Daily Mail*. Mais l'organisatrice avait poursuivi les Dobkin pour non-paiement, éclaboussant leur nom dans les tabloïds à coups d'épithètes telles que « radins », « escrocs » et « rapaces ». Il suffit alors de quelques coups de téléphone pour que Mme Dobkin se trouve mise à l'écart, puis expulsée de tous les cercles mondains. Elle fut révoquée des conseils d'administration des œuvres caritatives dont elle était membre, puisqu'elle n'avait plus les moyens de maintenir ses activités philanthropiques au niveau requis. Peu après, M. Dobkin perdit toute sa fortune dans une affaire mal négociée. Quand leur maison fut saisie, ils furent contraints de déménager dans une location à Annapolis dans le Maryland.

David Banks était un homme discret. Sa meilleure arme était son silence, qui lui permettait de garder dans l'ombre une fortune familiale si ancienne que plus personne ne connaissait sa provenance exacte. Il préférait faire profil bas, se contentant d'une réputation qui le plaçait parmi les hommes les plus riches de Washington. Si l'on cherchait son nom sur Google, le seul article qui apparaissait était un obscur document mentionnant un transfert de fonds qui avait servi à payer Ariana Grande pour une apparition-surprise à l'un des anniversaires d'Audrey – et même dans ce document, son nom n'apparaissait qu'à la quatrième ou cinquième page des résultats de recherche. Il portait des costumes Brioni et collectionnait les Ferrari. Une rumeur disait qu'il avait fait construire un garage sur les terres de son château dans le sud de la France pour y conserver ses soixante voitures.

La fortune familiale de M. Banks provenait à l'origine du pétrole américain. Au Texas, son grand-père était entré en affaires avec les Frères Bolger dès leurs débuts dans les années cinquante. La société s'était ensuite diversifiée dans des industries telles que le plastique, les textiles et le ciment : le genre de produits auxquels aucun humain ne prête jamais attention. M. Banks avait fait l'acquisition pour son épouse d'une ligne de linge de maison – la même marque que l'on retrouve dans les chambres à coucher, les chambres d'enfants et les chambres d'amis de Jackie O et de la princesse Margaret –, lui offrant ainsi un passe-temps un brin plus prestigieux que des réunions Tupperware. Mme Banks voulait faire quelque chose de ses journées au-delà de l'organisation de galas caritatifs et de déjeuners au Sulgrave Club et au Cosmos Club for the arts. Elle voulait une activité gratifiante, qui nourrisse son prestige social au-delà de Washington.

Genevieve Banks était le chic personnifié. Elle ne sortait jamais sans ses bas ni son rouge à lèvres fuchsia Yves Saint Laurent, sur lequel elle ajoutait une couche de gloss Chanel beige. Mme Banks n'était pas une potiche. Dans sa vingtaine, lorsqu'elle travaillait comme acheteuse pour les magasins Lord & Taylor, elle avait rencontré M. Banks, alors jeune avocat. « J'ai tout de suite su qu'il allait gagner son propre argent », aimait-elle raconter à ses amies, comme si la fortune de la famille Banks n'avait pas été la raison qui l'avait conduite à l'épouser.

Genevieve était une jeune fille de bonne famille : bien éduquée, née de parents qui avaient étudié dans les plus grandes universités (ce n'étaient pas des héritiers fortunés mais des intellectuels de la classe moyenne supérieure). Elle avait assez de classe pour se marier dans un milieu supérieur au sien, même si elle avait l'impression perpétuelle de ne pas être à la hauteur. Peu de gens le savaient, mais elle était souvent jalouse et compétitive avec ses amies – on aurait d'ailleurs pu se demander si elle en avait réellement. Elle appartenait à cette catégorie de femmes qui savent se trouver un homme et, surtout, le garder. Lorsqu'elle faisait l'amour avec son mari, Mme Banks émettait à peu près le même son qu'en dégustant la première bouchée d'une tarte aux pommes: « Hmm, hmmm, hmmmmmm ! » Elle était l'incarnation même du précepte : à force de faire semblant, on finit par y croire.

Après s'être élevée dans les rangs de la haute société washingtonienne, organisant tout d'abord des rencontres littéraires, des galas électoraux et des soirées caritatives pour des organisations comme Teach for America, puis, à mesure qu'elle montait en grade, des événements aux ambassades de France et de Grande-Bretagne, Mme Banks avait étendu sa réputation au-delà de Washington jusqu'à atteindre la haute société new-yorkaise. M. Banks s'en inquiétait car il ne parvenait plus à la contrôler, ni elle ni sa famille, ce qui signifiait qu'il lui devenait de plus en plus difficile de les protéger : *Washington Life*, le *New York Social Diary*, les pages Mode du *Washington Post*, le blog *Glam Pad*, Facebook, Instagram.

Quant à Audrey, la pauvre chérie, elle était devenue la fille la plus populaire de son école. C'était tellement facile pour elle de se payer des amis, de se composer avec soin une façade virtuelle laissant entrevoir sa vie de petite fille riche, enviée de tous et dont tout le monde cherchait à obtenir quelque chose, avec ses stories Instagram sur ses voyages en jet privé (emoji mains en prière et petit cœur).

Tout cela menaçait bien évidemment la confidentialité que M. Banks travaillait si dur à préserver, gage de la tranquillité chère aux vieilles familles de Washington. L'élite de l'élite aspire à une réputation « discrète ». Les détenteurs de fortunes anciennes et de bonnes manières vivent cachés parmi les ruelles pavées de Georgetown, de Kalorama et de Capitol Hill. On ne trouve leurs noms que dans le très prestigieux *Green Book* – un annuaire secret et hautement sélectif fondé par la nièce de la secrétaire sociale d'Edith Roosevelt, qui contient les noms de tous ceux qui comptent à Washington. Toutes les personnes figurant dans ses pages sont fortunées, puissantes, et ont une réputation à préserver. Ceux qui occupent le sommet de la hiérarchie, ces lignées aristocratiques intimement intégrées, génération après génération, au tissu social de Washington, ne se fréquentent qu'entre eux, au sein de cercles hermétiques. Bien que ces gens ne manifestent aucun intérêt pour les fluctuations du manège politicien, leur caste est profondément ancrée dans les fondements mêmes de la nation américaine.

Pourtant, un fait essentiel semble leur échapper : le monde est en train de changer. Et le meurtre de la famille Banks est sur le point de faire voler en éclats cet héritage. À Washington, les membres de cette caste sont surnommés les « *cave dwellers* » : les habitants des cavernes.

7

Le ronron d'un moteur de tondeuse dont les lames recourbées taillent l'herbe humide recouvre le tintement des glaçons dans le verre de jus d'orange de Betsy. Assise à son bureau en bois peint à la main récemment reçu de Paris, elle boit une petite gorgée et ouvre son ordinateur portable. En haut de sa page d'accueil, une bande défile en lettres rouges : *Flash info. Une famille fortunée retrouvée morte dans une villa à DC.* Prise de curiosité, elle clique sur le lien qui la mène au site de Fox 5 :

Trois adultes et une enfant ont été retrouvés morts dans une villa qui a pris feu au numéro 500 de Wildwood Drive, près de la National Cathedral, un quartier où résident certaines des familles les plus fortunées de Washington DC. Une des victimes respirait encore lorsqu'elle a été secourue, mais elle a succombé à ses blessures dans l'ambulance qui la conduisait à l'hôpital. D'après une source officielle, l'incendie, qui a été signalé vendredi au petit matin, est d'origine suspecte et fait l'objet d'une enquête. L'identité des victimes n'a pas encore pu être confirmée par la police.

Betsy laisse échapper un profond soupir de soulagement. Malgré la gentrification, phénomène qu'elle juge tout à fait formidable, les quartiers du centre de Washington, et même Georgetown, sont restés pour elle depuis les années quatre-vingt-dix l'épicentre du crime aux États-Unis. Elle préfère de loin vivre à McLean, un quartier où résident la famille Cheney, des princes saoudiens et la CIA. Cette enclave ultra-riche au bord du fleuve Potomac est pleine de routes qui serpentent dans les bois et de belles demeures qui s'étendent jusqu'au bord des falaises.

Betsy ouvre un nouvel onglet et tape sur Google: « Washington Country Club ». Elle clique sur le lien et laisse la page charger. Un slogan bien pensé apparaît en lettres blanches: *Bienvenue au club des clubs.* Le texte qui défile ensuite semble tout droit sorti d'une autre époque.

Règlement intérieur. Sont interdits en toutes circonstances les jeans, chemises sans col, maillots de bain, pieds nus, chapeaux et vêtements laissant apparaître le nombril. Pour les messieurs : veste, chemise à col et pantalon. Tenue équivalente exigée pour les dames. Dans le club house et la salle de jeux : tenue décontractée de style « country club » admise pour le tennis et le golf. Nous vous prions de bien vouloir noter que les manifestations publiques d'affection (MPA) ne sont pas tolérées.

Betsy hésite sur la religion qu'elle est censée cocher sur le formulaire. Vaut-il mieux se déclarer catholique ou protestant ? Lui faut-il s'acheter une plus grosse croix en diamants, ou bien opter pour le calvinisme chic à la Ralph Lauren ? Faut-il qu'elle confirme son rendez-vous avec le révérend de la National Cathedral, si elle choisit au bout du compte de se déclarer épiscopalienne ? Ou doit-elle plutôt rencontrer le prêtre de Holy Trinity ? Dieu sait qu'en matière de piété, Doug et Betsy n'ont pas ménagé leur peine. Quand ils vivaient en Caroline du Nord, ils se rendaient chaque dimanche à l'église catholique de la paroisse pour se repaître du corps, du sang et de l'âme du Christ. Croix de bois, croix de fer... Betsy le sait bien : même si les clubs privés sont légalement tenus de ne pas opérer de discriminations raciales ou religieuses, cela n'empêche aucunement les membres des comités de sélection de prendre, à leur insu, des décisions discriminatoires. Il faudrait être idiot pour croire le contraire.

Peu de gens le savent, mais Betsy avait vingt ans quand elle a pris l'avion pour la première fois. Elle a étudié dans une école publique et, n'ayant pas réussi à entrer à Georgetown University, elle a dû se contenter de son second choix, Gettysburg College. Elle a passé des années à se confectionner avec le plus grand soin une identité familiale qui la protège. Maintenant que Doug est sénateur, ils disposent de la moitié du pedigree nécessaire pour être acceptés dans les country clubs les plus prestigieux. Mais pour le reste, ils dépendent entièrement du bouche-à-oreille et des recommandations, faute de quoi la malédiction du rejet washingtonien les guette.

Betsy lève les yeux vers sa pendule en platine et cristal de roche émaillée de blanc puis ouvre son compte Instagram tout neuf pour y poster la photo de famille que Tony lui a envoyée par SMS, et qu'elle légende des mots : *Une soirée mémorable...* . Elle charge l'image, puis clique plusieurs fois sur le bouton *Actualiser* pour voir apparaître sur son fil les notifications des likes. Elle a suivi un cours sur les réseaux sociaux l'année dernière avec un étudiant de l'American University, parce que Mackenzie refusait de l'aider. Betsy cherche le hashtag *WashingtonCountryClub*. Lorsque la page apparaît, Betsy fait défiler les images et cherche la photographie de mariage la plus élégante, afin d'identifier l'église où le couple a été marié. Et voilà, la deuxième photo de la deuxième ligne : un marié qui renverse entre ses bras sa belle épousée, juste devant les arcs-boutants de la National Cathedral. Bingo ! Protestants épiscopaliens. Affaire réglée. Betsy prend son téléphone pour confirmer son rendez-vous avec le révérend. Excellent calcul : d'ici quelques semaines, il sera en mesure de donner une recommandation favorable à leur famille.

Betsy revient sur Instagram à la photo des mariés et survole très précautionneusement les 237 likes, afin de faire apparaître les noms des personnes qui ont liké. Elle clique sur la vignette de profil d'une femme blonde qu'elle trouve d'une beauté particulièrement frappante. Sa page contient une image de quelque chose qui ressemble à un château. Elle clique pour faire apparaître la légende: *Atterrissage à Munich la semaine dernière. Excursion en Range Rover il y a quelques jours. La Bavière et les Alpes: tous les matins, paysages sublimes saupoudrés de neige, fleurs printanières, herbe tendre, marguerites jaunes à perte de vue... Et ces petits villages de chalets tous parfaits... Mon endroit préféré au monde!* Betsy survole les 1 349 likes et distingue parmi les profils une autre femme belle et blonde. Elle clique sur sa vignette et voit sur sa page une photo d'une longue table majestueuse surmontée de trois lustres en cristal, devant un buffet illuminé par les rayons du soleil. Légende: *Le sol de briques. J'adore! Nouvelle obsession: cette palette de couleurs! Lumière sublimissime! Gros coup de cœur pour les murs ocre. Je VEUX ces lustres pour mes dîners de cet hiver!* . Betsy clique sur ses 1 899 likes. Le cinquième en partant du haut montre la photo de profil d'une femme à l'allure particulièrement glamour: cheveux roux lissés en un brushing parfait et pendants d'oreilles faits de trois boules vertes géantes. Betsy a déjà vu cette femme quelque part... Elle clique sur l'image et se retrouve sur le profil de Linda Williams. Quelle coïncidence! *Maman / épouse de l'incroyable Chris Williams (Fox News) / Washingtonienne de cœur / étudiante de français.*

Dans le cerveau de Betsy, les circuits neuronaux du plaisir s'illuminent comme si elle venait d'avoir un orgasme. Elle parcourt la page de Linda à la manière d'un agent du FBI qui passe en revue une liste de suspects. Des fêtes dans des ambassades: Italie, France, Angleterre! Des vues de son jardin: des hortensias en été, un cygne de pierre, une table éclairée aux chandelles pour un dîner intime, une déco tendance *Architectural Digest*, sa maison d'été dans les Hamptons… Enfin, et surtout, une vidéo récente de Linda en train d'apprendre le français à l'Alliance française, non loin de l'ambassade, en plein cœur de Kalorama. Betsy reste sur la page où la vidéo se répète en boucle comme un disque rayé : *Je voudrais un croissant, s'il vous plaît**[1]. Le montage de Linda recommence encore et encore : *Je voudrais un croissant, s'il vous plaît. Je voudrais un croissant, s'il vous plaît.* Vêtue d'un twin-set noir et de ses boucles d'oreilles à boules vertes, Linda répète, imperturbable : *Je voudrais un croissant, s'il vous plaît.* Betsy remarque les informations indiquées en haut de la vidéo : *Alliance française, Kalorama, Washington, DC. Posté il y a une semaine.*

Elle ouvre un nouvel onglet et cherche sur Google : « Alliance française » puis compose le numéro.

« *Bonjour**, Alliance française, que puis-je faire pour vous ? »

La voix perçante fait sursauter Betsy, l'arrachant à un état proche de l'hypnose. Elle s'éclaircit la gorge en couvrant le micro du téléphone.

« Bonjour, Betsy Wallace à l'appareil. Je voudrais m'inscrire à l'un de vos cours. Mon mari Doug Wallace est le sénateur de la Caroline du Nord. Nous allons retourner en France cet été, et je voudrais rafraîchir un peu mon français.

– Mais bien sûr, madame Wallace, nous serions enchantés de vous accueillir. »

Betsy examine les hashtags sur la page de Linda pour trouver la date et l'heure de son cours.

« Je voudrais m'inscrire au groupe du soir, le mardi et le jeudi.

1. Les phrases et mots en italique suivis d'un astérisque sont en français dans le texte.

– Aucun problème, madame Wallace. Je dois juste vous demander de remplir quelques formulaires avec vos coordonnées bancaires, et de nous les retourner directement. Est-ce que vous avez une adresse électronique sur laquelle je pourrais vous les envoyer ?

– Oh, après tout, il se trouve que je vais être dans le quartier ce soir pour aller chercher mes filles à l'école. Est-ce que je ne pourrais pas passer remplir les papiers sur place ?

– Oui, ce serait parfait, si ce n'est pas trop compliqué pour vous.

– Absolument pas. À très vite. *Au revoir** ! »

Betsy se laisse retomber contre le dossier de son fauteuil. Si elle parvient à faire en sorte que Linda Williams appuie sa demande d'adhésion au Washington Country Club, le tour est joué !

8

Le Russell Building du Sénat déborde de jeunes bureaucrates aux intestins constipés par les chaînes de restauration rapide et aux goûts vestimentaires douteux : costumes trop grands, perles de Maman, collants blancs et mocassins vernis – le summum de l'horreur. Embauchés pour la plupart via un ami de Papa qui se trouve être donateur d'un parti politique ou membre de l'équipe juridique d'un méga-lobby, ils ne sont là que pour une année, le temps de boucler leur dossier de candidature et d'entrer en droit à Georgetown ou Harvard. Ce sont les purs produits de l'usine à privilèges qui fabrique à la chaîne des répliques miniatures de leurs parents, de ce qu'ils étaient dans leur jeunesse et de ce qu'ils sont devenus.

Cate n'est pas comme eux. Elle a beau appartenir à la famille Bartholomew, elle a pour père un salaud qui les a abandonnées sans un sou, elle, sa mère et sa petite sœur. Alcoolique irrécupérable, il a échoué en prison pour coups et blessures, et pour avoir trafiqué les compteurs kilométriques de voitures d'occasion. Elle avait quatorze ans quand il est parti. Son oncle Chuck est alors venu à la rescousse et a payé ses frais d'université. Fidèle donateur du parti républicain, il a aidé Cate à trouver une place au Capitole. Personne ne parle jamais du père de Cate. Déshérité, il moisit actuellement dans une cellule au fin fond du désert californien.

Elle dépasse un stagiaire. Ses talons claquent sur le sol de béton du souterrain qui relie les bureaux du Sénat à ceux de la Chambre des représentants – une fourmilière géante bâtie sous la surface du Capitole. Pour des raisons de sécurité, les employés de ces bureaux ne se déplacent jamais à la lumière du jour.

« Bonjour, lance Cate, souriante, au vigile du poste de sécurité, en lui montrant le badge suspendu à son cou.

– Bonjour mademoiselle Bartholomew. Vous êtes en forme aujourd'hui ?

– Prête à en découdre ! » réplique-t-elle avec un clin d'œil.

Elle considère son sens de la repartie comme son meilleur atout. Dans ce petit village si engoncé dans le décorum, les gens finissent par perdre leur personnalité.

Cate monte l'escalier de marbre, contrainte par sa robe Ann Taylor de marcher à petits pas. Elle passe devant un stagiaire, déjà titulaire d'un Master à vingt ans, qui s'apprête à boire à la fontaine à eau. « Si j'étais vous, je ne boirais pas ça », dit-elle au stagiaire qui lève vers elle un regard interloqué. « Les canalisations sont pleines de plomb. »

Cate entre dans le bureau du sénateur. Face au canapé Chesterfield capitonné, une copie neuve du *Washington Post* est posée sur la table basse, les gros titres en évidence :

TUERIE DE MASSE AU FESTIVAL DE MUSIQUE DES MIDLANDS

VIOLENCE CONJUGALE : UNE ENQUÊTE ÉCLABOUSSE LA MAISON-BLANCHE

Prise d'otages dans les beaux quartiers : une famille fortunée assassinée et brûlée dans sa villa

Cate tient une assiette en carton sur laquelle repose un muffin à la myrtille et attend que son café soit prêt. Au moment où elle va mordre dans le gâteau, Walter Stevens, un quinquagénaire un peu gras en costume marine, bras droit et ami de longue date du sénateur, se glisse à côté d'elle.

« Vous avez fait une couleur ? demande-t-il en lui prenant son muffin des mains.

– Euh, non », répond Cate.

Elle le regarde mordre dans le gâteau, laissant tomber des miettes sur sa cravate et sur le sol.

« Je vous trouve plus blonde qu'avant », déclare-t-il la bouche pleine, avant de reposer le muffin sur l'assiette de Cate et de s'essuyer les mains sur les jambes de son pantalon. Puis il répond à un appel sur son téléphone portable.

Cate contemple l'énorme marque de dents dans son muffin et jette le gâteau à la poubelle avec une grimace de dégoût.

« Fox News nous demande une déclaration sur le cas de violence conjugale au gouvernement », lui annonce Walter au moment où Doug entre dans la pièce.

Cate ébouriffe ses boucles blondes avec un regard en coin vers le sénateur, tout en prenant note des consignes de Walter sur son téléphone. Doug est en train de la regarder, c'est sûr. Il la voit, il voit ses doigts qui caressent ses mèches dorées par le soleil, il la voit tout entière dévouée au service de cette grande nation. Tout cela doit l'exciter au plus haut point.

Doug lance un « Bonjour » plus raide qu'à l'accoutumée et salue son équipe d'un hochement de tête, tout en essayant de ne pas avoir l'air de s'adresser à Cate en particulier, de peur que quelqu'un ne remarque la tension érotique manifeste qui règne entre eux. Il entre dans son bureau et ferme la porte.

Walter reçoit un autre appel. « Il faut que je décroche. S'il vous plaît, Cate, occupez-vous de Fox. Je dois être à une réunion du Comité dans dix minutes.

– Pas de problème », répond Cate, ravie, avant de se diriger vers le bureau du sénateur.

Doug est assis dans son fauteuil pivotant face à Cate, les bras croisés au-dessus de la tête. Tous deux prennent une profonde inspiration – ils ne se sont pas parlé depuis la veille. Doug se cramponne désespérément à ses repères: «Je ne suis pas dépendant sexuel. Je suis juste un homme comme mon père, et le père de mon père, et le père du père de mon père… »

« Monsieur le Sénateur, commence Cate, un peu nerveuse, hésitant entre un ton intime et un ton professionnel. Nous avons besoin d'une déclaration de votre part sur les événements concernant le directeur de cabinet du Président… »

Doug marque une longue pause, le temps de rassembler ses pensées.

« Nous devons publier un communiqué le plus vite possible, avant qu'un remplacement ne soit annoncé cet après-midi, poursuit-elle. Les gens veulent connaître votre position sur cette question. »

Doug, les yeux fichés sur Cate, semble totalement déconcentré. Malgré son désir manifeste, il y a dans ce regard intense quelque chose de vide, que Cate remarque sans vraiment chercher à l'interpréter.

« Quelle question ? demande-t-il.

– La violence conjugale. »

Après un temps, il reprend ses esprits.

« Oh, oui, oui… Eh bien… C'est inacceptable, bien sûr. »

Il va en dire davantage. Non, il s'arrête. Cate sait qu'une part essentielle de son travail repose sur sa faculté à réagir au quart de tour. Elle doit perpétuellement prouver sa valeur. Aveuglée par l'attraction physique entre eux, elle n'a pas conscience qu'elle est seule au milieu d'un vaste océan, luttant sans relâche pour garder la tête hors de l'eau, le tout sans jamais cesser de sourire ni de s'assurer que ses cheveux sont impeccables et sa stratégie presse insubmersible.

« Que diriez-vous de ceci : "J'ai pris connaissance avec stupéfaction des accusations portées contre Tom Derby, le directeur de cabinet de la Maison-Blanche. Les violences conjugales sont inacceptables. J'en appelle à sa responsabilité pour annoncer immédiatement sa démission." »

Doug réfléchit.

« Vous avez fini major de votre promo à l'école de journalisme, c'est bien cela ?

– Monsieur le Sénateur… », minaude Cate en souriant, un sourcil levé. Doug lui retourne son sourire, plein de ce charme d'homme du Sud qui le rend irrésistible aux yeux des femmes malgré son crâne chauve et luisant. « Je vais y aller, il faut que je termine le communiqué, finit-elle.

– Excellent, et publiez-le dès que possible », répond Doug. Il décroise ses bras et s'installe face à son bureau pour signifier qu'il s'apprête à reprendre le travail.

Cate avance de quelques pas vers lui. Doug, qui regrette déjà de lui avoir fait du charme, tente quelque chose, n'importe quoi pour l'empêcher de s'approcher trop près de lui. Il attrape son journal, le secoue et le jette sur un coin de son bureau, comme un enfant qui lance un objet à sa petite sœur pour la chasser de sa chambre.

Cate s'interrompt. A-t-elle mal interprété les signes ? Elle baisse les yeux sur le journal étalé devant elle.

Massacre à Wildwood Drive :
une famille brutalement assassinée

« Ce n'est pas très loin de là où j'habite. Quand cela s'est-il passé ?

– Oh, euh... »

Doug jette un œil à la couverture.

« La nuit dernière. C'est tragique, tout à fait tragique. Leur fille était en classe avec une des miennes.

– Quelle horreur ! »

Cate s'approche un peu de lui mais il ne lui envoie aucun signe d'encouragement. Le téléphone personnel de Doug s'illumine. Tim Portable. Doug a du mal à ne pas se dire que c'est Dieu qui le rappelle à l'ordre.

« Bon, je vous laisse décrocher, dit Cate, déçue, en se passant la main dans les cheveux. Je dois aller envoyer ce communiqué. »

Agitant en l'air son portable dans lequel elle a pris ses notes, elle fait volte-face et se dirige vers la porte. Les yeux de Doug tombent tout droit sur ses fesses qu'il contemple, perdu, comme on contemple l'abysse. Cate jette un regard par-dessus son épaule et surprend son regard. Ravie, elle sourit en se mordant la lèvre inférieure. Enfin, on l'apprécie à sa juste valeur ! Elle sort et referme très doucement la porte derrière elle.

Le téléphone personnel de Doug est maintenant en train de vibrer violemment sur son bureau d'acajou.

« Allô ? Tim ? ... Non, rien de grave, c'était ma femme, Betsy. J'étais terriblement gêné, il fallait vraiment que je parte. Vous comprenez, avec tous ces événements... Nous sommes à un tournant majeur... Tout cela m'a ouvert les yeux. Betsy est un tel soutien pour moi. Je lui dois tellement... »

Il écoute Tim, puis l'interrompt :

« J'apprécie vraiment votre sollicitude, vraiment beaucoup. Et vous savez, Cate sort de mon bureau à l'instant, et notre conversation a été tout à fait professionnelle. Hier soir, vous comprenez, c'était un dernier écart, ou plutôt... Mais enfin, Tim, je ne suis pas dépendant. Je ne suis pas du genre à "attraper les femmes par la chatte", comme dirait l'autre ! Vous voyez bien la vie que j'ai. Je ne serais jamais arrivé là où j'en suis si j'avais des tendances autodestructrices. J'apprécie vraiment votre soutien, Tim, mais ma place n'est pas parmi vous. »

Doug raccroche et pose son téléphone privé à côté de son portable professionnel. Il se balance d'avant en arrière dans son fauteuil et croise à nouveau les bras derrière sa tête. Il regarde fixement le portrait noir et blanc encadré de Ronald Reagan, un pistolet à la ceinture et un chapeau de cow-boy sur la tête. Le titre du film : *Quand la poudre parle...* Son sous-titre : *Une seule loi : celle de son revolver !*

Doug saisit son téléphone, très fier de son intelligence et de son self-control. Il cherche le numéro personnel de Cate. Sans plus réfléchir, il lui écrit : On vous a déjà dit que vous êtes sexy dans cette robe ? Il repose son téléphone, envahi par une vague de soulagement et d'excitation.

Il attend une réponse.

Dix minutes s'écoulent. Il attend. Bon sang de bonsoir, avec cette avalanche de crises sur le Capitole, il n'a même pas encore ouvert un seul mail !

Il attend.

Il prend son téléphone personnel et ouvre ses messages. Il n'y trouve aucun échange de SMS avec Cate. Il vient pourtant de lui écrire. Comment est-ce possible ?

Oh non !

Doug se sent paralysé. Il se creuse frénétiquement la tête à la recherche d'une excuse plausible, n'importe laquelle, qui pourrait justifier l'envoi de ce message depuis son téléphone professionnel. Il prie : pitié, pitié, faites qu'elle ne réponde pas. Je ne suis pas censé envoyer des sextos aux frais du contribuable !

Son téléphone pro s'illumine. Il a reçu un SMS. Son cœur dégringole au fond de ses chaussures.

Il ouvre le message. C'est le secrétaire à l'Agriculture de Caroline du Nord qui confirme leur dîner de la semaine prochaine. Soulagement. Au moment où Doug essuie la sueur de sa lèvre supérieure, son téléphone privé s'allume.

Des messages coquins depuis votre téléphone pro ? Vous cherchez les ennuis, M. le Sénateur ?

Doug pouffe, enchanté, en regardant l'écran. Il savait que c'était une maligne. C'est pour cela qu'il l'a embauchée ! Quelle petite maligne, se dit-il. Il bascule sa tête en arrière et éclate de rire. Tout cela est tellement cocasse. Petite maligne.

Cate est assise à son bureau, les joues roses, un sourire malicieux aux lèvres, lorsque son téléphone professionnel s'allume. Un SMS de Sénateur Wallace. Elle ouvre le message : Oh, c'est très gênant. Ce message était destiné à ma femme Betsy. Toutes mes excuses.

Aucun problème, répond Cate.

Doug fait tourner son fauteuil en pianotant compulsivement sur son sous-main en cuir. Il prend son téléphone, le repose, pianote encore, puis le reprend et écrit un SMS : J'ai oublié quelque chose, pourriez-vous repasser dans mon bureau un instant ? Il laisse retomber son téléphone.

Cate regarde son écran. Son cœur cogne avec violence. Doug la convoque à nouveau dans son bureau.

Elle se recoiffe, puis frappe à la porte tout en l'ouvrant avec un grand sourire : « Vous vouliez me voir ? »

Doug se lève, enfonce ses mains dans ses poches et fait le tour de son bureau, au moment où Cate referme la porte derrière elle. Il s'adosse au bord de la table, les bras et les chevilles croisés.

« Vous savez que j'ai des filles, commence-t-il.

– Oui. Deux, c'est bien cela ?

– Fox m'a invité à l'antenne ce soir pour discuter de cette histoire de violences conjugales, mais je crois que c'est vous qui devriez y aller. Pour représenter notre équipe. »

Cate feint simultanément la surprise et l'humilité :

« Oh, ah bon ? Merci… Oui, je serais heureuse de le faire. C'est un honneur pour moi.

– D'un point de vue stratégique, je pense que ce serait bénéfique de montrer au public que je travaille en étroite collaboration avec des femmes, et que je ne tolérerai aucun comportement déplacé – non seulement dans le privé, mais aussi sur notre lieu de travail.

– Oh, absolument. Est-ce que vous voulez que je souligne le fait que vous avez deux filles ? Et que vous frémissez à l'idée que ce genre de choses arrive à l'une d'elles ?

– Tout à fait, répond Doug en gonflant la poitrine. Mais aussi au sein de ce bureau…

– Bien entendu », acquiesce Cate avec un sourire complice.

9

Une armée de Suburban noires marquées d'autocollants du gouvernement est garée sous les cinq drapeaux américains qui ornent la façade du National Press Club. Avant même d'arriver aux ascenseurs, Carol et Billy, l'épouse et le fils du général, sont bombardés d'images par la douzaine d'écrans fixés aux murs du hall d'entrée, le son à plein volume. Le visage d'un présentateur semble en plein débat avec celui de l'écran d'à côté et parfois d'un troisième, d'un quatrième et d'un cinquième écran. Cette légion de têtes parlantes donne l'impression qu'un commissaire d'exposition est venu spécialement du MoMa pour créer cette installation d'écrans, censée provoquer chez le spectateur une sensation de désorientation (personnes sujettes aux incidents cardiaques, aux bouffées de panique ou à l'épilepsie s'abstenir). CNN, Fox, NBC, ABC, CBS, MSNBC, C-SPAN : « *En direct de la Maison-Blanche… par le FBI, le ministre de la Justice et… avéré de violences conjugales… la fusillade de masse d'hier… dizaines de victimes, dont plusieurs enfants… bonne nouvelle pour les détenteurs d'armes à feu, des actions en hausse… nouveaux bouleversements dans l'administration de la Maison-Blanche… agents des services secrets russes nient avoir… famille assassinée dans une villa de Washington DC…* »

Dans l'ascenseur, un agent de sécurité sort de sa poche une clé magnétique et la pose contre un panneau près du bouton du treizième étage. Carol remet en place la cravate à rayures marine de Billy, qui la repousse. « C'est bon, Maman.

– Nous allons être filmés, je veux juste vérifier qu'elle est bien serrée, répond Carol, les mains un peu tremblantes. Je veux que ton père soit fier de toi. »

Elle porte une robe anthracite toute simple de chez Anne Klein qu'elle a trouvée en soldes chez Macy's. Suivis de trois agents de sécurité, ils sortent de l'ascenseur et se retrouvent sur une moquette bleue et or. Ils arrivent à un nouveau poste de sécurité avec encore deux vigiles.

« Vous désirez ? demande la réceptionniste.

– Famille Montgomery, répond le chef de la sécurité.

– Vous pouvez passer, dit-elle en indiquant les portes de verre qui s'ouvrent automatiquement. Aujourd'hui, ils sont dans le salon Zenger. »

Billy et Carol traversent les salles de ce bastion du journalisme, qui a plutôt l'air d'un repaire de vieux schnocks. Billy trouve cet endroit ennuyeux à mourir. Qu'est-ce qu'il fait ici ? Où sont les salles informatiques dernier cri, les tables de ping-pong et les food trucks ? Il n'y a rien que des salles bourrées à craquer de vieux mâles blancs qui, bien que retraités pour la plupart, continuent de se présenter chaque matin en costume et cravate. Avachis dans les canapés de cuir sang de bœuf de la salle à manger, au milieu des coussins de velours bordeaux assortis aux rideaux, des meubles en ronce de noyer, des cuivres et des bibelots d'argent qui tiennent compagnie sur les étagères à des livres d'occasion poussiéreux, le regard fixé sur les écrans de télévision, ils attendent que des serveurs noirs et latinos en nœud papillon leur apportent à manger.

Aux murs sont encadrées des unes de journaux historiques :

Quatre avions de ligne détournés par des terroristes s'écrasent sur le World Trade Center et le Pentagone, faisant des centaines de victimes.
Fusillade dans un lycée du Colorado: 25 morts
John Lennon assassiné!

Billy et Carol arrivent dans le salon Zenger, où un attaché de presse et le président du club se précipitent sur eux. Les plus célèbres journalistes d'actualité des principales chaînes de télévision sont assis au premier rang. Certains font des essais de son, le micro à la main, déjà maquillés, tout en consultant leurs messages sur leurs téléphones. Face à eux, une estrade a été montée devant une toile de fond sur laquelle est inscrit en lettres bleues: THE NATIONAL PRESS CLUB. Billy et Carol sont guidés jusqu'à leurs places par une femme équipée d'une oreillette. Les gouttes de sueur qui perlent à son front et ses grands gestes frénétiques laissent deviner qu'elle est soumise à une pression extrême: son poste lui interdit le moindre faux pas. Tous les yeux se tournent vers la mère et le fils, et plus particulièrement vers ce dernier qui semble de toute évidence formaté pour suivre les traces de son père.

Une fois assis, Billy se retourne vers le fond de la pièce où il voit une rangée de caméras si nombreuses qu'elles débordent dans l'allée près de lui. Il remarque un cameraman – costaud, un peu grassouillet, barbe de quelques semaines –, son casque aux oreilles, plongé dans les *Aventures de Huckleberry Finn* de Mark Twain. Billy se demande si le livre est un bouclier contre le déferlement continu d'informations, ou bien une marque de l'indifférence que lui inspire tout ce cirque.

Un journaliste du prime time qui attend de prendre l'antenne, debout devant la caméra, reçoit une alerte sur son téléphone.

Flash spécial: Le général Edward Montgomery a été nommé ministre de la Défense... Une nomination sans précédent. « On est EN DIRECT ! » Au fond de la salle, plusieurs écrans de télévision montrent le Président à un meeting: « *J'ai décidé de nommer le général Edward Montgomery ministre de la Défense.* » On entend à l'écran la clameur d'une foule, quelque part dans le Midwest. Quelqu'un coupe le son.

Un autre journaliste annonce: « On y va ! Ça tourne ? »

« Ils seront ici dans trois minutes, ils viennent d'entrer dans l'immeuble. Trois minutes ! » hurle un haut-parleur au fond de la salle.

Billy se retourne pour voir la réaction de sa mère. Carol est assise, les mains croisées sur ses genoux. Elle tourne légèrement la tête vers lui et sourit sans montrer ses dents. Carol n'est pas à l'aise devant les caméras. Elle avale sa salive. Elle attend. Le silence se fait, et le président du National Press Club monte sur l'estrade.

« Bonjour à tous. Il y a quelques instants, le Président a annoncé la nomination du général Edward Montgomery au poste de ministre de la Défense. Le général Montgomery, figure bien connue de l'administration actuelle, est un membre du Comité des Forces armées au Sénat. Il a fait ses preuves en tant que chef d'État-Major des armées et commandant des forces armées en Afghanistan, ainsi que dans de nombreux autres postes. C'est un combattant et un dirigeant du plus haut calibre, qui s'est distingué au long de plus de trente-cinq ans de service, et nous sommes très heureux de l'accueillir parmi nous aujourd'hui. Mon Général... »

Billy regarde son père passer la porte et contourner les assistants bardés de câbles, de talkies-walkies, d'oreillettes et de calepins. On se croirait sur un tournage à Hollywood plutôt que dans une conférence de presse politique. Le costume de son père est couvert de décorations multicolores : quatre étoiles épinglées aux larges épaulettes de l'uniforme, insigne du corps des parachutistes, médailles pour faits de bravoure. Il est suivi d'une nuée d'assistants et de gardes du corps.

Billy est assis les chevilles croisées, les genoux écartés, les mains posées sur les genoux, le dos raide, la tête légèrement inclinée en arrière, conscient d'être regardé. Il sait qu'il ne sera jamais à la hauteur de son père, et à plus forte raison de ce qu'il vient de devenir. Il cherche à croiser les yeux du général au moment où il monte sur le podium. Il espère que celui-ci lui adressera un regard, peut-être même un sourire, pour lui montrer qu'il a remarqué sa présence. Digne, fier, sûr de lui, le général avance la tête haute et passe à côté de Billy sans un signe. Il monte sur l'estrade vertigineuse et regarde droit devant lui en direction des caméras dont les images sont en train de pénétrer à l'intérieur de millions de maisons et de bureaux, en Amérique et peut-être dans le monde entier.

« Bonjour à tous, merci de m'accueillir parmi vous aujourd'hui. Je suis particulièrement honoré de cette nomination au poste de ministre de la Défense des États-Unis d'Amérique. Notre ministère, à la tête de l'armée la plus puissante du monde, est le garant de notre grande nation, et je tiens à remercier le Président pour la confiance qu'il m'accorde. J'attends avec impatience mon audience de confirmation, et je me réjouis de cette opportunité de servir une fois de plus notre grande nation. Merci, et que Dieu bénisse l'Amérique. »

Sans s'en rendre compte, Billy serre les dents et contracte le poing droit. Il est fier de son père, mais il ressent aussi une forme de culpabilité que l'on ne connaît généralement pas à un si jeune âge : une culpabilité qui peut sans crier gare se métamorphoser en ressentiment et, plus tard, en une haine brute, violente et mal dirigée. Quoi qu'il arrive, son père fera toujours passer son pays avant sa famille. Le monde ne voit jamais en lui qu'un combattant prêt à se sacrifier pour son pays, un homme dont on remercie continuellement la famille pour son soutien sans faille. Mais à quoi sert de les remercier, puisque l'on ne leur a jamais demandé leur avis ?

Mais Billy ne pense pas à tout cela. En réalité, il n'est pas vraiment impressionné par ces événements – pas plus que ne le serait un garçon du Midwest qui verrait son père chirurgien orthopédiste présenter un exposé dans un congrès à l'hôtel Marriott. Plus qu'à toute autre chose, Billy est avant tout attentif à la manière dont il est perçu. Ce n'est que dans les moments de calme, ou quand il est ivre mort, qu'il prend conscience de ces choses-là.

Le général descend de scène, accompagné d'une cohorte d'officiers de sécurité et d'aides de la Maison-Blanche. Billy ne soupçonne pas encore le niveau de pression médiatique qui va désormais peser sur sa famille. Il observe, adressant aux caméras un demi-sourire forcé. Il sent son téléphone vibrer : c'est un SMS de Bunny.

T'as vu ? Audrey Banks est morte ptn !!!!

La National Cathedral de Washington

La construction de la National Cathedral a débuté en 1907, sous le mandat du président Theodore Roosevelt. Son architecture, avec ses flèches, ses arcs-boutants et ses vitraux, s'inspire de différentes cathédrales néo-gothiques du XVIII*e siècle (la cathédrale possède par ailleurs une gargouille à l'effigie de Dark Vador). Érigée sur la plus haute colline de Washington, elle accueille les prières, les mariages et les enterrements d'une grande partie de l'élite politique et sociale de la ville. Divers personnages illustres y sont enterrés, parmi lesquels le président Woodrow Wilson, Helen Keller et Matthew Shepard.*

En 1953, l'association de femmes United Daughters of the Confederacy a milité pour la création de deux vitraux commémoratifs dédiés aux généraux Stonewall Jackson et Robert E. Lee, commandants de l'Armée confédérée dans la guerre de Sécession. Leur action porta ses fruits et les vitraux furent installés dans la cathédrale[1]*. L'un des vitraux dépeint Jackson à genoux, une bible dans les mains ; l'autre montre Lee, vu de dos, les bras étendus comme les ailes d'un aigle, avec les mots : « Ainsi il rendit l'âme, et toutes les trompettes de l'au-delà retentirent ».*

Un rapport publié récemment signale que « ces vitraux peuvent servir de point de départ à un débat ouvert sur la question raciale et sur l'histoire de l'esclavage, ainsi qu'au traitement de questions inconfortables et trop souvent occultées relatives à la race en Amérique. Par ailleurs, ils apportent un éclairage précieux sur l'histoire de la cathédrale et le rôle parfois complexe qu'elle a pu jouer concernant ces questions »[2]*. En 2017, les vitraux ont été retirés sans être remplacés, faute de donation. Aucun donateur ne s'est jusqu'à présent manifesté.*

1. Colbert I. King, « The Removal of Confederate Windows at National Cathedral Was No Cause for Celebration », *Washington Post*, 8 septembre 2017.

2. Site Internet de la National Cathedral à Washington.

10

La Saint Peter's Academy est un lycée privé juché comme un dôme gothique sur la plus haute colline de Washington. L'ombre de la National Cathedral, avec ses flèches menaçantes, ses arches, ses gargouilles et ses vitraux où des généraux sudistes sont représentés aux côtés de Jésus, Marie et Joseph, plane comme un linceul sur le bâtiment de briques.

Le révérend, les yeux clos, sent pulser à l'unisson le jeune sang aristocratique dans les veines de son auditoire. Il entame un Notre Père :

« Notre Père qui es aux cieux, que ton Nom soit sanctifié, que ton Règne vienne, que ta volonté soit faite sur la Terre comme au Ciel. Donne-nous aujourd'hui notre pain de ce jour, pardonne-nous nos offenses comme nous pardonnons aussi à ceux qui nous ont offensés ; et ne nous soumets pas à la tentation, mais délivre-nous du mal, car c'est à toi qu'appartiennent le règne, la puissance et la gloire, pour les siècles des siècles. Amen. »

Le révérend ouvre les yeux et lève les mains au ciel.

« Le Seigneur soit avec vous.

– Et avec votre esprit. »

Les cerveaux de ces jeunes sont imprégnés jusque dans les moindres recoins d'un mélange de contes de fées à l'américaine et de versets bibliques. Déjà formatés pour entrer dans les cases des existences supérieures qui les attendent – ambassadeur, agent de la CIA, banquier, épouse d'un Kennedy, lobbyiste, parlementaire ou président –, ils n'ont d'autre choix que d'aller toujours plus haut. Ils ne sauront jamais à quoi ressemble une enfance hors de ces murs invisibles, érigés pour les préserver à tout prix de la petite musique de l'échec et des échos de la détresse économique.

À la nouvelle de la mort d'Audrey Banks et de sa famille, les étudiants de la Saint Peter's Academy se précipitent hors de la nef de la chapelle pour s'agglutiner en petits groupes sanglotants. Ils sont si « choqués » qu'ils ne peuvent s'empêcher d'expliquer à quel point tout cela les affecte, eux, personnellement. Les filles les plus populaires surtout, accablées par cette mort « trop injuste », reposent leur tête sur l'épaule des garçons, provoquant chez eux d'irrépressibles érections.

Avant le début de sa troisième heure de cours, Bunny va s'asseoir sur un banc de pierre néoclassique en forme de cygne dans un coin reculé du Jardin de l'Évêque, un lieu stratégique où, pendant les récréations, les lycéens vont perdre leur virginité et se fournir en drogues, juste au pied de la cathédrale. Derrière sa tête, un lierre lance ses vrilles tortueuses qui serpentent contre une sorte de monument funéraire recouvert de mousse verte. Elle s'allume une cigarette. Par-dessus son uniforme – jupe écossaise verte, chemise à col marin à la poche brodée de l'écusson de l'école, *Fidelitas et Integritas* –, elle est enveloppée dans un manteau rouge à capuche doublé de drap à carreaux Burberry. Elle entend des pas sur les marches de pierre. Stan Stopinski, le fils de l'ambassadeur de Russie, sociable, incontrôlable et dragueur invétéré, descend vers elle. Bunny, Billy et leurs amis l'ont surnommé Poutine 2.0. C'est vrai qu'il ressemble de manière frappante à un jeune Vladimir Poutine : cheveux d'un blond aryen séparés par une raie sur le côté, lèvres charnues, bout du nez arrondi, yeux enfoncés et pommettes hautes. À tout juste dix-sept ans, il se distingue déjà des autres garçons par son arrogance très slave et son humour sarcastique. Un foulard de soie à pois dépasse de la poche de sa veste bleu marine.

Stan est le seul à appeler Bunny Elizabeth, qu'il prononce « Lizbet ». Lorsqu'il est arrivé aux États-Unis à la fin du collège et qu'il a entendu les autres appeler la jeune fille par ce surnom, il a d'abord cru qu'il s'agissait d'une blague. « Rridicule », a-t-il décrété avec un geste méprisant de la main. Quelques années plus tard, bien que son accent russe se soit teinté d'intonations américaines sans rien perdre de son côté flamboyant, il continue d'appeler son amie Lizbet. Dès le premier regard, Stan avait voulu savoir qui était cette fille à l'allure si frappante avec ses cheveux blond vénitien, sa peau translucide, ses grands yeux, ses taches de rousseur presque imperceptibles, ses jambes maigres et ses genoux cagneux. Elle faisait preuve dans les discussions d'un esprit sensible et curieux, saupoudré d'un humour corrosif mais jamais importun. Lorsque Stan avait su qu'elle était avec Billy Montgomery – beau gosse, musicien, doué en cours comme en sport : le genre de garçon à qui tout réussit –, il avait renoncé à la draguer et préféré se lier d'amitié avec le couple. Les trois étaient devenus meilleurs amis parce que Stan était drôle, différent des autres, toujours prêt à faire les quatre cents coups et bien approvisionné en vodka. Billy et Bunny l'avaient presque aussitôt introduit dans le cercle très sélectif de leurs amis.

Bunny n'avait pas toujours fait partie de la bande la plus en vue du lycée. Ce n'est que lorsqu'elle était sortie avec Billy que les filles populaires comme Audrey Banks avaient commencé à la remarquer. Audrey et Bunny se connaissaient depuis la maternelle. Parmi ses souvenirs d'enfance favoris, Bunny se rappelle leurs jeux avec le petit cochon vietnamien d'Audrey dans le jardin de la maison où vivaient alors les Banks à Georgetown, et l'époque où elles jouaient à la maman avec la même poupée Corolle. Mais lorsqu'elles étaient entrées au collège, Audrey s'était mise à se raser les jambes et avait formé avec ses amies le « gang des cashmeres » : une petite clique de filles à la mode qui adoraient se vanter de leurs règles avant toutes les autres. Bunny se trouva ainsi abandonnée à son existence prépubère. Puis, lors de l'été précédant leur entrée en troisième année, les jambes de Bunny se mirent à s'allonger et sa poitrine à se remplir. Elle développa un sens de l'humour, un charme, une assurance nouvelle qui se voyait à sa démarche lorsqu'elle traversait le hall du lycée. Billy fut le premier à s'en apercevoir et tomba aussitôt amoureux d'elle. Puis le gang des filles populaires, y compris Audrey, se joignit au mouvement en l'intégrant. Mais Bunny garde de cette période une certaine méfiance vis-à-vis de l'amitié de ces filles et de la manière dont Audrey est revenue vers elle.

Stan s'assied près de Bunny, perdue dans la contemplation du labyrinthe de rosiers décapités.

« Tu veux savoir comment elle est morte ? demande Bunny sur un ton plus proche du commérage que de la lamentation. Ils l'ont découpée en morceaux, après ils…

– Non, non, non, Lizbet, je ne veux pas… »

Stan secoue la tête, comme pour en faire disparaître les pensées macabres. Il prend le paquet de cigarettes des mains de Bunny et s'en sort une.

« Qui a pu faire une chose pareille ? poursuit-il.

– Ça, le révérend n'en a pas parlé quand on était à l'intérieur. Il n'a pas dit comment ils sont morts. J'ai dû tout chercher sur Google pendant le Notre Père. »

Bunny écrase sa cigarette contre le banc, la frotte contre la pierre comme si c'était un pinceau et la jette dans un massif de buis. «Je vais supprimer mon Finsta», déclare-t-elle.

L'univers souterrain des «faux» comptes Instagram: un mélange de ragots, de méchanceté gratuite, d'humour, de moquerie, de provocation et de rigolade. Les propriétaires d'un Finsta n'acceptent pour *followers* que les personnes qu'ils jugent dignes du privilège de voir qui ils sont vraiment. Leur «vrai» compte n'est qu'une façade publique, offerte aux regards indiscrets des parents, des professeurs et des comités de sélection des universités. Les meilleurs buts du match de foot! Le bal de fin d'année! Les vacances en famille! Pas question d'y partager des photos de rails de speed ou de fellations, ni des *mèmes* qui se moquent des pauvres. Un peu tardivement, une prise de conscience s'est peu à peu frayé un chemin dans l'esprit de Bunny. Malgré elle, le meurtre d'Audrey l'a conduite à un tournant: elle est forcée de réfléchir au genre d'amie qu'elle a été pour la jeune fille, et à la trace qu'elle laissera un jour derrière elle.

Bunny pose son téléphone et lève les yeux. Justin Finnigan, le petit ami d'Audrey, en écharpe à carreaux, cravate à rayures et pantalon de toile, pleure sur l'épaule de M. Muller, le prof d'histoire. Trois jours plus tôt, il trompait Audrey avec Lily Anderson dans un coin de la Chapelle des Enfants. Tessa Dawson, surnommée «Testicules», a posté une photo du couple pris sur le fait, qui s'est aussitôt diffusée dans les moindres recoins d'Instagram, plongeant Audrey dans une fureur vengeresse.

«Sale bouffon», siffle Stan en direction de Justin, une jambe croisée par-dessus l'autre comme s'il était au premier rang de la Fashion Week de New York.

Il repousse sur le côté ses cheveux blonds qui lui tombent dans les yeux.

Leur ami Marty, longue tige voûtée, arrive jusqu'à eux. Il porte un nœud papillon uni et des lunettes rondes en écailles, et tient à la main un exemplaire de *L'Éveil* de Kate Chopin couvert de marques au feutre fluo et d'annotations dans les marges pour son cours d'anglais niveau avancé. Ses parents sont professeurs à la fac de droit de Howard et écrivent des manuels sur les politiques gouvernementales mais lui, il finira à Harvard. Surnommé Marty le Malin, il est le seul élève noir de leur classe et aussi le plus doué. Il pourrait passer ses examens d'entrée à la fac totalement défoncé et obtenir tout de même la note maximale.

« Salut », lance Marty d'un air lugubre, une main dans la poche, tenant nonchalamment son livre de l'autre.

Bunny dirige vers lui un regard vide et Stan le salue d'un hochement de tête.

« Où est Billy ? » demande-t-il.

Bunny, consumée par la mort d'Audrey, prend une grande inspiration. « Il a dû aller écouter son père qui faisait un discours à son boulot, ou un truc dans le genre », répond-elle.

Son ton est d'une désinvolture absolue. « Son boulot ou un truc dans le genre » : à l'orée de l'âge adulte, ces jeunes sont inconscients du pouvoir familial qui repose déjà entre leurs mains.

« Oh, mais alors il n'est pas au courant ? demande Marty.

– Je viens de lui envoyer un texto », répond Bunny.

De nouveaux bruits de pas s'approchent d'eux. Leurs yeux se tournent vers le mur couvert de lierre et ils voient apparaître Chase Cowan accompagné de Mackenzie Wallace, la fille du sénateur Wallace.

« Yo, le Malin, y a la nouvelle qui te cherche », annonce Chase.

Mackenzie, la fille aînée de Betsy et Doug, se tient là les mains nouées, les chaussettes au genou, ses cheveux filasse cachant ses plaques pelées, le nez rougi par le vent hivernal. Elle n'a pas connu Audrey Banks alors elle reste là, un peu perdue, les yeux écarquillés, prête à se cramponner à quiconque voudra bien lui parler, dans l'espoir que le partage de cette expérience traumatisante l'aidera à se lier avec les autres.

Chase est le quarterback vedette du lycée. Il se trouve par ailleurs que son père est le directeur de la CIA. Le jeune homme est sujet à de violents accès de colère à cause du syndrome de stress post-traumatique dont souffre son père depuis le 11 septembre. Chase est né quelques mois à peine avant l'attaque du Pentagone et des Twin Towers. Son père, alors employé de la CIA, a été affecté à une mission dans une base en Afghanistan. Ce n'était pas un militaire mais un analyste du renseignement, formé à délivrer des interrogatoires. Lorsqu'il était à bord de l'avion de guerre qui le conduisait en Afghanistan, pour éviter que le bruit de leur engin ne soit entendu par Al-Qaïda ou les Talibans, le pilote a coupé le moteur, a laissé l'avion descendre en planant jusqu'à la base et ne l'a rallumé qu'au dernier moment, frôlant le crash à quelques secondes près. Le père de Chase a eu la certitude qu'il allait mourir. Quelques minutes plus tard, on le faisait descendre de l'avion pour le conduire jusqu'à un centre de détention secret. En revenant chez lui, il a traversé une phase de paranoïa intense, à cause de laquelle il a été quasi absent de la petite enfance de Chase. Leur maison contient toujours une pièce sécurisée, sauf que son père n'y va plus tellement : c'est maintenant Chase et ses copains qui l'utilisent pour dealer et se défoncer.

Marty s'approche de Mackenzie et passe un bras autour de ses épaules. Personne ne comprend bien s'il s'agit d'un geste amical ou romantique mais une chose est sûre, c'est qu'ils sont aussi mal à l'aise l'un que l'autre.

« Hé, les gars, vous connaissez Mackenzie Wallace ? Elle est nouvelle. On est en anglais ensemble.

– Enchantée, dit Bunny en lui tendant la main comme une fille bien élevée.

– Ah oui, tu es en maths avec M. Watson, dit Stan.

– Oui, c'est ça, répond Mackenzie avec un sourire, reconnaissante d'avoir été remarquée.

– Poutine, tu fais toujours une teuf ce soir ? demande Marty.

– Audrey est refroidie, mais moi je suis toujours aussi chaud ! répond Stan en tapotant sa cigarette pour faire tomber la cendre.

– Poutine, merde ! proteste Bunny en lui mettant un coup de poing dans l'épaule.

– C'est abusé, mec, ajoute Marty en secouant la tête.

– Mackenzie, tu es invitée ce soir. Il y aura de la vodka à volonté pour nous aider à oublier tous nos *prrrrroblèmes* », dit Stan en exagérant son accent.

Sa cigarette au bout des doigts, le coude appuyé sur son genou, on dirait qu'il se prend pour Truman Capote.

« Tu devrais venir, il a une putain de baraque, dit Chase.

– Attention, v'là les services secrets. Éteins ta clope », avertit Bunny en poussant Stan de l'épaule.

Il passe le bras derrière le dossier du banc, écrase sa cigarette et la laisse tomber derrière lui.

Deux hommes bâtis comme des Marines, vêtus de pantalons de toile kaki et de polos blancs, un câble transparent collé le long du cou, s'avancent vers eux. Les jeunes héritiers ne semblent en rien impressionnés – tout juste importunés par cette présence encombrante.

« Il y a une Escalade noire garée sur la place devant le lycée. Elle est à l'un de vous ?

– Elle a une plaque diplomatique ? » demande Chase, blasé.

Les deux agents se regardent. « Oui », répond l'un des deux.

Les jeunes éclatent de rire. Les agents sont sur leur territoire. Ce n'est pas la première fois que les services de sécurité du gouvernement sont stationnés sur leur campus. Le fils du vice-président est un ancien élève, et la fille du Président actuel est en première année.

« Ouais, elle est au fils de Rotschild, l'ambassadeur. Bonne chance si vous comptez la faire bouger de là. »

Marty frappe du poing le poing de Chase. C'est l'heure de partir en cours. Il s'éloigne, accompagné de Mackenzie. Quand la cloche sonne, Bunny et Stan sautent du banc.

« Désolée, on peut rien pour vous », lance Bunny, avant de remonter à la hâte les marches de pierre pour retourner en cours.

Les deux agents des services secrets restent plantés là, dépourvus de tout pouvoir d'intimidation. Derrière eux, le drapeau de l'école flotte dans le vent glacé, marqué de la devise : *N'oubliez pas qui vous êtes.*

11

La Winners' Room du National Press Club est un salon privé tapissé de moquette bleue et or, aux murs recouverts de bibliothèques en acajou et de photographies des plus grands noms du journalisme : Bob Woodward, Walter Cronkite, William F. Buckley Jr. Un déjeuner y est organisé en l'honneur du général Montgomery, en la présence de hauts fonctionnaires du Pentagone et de membres éminents du Press Club.

Billy, mal à l'aise, est assis entre son père et un général qu'il n'a jamais rencontré. Il picore son poulet marsala et, en regardant la sauce brune se mélanger à sa salade verte, il pense à Audrey Banks. Il voudrait être au lycée avec ses amis. Il se sent exclu de cette tragédie, de cette journée qu'ils n'oublieront jamais. Mais il se garde bien d'évoquer la mort d'Audrey : pour le moment, toute l'attention se porte sur son père. Tout cela est tellement soudain. L'anxiété tournoie dans son ventre. Il essaie de ne pas regarder sans cesse son téléphone car il sait que cela lui vaudrait une réprimande. En grandissant, il a appris à faire montre du plus grand respect envers les militaires, surtout envers ceux qui ont collaboré de près avec son père. Ces gens ont risqué leur vie pour lui, pour l'amour de leur nation et de Dieu. Son téléphone vibre dans sa poche. Il doit faire appel à toute sa volonté pour ne pas décrocher.

« William…, entame le général assis à côté de lui.

– Oh, vous pouvez m'appeler Billy. »

Billy sent son père poser sur lui un regard réprobateur. On n'interrompt pas un gradé.

« Billy, poursuit l'homme en découpant un morceau de poulet trop cuit, vous devez être très fier de votre paternel. »

Conscient que son père l'écoute, Billy inspire à fond et déglutit discrètement. « Oui, mon Général, très fier… »

Il accompagne sa réponse d'un sourire crispé qui, pour inconfortable qu'il soit, semble produire l'effet désiré.

« Et votre tour, c'est pour bientôt ? » demande le général, en enfonçant dans le bras de Billy son poing orné d'une grosse chevalière décorée d'insignes militaires et surmontée d'une émeraude.

« Oh, mon Général, même si j'essayais, je ne lui arriverais jamais à la cheville. Cet homme est une légende », répond Billy avec un petit rire nerveux.

Il jette un regard furtif à son père, espérant son approbation. Sans dire un mot, le général Montgomery s'essuie le coin de la bouche avec sa serviette de table.

Les messages que Billy pense déchiffrer dans les silences de son père lui ôtent toute confiance en lui. Il vit avec l'impression permanente que celui-ci est mécontent, et ne sort jamais d'une conversation avec un adulte sans avoir la sensation qu'il aurait pu mieux faire.

« Vous n'allez pas faire carrière dans l'armée ? » demande le général, prenant au pied de la lettre la réponse modeste du jeune homme.

« Oh, non, mon Général, enfin… Je suis, euh… », bafouille-t-il.

Il cherche en lui le courage de dire ce qu'il aimerait ne jamais avoir à dire : oui, il ira à l'académie militaire, qu'il le veuille ou non. Tout comme son père, le père de son père, le père…

« Je n'ai pas encore reçu la réponse de l'académie, répond-il pour éluder la question.

– Eh bien, mon garçon, laissez-moi vous confier une information top-secret. Vous serez pris. »

Avec un clin d'œil, le général enfourne dans sa bouche un morceau de poulet planté sur la pointe de son couteau.

Après un petit rire, Billy fronce les sourcils en scrutant son assiette intacte. Il cherche désespérément quelque chose à dire pour apaiser le silence de son père, pour le faire cesser. Il lève les yeux vers le général dont la bonhomie semble un peu forcée.

« Merci, mon Général.

– Et qu'est-ce que vous faites de votre temps libre, Billy ? »

Avant de répondre, Billy voit un officier de sécurité s'approcher de son père et lui dire quelque chose à voix basse, détournant un instant son attention. Billy se sent momentanément soulagé. Il n'a qu'une envie : que cet après-midi se termine.

« Euh, mon temps libre ? Je, euh, enfin, je…

– Des passe-temps, Billy. Est-ce que vous avez des passe-temps ? C'est important, les passe-temps, pour un militaire. Ça aide à lutter contre le stress. »

L'espace d'un instant, Billy se méprend sur la nature de sa question : il croit qu'il s'agit d'une invitation à répondre franchement et peut-être à se découvrir des points communs, et non d'une mise à l'épreuve de sa volonté et de son endurance. Il ne détecte pas le piège.

« J'aime bien jouer de la musique, mon Général.

– De la musique ? s'étonne le général, un sourcil levé.

– Du ukulélé. J'ai appris à en jouer tout seul en regardant des leçons sur une chaîne YouTube.

– Une chaîne YouTube… » répète le général, perplexe.

Le père de Billy termine sa conversation avec l'officier de sécurité et pose sa serviette pour signifier qu'il a fini. Les yeux baissés, Billy observe la serviette avec une conscience aiguë de sa position sur l'assiette, du mouvement des mains de son père, et de l'impossibilité de se dépêtrer de cette conversation.

« Euh, oui, mon Général. En fait, sur YouTube, il y a plein de chaînes et de tutos. C'est facile à trouver... »

Il cherche une porte de sortie. Il aimerait trouver d'autres mots que ceux qui sortent de sa bouche, et qui ne font que révéler le fossé entre ce qu'il est vraiment et ce qu'il est obligé d'être.

« C'est... C'est gratuit. C'est vraiment super, de nos jours, on a accès à toutes ces infos gratuites... Par exemple, euh... Des passe-temps, si jamais on veut apprendre des nouveaux passe-temps... Pour passer le temps, quoi. »

Le général est en train de se départir de sa bonhomie. Intérieurement, Billy fait la grimace. Il s'est totalement mépris sur la nature de la conversation.

« Assez », l'interrompt son père. Impossible de savoir s'il prononce ce mot pour le blesser ou bien s'il est réellement gêné à cause de lui – ce qui, se dit Billy, serait bien normal.

Le général se penche vers son père pour dissiper la tension. « La génération Z, Général... qu'allons-nous faire de ces jeunes gens ? »

Il sort de sa poche son portefeuille dont il tire sa carte de visite. « Tenez, Billy, voici ma carte. Le jour où vous aurez besoin d'une recommandation pour le National War College, je serai heureux d'appuyer votre candidature... Évidemment, vous n'avez pas besoin de ça, ajoute-t-il avec un clin d'œil, en enfonçant encore une fois sa chevalière dans le biceps de Billy. Mais croyez-moi, ça peut toujours servir. »

Billy sent un profond sentiment de honte s'insinuer jusque dans les vaisseaux sanguins qui courent sous la peau de ses joues. Il rougit de colère contre lui-même. Il n'a pas été à la hauteur. Et il faut que son père ait été témoin de cette scène, justement aujourd'hui : un jour si important pour sa carrière militaire, pour l'histoire de l'Amérique et pour toute sa famille.

Pour rattraper son erreur, Billy saisit la carte à deux mains, plein d'empressement, et l'étudie soigneusement. « Merci, mon Général. C'est très généreux de votre part. J'en ferai bon usage. »

Il attend que son père intervienne, qu'il exprime une opinion, qu'il lui dise que ce serait une bonne idée. Au lieu de cela, le général Montgomery se lève, signifiant en silence à son fils que la réception est terminée. Est-ce qu'ils doivent quitter la table parce que le monde est au bord de la Troisième Guerre mondiale ? Ou bien simplement parce que le général est déçu par les réponses de Billy ? Impossible de le savoir.

Le général Montgomery claque la porte derrière lui, faisant sursauter Carol et Billy, qui se tiennent tous deux devant la penderie.

« Maman », dit Billy. Il aide sa mère à retirer sa veste, faisant mine de ne pas remarquer la tension palpable. La famille Montgomery vit dans une illusion de contrôle, sous une chape d'ordre et de tradition. Billy tente de combler le silence.

« Papa, je vais prendre ta veste », dit-il en tendant la main vers son père.

Le général s'approche de la penderie, contraignant Billy et Carol à s'écarter pour lui laisser le passage. « Je vais faire un thé. Chéri, tu as des devoirs à terminer ? » demande-t-elle pour détendre l'atmosphère, en se dirigeant vers la cuisine.

Billy lui emboîte le pas.

« Non, je n'ai rien jusqu'à lundi. Je, euh... Stan a invité quelques copains chez lui ce soir, et...

– Ah bon, une fête ? demande Carol, consciente que le général se tient dans le hall d'entrée, juste de l'autre côté du mur.

– Euh, non. Je ne voulais pas vous en parler tout à l'heure parce que... J'ai reçu un message de Bunny... Vous connaissiez la famille Banks ? Vous les avez déjà rencontrés ?

– Non, leur nom ne me dit rien », répond Carol en posant la bouilloire sur le feu.

Billy fait apparaître sur l'écran de son téléphone un article que Bunny vient de lui envoyer. Mais le général entre dans la cuisine et Billy change de sujet, mû par un besoin instinctif de faire retomber la tension.

« Papa, c'était vraiment sympa de discuter avec...

– Écoute-moi bien. Je ne veux plus jamais entendre ce genre de conneries sur tes leçons de machin truc.

– Ukulél...

– NOM DE DIEU ! » explose le général, abattant son poing sur le plan de travail.

Lorsque Billy croise enfin le regard de son père, ses yeux flambent de colère.

« Chéri, ce n'est rien, s'interpose Carol, les mains levées. Nous avons passé un après-midi merveilleux...

– Carol, CE N'EST PAS À TOI QUE JE PARLE ! » hurle le général, les yeux toujours braqués sur Billy.

Carol recule et prend deux tasses à thé dans le placard.

« Un général quatre étoiles te pose une question sur tes passe-temps, il propose de te donner une recommandation pour le National War College, et toi, tu lui parles de tes vidéos sur YouTube ?

– Je... Je voulais juste lui expliquer... Comme il m'a demandé quels étaient mes passe-temps, je me suis dit... Tu sais que j'aime… que je m'intéresse beaucoup à la musique », balbutie Billy.

Il tente de calmer la colère de son père avant qu'elle ne monte davantage. Dès sa plus tendre enfance, il a appris à analyser ses réactions. Depuis qu'à l'âge de cinq ans il a reçu sa première raclée pour avoir laissé un petit avion traîner dans le salon, il a développé la faculté de déchiffrer les gens qui l'entourent, de percevoir l'atmosphère d'une pièce sans l'aide de sa mère.

« Je viens d'être nommé ministre de la Défense par le président des États-Unis. Tu te rends compte de ce que cela signifie pour cette famille, nom d'une pipe ? Je ne veux pas que mon fils passe pour une saloperie d'homosexuel…

– Papa, je… Je voulais juste…

– ON NE M'INTERROMPT PAS QUAND JE PARLE. »

Un silence aussi soudain qu'étrange s'abat sur eux juste avant que la bouilloire ne se mette à siffler. Carol se précipite pour éteindre le gaz et tourne le bouton d'une main tremblante.

« Je veux que demain ce machin ait disparu de ma maison.

– Oui, mon Général. »

Billy sait que c'est un ordre. Il enfonce ses poings dans ses poches. Il abandonne.

Le général fait volte-face et sort de la cuisine. Il traverse l'entrée jusqu'à son bureau. La porte claque.

Carol s'approche de Billy avec une tasse de thé. « Dans les jours qui vont venir, jusqu'à sa confirmation, il va être très stressé. Il ne faut pas trop lui en vouloir, mon chéri. »

Billy prend la tasse, la porte à ses lèvres et sursaute. « C'est chaud », dit-il.

12

L'arrivée de l'arboriculteur interrompt Meredith Bartholomew, assise à son secrétaire Queen Anne. À ses pieds se trouve un panier d'osier où sont empilés des numéros du *New Yorker* et du *Washington Post*, surmontés d'un exemplaire du très sélectif *Green Book*, le bottin mondain dans lequel le nom des Bartholomew figure tous les ans. Meredith a déjà discuté de la famille Banks avec Maureen Harrington, Mary Haven, Jane Smith et Karen Miller. Échangeant au bout du fil spéculations, soupçons et accusations – la gentrification, l'immigration, la compagnie du gaz, une maison mal tenue – elles ont tenté tant bien que mal d'imprimer un semblant de cohérence à cette affreuse et troublante nouvelle.

Meredith est soulagée par cette interruption : elle a usé l'hystérie jusqu'à la corde et il ne lui reste plus qu'à patienter jusqu'à ce que de nouvelles informations soient publiées. Elle se tient au milieu de la pelouse devant sa maison, enveloppée dans une doudoune couleur camel. L'air froid fait voleter ses mèches dégradées sur l'arrière de sa nuque tandis qu'elle lève la tête vers un tulipier de Virginie vieux de deux cents ans qui penche vers la cheminée de leur maison. L'arboriculteur porte un casque jaune, des lunettes de sécurité transparentes, un pantalon de toile et de vieilles tennis. Il est venu évaluer la santé et la solidité de l'arbre au moyen de divers instruments sophistiqués lui permettant de détecter fentes, fissures, carences du sol, défauts de structure, problèmes de racines et symptômes de pourriture interne.

Meredith, déjà soucieuse de dissimuler son état fragile, a récemment découvert les ennuis financiers qui pèsent sur sa famille, lorsque le secrétaire juridique d'un cabinet d'avocats de Washington a laissé un message inquiétant sur le répondeur de leur domicile. Il était jusque-là admis que la fortune considérable emmagasinée par les Bartholomew était à l'abri de toute atteinte, même en cas de poursuites judiciaires que l'on pouvait toujours bloquer à coups de dédommagements et d'accords de confidentialité. Seulement, la crise financière de 2016 a apporté avec elle la fin de toute vie privée : il est désormais possible d'accéder sans effort aux données personnelles de n'importe qui, ce qui constitue pour la famille une menace croissante. Il suffit aujourd'hui de chercher un nom sur Google, ou de consulter des sites comme *mylife.com*, *nuwber.com* ou *whitepages.com*, pour y trouver la date de naissance, l'adresse personnelle et les noms des membres de la famille de la personne qui vous intéresse. Meredith se sent de plus en plus inquiète. Et aujourd'hui, avec le meurtre de la famille Banks, elle ne peut s'empêcher de se poser la question : qui seront les prochains ?

L'arboriculteur effectue un forage dans le tronc de l'arbre. Il saisit un autre gadget pour examiner l'intérieur du trou lorsque la sonnerie du téléphone parvient par la porte à vitraux victoriens que le vent a ouverte. Meredith s'arrache à ses sombres pensées et entre dans le hall tapissé de toile de Jouy rouge dont les motifs représentent une famille américaine de l'époque coloniale en train de pique-niquer. Un portrait de Bunny à trois ans, vêtue d'une robe à smocks et assise à table, est suspendu au-dessus d'un bol de pot-pourri en porcelaine. Meredith entre dans la cuisine et décroche le téléphone sans fil. L'appel vient de Phyllis Van Buren.

« Bonjour Phyllis », répond Meredith comme si elle lui avait déjà parlé plusieurs fois aujourd'hui.

Phyllis Van Buren et son mari sont des amis et des voisins des Bartholomew depuis près de vingt ans. Son mari est le président de l'Atomic Heritage Foundation : une organisation qui a pour but de préserver l'histoire du Manhattan Project et de la bombe atomique, et qui étudie les grandes questions scientifiques, techniques, politiques et socio-éthiques du XXe siècle en collaboration avec le gouvernement, et plus particulièrement avec le ministère de l'Énergie. Leur intérêt commun pour les armements nucléaires n'a fait que rapprocher davantage les deux familles.

« Tu as entendu la nouvelle ? » demande Phyllis, d'un ton plus proche de l'excitation malsaine que de l'inquiétude.

Pendant que Phyllis rapporte les mêmes conversations que Meredith a déjà épuisées dans son cercle le plus proche, elle ouvre brutalement le tiroir vide-poches et fouille les piles de papiers, de tickets de caisse et de menus de vente à emporter pour en sortir son paquet de cigarettes réservé aux situations d'urgence. Le téléphone contre son épaule, elle tapote le paquet contre la paume de sa main et ouvre le couvercle. Au moment où elle en tire unc cigarette et la met dans sa bouche, elle remarque qu'elle a les mains qui tremblent. Elle l'allume le plus vite possible et aspire une profonde bouffée qui fait scintiller le bout de la cigarette comme une luciole en été, puis lève la main pour mettre en marche la hotte de ventilation au-dessus de la cuisinière. Elle se penche et souffle dans la grille de la hotte, envoyant voler un courant de fumée à travers les circuits d'aération de la maison. Phyllis est toujours en train de se perdre en spéculations.

« Meredith, tu es toujours là ? La police vient de passer chez nous, alors je voulais te prévenir. Ils interrogent les habitants du quartier, ils pensent qu'ils tiennent un suspect mais ils ne l'ont pas encore arrêté… »

Meredith ne répond pas.

« Meredith, ma chérie ?

– Voyons, Phyllis, je suis là ! s'agace Meredith, à nouveau perdue dans ses pensées.

– Désolée ma chérie, je sais… Il y aura un service la semaine prochaine à la National Cathedral, je suis sûre que tu recevras toutes les indications.

– Phyllis, dit Meredith, tu as dit que le suspect était… ?

– Eh bien, pour le moment ce ne sont que des spéculations…

– Est-ce que c'est un, commence Meredith en plissant les yeux… un Afro-Américain ? »

Elle grimace à nouveau, affectant cette fois la souffrance : la réalité, pour stéréotypée qu'elle soit, ne sied guère à ses convictions politiques libérales nouvellement acquises. Elle attend la réponse de Phyllis.

« Oui, en effet, ma chérie. Enfin, en tout cas c'est ce que dit la rumeur. »

Meredith a un petit sursaut navré, comme si elle venait de voir un joueur rater son service à Wimbledon. Elle éteint sa cigarette sous le robinet et la jette à la poubelle.

« Comment est-ce qu'une chose pareille a pu arriver ?

– Je sais, ma chérie, je crois… Je crois qu'ils voulaient des informations. On ne sait rien pour le moment mais tout de même, pour l'amour de Dieu, aller ligoter et torturer une enfant ! Je ne peux que supposer qu'ils cherchaient quelque chose : de l'argent ou bien, que sais-je, des informations… »

La voix de Phyllis semble soudain distraite.

« Oh, ma chérie, on sonne à la porte. Le décorateur est ici, il vient jeter un coup d'œil à la maison. Nous participons à la soirée portes ouvertes de Noël. Ils commencent tôt, cette année. Tu devrais acheter des tickets et venir avec Bunny, c'est une sortie épatante entre mère et fille. Et puis cette année, elle est assez grande pour t'accompagner.

– Oh, félicitations. C'est formidable, nous passerons sans faute, répond Meredith, déçue que la conversation se déplace si abruptement sur les fêtes de Noël.

– N'hésite pas à m'appeler si tu as besoin de moi, mon cœur.

– Je n'y manquerai pas. »

Un raclement aigu tranche le silence de l'après-midi, parmi les maisons rapprochées de Georgetown. L'arboriculteur scie une branche fine qui se détache du tronc, faisant tourbillonner des feuilles mortes autour de lui. Il est interrompu par l'arrivée d'une voiture de la police municipale qui cahote sur l'allée pavée et se gare derrière sa camionnette blanche.

L'agent Gomez sort du véhicule et s'avance vers lui. « Les proprios sont dans le coin ? » demande-t-il.

Avant qu'il n'ait le temps de répondre, Meredith sort de l'ombre.

« C'est moi, dit-elle, figure royale au milieu de ces simples travailleurs.

– Je m'excuse de vous déranger, madame, mais je suis dans le quartier pour poser quelques questions concernant l'incident de l'autre…

– Il me semble que c'est un peu plus grave qu'un incident, vous ne croyez pas ? »

L'agent Gomez échange un regard furtif avec l'arboriculteur. Encore une de ces bourgeoises blanches auxquelles ils ont affaire à longueur de journée.

« Les événements de la nuit dernière sont absolument tragiques. Je peux vous assurer que nous avons fait tout ce qui était en notre pouvoir… Et nous espérons obtenir des informations supplémentaires.

– Oh, je ne suis pas sûre de pouvoir vous être bien utile, répond Meredith, bras croisés, lèvres serrées, réprimant son émotion.

– Vous étiez chez vous hier soir ?

– Oui. Enfin, nous sommes rentrés après le dîner. Nous étions au club. Nous sommes arrivés chez nous vers vingt et une heures trente.

– Je peux vous demander qui d'autre habite dans la maison, à part vous ?

– Mon époux, notre nièce et notre fille. Nous étions tous à la maison.

– Avez-vous remarqué quoi que ce soit d'inhabituel ? Une voiture, un passant ?

– Non, juste la femme de chambre de nos nouveaux voisins que je ne connais pas encore. Elle est sortie promener leur King Charles de l'autre côté de la rue. »

Un vieux break Volvo bleu à la vitre arrière décorée d'autocollants d'écoles prestigieuses (Saint Patrick's Episcopal Day School, Saint Peter's Academy, Yale) se gare dans l'allée. Bunny ouvre en grand la portière et, oubliant presque de couper le contact, arrive en courant à travers la pelouse, la jupe froissée et les cheveux en désordre.

« Maman ! s'écrie-t-elle en se jetant dans les bras de sa mère, comme redevenue petite fille.

– Je sais, Bunny, mon lapin, ça va aller. »

Meredith berce son enfant, toujours debout dans l'encadrement de la porte. Elle relève le visage de Bunny et prend ses joues rougies entre ses mains sans vernis.

« Ça va s'arranger.

– Pourquoi il y a la police ? demande Bunny, ignorant la présence de Gomez juste à côté d'elle.

– Ils sont là pour poser quelques questions, tout va bien. »

Bunny se tourne vers l'agent Gomez.

« Vous y étiez, hier soir ? questionne-t-elle. Vous avez vu les corps ? J'ai lu sur Internet qu'Audrey s'était fait découper en morceaux…

– Bunny, pour l'amour de Dieu, rentre à la maison, je t'en supplie. Nous parlerons de tout ça dans un instant.

– Et voilà : personne veut en parler, de "tout ça" ! Vous qui êtes flic, vous en pensez quoi ? Pourquoi est-ce que quelqu'un irait faire une chose pareille ? » Sous l'effet conjoint de sa curiosité et de son habitude que tout lui soit dû, Bunny endosse aussitôt le rôle de victime innocente et décide de se mêler à l'affaire sans songer aux conséquences.

« Elizabeth Bartholomew ! À la maison. Tout de suite », ordonne Meredith.

Les yeux de Bunny s'attardent sur l'agent Gomez juste un peu plus longtemps que ne le voudrait la politesse. « OK, je vois le genre. Putain, c'est dégueulasse. »

Gomez se gratte la gorge, gardant son calme face à l'explosion de Bunny. « Toutes mes condoléances », dit-il.

Meredith ferme les yeux et pince l'arche de son nez entre son pouce et son index tandis que Bunny ouvre la porte moustiquaire et la fait claquer derrière elle. « Désolée, ce n'est pas le moment idéal », s'excuse Meredith.

Le téléphone sonne. Meredith regarde par-dessus son épaule, puis se retourne vers Gomez. « Cela dit… J'ai, euh, une question à vous poser avant que vous partiez. Est-ce que vous avez… vous, ou bien le FBI… est-ce que vous avez découvert le mobile ? »

Meredith semble de plus en plus tendue.

« Nous ne pouvons rien dire pour le moment.

– Je comprends…

– Maman ! Il y a quelqu'un de chez Geller et Cromwell au téléphone, crie Bunny du haut des marches. Il dit qu'il est avocat ! »

Meredith, soudain gênée, interrompt Bunny.

« Oh non, chérie, tu peux raccrocher. C'est juste un appel publicitaire. J'arrive !

– Mais ils disent que non ! crie Bunny d'une voix de plus en plus alarmée.

– Excusez-moi, je dois aller m'occuper de ma fille…

– Merci de votre aide, madame. »

Gomez hoche la tête, cale sa main sur sa ceinture et lui lance un sourire chaleureux avant de s'éloigner vers sa voiture.

L'arboriculteur s'approche d'elle. « Excusez-moi, madame Bartholomew. Je suis vraiment désolé de vous interrompre, commence-t-il d'un ton particulièrement diplomate. J'ai une mauvaise nouvelle à vous annoncer. J'ai trouvé une fissure. Votre arbre risque fortement de développer des symptômes de pourrissement interne et d'infestation parasitaire. »

13

Betsy descend de sa Jaguar, tout enguirlandée de cadeaux offerts par Doug : un diamant taille émeraude de douze carats reçu en l'honneur de leurs vingt ans de mariage, tellement lourd qu'il lui retombe sur le petit doigt, des anneaux d'oreilles incrustés de diamants et un manteau de créateur qui ressemble à une cape de super-héros. Elle ne voit personne, à part un jeune agent des services secrets qui fait les cent pas le long d'une barrière de sécurité de l'autre côté de la rue. Au loin, de l'autre côté du parc, on aperçoit les arches de Taft Bridge.

L'école fait partie d'une rangée de vieilles maisons coloniales ornées de colonnes corinthiennes. Devant un épais massif de buis est fixée une plaque dorée où sont gravés les mots ALLIANCE FRANÇAISE DE WASHINGTON DC. Un drapeau français en piteux état pend, enroulé autour de son mât. Les fenêtres de la façade sont éclairées de l'intérieur par la lumière chaleureuse d'un grand lustre.

En entrant dans le hall, Betsy est frappée par une odeur âcre, une odeur de vieux et de naphtaline. Elle se gratte la gorge et se met à respirer par la bouche. Pour l'amour de Dieu, est-ce qu'on ne pourrait pas allumer une bougie Diptyque là-dedans ?

« *Bonjour** ! Alliance française, que puis-je faire pour vous ? demande une jeune réceptionniste aux verres épais et aux cheveux attachés par un chouchou rose.

– Bonjour », répond Betsy.

Elle pose son sac à main Versace sur le comptoir. La chaîne dorée de la bandoulière dégringole le long du panneau de plâtre dans un fracas métallique. Betsy ramasse précipitamment la chaîne tout en se présentant :

« Je suis Betsy Wallace…

– Oui, bienvenue, madame Wallace. Je vous ai préparé un dossier, explique en feuilletant les documents la réceptionniste, qui doit être une doctorante. Vous avez le choix entre les cours collectifs, les leçons individuelles et les séances en visio. Nous proposons aussi différentes activités pédagogiques pour adultes, comme par exemple un stage intensif de grammaire ou des visites guidées, ainsi que des classes à la carte.

– Oh, formidable, je vais y jeter un coup d'œil, dit Betsy.

– Asseyez-vous, si vous le désirez. Voulez-vous un thé ? Un verre d'eau ?

– Non, merci, c'est gentil. »

Betsy parcourt la pièce d'un regard circulaire et s'approche du mur où sont affichées des cartes de France et des photographies : soirées à la résidence de l'ambassadeur, cérémonies de remise des diplômes, dîners de gala avec des dignitaires étrangers et festivals culturels. Avec un pincement de jalousie, elle reconnaît une photo de Linda et son mari en compagnie de l'ambassadeur de France et de sa femme. La porte d'entrée s'ouvre. Une femme rousse et menue en sweat-shirt blanc Ralph Lauren, jean moulant, ballerines Chanel et clous d'oreilles en diamants entre d'un pas léger, faisant craquer le parquet à travers plusieurs épaisseurs de tapis.

« Linda ! s'écrie Betsy avec un large sourire. Quelle coïncidence ! »

Linda Williams lui répond par un sourire factice, le temps de juger si elle la connaît : le sourire d'une célébrité qui se retrouve face à une personne potentiellement importante.

« Oh, bonjour !

– Nous nous sommes croisées à la réunion de rentrée il y a quelques semaines. Je suis Betsy Wallace, la femme de Doug Wallace. »

Pendant que Betsy tente de convaincre Linda de sa valeur, celle-ci la soumet à un rapide examen : le sac Versace, le manteau (ou bien est-ce une cape ?) sur son dos…

« Ma fille aînée est nouvelle dans le lycée de votre fille.

– Oh oui, bonjour. Enchantée de vous revoir.

– Et ma cadette, Haley, voulait que je vous demande d'inviter Becca à venir jouer à la maison, ajoute Betsy sur sa lancée. Elle n'osait pas lui proposer elle-même, alors je lui ai dit que la prochaine fois que je vous croiserais à la sortie de l'école, je vous poserais la question… »

Linda est touchée à un point sensible. Bien que son mari et elle soient « connus » depuis un certain temps à Washington, sa fille est l'objet de moqueries permanentes à l'école. D'une timidité maladive, elle est surnommée « tête de cheval » par les autres enfants.

« Je suis pressée, mais je vais vous laisser mon numéro. Becca serait ravie de venir jouer avec Haley. »

Betsy, empressée, sort son téléphone. Linda lui tend sa main ouverte, pour lui faire comprendre qu'il est plus simple qu'elle tape le numéro elle-même. « Oh, le voici », dit Betsy en lui tendant l'appareil.

Tout en tapant ses coordonnées, Linda demande : « Vous avez entendu la terrible nouvelle aujourd'hui, à propos de cette élève de Saint Peter's ? La famille Banks ?

– Je ne crois pas, non, dit Betsy, feignant l'inquiétude.

– Eh bien, c'est une famille qui est dans le *Green Book* », murmure Linda, soudain plus à l'aise avec Betsy depuis l'échange sur leurs filles.

Le *Green Book*. Betsy prend note intérieurement. Ça lui dit quelque chose mais hélas, elle ne voit pas de quoi il s'agit. Elle se sent exclue, une fois de plus.

« Non, que s'est-il passé ? demande-t-elle.

– C'est atroce, absolument atroce. Ce couple et leur fille unique, qui était en dernière année à Saint Peter's, ont été sauvagement assassinés dans leur maison la nuit dernière. Ils n'habitent pas très loin de chez nous.

– Oh mon Dieu ! J'ai lu quelque chose là-dessus ce matin, mais je n'avais aucune idée que c'était une famille de Saint Peter's... » Betsy pose sa main sur sa poitrine.

« C'est épouvantable.

– J'ai lu la nouvelle, moi aussi, les interrompt la réceptionniste. C'est affreux. Tellement effrayant.

– Est-ce qu'ils ont identifié un suspect ? »

Linda jette un coup d'œil circulaire dans le hall, se penche à l'oreille de Betsy et chuchote : « Un jeune homme afro-américain.

– Oh, c'est malheureux, répond Betsy.

– Tout à fait. Cette histoire est absolument effroyable. L'enterrement va avoir lieu la semaine prochaine à la cathédrale. Ils étaient très actifs dans la communauté, et c'étaient des gens très fortunés. Tout cela est tellement tragique. »

Linda regarde l'heure sur l'horloge ancienne. « Oh, je suis très en retard, il faut que je file à mon cours ! Revoyons-nous avec les filles ! »

Alors que Betsy s'apprête à partir, la réceptionniste intervient :

« Madame Wallace, si vous désirez assister au cours de Mme Williams, vous êtes la bienvenue. Il reste une place de libre.

– Ah oui ? Eh bien, il se trouve que j'ai deux heures devant moi avant d'aller chercher les filles à leurs activités... »

14

Cate observe son reflet dans le miroir tandis que la maquilleuse étale des pâtés d'anticerne sous ses yeux et du gloss poisseux sur ses lèvres. Sous la lumière des projecteurs, elle ressemble à une star de cinéma avec ses pommettes hautes, qu'elle tient de son père – côté Bartholomew, la branche de sa famille dont elle veut tout à la fois se détacher et se rapprocher. Des mouchoirs sont coincés tout autour de l'encolure de sa blouse, comme un col victorien à frou-frous.

« Regardez en l'air », dit la maquilleuse, un tube de mascara à la main. Cate tente de réviser ses notes sur l'affaire des violences conjugales à la Maison-Blanche et rafraîchit sur son téléphone les fils d'actualités du *Post*, de *Politico* et de Fox, où s'affichent de nouvelles photos de la femme du directeur de cabinet avec son œil au beurre noir et sa lèvre fendue. Cate lève les yeux et pense à ses parents. L'espace d'un instant, un souvenir lui revient de son père en train de foncer sur sa mère. Assise à la table de la cuisine, elle anticipe le coup qui va atteindre sa mère à l'œil gauche. Mais au lieu de frapper, son père recule et éclate de rire : « Tu croyais vraiment que j'allais te cogner ? » Cate se souvient aussi que son père ne la croyait pas capable de faire un jour carrière à Washington : pour lui, elle ne serait jamais bonne à rien.

« Tout va bien pour vous ? demande la maquilleuse.

– Oui, très bien », répond Cate.

En pleine possession de ses moyens, elle parvient à réprimer sa nervosité. Sans en avoir conscience, Cate est animée par une seule impulsion : un besoin intense de se venger des hommes de sa vie, qu'elle continue pourtant d'idéaliser, même lorsqu'ils sont retombés du piédestal où elle ne peut s'empêcher de les élever. Cette contradiction, qu'elle est encore trop jeune pour comprendre, est profondément ancrée en elle.

La maquilleuse lui tend un Kleenex. « Pour tamponner le rouge », dit-elle. Cate plie le mouchoir et le serre entre ses lèvres. Elle regarde son reflet dans le miroir. Elle se trouve belle, mais pas assez. La maquilleuse détache la blouse. « J'aime beaucoup votre costume, dit-elle. Il vous donne l'air puissante. »

Cate porte un blazer Veronica Beard et un pantalon large qu'elle a acheté sur le site *The RealReal* pour la moitié de son salaire mensuel. « Puissante », répète-t-elle avec un rire amusé.

En réalité, elle ne vit que pour ces petits moments de validation. C'est pour cela qu'elle aime Washington : les secrets réservés aux initiés, le renseignement, les agents de sécurité et les escortes motorisées, les hommes en uniforme armés de Kalachnikovs et les Lincoln noires comme celle qui l'a conduite jusqu'ici. Et tous ces petits détails – le chauffeur en costume noir qui lui a ouvert la porte arrière, les sièges de cuir noir et les panneaux en ronce de noyer, le numéro du *New York Times Magazine* dans la pochette du siège parce qu'à Washington les gens ont des lectures intelligentes, la boîte de mouchoirs neuve et la mini-bouteille d'eau dans le porte-gobelet – toutes ces petites choses qui lui donnent l'impression d'être quelqu'un d'important. C'est le genre de traitement auquel elle a toujours aspiré, à des années-lumière de son travail de nuit au Starbucks de son quartier quand elle était étudiante. Maintenant qu'elle a goûté à cette vie, elle en veut davantage.

Walter entre en trombe dans la loge de maquillage, une enveloppe kraft à la main. « Ça alors, vous ressemblez à une star de cinéma. Ils sont vraiment forts pour décrasser les gens, chez Fox. »

Il tend la main vers le sommet de sa tête. « Ne touchez pas mes cheveux », aboie Cate.

Walter lui jette l'enveloppe d'un geste méprisant, pour lui rappeler que c'est lui le patron.

« Qu'est-ce que c'est ? demande-t-elle.

– Des notes que je veux que vous regardiez.

– Je les ai déjà sur mon téléphone. »

Une assistante entre, avec une oreillette et un talkie-walkie à la main.

« Cate, Chris est prêt à vous recevoir.

– Excusez-moi », dit-elle en contournant Walter.

Elle suit l'assistante à travers le hall tapissé de photographies d'invités de l'émission : Reagan, Bush Senior et Junior, Poutine… mais pas une seule femme. Cate s'éclaircit la gorge en s'approchant de la double porte coulissante qui la sépare du plateau.

Walter la suit. « Je veux regarder depuis le plateau, pas depuis les loges », déclare-t-il pour affirmer sa position de chef. Cate sent la mauvaise haleine de Walter derrière elle.

Elle attend parmi les cameramen en jean et sweat à capuche, plongés dans leurs téléphones. Un silence étrange plane, très différent de l'atmosphère d'un plateau de cinéma. Des écrans de télévision muets montés sur le mur du fond diffusent le journal télévisé, avec des casques pour ceux qui veulent écouter. L'assistante met en place le micro-cravate de Cate, qui sera activé par la régie au moment de passer à l'antenne.

Chris Williams en costume terne, maquillage pâteux et mèche de cheveux gris rabattue sur le crâne, s'installe à son bureau, ignorant totalement Cate jusqu'au moment où celle-ci est invitée à prendre place près de lui. La maquilleuse et la coiffeuse s'affairent autour de lui entre les prises comme des fans en délire.

Cate s'assied sur son tabouret, croise les jambes et se met en position. Elle entend une voix dans son oreillette : « Nous devons régler votre micro. Est-ce que vous pouvez compter à rebours à partir de dix ? »

« Dix, neuf, huit, sept... » Elle fronce les sourcils, aveuglée par la lumière des projecteurs. « Six, cinq, quatre... » Ses yeux s'accoutument à la lumière et elle sourit avec assurance. « Trois, deux, un.

– Cate, il y a un bruit qui couvre votre voix. Est-ce que vous pourriez défaire le bouton du haut de votre chemisier ? » dit la voix d'un homme à la régie, qui lui fait soudain prendre conscience qu'elle est vue sans pouvoir rien voir.

Désarçonnée et incertaine d'avoir bien compris, Cate baisse un regard hésitant sur son chemisier. Chris Williams lève la tête et la regarde pour la première fois.

« Votre col, lance-t-il d'un ton sec. Défaites un bouton.

– Oh ! »

Cate déboutonne précipitamment le haut de son chemisier d'une main tremblante.

« Très bien, jeune fille, dit Chris avec un clin d'œil.

– *À l'antenne dans dix secondes...* »

Chris ajuste sa cravate et se tourne vers la caméra.

« Avec nous ce soir pour discuter de la crise déclenchée à la Maison-Blanche par les accusations de violences conjugales à l'endroit du directeur de cabinet Tom Derby : Cate Bartholomew, porte-parole de Doug Wallace, sénateur de Caroline du Nord, qui a condamné expressément ce comportement et appelé à la démission immédiate de Tom Derby. Cate, merci de nous avoir rejoints ce soir.

– Et merci pour votre invitation, Chris, répond Cate comme si elle avait fait cela toute sa vie.

– Cate, pouvez-vous nous en dire plus sur ce qui se passe dans les coulisses du pouvoir ?

– Eh bien, Chris, comme vous pouvez l'imaginer, le sénateur Wallace, de même que ses homologues au Sénat, a été tout à fait choqué. Une enquête interne a été lancée pour comprendre ce qui a pu se passer lors de la nomination de M. Tom Derby, qui avait pourtant été soumis à une vérification de ses antécédents. Il paraît peu probable que le FBI soit passé à côté de faits de violence conjugale dans le cadre d'une procédure de si haut niveau. À moins que quelqu'un, peut-être le Président lui-même, ait décidé malgré cela de faire passer son dossier.

– Est-ce que vous suggérez, Cate, que le Président serait capable d'embaucher un bourreau domestique ?

– Je ne pense pas, Chris, que le terme de "bourreau domestique" soit vraiment adapté. Nous sommes au XXIe siècle, et ce terme fait référence à l'affaire de Detroit dans les années quarante, à la suite de laquelle l'expression est entrée dans le langage courant. Mais je m'égare…

– Permettez-moi… » tente d'intervenir Chris, mais Cate ne se laisse pas interrompre.

« Ce que je suggère, c'est que le Président a peut-être fermé les yeux sur certains faits, afin de pouvoir mettre en place l'entourage dont il avait besoin. Et aujourd'hui, il en paie le prix.

– Que voulez-vous dire par "payer le prix", Cate ?

– Pour commencer, Chris, le Président ne s'est pas exprimé sur cette affaire. Il n'a pas eu un mot pour la victime, Mme Derby, et il commence à voir son parti lui tourner le dos. Dans ce contexte, le sénateur Wallace se retrouve dans une position particulièrement favorable, notamment pour faire passer son projet d'amendement à la loi sur les violences conjugales. »

C'est à ce moment que Chris Williams comprend à quel point elle est forte. Les jambes croisées comme deux lames affûtées, elle utilise chaque attaque pour la retourner contre son adversaire avant d'attendre la question suivante, un sourcil levé.

Chris regarde ses notes.

« En effet, Cate, le sénateur Wallace prévoit d'introduire un amendement à la loi sur les violences faites aux femmes, qui prendrait en compte la notion de contrôle psychologique. Pouvez-vous expliquer à nos téléspectateurs ce que signifie exactement le contrôle psychologique ? Est-ce que vous essayez de nous dire que les hommes ont un pouvoir psychologique sur les femmes ? » Il lève les yeux de ses notes, avant d'ajouter : « Parce que, si c'est le cas, j'aimerais vraiment essayer ça chez moi, ha-ha-ha. Plus sérieusement, sur quoi repose cet argument ? J'imagine que le concept ne va pas du tout plaire aux féministes… »

Concentrée à l'extrême, Cate se penche vers lui.

« Eh bien Chris, je vais vous expliquer. On apprend des choses nouvelles tous les jours, n'est-ce pas ? »

Chris laisse échapper un petit rire pour dissimuler sa gêne.

« Le contrôle coercitif ne réside pas simplement dans les violences plus ou moins graves qui peuvent être commises à l'intérieur d'un couple. Il commence lorsque l'on induit chez sa partenaire un certain état psychologique, en créant un climat de peur dans le but de mieux la contrôler. Dans le cas de Tom Derby et de son épouse, on peut voir partout sur Internet les photos de son œil au beurre noir et de sa lèvre fendue. Il s'agit bien évidemment d'un acte brutal, mais on n'aurait jamais dû le laisser en arriver là. Ce qui nous intéresse ici, c'est de détecter les violences avant l'escalade, au moment où elles n'existent encore qu'à l'état de contrôle psychologique. C'est un phénomène qui peut se manifester sous différentes formes, par exemple celle de menaces physiques, psychologiques ou émotionnelles : tout ce qui fait naître chez l'autre la peur, et donc l'obéissance. Statistiquement parlant, lorsqu'une femme se dit une fois, même fugitivement, que son partenaire pourrait lever la main sur elle, alors la probabilité qu'il la frappe à l'avenir est de quatre-vingt-quinze pour cent. Le sénateur Wallace veut faire passer en force cet amendement dans les semaines qui viennent, ce qui permettrait de sauver la vie d'un nombre incalculable de femmes américaines. Nous espérons que la nation tout entière, y compris les hommes comme vous, Chris, appuiera ce projet. »

Chris Williams se laisse retomber contre le dossier de son fauteuil, pose son stylo sur ses notes et regarde droit dans la caméra.

« Cate Bartholomew, porte-parole du sénateur Doug Wallace. Merci d'avoir été notre invitée. Mesdames et messieurs, restez avec nous, je vous retrouve dans un instant. »

Cate entre dans la loge en retirant son oreillette et en décrochant son micro, encore vibrante d'adrénaline. Walter lui emboîte le pas. Au moment où Cate tend l'oreillette à l'assistante, Walter demande à celle-ci : « Excusez-moi, est-ce que vous pouvez nous laisser une minute ? »

Alarmée par le ton de sa question, Cate se dirige vers le canapé pour attraper son sac et son manteau. L'assistante fait volte-face et sort de la loge.

« Vous êtes invitée pour la première fois sur une chaîne nationale avec Chris Williams, et vous vous permettez de le prendre de haut ?

– Comment ça ? Je lui ai juste rappelé les faits, Walter. » Cate jette son sac sur son épaule, prête à partir. Elle regarde son téléphone : pas de message de Doug.

« Ce que vous avez dit sur le Président n'est pas un fait.

– Si vous ne me croyez pas, vous n'avez qu'à regarder les sondages. J'ai une voiture qui m'attend en bas », dit-elle, son téléphone à la main.

Au moment où elle se dirige vers le hall, elle manque de se cogner dans Linda Williams.

« Oh, pardon, dit Cate, soutenant le regard de l'épouse de Chris Williams.

– Linda ! s'exclame Walter. Désolé, notre attachée de presse est une vraie maladroite ! » Tandis que Cate lui jette un regard noir, Walter se plante devant elle.

« Walter, quel plaisir de vous voir ! » s'exclame Linda. Ils s'embrassent sur les deux joues. « Est-ce que Chris est toujours à l'antenne ? Je vais essayer de voir la fin du journal… » Linda fouille son sac à la recherche de son téléphone.

« Linda Williams ? s'interpose Cate en lui tendant la main. Bonjour, je suis Cate Bartholomew. La nièce de Chuck et Meredith Bartholomew. Nous nous sommes croisées brièvement au Washington Club », ajoute-t-elle, soucieuse d'affirmer sa position, même à une place périphérique, dans la bonne société de Washington – comme si elle n'était pas la personne qui venait juste de passer à l'antenne dans l'émission du mari de cette femme.

« Enchantée », dit Linda, qui n'a aucun souvenir d'elle.

Elle n'aime pas beaucoup les Bartholomew. Ces gens-là ne recherchent pas particulièrement la compagnie des médias, sauf lorsque cela sert leurs objectifs.

Walter, conscient que Cate tente de mettre en avant son capital social, renchérit: «C'était un plaisir de vous voir, Linda. On déjeune au Press Club la semaine prochaine?

– Avec plaisir, mon cher.

– Enchantée de vous avoir recroisée, dit Cate.

– À bientôt, mon chou», répond Linda avec un grand sourire.

15

La résidence de l'ambassadeur de Russie est un palais de verre contemporain situé tout près de l'ambassade sur une colline qui surplombe Georgetown. La villa, qui a le statut de territoire étranger, est retranchée derrière plusieurs rangées de palissades noires, de caméras, de barbelés et de vigiles russes, cigarette à la bouche. Sur une plaque de béton devant le portail du palais est imprimé en lettres d'or : AMBASSADE DE LA FÉDÉRATION DE RUSSIE.

Le père de Stan est parti à Helsinki en voyage d'affaires. Quant à sa mère, elle est, comme la plupart du temps, mystérieusement absente. Stan descend d'un pas souple l'escalier en spirale, comme tombé des nuages, chemise en soie déboutonnée jusqu'au milieu du torse et pantalon moulant. Le salon est rempli d'icônes de la culture pop américaine : des posters d'Austin Powers, une peinture moderne du drapeau américain, la photo mythique de Marilyn Monroe dans sa robe blanche, des lettres d'imprimerie géantes composant le mot S-E-X-Y au-dessus de la cheminée, une balancelle en plexiglas suspendue au plafond et, dans un coin, une barre de pole dance. Dans la salle à manger et la bibliothèque, des sculptures modernes représentant des trolls et des danseuses étoiles jouxtent des photographies encadrées de platine du père de Stan au Kremlin.

Stan se dirige vers l'interrupteur : une photo de Mick Jagger nu dont le pénis est remplacé par un bouton on/

off. Un vigile, que Stan paie généreusement en liquide, est chargé des téléphones portables des adolescents qu'il récolte à leur arrivée et conserve dans un seau à champagne en argent.

Les parents, ou du moins les quelques-uns qui s'intéressent à ce que font leurs enfants, savent que l'ambassadeur Stopinski a fait récemment les gros titres des actualités, et ils ne voient pas d'un bon œil que leur progéniture pénètre en territoire ennemi. Les invités sont interdits d'accès aux réseaux sociaux. Stan a l'habitude. Le titre de son message d'invitation à la soirée était: *Souriez, vous êtes filmés.* Tout le monde a trouvé ça très drôle, sans que personne ne sache bien pourquoi.

« Money Ain't a Thang » de Jermaine Dupri résonne à plein volume entre les grandes baies vitrées. Des bouteilles de vodka de qualité supérieure dans leurs caisses de bois estampillées AMBASSADE DE RUSSIE (un stock inépuisable conservé dans le coffre-fort de la cave et destiné à servir de cadeaux aux dignitaires étrangers) sont alignées sur une rangée de tables basses. Sur des guéridons sont posés des boissons gazeuses, des cartes de crédit expirées, des pochons de cocaïne et des joints pré-roulés dans du papier aromatisé à la fraise. La pièce se remplit de lycéens triés sur le volet parmi les élèves de troisième et quatrième années de la Saint Peter's Academy et d'autres écoles privées des environs. Certains sont déjà complètement défoncés en arrivant, d'autres se dirigent tout droit sur la vodka. Les filles sont en mini-jupes et sweat-shirts moulants à col polo, leurs longues boucles tirées en chignons faussement négligés, des perles aux oreilles ; les garçons portent casquettes Nats, chemises Capitals et pantalons baggy assortis aux dernières baskets du moment (parfois remplacées par des mocassins bateau portés sans chaussettes).

Billy et Bunny sont assis dans un coin sur un canapé en cuir. Billy embrasse la jeune fille dans le cou, la main sur son genou. Mackenzie entre avec Marty. Chase arrive avec à son bras une petite de première année, complètement saoule, les yeux exorbités, qui sourit en dodelinant de la tête pour empêcher le vomi de se répandre hors de son œsophage.

« Mackenzie, qu'est-ce que tu bois ? » demande Marty, toujours chevaleresque. Il porte un nœud papillon rouge à carreaux qui dépasse de son pull à losanges, des lunettes rondes, un pantalon de toile et des mocassins.

« Un shot de vodka, s'il te plaît », répond Mackenzie en remettant en place les barrettes de ses extensions capillaires à l'arrière de sa tête.

Bunny la voit faire, et remarque la montre Tank incrustée de diamants qu'elle porte au poignet.

« Alors comme ça, on attaque directement avec des shots ! Elle me plaît, la nouvelle, dit Chase.

– Tournée de shots pour tout le monde ! crie Billy.

– C'est la Tank de Cartier ? demande Bunny à Mackenzie.

– Ma montre ? Euh, ouais, c'est mon père qui me l'a offerte pour mon anniversaire.

– Elle est stylée, répond Bunny. Audrey avait la même, mais en or rose… Tu la connaissais ?

– Non. Enfin, on était ensemble en éducation religieuse, mais je ne la connaissais pas vraiment, répond Mackenzie.

– Tu sais comment elle est morte ? continue Bunny avec une insistance un peu inquiétante.

– Euh, il paraît que… Euh, leur maison a brûlé… Ou un truc dans le genre », balbutie Mackenzie qui craint de donner la mauvaise réponse.

Marty revient avec des verres.

« Cul sec ! Cul sec ! Cul sec ! » hurle-t-il en passant les verres à tout le groupe.

Billy lève son shot. « À la mémoire d'Audrey ! »

Bunny se rapproche de Mackenzie. « À Audrey ! » Elle vide son verre, le fait claquer sur la table, se penche vers Mackenzie qui repose le sien en frissonnant, et lui glisse à l'oreille : « Ils l'ont tabassée avec une batte de baseball signée par Ted Williams qui appartenait à son père. Bientôt, ce sera peut-être notre tour… » Quelqu'un passe un joint à Bunny. Elle tire dessus et souffle des ronds de fumée, laissant Mackenzie se débattre avec des images de corps mutilés et d'autres visions encore plus terrifiantes.

« Je ne sais pas qui est le putain d'enfoiré qui a fait une chose pareille, déclare Billy en vidant un autre shot, mais il mériterait la même punition que l'Irak ou l'Arabie saoudite… Bande de tarés. Voilà ce qu'on leur fait, à ceux qui essaient de nous niquer.

– En fait, mec, précise Marty, il faut savoir que d'après le dernier rapport du Comité de renseignement du Sénat, l'usage de la torture par les États-Unis après le 11 septembre a été jugé totalement inefficace. »

Il boit son shot, puis s'assied à côté de Mackenzie et se met à lui masser le dos.

« Ah ouais ? Ça marche pas, la torture ? répond Billy en se plantant face à lui. C'est ce qu'on va voir. » Ce n'est que dans les moments où il est complètement défoncé qu'il laisse apparaître son côté violent. « Va me chercher la planche de snowboard de Stan, lance-t-il à Marty. T'as déjà entendu parler du *waterboarding* ? Tu vas essayer de me faire avouer si je me suis tapé Ashley Waterman en deuxième année.

– Espèce de connard ! s'exclame Bunny.

– Bébé, tu sais bien que c'est juste un jeu. »

Bunny fait la moue.

« Parce que toi, peut-être, tu t'es pas fait dépuceler par Charlie Nolan ? ajoute-t-il.

– OK, dit Stan. On va filmer ça, au cas où Billy battrait le record. »

Il tend son iPhone à Bunny, vu que tous les autres ont été placés dans un seau en argent sous la garde du Kremlin. Elle lève les yeux au ciel et appuie sur le bouton rouge.

« Bon, ça tourne.

– OK, les mecs, intervient Marty. Mais vous savez que si on ne s'y prend pas comme il faut, la personne peut mourir ? »

Ce n'est qu'une question rhétorique : Marty est curieux de voir jusqu'où ira le pari.

« Oui, je suis au courant qu'on peut mourir du *waterboarding*, dit Billy. Yo, Poutine, va chercher ton snowboard.

– Et aussi un de tes bandanas, ajoute Chase.

– C'est quoi, le *waterboarding*? demande Mackenzie.

– Euh, hésite Marty avant de l'embrasser sur la joue. Tu verras. »

Il se retourne vers Billy et poursuit :

« OK, j'ai regardé une de ces vidéos en ligne après le cours d'histoire du XXe siècle de M. Haight. Il y avait tous ces experts qui essayaient de savoir si c'est possible de tenir quinze secondes.

– Je peux faire plus que ça », dit Billy. Puisqu'on le force à entrer dans l'armée, autant qu'il fasse ses preuves une bonne fois pour toutes. Devant tout le monde.

Stan revient en bondissant avec son snowboard, un joint éteint aux lèvres. Billy divise un pochon de coke en plusieurs lignes et en sniffe quelques-unes à la suite.

Bunny zoome sur Billy mais ne dit rien lorsqu'elle remarque la quantité qu'il est en train de s'envoyer.

Marty prend le snowboard des mains de Stan et le pose par terre en travers des deux marches qui divisent les deux niveaux du salon.

«À moi l'honneur», dit Stan en attachant le bandana autour des yeux de Billy.

Billy s'allonge sur le snowboard qui repose sur les deux marches. Marty lance une vidéo YouTube sur l'ordinateur de Stan connecté aux enceintes.

«Il nous faut des cordes pour l'attacher, dit Marty en remontant ses lunettes sur son nez.

– Les laisses de mes chiens ! » crie Stan, surexcité.

Il court les chercher.

« Qu'est-ce qui se passe ? » chuchote Mackenzie, mais personne ne lui répond.

Stan revient d'un bond, deux laisses rouges à la main. Il a deux bouviers noirs qui doivent être toilettés au moins une fois par semaine. Chase lui arrache une laisse des mains et Stan garde l'autre, tandis que Marty leur donne des instructions.

« Il nous faut un truc à lui mettre sur la tête », dit Marty. Il se penche pour sniffer une ligne. « Pour le noyer », ajoute-t-il en s'essuyant le nez.

Chase tire le foulard blanc de la poche de la veste de Stan étalée sur le dossier d'un canapé. « Ça devrait le faire, dit-il.

– Attendez, il nous faut une carafe d'eau, dit Marty.

– Comment ça, de l'eau? Je veux du champagne, putain ! » s'exclame Billy, les yeux bandés, tandis que les autres lui ligotent le torse au snowboard et passent les laisses autour des colonnes de chaque côté des marches.

«Je vais chercher le Cristal, bébé ! » dit Stan en finissant son nœud. Il court dans la cuisine et saisit le jeroboam de champagne qu'il gardait pour la fin de soirée.

« Oh putain », murmure Mackenzie en voyant que Stan a du mal à soulever le jeroboam tout seul. Il fait sauter le bouchon, envoyant gicler du champagne à travers tout le salon.

« Attendez, attendez ! On doit lui mettre un objet dans la main : quand il le laisse tomber, c'est qu'il déclare forfait, explique Marty.

– Tiens, dit Chase en saisissant un cheval en porcelaine sur une console. Sa mère s'apercevra de rien. »

Marty place le cheval dans la main droite de Billy. « OK, Billy. Quand tu ne peux plus respirer, tu lâches le cheval. »

Billy, les jambes surélevées par les marches, se tortille pour se mettre en position. Marty et Chase prennent le foulard de Stan des mains de Bunny et le nouent par-dessus le nez et la bouche de Billy, qui a toujours les yeux couverts par le bandana. Stan soulève le jeroboam de Cristal et se tient prêt à verser dès que Marty lui donnera le signal.

« Prêt », dit Stan, la bouteille suspendue en l'air.

Billy prend trois grandes inspirations, le mouchoir collé contre sa bouche, avant que Stan ne fasse basculer la bouteille…

« Attention, on commence par des petites gouttes », ordonne Marty.

Chase glousse d'impatience.

« Vous êtes dingues », dit Mackenzie.

Stan commence à verser. *Ploc, ploc, ploc.* Billy cherche à prendre son souffle entre deux rasades. *Ploc, ploc, ploc…* Stan compte : « Cinq secondes, six secondes, sept secondes, huit secondes. » Il continue à verser. *Ploc, ploc, ploc.* « Onze secondes… »

Stan et Marty s'esclaffent de concert avec Chase, rendus hilares par l'alcool qui se diffuse dans leur sang. Le corps de Billy est pris de convulsions. Le cheval de porcelaine tombe au sol et se pulvérise en mille morceaux sur le parquet poli.

« Stop ! » hurle Marty. Stan perd le contrôle de la bouteille et en fait couler encore une giclée avant que Marty et Chase n'arrivent à dénouer le foulard. « Arrête de verser ! »

Le corps de Billy est secoué par une nouvelle convulsion d'une violence que l'on ne voit que chez les soldats blessés.

« Oh putain », dit Bunny.

Le téléphone bascule dans sa main, l'image devient floue. Bunny se met à regarder de ses propres yeux.

« Oh merde, arrêtez, les mecs ! », crie Mackenzie.

Stan laisse tomber la bouteille et un flot de champagne se répand sur le sol.

« Il se noie ! » crie Marty. Ils arrachent le foulard et le bandana. Un jet de morve et de champagne jaillit du nez de Billy, les yeux pleins de larmes.

« Putain, putain, putain ! » balbutie Chase en détachant le corps inanimé. Billy tombe du snowboard et roule par terre. Allongé sur le ventre, il vomit un mélange de morve jaune et de champagne.

« Oh mon Dieu », dit Bunny.

Le téléphone, qui continue de filmer, pend au bout de son bras ballant. Marty s'agenouille à côté de Chase, bientôt rejoint par Stan. « Billy, mec, ça va ? »

Marty pose une main sur son dos. « Merde, dit Stan. Ça va, mec ? On est là… » Un silence terrifié plane sur la pièce. Tous observent Billy, qui râle et tente de reprendre son souffle. Les garçons le redressent en position assise et l'adossent au mur, les cheveux trempés de sueur et de champagne, le devant de sa chemise imbibé de bile jaune. Il revient à lui, ouvre et referme la bouche, serrant ses paupières gonflées par l'alcool qui lui pique les yeux, les joues rouges, les muscles du visage si contractés que les veines de son front semblent sur le point d'exploser.

« Putain, les gars, laisse échapper Billy, le souffle lourd, reprenant peu à peu une respiration normale et s'efforçant de ne pas laisser paraître sa peur. Truc de malade ! »

Les autres se regardent un instant en silence, puis éclatent d'un fou rire irrépressible. Ils se tordent à en perdre haleine, les joues rouges et brûlantes.

Chase montre Billy du doigt.

« Mon gars, si on doit partir à la guerre et qu'ils rétablissent la conscription, je pars avec toi.

– Moi aussi, dit Stan en écartant ses cheveux de ses yeux.

– Toi, ferme ta gueule : t'es russe ! On vous balancera des MOAB en pleine gueule ! répond Chase en avalant une gorgée de vodka.

– On ferait mieux de balancer une MOAB sur la Corée du Nord, histoire d'effacer tous ces connards de la surface de la Terre ! » crie Billy. Il ramasse le jeroboam à côté de lui, en boit une gorgée et le laisse retomber par terre en faisant un bruit d'explosion avec sa bouche, comme les petits garçons qui jouent au GI Joe.

16

Les échos des cloches de la National Cathedral résonnent dans tout le nord-ouest de Washington. Dans le froid automnal, au pied des tours gothiques et des gargouilles grotesques perchées, bouches béantes et griffes serrées, au bas des vitraux, un cortège de limousines noires, de Lincoln et d'équipes de tournage prend place le long de l'allée circulaire. Trois corbillards et plusieurs véhicules de sécurité attendent moteur allumé, tandis que les badauds se répandent sur Wisconsin Avenue.

Dans la nef, un courant d'air fait tourbillonner des feuilles mortes entraînées à l'intérieur par des visiteurs négligents. Une file d'invités avance à petits pas devant trois cercueils fermés recouverts de lis blancs. Il manque un quatrième cercueil : celui de l'employée de maison. Sa famille n'avait pas les moyens de payer le service funéraire de la National Cathedral, et l'administration ecclésiastique a refusé de leur accorder une remise suffisante. Son absence passe totalement inaperçue.

Betsy entre dans la cathédrale, vêtue d'un trench-coat vert citron, au bras de Mackenzie et Haley qui se demandent ce qu'elles font à l'enterrement d'une personne qu'elles ne connaissent pas : la fille du lycée qui est morte et qui repose maintenant entre ces vitraux et ces murs glacés. Betsy esquisse un sourire avant de se rappeler : mince, elle est à un enterrement ! Elle pince les lèvres au moment où elles arrivent devant les Bartholomew.

Chuck se retourne, et voit le sénateur Doug Wallace et Betsy s'avancer vers lui.

« Monsieur le Sénateur », dit Chuck en lui mettant une petite tape dans le dos, histoire de lui rappeler que, compte tenu du montant de la donation qu'il a versée à son parti, il le tient par les couilles.

« Chuck, quel plaisir de vous voir. Toutes mes condoléances. Je sais que David et vous étiez amis depuis Harvard.

– Oui, c'est une bien triste journée », répond Chuck.

Meredith s'approche, accompagnée de Bunny. Elle porte un tailleur Chanel noir, des clous d'oreilles en perles et un simple anneau d'or à l'annulaire.

« Meredith, chérie, tu te souviens du sénateur Wallace.

– Bonjour », répond Meredith avec un sourire poli mais sans chaleur.

Elle attire Bunny dans la nef de l'église, prête à tout pour éviter Betsy Wallace qui est en train de distribuer des missels. Au son des orgues, elle se dirige tout droit vers Phyllis Van Buren et John, son mari, qui a le visage enfoui dans le programme.

« Pourquoi cette femme porte du vert citron à un enterrement ? » chuchote Bunny à l'oreille de sa mère.

Sans bouger la tête, Meredith tourne vers Betsy un regard en coin tranchant comme un laser, puis décrète en ouvrant sa bible : « C'est une femme du peuple…

– Maman ! » s'indigne Bunny. C'est sans doute la première fois qu'elle entend sa mère prononcer ces mots. Meredith semble avoir décidé que Bunny était désormais assez grande pour les entendre.

« Je m'excuse, mais c'est la vérité. Elle a grandi dans un parc de caravanes en Caroline du Nord. Si ton père est aimable avec eux, c'est qu'il a une très bonne raison de l'être. Et maintenant, cesse d'être impolie. Prends ta bible. »

En levant les yeux au ciel, Bunny sort la bible de la poche de sa chaise et la pose sur ses genoux.

Mackenzie, qui accompagne sa mère, fait signe à Bunny depuis la rangée d'en face. Celle-ci lui répond d'un sourire digne de Mona Lisa, avant de s'apercevoir que la femme au sujet de laquelle elle vient d'échanger des ragots n'est autre que la mère de Mackenzie. Bunny les examine toutes les deux. Elle voit Mackenzie se débattre avec la barrette qui maintient ses extensions capillaires, elle l'avait déjà remarqué l'autre soir. Elle sent chez la jeune fille un besoin désespéré d'être acceptée : cela lui rappelle le temps où elle voulait tant attirer l'attention d'Audrey, lorsque celle-ci s'était détournée d'elle au collège. Bunny avait même supplié sa mère de lui acheter un blouson irisé de chez Miu Miu, le même que portaient les filles populaires de sa classe. Elle sent bouillonner en elle une rage irrationnelle contre Audrey. Et maintenant qu'Audrey est morte, se dit Bunny, elle n'aura plus jamais le droit de ressentir cette colère. Doug prend place dans sa rangée, bloquant Mackenzie à la vue de Bunny.

Au moment où le révérend se met à parler, Cate arrive sur la pointe des pieds, vêtue d'une robe noire moulante, et s'assied juste derrière le sénateur. Il se retourne vers elle, puis regarde devant lui d'un mouvement si naturel que personne ne pourrait jamais soupçonner quoi que ce soit.

« Nous sommes réunis en ce jour pour rendre hommage aux vies de David, Genevieve et Audrey Banks. Pour exprimer notre amour et notre admiration pour cette famille bien-aimée, et tenter d'apporter du réconfort aux femmes et aux hommes qui ont été profondément blessés par cette perte si atroce et si soudaine. »

Tout autour d'elle dans la nef, Bunny regarde les mentons levés, les visages stoïques. Elle sent une boule se coincer dans sa gorge. Elle ne sait pas bien si elle a envie de pleurer ou de hurler. Elle se souvient de son retour à vélo l'autre nuit, des sirènes de pompiers quand elle a traversé Massachusetts Avenue, emmitouflée dans son sweat à capuche. Elle était si proche d'elle ce soir-là, si proche... Pourquoi est-ce Audrey qui a été assassinée, et non Bunny ? Peut-être parce qu'Audrey passait son temps à frimer avec ses voyages en France dans le jet privé de son père ? Parce qu'elle organisait toutes ces fêtes dans leur grande maison coloniale pendant que ses parents étaient partis au Grand Prix de Monaco, et qu'elle tenait l'alcool mieux que tout le monde ? Bunny se souvient de ses photos sur Instagram : Audrey devant leur château du sud de la France, Audrey dans leur maison de vacances à Nantucket, et même Audrey avec le Président. Sauf que toutes les filles font la même chose. Même les parents en font autant. Et c'est cela qui la frappe le plus : ce manque flagrant de personnalité. Audrey était tout simplement en train de devenir une version de sa mère en plus jeune. Bunny est-elle promise au même destin ? *C'est une femme du peuple...* Mais l'arrogance d'Audrey était peut-être seulement due à son âge, ou bien à un manque de confiance en elle. Peut-être était-ce le résultat d'une vie si profondément ancrée dans le privilège qu'aucune expérience n'aurait jamais pu lui apporter la moindre lucidité, la moindre conscience de son identité. Au fond, ce n'était peut-être pas de sa faute si Audrey était une mauvaise personne – enfin, une personne pas très sympathique. Les parents de Bunny, au moins, ne font pas étalage de leur richesse. Bunny déteste l'idée que maintenant elle ne pourra plus jamais s'expliquer avec Audrey. Elle est furieuse contre elle-même de ne pas l'avoir fait. Et maintenant, c'est trop tard.

« Levons-nous », dit le révérend en se dirigeant vers l'autel. « Dieu miséricordieux, entends notre prière. Accueille nos frères et nos sœurs, que Tu as aimés sur Terre comme tes enfants, dans ton royaume de paix et de lumière. Nous te le demandons par Jésus Christ notre Seigneur, ton fils qui règne avec Toi, un seul Dieu, pour les siècles des siècles. Amen. »

Tandis que les centaines de fidèles se lèvent, Cate effleure l'épaule du sénateur Wallace en se faufilant hors de sa rangée. Elle se dirige vers l'escalier en colimaçon derrière la tombe de Woodrow Wilson, éclairée par la lumière vacillante des cierges.

« Écoutons maintenant le Psaume 23 :

Le Seigneur est mon berger :
Je ne manque de rien.
Sur de verts pâturages
Il me fait reposer.
Il me mène vers les eaux tranquilles
Et me fait revivre… »

Doug prend son portable dans la poche de sa veste, comme s'il venait de recevoir un appel urgent. Il fait signe à Betsy, puis, le téléphone collé à son oreille, sort précipitamment de la rangée. Il chuchote « Allô », tout en se dirigeant vers l'escalier en colimaçon en haut duquel se tiennent des agents de sécurité, lèvres scellées à jamais. Les talons de

Doug résonnent entre les murs de pierre froide. Il arrive enfin près de Cate qui l'attend, si jeune, si vulnérable, adossée à la grille cuivrée d'une crypte. Un jour, il sera lui aussi enterré ici avec les généraux, les présidents et les saints.

Doug attrape le visage de Cate à deux mains pour l'embrasser. Lorsqu'il la relâche, elle reprend son souffle. « Vous étiez tellement bonne dans cette émission », dit-il. Elle lui rend son baiser en frottant doucement ses lèvres contre les siennes, et il recommence. Haletante, elle guide la main de Doug sous sa robe noire. Elle connaît les bonnes manières : on porte toujours des bas à un enterrement. Les doigts de Doug remontent tout en haut de sa cuisse et elle soupire au moment où il glisse son doigt en elle. Elle laisse aller sa tête de gauche à droite contre le mur de la crypte. Doug s'enfonce un peu plus, couvrant la bouche de Cate de son autre main, et colle son sexe en érection contre sa hanche. Lorsqu'elle se déplace un peu sur sa gauche, Doug déchiffre sur le mur une inscription en lettres et en braille : DANS LE COLUMBARIUM DE CETTE CHAPELLE REPOSENT LES RESTES D'HELEN KELLER ET DE SA COMPAGNE DE VIE ANNE SULLIVAN MACY.

Doug sent son érection retomber.

« Qu'est-ce qu'il y a ? s'inquiète Cate.

– C'est la crypte d'Helen Keller. »

Cate regarde par-dessus son épaule et pouffe de rire, une main sur la joue de Doug. « Doug. Helen Keller était sourde et aveugle. Elle ne s'apercevra de rien. » Elle enfonce une main dans son pantalon. « Regardez-moi, dit-elle. N'arrêtez… pas… de… me… regarder. »

Doug glisse un autre doigt en elle. Leurs nez se touchent. « Plus fort, souffle Cate. Plus fort… »

Depuis la galerie à l'étage, Bunny observe la foule d'ambitieux et de proches endeuillés qui se tiennent là, penchés sur les défunts. Le révérend lève les mains comme un fantôme dans sa grande robe blanche, tandis que deux douzaines d'hommes en gants blancs et costumes noirs s'approchent des cercueils. Bunny n'a jamais vu ces hommes, ni entendu parler d'eux. Qui sont-ils ? Des cousins ? Des frères ? Un à un, les corps d'Audrey, de M. Banks et de Mme Banks sont transportés jusqu'en bas des marches de pierre où les attend une mer de photographes et de reporters aux visages graves, debout sous un bas-relief qui figure une scène tourbillonnante de création du monde.

Le révérend baisse la tête.

Grâce et bonheur m'accompagneront
Tous les jours de ma vie ;
J'habiterai la maison du Seigneur
Jusqu'à la fin de mes jours.

La traite des esclaves à Georgetown

La traite des esclaves débuta à Georgetown en 1760 et se poursuivit pendant près d'un siècle. Du fait de la proximité des plantations du Maryland et de Virginie et de la présence du fleuve Potomac, Georgetown devint le plus grand port dédié au commerce du tabac dans tout le pays, ainsi que l'un des principaux centres de la traite des esclaves. En 1790, la région que l'on appelle aujourd'hui la zone des trois États était occupée par près de quatre mille personnes réduites en esclavage, soit 55 pour cent de la population totale d'esclaves en Amérique[1]*. Ce n'est pas un hasard si Washington devint par la suite la capitale de la Nation. Thomas Jefferson, James Madison et Alexander Hamilton voulaient que l'épicentre du pouvoir économique serve de cadre à la construction des plus puissantes institutions du pays.*

Après l'abolition de l'esclavage dans la région en 1862, une vaste population d'esclaves affranchis resta à Georgetown. En 1890, on estime que cinq mille personnes afro-américaines environ vivaient dans le quartier pendant la période dite du « Black Georgetown ». Mais lorsque la ségrégation fut instaurée, suivie de la Grande Dépression, de nombreux travailleurs noirs perdirent leur emploi au profit des travailleurs blancs. Le New Deal du président Franklin Roosevelt amena dans le quartier un nombre croissant de fonctionnaires fédéraux blancs qui expulsèrent les familles afro-américaines, les exposant à des conditions de vie toujours plus dures[2]*.*

---

1. Chris Myers Asch et George Derek Musgrove, *Chocolate City : A History of Race and Democracy in the Nation's Capital* (Chapel Hill, NC : University of North Carolina Press, 2017).

2. Kathleen Menzie Lesko, Valerie Babb et Carroll R. Gibbs, *Black Georgetown Remembered : A History of Its Black Community from the Founding of « The Town of George » in 1751 to the Present Day* (Washington, DC : Georgetown University Press, 2016).

17

Lorsque Anthony Tell, un homme noir de vingt-trois ans, fut interpellé et placé en détention provisoire sans possibilité de libération sous caution, le meurtre de la famille Banks fit la une de tous les journaux nationaux. Le visage rond d'Anthony fut placardé sur tous les écrans de télévision dans les restaurants, les bars, les aéroports et les salons du pays, pendant deux jours environ, jusqu'à ce que les journaux télévisés passent à autre chose. La même semaine, sans raison apparente, la cour fédérale ordonna que le dossier d'instruction soit placé sous scellés.

À Washington, il n'est pas rare qu'une nouvelle soit enterrée en un éclair, surtout s'il s'avère que le scandale risque d'éclabousser l'administration en place. Sitôt la télévision du salon éteinte, ceux qui sont aux commandes peuvent retourner à leurs rendez-vous d'affaires, leurs apéritifs au country club, leurs églises, leurs dîners en famille et leurs parties de la crosse.

Meredith, à quatre pattes, arrache en bougonnant des mauvaises herbes et des racines desséchées au pied de son tulipier de Virginie. Elle sait exactement pourquoi elle fait cela : l'extraction de ces maigres plantes a sur elle l'effet d'une séance de méditation transcendantale. Près de l'arbre infecté s'amoncelle un tas de débris qui ressemblent à des lambeaux de peau morte arrachés à une blessure. Meredith refuse de regarder en face la crise spirituelle qui la menace : la signification de la mort de sa mère, le massacre de la famille Banks, les poursuites contre l'entreprise familiale dont elle vient d'être informée. Chuck l'a laissée pour aller rencontrer ses avocats dans les Appalaches. Ne réponds à aucun appel, lui a-t-il ordonné. Il ne veut pas qu'elle se fasse du mauvais sang. Meredith a décidé de débrancher le téléphone fixe pour éviter que Bunny ne découvre tout : la firme familiale est sous le coup d'un procès qui pourrait leur coûter des millions de dollars, pour avoir déversé illégalement des produits chimiques dans quelques petites villes minables.

Tirant sur les herbes avec une frénésie croissante, Meredith imagine le sort qui les attend : la perte de tous les biens qui lui ont été transmis. Le meurtre de la famille Banks était peut-être un signe du Ciel, se dit-elle, un brin honteuse de cette pensée. Après tout, ils ont été en concurrence directe avec la société des Bartholomew. Meredith ne voyait pas d'un bon œil la manière dont Genevieve Banks faisait étalage de leur fortune familiale, une fortune qu'ils n'avaient pas acquise eux-mêmes. Il va sans dire que Meredith n'aurait jamais dit cela tout haut à quiconque. La vie qu'elle mène est la seule qu'elle ait jamais connue. En épousant Chuck, elle a déménagé à quelques rues à peine de chez sa mère. Elle n'a jamais vécu ailleurs qu'à Washington, et plus précisément à Georgetown, tout comme sa mère, et la mère de sa mère, et la mère de la mère de sa mère. Elle ne supporte pas l'idée que cette tradition s'éteigne avec elle. Elle tire plus fort sur une tige, qui cède avec un craquement. Meredith tombe à la renverse, le derrière dans la poussière, tenant toujours à la main la racine dont elle examine les longs tentacules. Dans le sol, un lombric se tortille et tente de retourner sous la surface de la terre.

Bunny est réveillée par les grognements de sa mère. Elle tend la main vers son MacBook Air. Un exemplaire d'un manuel de savoir-vivre, qu'elle a jeté de sa table de nuit avant de se coucher, est ouvert par terre comme un tipi : *Tiffany, ou les bonnes manières à table pour les adolescents.* Les courts paragraphes du livre lui rappellent le son de la voix de sa grand-mère : *Vous devez apprendre à distinguer un couteau à poisson d'un couteau à viande, et une fourchette à poisson d'une fourchette à viande. S'il n'y a pas de couverts à poisson, alors utilisez les couverts les plus petits pour le poisson. Si vous faites une erreur, continuez simplement de manger. Ne reposez pas les couverts sur la table. Faites comme si de rien n'était.* C'est la deuxième fois depuis les meurtres que leur employée de maison a ramassé le livre et l'a reposé sur sa table de nuit. Bunny commence à se demander si l'on cherche à lui faire passer un message : il faut toujours qu'on lui rappelle qui elle est censée être et qui elle est appelée à devenir. Elle attrape le livre et le jette sous son lit. Puis elle tire le dessus de lit Liberty par-dessus sa tête et ouvre son ordinateur. Bunny déteste s'apercevoir qu'elle connaît les noms de tous ces tissus à motifs : *Liberty, tartan, toile de Jouy...* Comme si ces mots avaient un sens. Sauf qu'en effet, pour la plupart des gens de son milieu, ils en ont un.

Sous la tente maintenue par ses genoux, l'écran est éclairé par une page du journal local de Fox 5. Ces dernières semaines, Bunny a pris l'habitude de taper compulsivement tous les matins les mots « meurtre famille Banks » sur Google. La recherche n'amène aucun nouveau résultat : toujours le même article de Fox 5 News qui invoque une vengeance raciale et économique. Anthony Tell venait d'être renvoyé de l'une des entreprises dirigées par le père d'Audrey : encore un employé insatisfait. Elle ne trouve aucune information sur les autres chaînes. Mais l'obsession de Bunny pour ce cas ne fait que s'intensifier depuis qu'elle a vu partout la photographie de l'assassin avec son visage si juvénile, à peine plus âgé qu'elle. Est-ce qu'il a fait ça parce qu'ils le méritaient ? Est-ce qu'il est innocent ? Voilà comment on traite les Noirs et les gens de couleur. On les enferme et on les tue... Chaque fois qu'elle aborde la question, sa mère lui reproche sa curiosité, ce qui la met hors d'elle. « L'affaire est réglée, Bunny, c'est fini. La justice suit son cours. » Mais pour Bunny, tout cela n'a rien de réglé, ni de juste. Elle veut connaître le *pourquoi*, et chaque fois que Meredith élude la discussion, Bunny perçoit chez elle une forme de fragilité, un déni, une incapacité à regarder en face la possibilité que Tell soit innocent, comme un bloc de glace que Bunny ne parvient pas à entamer. Meredith ne veut rien savoir de plus sur cet homme. Son crime présumé prend le dessus sur sa personne : c'est un criminel, point final.

Bunny examine une fois de plus le portrait d'Anthony. Elle zoome sur son visage jusqu'à ce que ses yeux, grandeur nature, la regardent bien en face. Elle essaie d'imaginer que c'est vraiment lui qui a commis le meurtre : l'expression de son visage au moment où il est entré dans la maison, quand il a découpé Audrey en morceaux. Sur la photographie d'identité judiciaire, il a un air tellement sombre, et tellement humain.

Sur Idaho Avenue, dès que l'on passe derrière le nouveau supermarché Giant Food, le magasin de cosmétiques Bluemercury et le bar à tapas Barcelona, le rapport de pouvoir semble s'inverser. Bunny, au volant de sa voiture, attend pour tourner vers l'antique Metropolitan Police Station lorsqu'un bus arrive à sa hauteur. Elle lève les yeux vers les passagers : des rangées de visages noirs ou bruns et quelques rares blancs regardent par la fenêtre, les yeux perdus dans le lointain, au-delà des bouchons, de leurs boulots pourris et mal payés, de leurs patrons cinglés, des maux de tête causés par les produits d'entretien et les cris des enfants blancs, des poubelles dans la rue pleines de crottes de chien – un nuage d'aspirations, de rêves, de désirs, et de ressentiment face à l'injustice et aux préjugés. Le moteur du bus rugit en dépassant Bunny. Les gaz d'échappement qui pénètrent dans sa voiture la font tousser. Elle entrouvre sa fenêtre et tente de faire circuler l'air avec sa main, puis entre dans le parking.

À l'intérieur, un drapeau américain pend contre un mur de briques blanches où sont accrochés trois portraits de célèbres chefs de la police. Bunny n'est entrée qu'une seule fois dans un poste, quand elle était en deuxième année : elle avait été enfermée en cellule de dégrisement, un lieu où l'on envoie dessaouler les jeunes filles privilégiées auxquelles il manque généralement un escarpin, le temps qu'elles passent un coup de fil au bon ami avocat de leur famille.

Une femme obèse aux cheveux décolorés et aux épaisses lunettes est assise derrière une vitre blindée. Elle pianote sur son ordinateur sans avoir l'air de remarquer la présence de Bunny. La jeune fille attend poliment, les mains croisées devant elle, son sac à dos sur l'épaule et son bonnet de laine rose sur la tête. Pour passer le temps, elle regarde autour d'elle. À sa droite se trouve un distributeur de chewing-gums recouvert de poussière qui n'a probablement pas fonctionné depuis 1997. Une autre minute s'écoule, au cours de laquelle Bunny fait mine de s'intéresser aux affiches officielles, aux portraits de criminels recherchés et aux textes de loi. Elle soupire et jette un regard à la policière. C'est là qu'elle se rend compte que ni sa position sociale, ni son numéro de demoiselle en détresse ne la mèneront nulle part. Elle toque à la vitre. « Excusez-moi ? »

La policière lève les yeux. Imperturbable, elle appuie sur le bouton de l'hygiaphone :

« Je peux vous aider ?
– Oui, je cherche l'agent Gomez.
– Vous connaissez son matricule ?
– Euh, non.
– Il me faut un matricule.
– Mais vous ne pouvez pas, genre, le retrouver sur votre système ? »

La policière soumet Bunny à un examen rapide.

« C'est à quel sujet, madame ?
– L'affaire Banks. La famille qui a été torturée et brûlée…
– Ouais, je connais. Les fédéraux sont sur le dossier.
– Les fédéraux ? répète Bunny sans comprendre.
– Le FBI. »

Déçue de constater qu'il ne lui sera pas si facile d'obtenir des informations, Bunny fronce le nez.

« Et alors, comment je peux faire pour voir le rapport de police ?
– Il faut faire une demande dans le cadre de l'Acte sur la liberté d'information.
– La liberté d'information ?
– La liberté d'information.
– Qu'est-ce que c'est, l'Acte sur la liberté d'information ?
– C'est pour déposer une demande quand vous voulez obtenir un dossier. Si votre demande est approuvée, on vous donnera les informations.
– D'accord, mais…
– C'est l'Acte sur la liberté d'information. Vous trouverez ça sur Internet, ajoute la policière avant de se retourner pour tendre un papier à un collègue derrière elle.
– D'accord. Attendez, j'ai encore une petite question… » insiste Bunny, forçant la femme à la regarder à contrecœur.

« Oui ?

– Comment on fait pour rendre visite à quelqu'un en prison ?

– Quelle prison, madame? demande la policière qui commence à s'impatienter.

– Euh… »

Bunny réfléchit. Le ton de la policière lui donne l'impression qu'elle devrait savoir la réponse, et elle a honte de l'ignorer. Mais comment pourrait-elle connaître des noms de prisons? Il n'y a qu'à voir le manteau qu'elle a sur le dos. Bunny retrouve l'article sur son téléphone. « La prison centrale de DC…

– Il faut aller sur le site Internet pour remplir un formulaire, et fournir une pièce d'identité.

– Oh, pour qu'on vérifie mon casier judiciaire ?

– Madame, je viens de vous le dire, il faut aller sur le site Internet. »

Bunny ouvre de grands yeux. « Compris. » Elle fourre son téléphone dans sa poche, passe le portail du détecteur de métaux et sort du poste de police.

La statue des suffragettes

Ce n'est qu'en 1921 que des figures féminines firent leur apparition dans la salle de la Rotonde du Capitole, située entre la Chambre des représentants et le Sénat. L'inauguration d'une statue en l'honneur des suffragettes eut lieu six mois après la ratification du 19ᵉ amendement qui accordait aux femmes (blanches) le droit de vote. Cette statue de marbre représente Elizabeth Cady Stanton, qui a rédigé le projet de loi en question, Susan B. Anthony, militante pour l'abolition de l'esclavage et présidente de la National American Woman Suffrage Association, ainsi que Lucretia Mott, prédicatrice et organisatrice de la Convention de Seneca Falls à New York. Derrière les bustes des trois femmes, un bloc de marbre est resté brut. Il existe différentes hypothèses quant à sa signification : est-il destiné à accueillir le buste de la première femme présidente des États-Unis ? Celui de la prochaine tête de file du mouvement féministe ? Ou bien peut-être une égérie du mouvement Me Too[1] ?

Malheureusement, une fois inaugurée, la statue fut presque aussitôt reléguée dans une salle au sous-sol, conçue à l'origine pour accueillir les restes du président Washington mais qui servait à stocker produits d'entretien, balais et serpillières. Le Congrès rejeta de multiples votes réclamant que la statue soit remise en place sous la Rotonde. Ce n'est qu'en 1995, lors du 75ᵉ anniversaire du 19ᵉ amendement, que des groupes féministes entamèrent, avec l'appui de plusieurs femmes membres du Congrès, une lutte pour que la statue sorte du placard. Celle-ci finit par revoir la lumière du jour en 1997, mais il ne fut possible de la transporter jusqu'à sa place que grâce à des donations privées en provenance de tout le pays. En effet, Newt Gingrich, alors président de la Chambre, avait refusé qu'y soit alloué un seul centime du budget de 23 millions de dollars réservé à l'entretien et à l'acquisition des œuvres d'art dans le Capitole[2].

---

1. Denise Goolsby, « No Room for Fourth Bust on Suffragette Statue ? » *Desert Sun*, 19 septembre 2016.

2. Lorraine Boissoneault, « The Suffragist Statue Trapped in a Broom Closet for 75 Years », *Smithsonian*, 12 mai 2017.

18

C'est la fin de la journée et Doug, assis dans son bureau vide, cherche son nom sur Google. *Sénateur Wallace, Doug Wallace, Sénateur Doug Wallace…* Il essaie toutes les combinaisons qui pourraient être utilisées pour le désigner. Cet accès de narcissisme peut s'expliquer par le léger sursaut de popularité qu'il connaît actuellement, en Caroline du Nord comme dans le pays tout entier. Les paroles de Cate sur Fox News ont touché une corde sensible chez les électeurs de tous bords, mettant en cause la gestion par la Maison-Blanche de cette affaire de violence conjugale. Compte tenu de la situation, Doug remercie à chaque instant le Ciel pour le jour où il s'est réconcilié avec Lisa Greenberg, une ancienne camarade d'université. Au moment où le souvenir lui revient, il serre son sexe en érection dans son pantalon de costume.

Quelques années après avoir fini ses études à l'Université de Caroline du Nord, Doug avait connu une épiphanie : il allait se lancer dans la politique. Il fallait donc impérativement qu'il retrouve la trace de Lisa Greenberg. Doug était assez calculateur pour remarquer que du temps de la fac, chaque fois qu'il croisait Lisa sur le campus, elle se montrait troublée et mal à l'aise. Cela s'expliquait certainement par le fait que, la nuit où ils avaient couché ensemble, elle n'avait cessé de changer d'avis quand il avait voulu la pénétrer. Jusqu'au moment où il avait décidé que son « non » voulait dire « oui » – alors qu'il s'agissait bel et bien d'un « non » et non d'un « oui ». Il l'avait prise, il avait joui, puis il était parti et ne l'avait plus jamais rappelée. Cette Lisa était une fille tellement compliquée.

Il ne serait jamais venu à l'esprit de Doug qu'il l'avait violée. Simplement, il avait l'impression qu'elle ne l'appréciait pas, et il sentait qu'il avait besoin de mettre toute cette histoire à plat, pour le bien de sa carrière politique. Alors Doug a cherché la trace de Lisa, jusqu'à la suivre dans sa librairie favorite de Raleigh, où il lui est tombé dessus au rayon Romans contemporains. Stupéfaite par sa présence, Lisa a rougi d'embarras parce qu'elle avait ignoré tous ses appels. Son besoin d'éviter Doug était viscéral. Pourtant, il a insisté : « Dis-moi, je pourrais te parler un instant ? » Elle a répondu qu'elle attendait quelqu'un. « Écoute, je veux me lancer dans la politique, alors j'ai un peu réfléchi à mon passé. Et je voudrais m'excuser, si jamais je t'ai… » Doug s'est interrompu pour chercher le mot juste. « Si je t'ai mise mal à l'aise… Tu sais, cette nuit-là, quand on a fait l'amour. Il me semble qu'après cela il y a eu un malaise entre nous. » Lisa, pétrifiée de honte, a eu l'impression de se dissocier de son corps. Elle lui a répondu : « Ce n'est pas grave », parce que c'était la chose la plus polie qu'elle pouvait dire en public. Doug s'en est félicité : « Très bien. Alors nous sommes quittes ? » Elle lui a dit que oui, et il n'a plus jamais entendu parler d'elle.

Doug se laisse aller dans son fauteuil pivotant et serre son sexe plus fort dans sa main, les yeux dans le vague face à son écran d'ordinateur. Il ressent un besoin irrépressible de se masturber. « Pas au bureau, tout de même ! » s'admoneste-t-il. En Caroline du Nord, après la fin de son aventure avec une productrice de l'antenne locale de Fox News, il s'est mis à se masturber compulsivement dans les toilettes de son lieu de travail. En déménageant à Washington, il s'est fait la promesse d'arrêter. Mais pour qui a grandi dans la famille Wallace, les promesses ne valent pas grand-chose. Doug se dirige vers les toilettes, descend sa fermeture éclair, se penche en avant, une main contre le mur, et se met à l'ouvrage le plus vite qu'il peut.

À travers toute l'Amérique, les femmes succombent au charme de Doug et à son message de rédemption de l'homme conservateur. À mesure que s'accroissent sa paranoïa et son égocentrisme, ses pulsions sexuelles grimpent elles aussi en flèche. Pourtant, Cate ne le satisfait plus. Après avoir été irrésistiblement attiré par la jeune femme, il ne ressent plus que de la répulsion devant son ambition. Son désir s'est éteint d'un coup depuis qu'il a remarqué son assurance. Cate poursuit des objectifs qui le dépassent, et il n'est qu'un moyen d'y parvenir.

Cate arrive au centre de la Rotonde du Capitole sous le tableau de l'*Apothéose*, une peinture de George Washington au paradis, radieux et environné de « déesses » – qui n'est pas sans évoquer un portrait d'Hugh Hefner entouré d'un aréopage de Playmates – lorsqu'elle se rend compte qu'elle a « oublié » son ordinateur portable. Elle l'a fait exprès parce qu'elle sait que Doug reste travailler tard pour finir le nouvel amendement à la loi sur les violences conjugales. Elle se demande pourquoi elle n'a pas reçu d'appels ni de messages de lui en dehors des heures de travail.

Cate entre dans le bureau sur la pointe des pieds. « Hello ? » appelle-t-elle doucement, mais elle n'entend que des gémissements assourdis. Elle ressent dans son corps une impression de déjà-vu au moment où elle approche du bureau de Doug. Pour y parvenir, elle doit passer devant les toilettes, dont la porte entrebâillée lui laisse voir que les bruits proviennent du téléphone portable de Doug, posé en équilibre sur l'étagère au-dessus de la cuvette. Le dos voûté, le visage penché sur son écran, il finit sa besogne sans se douter que Cate est là, derrière lui dans le couloir, en train de le regarder.

Cate a l'impression que si elle respire elle sera aussitôt renvoyée. Elle repart à reculons sur la pointe des pieds, la bouche grande ouverte, le souffle coupé, le cœur battant. Puis elle serre les paupières, rouvre les yeux et se retrouve devant son ordinateur portable. On entend couler la chasse d'eau, qui déclenche un tintamarre de tuyauteries derrière les murs. Ces installations vétustes… Cate prend son ordinateur et se retourne : Doug est debout dans l'encadrement de la porte.

« Qu'est-ce que vous faites là ? » s'étonne-t-il. Il s'essuie le front avec son avant-bras.

« Oh, vous êtes toujours là ! répond-elle. J'ai oublié mon ordinateur. » Cate le range dans son sac et passe la main dans ses boucles blondes.

Doug s'approche d'elle comme s'il allait l'embrasser, mais s'arrête juste devant son bureau.

« Vous ne voudriez pas me faire craquer le dos ? demande-t-il.

– Là, maintenant ? » Cate regarde autour d'elle. On croirait presque qu'elle ne l'a pas surpris soixante secondes plus tôt en train de se masturber dans les toilettes devant un film porno. Peut-être que s'il se masturbe ainsi, c'est parce qu'elle lui manque ?

« Oui », répond Doug.

Il s'étend à plat ventre sur le sol devant elle. Cate ne peut s'empêcher de sourire, perplexe mais séduite. Elle ôte ses chaussures à talons et monte sur son dos un peu flasque. Elle s'efforce de garder l'équilibre, comme une ballerine.

Doug laisse échapper un grognement : « Han... Oh putain que c'est bon. Oui, comme ça, plus à gauche. Haaaan, oui ! »

Cate modifie son point d'équilibre et enfonce son talon sur le côté de sa colonne vertébrale. « Ça fait mal ? » demande-t-elle.

Doug ne répond pas. « Voilà, voilà, je me retourne », dit-il.

Il se tourne sur le dos et leurs regards se croisent. Cate comprend que la partie est terminée mais ce qu'elle ne sait pas, c'est qu'ils n'ont jamais joué le même jeu. Il replie ses jambes contre son torse. « Très bien, maintenant, appuyez-vous sur moi de tout votre poids. »

Cate soupire, s'agenouille face à lui et s'appuie sur ses tibias jusqu'à ce que les genoux de Doug atteignent sa poitrine. Ils restent les yeux dans les yeux comme des acrobates, mais Doug ne l'attire pas à lui pour l'embrasser. Cate attend, mais rien ne se passe.

« Haaaan. Bon, bon, il faut que je me lève », dit Doug.

Il attend qu'elle recule et se lève péniblement, puis étire ses bras au-dessus de sa tête en bâillant.

« Je rentre à la maison retrouver les filles. À demain, alors ? » dit-il, l'index pointé vers elle, en se dirigeant vers la sortie.

Cate se relève, submergée par une vague d'humiliation. « À demain », répond-elle, pieds nus, seule au milieu du bureau.

Alors qu'elle descend à grandes enjambées Constitution Avenue, Cate prend soudain conscience du fait qu'au Capitole les services de ressources humaines n'existent pas vraiment. Le bureau de chaque sénateur fonctionne comme un petit royaume à part, ce qui fait que si Cate devait déposer une plainte, ce serait auprès de Walter. Et elle sait que si elle le fait, elle sera renvoyée.

Lorsqu'elle est blessée par quelqu'un, intentionnellement ou non, Cate garde sa rancœur pour elle et s'en sert pour aller de l'avant. Elle sait gagner la confiance des gens, les écouter et les étudier, jusqu'au moment où elle pourra les faire tomber. Elle a toujours eu une conscience et une compréhension aiguë des autres, de leurs sentiments, de leurs hontes et de leurs faiblesses. Elle apprend à connaître ses ennemis : comment ils étaient au lycée, à quel âge ils ont eu leur premier chagrin d'amour. Elle accumule patiemment les informations utiles et les conserve au fond de sa poche comme des petits cailloux, prête à s'en servir comme projectiles au moment opportun. Elle ne sait pas d'où elle tient ce tempérament. La véritable raison, c'est que son père l'a abandonnée quand elle avait quatorze ans pour aller en prison. La mère de Cate en a beaucoup souffert, et la jeune fille a été mise au ban. Elle n'a pas oublié le jour où, en première année au lycée, Danny Farrell l'a accusée d'avoir volé un sac de sport Adidas au bureau des objets trouvés en lui lançant : « Tel père, telle fille. » Personne n'a jamais parlé ouvertement avec elle du départ de son père : la question n'était jamais évoquée que pour l'humilier ou pour persifler derrière son dos. Elle n'a reçu aucune compassion de la part de ses professeurs, de sa famille ou de ses amis, ni même de Chuck et Meredith qui se sont limités à utiliser leur argent et leurs contacts pour l'aider financièrement, payer ses études et lui trouver un travail dans le bureau de Doug. Personne ne lui a jamais demandé comment elle se sentait.

Sur l'escalator qui descend à la station de métro, Cate tente de se débarrasser de son sentiment d'humiliation. Elle sait bien que ce n'est pas à elle de supporter le poids de tout cela. Au fond, elle sait que Doug est en train de se détacher d'elle, qu'il ne supporte pas son ambition, qu'il n'y a pas d'amour entre eux. Ce n'était qu'une simple histoire de cul. L'espace d'un instant, au moment où les portes du métro vont s'ouvrir, elle se sent submergée par la colère : le genre de colère que ne peut éprouver qu'une femme qui a grandi sans la protection d'un père, d'une fortune ou d'un statut social.

Le lendemain, Cate et Walter sont penchés au-dessus de Doug, assis à son bureau d'acajou. Ils regardent sur YouTube une publicité pour une boisson protéinée, afin de décider s'il est ou non judicieux de laisser apparaître, à l'arrière-plan de la vidéo où Doug présente son amendement sur les violences conjugales une casquette de baseball sur laquelle est inscrit : SAVE THE BROS.

Sur l'écran de l'ordinateur, la caméra balaie en panoramique un homme en débardeur blanc, une grosse chaîne dorée au cou, qui cligne de l'œil à l'objectif. Le cadre se déplace sur le gang des *bros*, un groupe de types musclés qui dansent en échangeant claques dans la main et saluts poing contre poing. Le slogan « Sauvez les *Bros* ! » défile à l'image.

Doug pivote dans son fauteuil avec un petit rire, puis soupire.

« Je trouve que c'est totalement déplacé, déclare Cate. Il faut remplacer la casquette par votre figurine de Michael Jordan.

– Mais enfin, c'est juste une publicité, s'exaspère Walter, des auréoles sous les aisselles. Nous devons nous adresser à la jeunesse. Il faut qu'on voie des choses "tendance" derrière lui. »

Un jeune cameraman entre dans la pièce et commence à installer son pied de caméra. Doug fait comme s'il était invisible.

« Mais c'est à notre électorat féminin que nous nous adressons, des femmes de tous les âges », répond Cate.

Doug lui jette un regard désapprobateur qui la surprend. Peut-être s'accorde-t-elle trop de libertés, surtout en présence de Walter. Désormais, elle n'a plus droit à l'erreur. Elle reprend contenance, puis se dirige vers le cameraman pour l'aider à s'installer, laissant Walter et Doug revoir leurs notes sur l'annonce de l'amendement.

Doug se redresse sur son siège en ajustant sa cravate à rayures rouges et blanches, qui lui donne l'air d'un infirmier bénévole plus que d'un sénateur. Cate, debout derrière la caméra, regarde Doug répéter son texte. Elle n'est plus si sûre qu'il va être à la hauteur.

Walter surprend le regard de Cate sur Doug, où le désir frustré le dispute à la déception. Il s'approche d'elle avec un bloc-notes auquel est agrafé le script. Il tend le bras devant elle, effleurant son téton, et fait aller et venir lentement le dos de sa main contre sa poitrine avant que Cate ne se saisisse du bloc-notes. Elle est tétanisée, comme si un tombereau de honte venait de se déverser sur elle et qu'elle était forcée de faire comme si de rien n'était. Walter, l'air satisfait, recule de deux pas et souffle son haleine fétide sur sa nuque. Les bras croisés, il attend le signal du cameraman.

Doug commence à parler, adoptant son débit de politicien, et Cate reste debout, le dos raide, à suivre le texte du script en s'assurant que chaque intonation est correcte. Le téléphone sonne.

« Nom d'une pipe ! » Doug se laisse retomber contre le dossier de son fauteuil capitonné, sortant brutalement de son personnage comme un comédien dans un cours de l'Actors Studio.

On frappe à la porte et une jeune stagiaire passe la tête par l'entrebâillement. « Sénateur Wallace, c'est un producteur de l'émission *Toute l'actualité avec Chris Williams !* sur Fox

News. Il veut discuter de quelques points avant l'émission de ce soir.

– Dites-lui que vous êtes en réunion du comité et que vous le rappellerez, dit Walter à Doug qui confirme l'ordre à la stagiaire.

– Betsy et Linda dînent ensemble au country club ce soir », dit Doug.

Puis il se replonge dans le script.

« Bon, où en étions-nous ?

– Cate ? » demande Walter.

Cate feuillette précipitamment le script.

« Vous reprenez ici : "Le contrôle coercitif ne se limite pas à des atteintes physiques plus ou moins graves. Il s'agit d'une forme de violence insidieuse et délibérée, qui cause des dommages émotionnels et psychologiques. De nombreuses victimes conservent des séquelles qui ne sont pas nécessairement physiques, mais qui peuvent les accompagner toute leur vie." »

Cate traverse la Rotonde du Capitole et passe devant les bustes en marbre des pionnières du mouvement des suffragettes : Lucretia Mott, Elizabeth Cady Stanton et Susan B. Anthony. Un guide sautillant accompagné d'un groupe de collégiens décrit la masse de marbre brut qui se trouve derrière les bustes des suffragettes : « Ce bloc de marbre a été laissé inachevé, en attendant qu'une femme soit élue présidente. C'était il y a quatre-vingt-dix-neuf ans, et il est fort probable que vous-mêmes ne connaissiez jamais une présidente de votre vivant. »

Sans se laisser distraire, Cate se dirige vers la sortie à l'arrière du bâtiment où des Suburban noires attendent les sénateurs, lorsque Walter l'interpelle : « Cate ! Cate ! »

Elle fait mine de ne pas l'entendre et presse le pas pour arriver à la voiture qui attend Doug pour le conduire dans les studios de *Toute l'actualité avec Chris Williams !* Envahie par une bouffée d'adrénaline, elle resserre la ceinture de son trench-coat Burberry d'occasion et se retourne pour voir Walter qui se hâte péniblement vers elle.

« Bon Dieu, vous êtes rapide ! s'exclame-t-il, le front perlé de sueur, le souffle chuintant. Écoutez, vous faites un travail formidable... » Il pose sa main sur l'épaule de Cate, passant son pouce contre son cou qu'il frotte comme s'il cherchait à l'étrangler. « Mais Doug m'a dit de vous rappeler que lorsqu'il vous considérera prête à prendre plus souvent la parole en public, il vous le fera savoir. Son emploi du temps commence à être très rempli avec la saison électorale. Nous voulons d'abord être complètement certains que vous avez le niveau requis pour tenir ce rôle. »

Cate cherche ses mots pour ne pas laisser paraître son irritation, son trouble et sa colère. Ce sont ses mots à elle que Doug utilise depuis que l'amendement a été proposé.

« Quand est-ce que vous avez eu cette discussion ?

– Le sénateur Wallace n'a pas le temps en ce moment de réfléchir à déléguer, Cate », dit Walter, évitant délibérément de répondre à sa question pour asseoir sa supériorité. Puis il change de ton. S'approchant plus près, il pose son autre main sur l'avant-bras de la jeune femme. « Comme je vous l'ai dit, continuez sur cette voie. Vous faites un excellent travail et je suis sûr qu'en un rien de temps vous aurez toute l'équipe presse sous vos ordres. »

Il s'écarte, l'index pointé sur elle, tandis que Doug s'approche du véhicule. « Vous êtes prête ? lance ce dernier. Il est temps d'aller conquérir les cœurs des Américaines ! » Il adresse à Cate son sourire irrésistible, celui qui l'a fait succomber quand elle l'a rencontré pour la première fois.

« Cate, pas de dérapage cette fois-ci ! plaisante Walter, le doigt toujours pointé sur elle. Je vous retrouve au studio, dès que j'aurai viré la stagiaire ! »

Dans la voiture, Cate est assise près de Doug qui est plongé dans son téléphone. Il doit être en train de passer en revue le projet d'amendement et les différents articles de presse en réaction à l'affaire des violences conjugales. Elle reste assise, les mains croisées. Elle se souvient du jour où, quelques mois plus tôt, Doug lui a demandé de tenir son téléphone pendant un vote et qu'elle a vu apparaître dans sa fenêtre Safari des GIF de fellations. Cate, qui avait cliqué sur l'onglet par accident, l'a aussitôt refermé et a fait comme si rien ne s'était passé. Pour la première fois, son rêve était écorné, son déni recevait une légère égratignure. Mais c'était trop dur à croire, alors elle ne l'a pas cru. Comment a-t-elle pu être à la fois aussi coriace et aussi naïve ?

19

« Maman, on est vraiment obligées d'y aller ? » geint Haley tandis que Betsy gare leur Jaguar dans la file du voiturier du Washington Club.

Une femme sort de son Wagoneer en tenue de tennis blanche, des diamants aux oreilles. Ses chaussettes sont bordées aux chevilles d'un volant de dentelle. Betsy, une boule au ventre, tripote nerveusement son diamant de douze carats en attendant que le voiturier, un homme noir en smoking, vienne ouvrir sa portière et celle d'Haley. « Madame », dit-il, avant de les accompagner dans le club des clubs.

Betsy resserre le nœud de l'écharpe Gucci qu'elle a drapée sur ses épaules, et fait signe à Haley de lui passer le manteau de renard posé sur la banquette arrière. Elle sort de la voiture et s'enveloppe dans son manteau. Vêtue des pieds à la tête en Lilly Pulitzer, Haley ressemble à un rouleau de papier peint fleuri.

Elles entrent dans le club. Sous la senteur majestueuse des grands lys moribonds, on reconnaît l'odeur caractéristique des vieux divans râpés qui auraient dû être remplacés il y a quarante ans. Les tentures à fleurs rappellent à Betsy le salon de sa défunte belle-mère à Durham. Cet endroit est un dépotoir, se dit-elle. Et pourtant, son prestige se perpétue de génération en génération, à travers les fils et les filles de ses membres fondateurs, tous bords politiques confondus – une seule chose importe : être riche. Les dynasties les plus anciennes s'y côtoient dans le but de conserver le contrôle sur leur hiérarchie interne comme sur le monde extérieur. Dans le club des clubs, chaque membre se tient en équilibre légèrement instable au sommet d'une échelle dorée bâtie par ses ancêtres, arrivés les premiers au sommet pour le plus grand bien de leurs descendants.

On se croirait dans une affreuse maison de famille, remarque Betsy. Son Birkin en crocodile au bras, elle s'approche d'une femme aux cheveux grisonnants, assise à un bureau sur lequel sont posés un registre de signatures et un stylo-plume. Pas d'ordinateur.

« Puis-je vous aider ? demande la vieille femme.

– Oui, bonjour, je suis Betsy Wallace. J'ai rendez-vous pour dîner avec Linda Williams. »

Le majordome (ou peut-être le secrétaire, ou quelque chose dans le genre) conduit Betsy et Haley jusqu'en haut des escaliers. Ils passent devant la piste de bowling et le salon de jeu, puis traversent le bar à cocktails avant d'atteindre la salle à manger. Lorsqu'elles arrivent à la table encore vide, Betsy sort un peigne de son sac pour démêler rapidement les pointes des cheveux d'Haley. « Maman, arrête ! » proteste Haley avec une grimace, en s'écartant d'un bond de sa mère anxieuse.

Au moment où Betsy range son peigne et fait claquer le fermoir de son sac, un coup frappé à la vitre derrière elle la fait sursauter. Elle se retourne : c'est Linda, enveloppée dans un tricot rouge et un foulard Hermès. Becca la suit en traînant les pieds, vêtue elle aussi d'une robe Lilly Pulitzer aux couleurs criardes. « Coucou ! » articule silencieusement Betsy avec un salut de la main.

Linda lui fait signe qu'elle arrive tout de suite. Cinq minutes plus tard, elle entre dans la salle à manger, rayonnante et majestueuse comme si elle était la maîtresse de maison. « *Bonjour** ! »

Linda se penche pour embrasser Betsy sur les deux joues: « Mouah… Mouah! » Elle pousse sa fille en avant: « Becca, dis bonjour à Haley. »

Becca est petite pour son âge. Ses cheveux sont d'un châtain terne et sa lèvre supérieure est ombrée d'un duvet malencontreux.

« Bonjour, articule péniblement Becca en évitant le regard de l'autre fille.

– Salut, répond Haley, d'une voix qui laisse entendre son mécontentement d'avoir été forcée de venir jouer avec elle.

– Comment vous portez-vous aujourd'hui, madame Williams? demande le serveur.

– *Juste merveilleux, parlez-vous français** ? répond Linda avec un clin d'œil, avant d'éclater de rire.

– *Bonjour! Tu es heureux** ! tente Betsy.

– Je suis désolé, euh… s'excuse le serveur pour masquer son hésitation, avant de leur demander ce qu'elles souhaitent commander.

– Le filet de poisson est absolument divin », dit Linda en jetant un coup d'œil par-dessus son menu.

Elle commande un poulet piccata et des nuggets pour Becca.

« Alors je vais prendre le filet de poisson, et des nuggets pour ma grande, dit Betsy en lui rendant le menu avec un grand sourire.

– Oh, voici Meredith Bartholomew! » s'exclame Linda, ponctuant la dernière syllabe d'un salut de la main à la manière de la reine d'Angleterre.

Linda envoie un sourire factice en direction de Meredith, qui en fait de même tout en s'approchant de sa table réservée. Les deux femmes jouent parfaitement leur rôle: on dirait deux personnages d'un tableau de Norman Rockwell, la sincérité en moins.

« Becca, ma chérie, pourquoi n'emmènerais-tu pas Haley voir la piste de bowling ? »

Les fillettes partent « explorer » le club. Mais pas trop loin : le règlement l'interdit.

« Vous connaissez les Bartholomew? demande Linda.

– Son mari a été un grand soutien pour la campagne de Doug. Sa femme, en revanche, ajoute Betsy en baissant la voix et en se penchant par-dessus la table, ne nous a pas vraiment aidés…

– Oh. Eh bien, vous devez vous douter pourquoi, dit Linda.

– Que voulez-vous dire ? »

Betsy sait que le commérage est un territoire dangereux à Washington, qui est au fond une si petite ville. Mais la tentation est trop forte. Linda se penche à son tour vers Betsy, comme si elles jouaient à la balançoire

« Ils ont des problèmes d'argent.

– Ah bon ? Oh mon Dieu, je me demande si Doug est au courant, s'inquiète Betsy.

– Ne dites à personne que c'est moi qui vous l'ai dit. »

Le serveur arrive avec leur vin. Linda sirote son verre à petites gorgées, comme une aristocrate du Grand Sud. Mauvaise nouvelle, se dit Betsy qui sait que son mari compte sur la donation des Bartholomew.

« Ils ont une douzaine de procès sur le dos dans différents comtés à travers le pays à cause des déchets chimiques que leur société a déversés un peu partout. Mais la presse n'a pas encore révélé l'affaire, en tout cas pas sous un angle sociopolitique, si vous voyez ce que je veux dire… Et figurez-vous qu'il y a un petit rebondissement qui s'ajoute à tout cela : les Banks – vous savez, la famille qui a été assassinée – étaient leurs principaux concurrents… On ne s'en serait jamais douté, parce que les deux familles se fréquentaient. Et puis, je crois que Chuck et David étaient dans la même promotion à Harvard. Bref, le cours de leurs actions est en train de s'écrouler. »

Linda secoue sa serviette de table pour la déplier et la pose sur ses genoux avant de poursuivre : « Je suis sûre que Doug est au courant... J'ai vu d'ailleurs qu'il faisait beaucoup parler de lui ces derniers temps, c'est merveilleux ! »

Becca et Haley sont à l'étage au-dessus de la piste de bowling, près du stand de pop-corn fermé. Haley joue sur son téléphone portable.

« On n'a pas le droit d'avoir des portables ici, déclare Becca. C'est le règlement. »

Haley l'ignore et tapote fiévreusement l'écran de son téléphone.

« Tu ne seras jamais membre du club si tu continues à jouer sur ton téléphone, poursuit Becca.

– On est déjà membres du club, répond Haley sans quitter son jeu des yeux.

– Non, c'est pas vrai, répond Becca. T'es une menteuse. »

Haley finit son jeu, ferme l'appli et met en marche son appareil photo. Puis elle lève son téléphone vers le visage de Becca et la photographie.

« Arrête ! On va se faire virer à cause de toi !

– Tu vas faire quoi ? Aller te plaindre à ta Maman ? »

Haley ouvre son Finsta et crée un mème de Becca où l'on voit une image divisée en deux : d'un côté, la photographie peu flatteuse du visage de la fillette en gros plan, de l'autre un portrait de sa mère trouvé sur Google. La légende dit : *Maman, c'est vrai que je suis moche ? Chérie, je t'ai déjà dit de ne pas m'appeler Maman en public.* Clic. Haley poste la photo.

Betsy mâche son filet de poisson à l'odeur peu ragoûtante. Le filet trop cuit dégage de forts relents de marée qui pourraient laisser croire qu'il est avarié.

« Nous pourrions nous réunir au Saint Regis, à l'heure du thé, dit Linda. Les filles mettraient de belles robes. Et nous commencerions par un de mes livres préférées : *Nancy Drew.* » Elle explique son idée de monter un club de lecture pour mères et filles. Tandis qu'elle poursuit, volubile, l'estomac de Betsy se met à émettre des borborygmes.

« Toutes mes excuses », l'interrompt Betsy en se tamponnant les lèvres de sa serviette de lin, comme pour chasser le désagréable goût de poisson qui s'attarde dans sa bouche. « Pourriez-vous me dire où sont les lavabos ? Je dois me repoudrer le nez... »

Le visage plus pâle qu'une balle de golf, Betsy se lève sans s'apercevoir qu'elle tient encore sa serviette contre sa bouche.

« Par ici, au fond de la salle à droite. »

Betsy fait de son mieux pour trottiner avec grâce jusqu'aux toilettes, bousculant en chemin une petite fille. Ses intestins sont sur le point d'exploser. Des gouttes de sueur perlent aux racines de sa chevelure parfaite. Foudroyée par les remugles de poisson qui persistent dans sa bouche et par la pensée soudaine d'une énorme coulée de mayonnaise, elle tombe à genoux dans le compartiment des toilettes pour handicapés et expulse le poisson avec violence. Après une vingtaine de secondes, elle reprend son souffle. Au moment où elle crache un dernier petit morceau de poisson dans la cuvette, elle entend « Beurk », puis une porte qui claque – manifestement une adhérente du club qui n'a rien manqué des bruits ni des effluves de l'éruption.

Après avoir tiré la chasse, Betsy agenouillée s'adosse contre la cloison de la cabine des WC, le nez dégoulinant de morve.

Elle tressaille : son estomac se remet à gargouiller, comme si un souffleur à feuilles mortes s'était mis en route dans son abdomen. Paniquée, elle tente de se mettre debout en s'appuyant contre le mur blanc carrelé. « Non, non, non ! », supplie-t-elle, juste avant de perdre le contrôle. Une vague tiède se répand dans sa culotte. « Seigneur, pitié ! » L'odeur est effroyable… « Mon Dieu, oh mon Dieu ! » Betsy se tortille pour enlever sa jupe droite en cuir Yves Saint Laurent et la jette dans un coin de la cabine. Son collant ventre plat qui lui compresse les fesses ne fait qu'aggraver les dégâts.

« Mais qu'est-ce que j'ai fait au bon Dieu ? » Elle décolle soigneusement le collant de son corps, tout en tentant de garder tant bien que mal son derrière au-dessus de la cuvette. Haletante, elle entend s'ouvrir la porte des toilettes. C'est une employée du club. « Tout va bien, mademoiselle ? » demande une voix au fort accent hispanique.

La personne qui a été témoin de l'explosion a vendu la mèche.

« Très bien, merci. Je n'ai pas besoin de vous ! » La femme se retire. Betsy s'essuie encore et encore, puis tire la chasse. Elle remet sa jupe, ramasse son collant souillé et se demande s'il vaut mieux le jeter dans la cuvette ou bien l'envelopper dans du papier toilette et le mettre à la poubelle. Le temps passe et Linda va commencer à s'inquiéter. L'espace de quelques millisecondes, elle reste là, au bord des larmes, comme une lycéenne qui vient d'avoir ses règles pendant qu'elle était chez un garçon et se retrouve sans serviette ni tampon ni papier toilette. Le summum de l'humiliation – mais cette fois, c'est bien pire. Il faut agir vite. « Reprends-toi, Betsy. Pense à la réputation de ton mari, de ta famille. »

Comme elle ne se fie pas à la plomberie du club, Betsy dépose le collant dans la poubelle. Après s'être lavé les mains et avoir vidé un demi-spray de déodorisant dans la cabine des WC, elle se faufile discrètement hors des toilettes, sans culotte. Dans la salle à manger, personne ne s'aperçoit de rien.

« Tout va bien ? » demande Linda, détournant son attention de sa conversation avec Becca et Haley qui picorent leurs nuggets en s'évitant soigneusement du regard.

« J'ai dû faire la queue, répond Betsy en s'asseyant.

– Ça alors, cela ne m'est jamais arrivé depuis toutes les années que je viens ici », s'étonne Linda.

Betsy hausse les épaules avec un sourire et pose la nouvelle serviette de table sur ses genoux, en espérant que Linda ne remarquera pas qu'elle ne porte plus de collants.

« Maman, l'émission de Papa va commencer, dit Becca.

– Oh, c'est vrai ! Demandons l'addition. »

Linda appelle le serveur, puis s'adresse à sa fille :

« Devine qui est invité à l'émission de Papa ce soir ?

– Qui ça ? interroge Becca.

– Mon Papa », répond Haley avec un sourire mauvais.

Becca fronce les sourcils, puis demande à sa mère :

« Maman, c'est vrai qu'Haley et sa Maman sont membres du club ? Parce qu'Haley m'a dit que oui.

– Haley, enfin, ce n'est pas vrai ! Pourquoi irais-tu dire une chose pareille ? » s'exclame Betsy, horrifiée.

Linda, gênée pour Betsy et sa fille, tente de dissiper le malaise. « Oh, ce n'est rien », la rassure-t-elle avant d'ajouter en se tournant vers Haley : « Tu aimerais être membre du club, Haley ? C'est épatant : tu peux nager dans la piscine, faire du patin à glace, ou fêter ton anniversaire au bowling ! Il y a même un plongeoir dans la piscine des grands. »

Betsy, mortifiée, sourit de toutes ses dents.

« Si tu veux que Papa et Maman puissent devenir membres, poursuit Linda, il faut que tu sois bien sage. Tu ne voudrais pas qu'ils soient refusés à cause de toi, n'est-ce pas ?

– Non », répond Haley, honteuse.

Le serveur pose l'addition au centre de la table.

Betsy s'en empare : « Je vous en prie, c'est la moindre des choses ! C'était tellement aimable à vous de nous inviter à dîner ici.

– Oh, non, non, ils ne vous laisseront pas payer puisque vous n'êtes pas membre. Enfin… pas encore ! » répond Linda avec un clin d'œil, en prenant l'addition des mains de Betsy.

Dehors, dans la queue du voiturier, Linda examine Betsy à la lumière du jour.

Les filles restent immobiles sous l'auvent vert dans le froid automnal, devant un gros buisson de chrysanthèmes orange. Quand la Jaguar arrive dans l'allée, au moment où Haley monte côté passager, Linda prend Betsy par le bras. « Betsy, ma chérie, avant que vous partiez… Écoutez, dans ce club on apprécie plutôt les tenues discrètes. À votre place, la prochaine fois, j'éviterais les diamants et le crocodile : vous savez comme ces gens-là peuvent être tatillons… »

Puis, comme pour montrer qu'elle ne prend pas au sérieux le fossé social qui les sépare, elle ajoute : « Je vous vois au cours de français cette semaine ?

– Bien entendu, répond Betsy avec un grand sourire. À bientôt !

– Et j'oubliais, évitez de mentionner que vous êtes catholiques pratiquants, ajoute Linda en faisant le geste de se trancher la gorge du plat de la main. Vous savez comme ils sont, ces sacrés catholiques ! »

Linda éclate de rire, la gorge renversée.

« Je n'en dirai rien ! répond Betsy. Vous êtes un amour.
– J'ai hâte de rentrer à la maison pour voir nos petits maris en plein débat. Comme c'est amusant ! »

Le naturel avec lequel Linda parvient à faire honte à Betsy pour sa fortune trop ostensible est quelque peu ironique, quand on sait que le patrimoine des Williams est trois fois supérieur à celui des Wallace. Mais les *cave dwellers* ne divulguent jamais ce genre d'informations.

Deuxième partie

Le Mayflower

Le Mayflower, *transportant à son bord des Anglais protestants qui fuyaient les persécutions religieuses du roi James d'Angleterre, accosta le 18 décembre 1620 dans le site qui deviendra plus tard Plymouth, Massachusetts. Les archives indiquent que le navire prévoyait d'accoster en Virginie, qui s'étendait alors jusqu'aux berges du fleuve Hudson sur le territoire de la ville actuelle de New York, mais qu'il fut empêché par les intempéries hivernales d'arriver à bon port*[1]. *En plus des trente membres d'équipage, les passagers étaient au nombre de cent deux personnes que l'on appelle aujourd'hui les Pères pèlerins. Quarante et un d'entre eux rédigèrent et signèrent le* Mayflower Compact, *qui servit de cadre à la création d'un gouvernement civil : le premier gouvernement par et pour « le peuple » (autrement dit, les hommes blancs) dans l'histoire du Nouveau Monde.*

Dès leur premier hiver, un grand nombre de colons succombèrent aux maladies et aux conditions de vie très rudes, si bien qu'il ne resta plus dans le Nouveau Monde que cinquante-trois d'entre eux. Après ces lourdes pertes, les Pères pèlerins étaient en difficulté. C'est alors qu'un Amérindien du nom de Squanto, de la tribu des Patuxet, leur apprit entre autres à cultiver le maïs[2]. *Ces relations pacifiques ne furent que de courte durée. À mesure que la colonie s'étendit, menaçant la civilisation amérindienne établie là depuis plus de dix mille ans et accaparant les terres de ces peuples, une guerre sanglante fut menée contre les peuples autochtones dans une lutte impitoyable pour le pouvoir et le contrôle du territoire. En 1880, on estime que 2 à 5,5 millions d'Amérindiens étaient réduits en esclavage en Amérique*[3].

---

1. *Caleb Johnson's Mayflower History* (site Internet).

2. Rebecca Beatrice Brooks, « Squanto : The Former Slave », *History of Massachusetts* (blog).

3. « Colonial Enslavement of Native Americans Included Those Who Surrendered Too », site Internet de Brown University.

Le Mayflower Compact

Au nom de Dieu, Amen, Nous soussignés, Loyaux Sujets de notre auguste Souverain James, par la grâce de Dieu Roi de Grande-Bretagne, de France et d'Irlande, Défenseur de la Foi, etc.

Ayant entrepris, pour la Gloire de Dieu et le Progrès de la Foi Chrétienne, pour l'Honneur de notre Roi et de notre Patrie, un Voyage à cette fin d'établir la première Colonie dans la partie nord de la Virginie ; par la Présente, solennellement et mutuellement, en Présence de Dieu et les uns pour les autres, nous convenons de nous constituer tous ensemble en un Corps Politique civil, en vue de notre meilleure Organisation et Sécurité, et de la Poursuite de ces susdites Fins ; en Vertu de quoi décrétons, constituons, établissons telles justes Lois, égales pour tous, et Ordonnances, Actes, Constitutions, Charges, selon que de temps à autre il sera jugé opportun et convenable pour le Bien général de la Colonie ; à quoi dûment promettons Soumission et Obéissance[1].

1. *History* (site Internet).

20

Bunny a passé la majeure partie des fêtes de Thanksgiving à se retenir de parler à sa famille du massacre des Amérindiens. Meredith avait imprimé leur arbre généalogique trouvé sur *Ancestry.com* pour prouver que leurs ancêtres étaient arrivés sur le *Mayflower*. À table, juste avant le dessert, elle a distribué des « coiffes d'Indiens » bleues, rouges et blanches qu'elle avait confectionnées elle-même. Lorsque Bunny a découvert que son arrière-arrière-arrière-arrière-arrière-arrière-grand-père avait eu trois femmes (consécutives) et trente enfants, elle a retiré sa coiffe et elle est sortie fumer un joint derrière le tulipier moribond. « C'était ainsi à l'époque, Bunny chérie : il fallait répandre la semence. Nous avions une semence très fertile. »

Plus tard ce soir-là, cachée sous ses couvertures avec son ordinateur portable, Bunny a découvert que sa famille avait réduit des Amérindiens en esclavage. Mais comme elle n'avait jamais entendu parler de l'esclavage des Amérindiens, elle n'allait pas lancer un débat sur la question sans avoir mieux préparé ses munitions. Pendant le dîner de Thanksgiving, Meredith, toute à sa joie, n'avait pas cru bon d'évoquer ce détail. Bunny commence juste à entrevoir pourquoi il est si commode d'occulter certains détails de l'histoire : ce récit est là pour cacher une vérité trop gênante. On lui cache sûrement beaucoup de choses encore, mais lesquelles ? Depuis la mort d'Audrey, un nuage noir plane sur ses pensées. Elle ressent un besoin chaque jour plus intense de rencontrer Anthony, le meurtrier présumé. Bunny a trouvé en ligne tous les formulaires de demande de permis de visite. Elle a utilisé une fausse carte d'identité qui appartenait à Grace Morrison, sa cousine du côté de sa mère. Quand Grace avait eu vingt et un ans et qu'elle n'avait plus eu besoin de sa carte pour s'acheter des cigarettes sans avoir à payer quelqu'un de plus âgé pour le faire à sa place, elle l'avait léguée à Bunny – un rite de passage coutumier chez les adolescents. Bunny n'a jamais eu peur de s'en servir. Quoi qu'il arrive, les Bartholomew sont des amis du directeur de cabinet du ministre de la Justice. Protégée par le privilège de son existence dorée, Bunny est à l'abri de toute arrestation et de tout risque : il ne lui viendrait même pas à l'idée que de telles choses puissent lui arriver à elle.

Bunny traverse en voiture les quartiers de l'est du Capitole et arrive devant un immeuble en béton brun devant lequel un panneau indique : AUTORITÉ PÉNITENTIAIRE, ÉTABLISSEMENT CENTRAL DE DÉTENTION.

Elle tourne à droite vers le parking. Sous la pluie qui martèle son pare-brise, elle se trompe et emprunte une allée circulaire qui la mène jusqu'à une grande demeure néoclassique abandonnée, aux fenêtres brisées et barrées de planches, aux plates-bandes desséchées semées de tessons de verre. Les colonnes corinthiennes, le grand escalier double en pierre de taille semblent avoir survécu à près d'un siècle d'abandon. Qu'est-ce que c'est que ce truc ? La maison ressemble étrangement à celle d'Audrey. Les mots ANNE ARCHBOLD HALL sont gravés dans la pierre au-dessus de la porte de bois vermoulu.

Bunny se gare derrière la villa abandonnée et se dirige vers un immeuble mal entretenu situé juste à côté, devant lequel plus d'une douzaine de femmes font la queue dans le froid.

Une policière dont la veste porte l'inscription POLICE SPÉCIALE garde l'entrée, une cigarette à la bouche. La majorité des femmes portent de grosses couvertures sur le dos et tiennent à la main des sacs de provisions en papier kraft. Bunny coupe la file pour s'approcher de la policière. « Excusez-moi, madame ? » dit-elle.

La policière, les cheveux tirés en queue de cheval, des bagues en or à chaque doigt, se tourne vers Bunny. « Salut », répond-elle. Bunny remarque qu'il lui manque une dent de devant.

« C'est bien ici, la queue pour le parloir de la prison centrale ?

– Ah non, c'est dans le préfabriqué juste derrière. »

Avec sa cigarette, la femme désigne un bâtiment ceinturé de fil barbelé, au centre duquel se dresse ce qui ressemble à une tour de contrôle d'aéroport.

« C'est de l'autre côté. Il faut faire le tour. Quand vous arrivez au cimetière, vous tournez à gauche, et ensuite à droite.

– Merci. Euh... pourquoi est-ce que ces gens attendent ?

– C'est le foyer d'hébergement pour femmes », répond l'agent.

Bunny regarde les femmes qui font la queue pour un lit. Elles sont venues chercher ici une protection et un abri, et pourtant il leur suffit de tourner la tête pour se trouver face à l'image même de la déchéance et de la privation de liberté.

« D'accord, merci encore.

– Pas de souci, petite », lance la policière en tirant sur sa cigarette.

Bunny passe devant l'énorme grille en fer forgé du cimetière, fermée par une chaîne et un verrou argenté.

« Redford ! » crie une femme blanche en poursuivant son labradoodle sans laisse qui bondit parmi les pierres tombales, une balle de tennis dans la gueule. Bunny tourne à gauche, puis à droite, et aperçoit le préfabriqué de l'autre côté du mur de brique qui sépare le cimetière de la prison, lieu suspendu entre la vie et la mort.

Elle prend place dans une file d'attente, sous le souffle chaud et sec d'une bouche d'aération. Pour la première fois de sa vie, elle se sent en minorité. Sauf que dans ce système elle sera toujours perçue comme un écu d'or parmi les pièces jaunes : elle vaut plus à elle seule que tous les autres réunis. Bunny n'a pas conscience de cette réalité, qui n'a pas plus d'épaisseur pour elle qu'une page de son livre d'histoire. Aucune de ses lectures ne lui a enseigné les mots pour rendre compte de ce qu'elle voit maintenant devant elle. Ces mots n'existent pas, sauf peut-être dans les actualités à la télévision, ces derniers temps : les manifestations dans les rues, sur les marches de la Cour suprême, au Capitole, à la Maison-Blanche. Dans ces moments-là, la page qu'elle croit connaître par cœur semble soudain se froisser et s'arracher du livre. Un sentiment de malaise la gagne à la pensée de ces femmes sans domicile devant le bâtiment, des ordures éparpillées partout, de cette prison infestée de rats qui est, dit-on, parmi les plus violentes du pays. Le souffle d'air chaud dans son dos fait perler des gouttes de sueur sous l'attache de son soutien-gorge. La plupart des familles et des personnes qui font la queue sont noires. Une telle vision ne peut que l'ébranler, elle qui a depuis toujours été baignée dans une réalité toute différente. Aucun film hollywoodien, aucun reportage télévisé, aucun documentaire n'aurait pu la préparer à voir cela de ses propres yeux.

Bunny s'approche de la surveillante pénitentiaire et lui tend sa fausse carte d'identité au nom de Grace Morrison. Aucune vérification n'est effectuée : personne n'a de raison de penser que la carte n'est pas la sienne. Sa peau blanche la met à l'abri de tout soupçon.

« Les téléphones portables sont interdits. Tout ce que vous allez faire et dire peut être surveillé et enregistré, précise l'officière en rendant la carte à Bunny.

– Oui, m'dame, répond Bunny, soulagée que sa carte ait fait illusion.

– Vous pouvez vous asseoir ici », dit la surveillante en indiquant vers sa droite une chaise vide face à un écran équipé d'un combiné, comme une sorte de cabine téléphonique.

La surveillante ne se soucie pas de savoir quel détenu Bunny est venue voir : elle n'est qu'une visiteuse parmi les autres.

Bunny s'approche de la chaise vide et de l'écran, qu'elle contemple avec l'air insatisfait d'un enfant qui a demandé un gâteau au chocolat mais en reçoit un à la vanille.

« Euh, attendez, c'est quoi, ça ?

– C'est le parloir, dit un autre agent adossé au mur derrière elle.

– Mais c'est un écran. Je ne comprends pas.

– C'est comme ça que ça marche. Si ça ne vous plaît pas, la sortie, c'est par ici. »

Bunny se tait un instant. Rien ne se passe comme dans les films. « D'accord, mais alors pourquoi vous appelez ça une visite, alors qu'on ne voit même pas les gens en vrai ? En fait, c'est juste un FaceTime, mais organisé par l'État.

– Vous voulez rester, oui ou non ? s'impatiente le surveillant qui n'a pas de temps à perdre avec ses questions.

– Je suis désolée, mais… Alors comme ça, il n'y a pas de visites en personne ? s'indigne Bunny.

– Le parloir en personne, mademoiselle, on y a droit après soixante jours, et seulement si le détenu n'a pas commis d'infraction.

– Vous voulez dire, tant qu'il n'a pas eu d'ennuis ? »

Bunny sent l'atmosphère se transformer d'une manière presque palpable. Tous les yeux sont braqués sur elle : elle perçoit dans son dos des regards désapprobateurs, entend des voix qui protestent tout bas sur le temps qu'elle leur fait perdre – du temps que ces gens comptaient passer avec leurs proches.

L'officier semble de plus en plus agacé. La tension monte. Personne n'a de temps à consacrer à ses questions, qui ne font qu'aggraver la situation d'oppression qu'elle s'efforce de contester.

« C'est ce que je viens de vous dire, répond l'officier.

– Bon, d'accord. »

Bunny se retourne et se trouve face au visage d'Anthony Tell sur le moniteur. Elle recule sa chaise et détourne le regard : elle est moins bien préparée pour ce moment qu'elle ne le croyait. Il a accepté sa visite et il est là, devant elle. Elle lève les yeux sur l'écran et tend la main vers le combiné téléphonique bleu, mais le visage d'Anthony ne cesse de disparaître dans des grésillements de parasites. Entre deux interruptions de l'image, Bunny aperçoit d'autres détenus en combinaison orange qui passent derrière lui, perturbant ce moment déjà inconfortable. Un homme, chevilles et poignets enchaînés, passe en traînant les pieds juste derrière Anthony, avant d'être écarté brutalement par un surveillant. Il a la poitrine couverte de sang. Bunny finit par reprendre ses esprits. « Allô ? Vous m'entendez ? » demande-t-elle, combiné collé à l'oreille.

« Vous êtes qui ? Mon avocat m'a dit de parler à personne », dit Anthony, un bras replié contre sa poitrine, les épaules voûtées.

Bunny tente de détendre l'atmosphère. « Moi aussi, on m'a dit de ne jamais parler aux inconnus. Donc on est à égalité. »

Anthony la dévisage un instant. « On est pas à égalité », réplique-t-il.

Bunny accuse le coup. Sa confiance en elle se délite à mesure qu'elle saisit l'effet de ses paroles. Elle n'avait pas du tout l'intention de dire cela – sauf qu'ici les intentions n'ont aucune valeur. Le chauffage lui souffle toujours dans le dos et elle est trempée de sueur.

« Vous êtes une assistante sociale, ou quoi ? demande Anthony.

– Euh, non », répond Bunny.

Anthony se déconcentre. Perturbé par quelque chose derrière lui, il se retourne dans son siège à gauche, puis à droite. Vers ce monde que Bunny est incapable de voir, de connaître, de sentir : la moisissure des douches, un homme dans un coin qui se masturbe frénétiquement, un autre qui parle tout seul, le quartier des fous où Anthony a été enfermé à son arrivée, les lames cachées dans les semelles des chaussures, les explosions soudaines de violence qui le forcent à être constamment sur ses gardes. Dans les rares moments où il reste immobile face à l'écran, Bunny est forcée de remarquer qu'il est à peine plus âgé qu'elle.

Anthony revient à leur discussion. « Alors vous êtes journaliste ?

– Euh, oui, on peut dire ça. Je m'appelle… Grace, je m'appelle Grace, bredouille Bunny qui craint de révéler involontairement son identité. Je pense qu'il est important que les gens connaissent votre version des faits, donc j'ai décidé de venir l'entendre.

– Vous êtes tous des bâtards. Toi, tu t'en bats les couilles, de ma version. Et puis, c'est pas parce que tu viens ici que tu vas recevoir une putain de médaille. Je suis pas un animal dans un zoo. »

Bunny reste médusée, le combiné à la main. Elle est choquée de voir sa bonne foi mise en cause. Personne ne l'a jamais rejetée de la sorte. Comment est-ce possible ? Alors qu'elle s'apprête à raccrocher, un détenu bondit devant la caméra, attiré par l'image brouillée de cette jeune fille en bonnet rose, inoffensive et pétrifiée face à l'écran. Il forme un V de son majeur et son index, glisse une langue jaunâtre entre ses deux doigts et la tortille dans sa direction.

Bunny a l'impression de recevoir une gifle. « Foutez-moi la paix ! » éclate-t-elle avant de raccrocher violemment le combiné. Elle reprend ses esprits, adresse un sourire forcé au surveillant et sort en courant vers les grilles du cimetière.

21

Meredith claque la porte moustiquaire. Elle reste un instant dans l'entrée de la vieille demeure de l'époque fédérale, face à un miroir en pied dont le cadre d'acajou a été trouvé quand elle était enfant dans l'épave d'un bateau au large de Martha's Vineyard. Elle hume le parfum de la maison de sa mère, une odeur profondément incrustée de bois et de charbon refroidis, de vie ancienne et de corps, une senteur âcre de blouses trop portées : le musc des phéromones encore suspendues dans l'air porte la trace de son statut et de ses souvenirs, marquant encore ce territoire dont Meredith ne veut pas se défaire. Mais la maison représente un capital, elle doit être vendue.

Le salon aux murs de briques avec sa grande cheminée et sa lampe Tiffany en verre est plein de photographies en noir et blanc des grands-parents de Meredith, dont deux où figurent le président Franklin D. Roosevelt et le secrétaire à la Guerre Henry L. Stimson. Des cartons d'invitations à des bals d'investiture présidentielle jouxtent de vieilles cartes de vœux encadrées, des dessins représentant leur ferme de Middleburg ainsi que Shoo, le cheval de Meredith. Cette lumière douce lui manque, autant que lui manque la sensation d'être entourée et protégée par ses parents. Elle sent l'émotion l'assaillir, un tiraillement terrible qu'elle éprouve chaque fois qu'elle pense à sa mère. Le père de Meredith est mort il y a plus de dix ans d'un cancer du poumon, mais c'était la matriarche Elizabeth, surnommée Bunny, qui avait toujours veillé à la cohésion du noyau familial.

Meredith traîne les pieds jusqu'à la cuisine, s'assied sur la banquette du coin-repas devant la fenêtre et s'allume une cigarette. Un ordinateur portable est posé devant elle, celui que sa mère n'utilisait jamais : elle l'ouvre, cherche les coordonnées d'une ligne de voyance et compose le numéro.

Une voix rauque lui répond : « Knight, voyance téléphonique, puis-je prendre votre nom s'il vous plaît ? »

Meredith raccroche et se prend la tête entre les mains. Elle se redresse pour tirer une longue bouffée sur sa cigarette et se met à contempler le mur face à elle, les yeux plissés, la tête penchée sur le côté. Mais qu'est-ce que c'est ? Une sorte d'objet noir semble collé au mur de brique. Impossible. Meredith tend le cou en tirant à nouveau sur sa cigarette. Elle reste bouche bée, subjuguée, la fumée s'écoulant hors de ses lèvres : la chose a bougé. C'est un papillon noir. Ses ailes frémissent lentement comme s'il s'éveillait d'un rêve, laissant apparaître deux rayures rouges sur son corps, puis reprennent leur place – on dirait que l'insecte lui fait signe. Meredith écrase sa cigarette dans le cendrier de cristal et s'approche sur la pointe des pieds pour vérifier qu'elle a bien vu. Un papillon ? Comment a-t-il fait pour entrer ici ? Comme si elle s'arrachait à un sortilège, Meredith revient à l'ordinateur et tape sur Google : « papillon noir rayures rouges signification spirituelle ». *Le papillon noir est considéré comme un symbole de malchance et de mort. Il est aussi associé au pouvoir, au mystère, à la peur et au mal.*

Meredith referme le couvercle de l'ordinateur d'un coup sec. « Arrête, Meredith, arrête, arrête. » Le papillon prend son envol à la recherche de la sortie.

Elle pose le cendrier dans l'évier, puis se souvient qu'il n'y a pas de sac dans la poubelle. Elle ouvre le placard sous l'évier. Une souris allongée sur le flanc, immobile, la regarde, bouche ouverte. « Oh, quelle horreur ! » Au moment où elle tend la main vers le rouleau de papier absorbant, on sonne à la porte. Elle fait un bond. « Doux Jésus ! »

« Hou-hou ! » Phyllis Van Buren, venue l'aider à nettoyer la maison, entre dans la cuisine vêtue de son trench Burberry dont émane une légère odeur de naphtaline et de Chanel Numéro 5, portant à la main deux cafés de chez Booeymonger, le fameux traiteur de Georgetown.

« Tu m'as fait une de ces frousses ! Il y a une souris morte sous l'évier. Je ne peux pas y toucher, je ne peux pas, je ne peux pas… » balbutie Meredith, la lèvre inférieure tremblante. Elle s'affaisse sur le sol de la cuisine où elle reste assise, adossée à un placard fermé, à bout de forces.

« Oh, pour l'amour de Dieu », soupire Phyllis. Elle pose les gobelets de café près de l'ordinateur, arrache une feuille au rouleau de papier absorbant, puis s'agenouille, ramasse la souris et la jette à la poubelle.

« Voilà. C'est fait.

– Elle est toujours dans la poubelle.

– Doux Jésus, Meredith, ta mère a vécu une vie longue et merveilleuse ! Il faut honorer sa mémoire, plutôt que de t'apitoyer. » Pas de place pour l'apitoiement chez les WASP. « Son héritage reste vivant à travers toi, et à travers Bunny qui porte son prénom ! ajoute-t-elle pour tenter de remonter le moral à son amie.

– Mais Phyllis, que signifie ce mot : héritage ? »

Phyllis lui tend la main. « Lève-toi de ce sol crasseux, tu veux bien ? »

Meredith prend sa main et se relève. « Je suis sérieuse, poursuit-elle. De quel héritage parlons-nous ? Phyllis, ce pays est en train de tomber en ruines, et nous le savons. Nos enfants n'en ont rien à faire, du capitalisme. Ils sont dans la rue : Black Lives Matter ! À bas le un pour cent et les grosses multinationales ! Vive le contrôle des armes à feu ! Et je suis même d'accord avec certaines de leurs idées, mais ils ne savent pas de quoi ils parlent, ces petits cons. Tu te souviens de la trouille que nos parents et nos grands-parents avaient du communisme ?

– Est-ce que tu dis cela à cause du meurtre de la famille Banks, ma chérie ? »

Phyllis, en amie compréhensive, s'efforce de suivre sa pensée.

Meredith saisit son café, part dans le salon et s'assied sur le canapé rose, râpé et cabossé par les derrières de l'élite et des présidents qui ont conclu des marchés et déclaré des guerres dans cette pièce. « Ce que je veux dire, c'est que si nous ne nous montrons pas dignes de cet héritage, alors même notre nom ne voudra plus rien dire.

– Mais vous en êtes plus que dignes, ma chérie, tu ne trouves pas ? Et quel héritage exceptionnel ! » Phyllis pose la main sur l'épaule de Meredith en souriant. « Ça va s'arranger, ma chérie.

– Phyllis, hésite Meredith, incapable de tout garder pour elle, nous perdons de l'argent. »

Son secret est en train d'imploser et elle sait à quel point cela peut être dangereux. Elle a besoin de le partager avec la seule personne en qui elle ait confiance. Après tout, Phyllis a passé les trente dernières années à préserver la mémoire du Manhattan Project, le programme de développement de l'arme nucléaire considéré jusqu'à aujourd'hui comme un exploit de l'Amérique bien que la bombe ait fait plus de quatre-vingt mille victimes. Elle est bien placée pour comprendre son problème.

« Que veux-tu dire ? s'étonne Phyllis, comme si cette idée était tout simplement inconcevable.

– On nous fait un procès.

– Mais qui ? demande Phyllis, toujours incrédule.

– Des centaines de… gens, dans des États ruraux, répond Meredith en s'allumant une cigarette.

– Mais ce sont des choses qui arrivent tout le temps, ma chérie. Nous vivons dans un monde capitaliste, tout le monde veut sa part du gâteau.

– Non, Phyllis, toute cette histoire va éclater si nous arrêtons de les payer.

– Mered…

– Un enfant est mort d'un cancer – un enfant ! – à cause des produits chimiques qui ont été déversés. Au siège de la société, ils étaient au courant. Ils savaient que l'eau allait être contaminée, ils savaient que les fumées toxiques allaient tuer les troupeaux. C'est un produit qui ne se dégrade pas dans l'environnement, et ce n'est qu'aujourd'hui que nous en voyons les répercussions. Ils savaient. Et ils n'ont rien fait. Ces avocats ont des médecins et des experts de leur côté. La chose prend des proportions… Avec le niveau de transparence qui est exigé de nos jours, tout peut évoluer très vite.

– Combien de villes ? demande Phyllis qui commence à prendre la mesure de la situation.

– Je crois qu'il y a… quarante-trois États. »

Phyllis inspire à fond, tandis que Meredith poursuit : « Ils vont nous mettre en faillite si jamais certaines familles refusent un accord à l'amiable et qu'elles veulent aller en justice. C'est le nom de Chuck qui est en jeu, celui de notre famille…

– Mais enfin, j'imagine que Bartholomew Industries n'est pas la seule société mise en cause, suggère Phyllis, toujours à la recherche d'une issue.

– Non, mais il ne reste plus que nous, depuis que les Banks… Et leurs actions sont en chute libre, ajoute Meredith avec une note de satisfaction. Ils avaient reçu des menaces, eux aussi : Chuck a eu vent des procès… Nous avons obtenu un accord à l'amiable, un seul, pour six cent soixante et onze millions, sous la condition que personne ne parlerait à la presse.

– Mais comment est-il possible que l'entreprise soit tenue pour responsable ? Ou que Chuck le soit ? proteste Phyllis. Je sais bien que la société porte le nom de sa famille, mais vous n'avez rien à voir avec la gestion des opérations au quotidien… J'imagine qu'il y a un conseil d'administration et des dirigeants sur le terrain. Enfin, c'est comme si on tenait l'industrie automobile pour responsable à chaque fois que quelqu'un se tue dans un accident de voiture. Pour l'amour de Dieu ! Depuis plus d'un siècle, les Américains profitent de tous les avantages que leur apporte Bartholomew Industries. C'est ça, le capitalisme ! Et je sais que ton père, paix à son âme, serait d'accord avec moi s'il était toujours en vie. Tous les services et les bienfaits que nous recevons compensent largement les aspects négatifs. Et puis, aucune entreprise ne pourrait faire fonctionner un conglomérat de la taille de Bartholomew Industries ou de la compagnie familiale des Morrison sans jamais commettre la moindre erreur. C'est tout simplement impossible, ma chérie. On ne fait pas d'omelette sans casser des œufs. Nous sommes humains avant tout. »

Phyllis prend la cigarette des mains de Meredith et en tire une bouffée.

« Tu ne dois en parler à personne. Je suis sérieuse, Phyllis. Je te fais confiance.

– Depuis combien de temps sommes-nous amies ?

– Arrête, tu me fais me sentir vieille.

– Tu as raison, acquiesce Phyllis en lui rendant sa cigarette. Où est Chuck ? Comment prend-il tout cela ?

– Il est dans l'Ohio pour une réunion de médiation. Ensuite il part dans le Kentucky, et après cela il revient en Virginie-Occidentale.

– Et Bunny ? J'imagine qu'elle n'est pas au courant et que vous préférez ne rien lui dire ? »

Phyllis pense déjà à tout.

« Oui, absolument. Elle est très affectée par... D'abord, il y a eu ma mère, et maintenant Audrey : tout cela est tellement atroce, Phyllis. Il ne faut absolument pas qu'elle découvre ce qui se passe.

– Et Cate ? Elle vit toujours chez vous ?

– Oui, et elle n'a pas besoin de savoir non plus. De toute manière, elle n'est presque jamais à la maison.

– Très bien... »

Phyllis réfléchit. « Est-ce que vous avez discuté avec Chuck de l'idée de racheter les parts sociales des Banks ? Je ne sais pas qui en a hérité mais vous devriez absolument le faire. Si leur cours est très bas, c'est le moment d'agir. Seigneur Dieu, pardonnez-moi de voir une opportunité commerciale derrière toute cette histoire. » Elle fait le signe de croix, les yeux levés au ciel.

« Chuck dit la même chose, répond Meredith. Encore faudrait-il que nous ayons les moyens de le faire.

– Oui, je comprends... soupire Phyllis. L'avenir n'est plus ce qu'il était. »

À ce moment, le papillon noir descend et se pose sur la joue de Phyllis Van Buren qui se gifle en poussant des glapissements, jusqu'à ce que le petit papillon tombe sous la semelle de ses ballerines Chanel et succombe. « Bon, on s'y met ? »

22

Bunny et ses camarades de classe sont réunis autour du guide du musée, un homme noir vêtu d'un uniforme avec un pin's décoré d'un minuscule drapeau américain et une oreillette de sécurité. «J'appelle ça la machine à remonter le temps», déclare-t-il tandis qu'ils attendent l'ascenseur. Il lui manque deux dents de devant. Bunny se souvient que la policière du foyer pour femmes avait elle aussi une dent en moins. Elle se demande s'il y a un rapport ou si ce n'est qu'une coïncidence. Pendant qu'ils attendent, Bunny jette un regard au hall d'accueil derrière elle. Un panneau géant affiché sur le mur à l'entrée du Musée national d'Histoire et de Culture afro-américaine porte le nom de son mécène: WALMART.

«Nous allons commencer par la traite transatlantique, puis nous passerons à l'esclavage, à la ségrégation et au mouvement des droits civiques jusqu'à l'époque actuelle», explique le guide.

Les portes vitrées de l'ascenseur s'ouvrent et Bunny et ses camarades s'empilent à l'intérieur. Ils descendent au sous-sol en passant devant des dates inscrites au mur: 1948, 1776, 1619, 1565, 1400.

Les élèves de la Saint Peter's Academy se joignent à de petits groupes de garçons blancs, leurs brochures de propagande gouvernementale à la main, vêtus de T-shirts rouges et de casquettes MAGA (*Make American Great Again*), qui se promènent à travers le labyrinthe de l'histoire. La salle d'exposition est sombre et dépourvue de fenêtres. Bunny, incrédule, regarde ses camarades qu'aucun professeur n'accompagne passer à toute allure devant les panneaux, les vitrines, les photographies et les cartes. Cet environnement n'est pour eux qu'une occasion idéale de s'évader de l'école, de draguer et de faire discrètement quelques bêtises. Les musées, l'Histoire, c'est trop chiant...

Billy passe le bras autour de l'épaule de Bunny et lit à voix haute la citation de William Cowper inscrite sous le portrait d'une reine africaine. « *Je dois admettre que je suis écœuré par la traite des esclaves... Mais je ne dis mot, car comment pourrait-on se passer de sucre et de rhum ?* Tu veux venir à la maison ce soir ? Mes parents vont à une soirée chez un ambassadeur, ils vont rentrer tard. »

Bunny ne répond pas, occupée à lire un panneau sur les monarchies en Afrique avant la traite des esclaves.

« Hé ! fait Billy en s'approchant de son oreille.

– Je ne peux pas, répond Bunny qui tente de se concentrer sur les plantations de sucre et la naissance du capitalisme.

– Pourquoi ? demande Billy, vexé par son refus.

– Je dois... aider ma mère à vider les placards de ma grand-mère. »

Stan se glisse entre eux pour lire une légende sous une photographie d'Américains entourés de leurs esclaves. « *Les propriétaires de plantations enrôlaient souvent leurs esclaves pour partir à la guerre à leur place.* Sérieux ? Quelle bande de mauviettes, s'indigne-t-il.

– Exactement, répond Bunny, soulagée par cette interruption.

– En Russie, au moins, on met tout le monde en esclavage !

– Allez, tu ne vas pas rester si tard que ça chez ta grand-mère, insiste Billy. Qu'est-ce qui t'arrive ? »

Bunny s'arrache à sa contemplation et se tourne vers Billy, adossé à une vitrine de billets d'un dollar de l'époque de la guerre de Sécession. Elle baisse la voix. « Bon, il faut que je te raconte un truc. Mais tu dois me jurer de ne rien dire à personne.

– Même pas à Stan ? »

Stan s'en va devant eux d'un pas sautillant.

« Arrête, je ne rigole pas.

– Bon, bon, d'accord…

– Je te demande de ne pas me juger. Mais sérieusement.

– D'accord », dit Billy, sur la défensive.

Bunny pose sur lui un œil méfiant. Elle regarde à gauche et à droite, puis s'approche tout près de son visage. « Je suis allée parler au gars qui est accusé d'avoir tué Audrey et sa famille. »

Billy, les sourcils froncés, marque un temps.

« Quoi ?

– Je suis allée à la prison. Je lui ai parlé. Enfin, c'était plus un genre de FaceTi…

– Hein ? Mais comment ça ?

– Chuuut ! Je t'ai demandé de ne pas me juger. »

Billy regarde autour de lui pour s'assurer que personne n'écoute. Stan est devant la case des esclaves de la plantation de Point of Pines. Billy prend Bunny par le bras et l'attire dans un coin. « Qu'est-ce que tu racontes ? »

Elle dégage son bras. « Je-suis-allée-parler-au-type-qui…

– Je t'ai entendue, putain. Mais pourquoi ? Pourquoi t'as fait un truc pareil ? »

Il passe la main dans ses cheveux bouclés.

« Parce que j'avais envie de le faire. Parce qu'on n'a pas assez d'informations. Pourquoi est-ce que quelqu'un irait massacrer toute une famille ? Deux possibilités : soit il est innocent, soit ils l'ont mérité et la prochaine fois, ce sera notre tour…

– Mais putain, Bunny, t'es pas bien dans ta tête ?

– Dans ma tête ? C'est plutôt à vous qu'il faut poser la question. Personne ne veut parler de cette histoire !

– Ouais, peut-être parce que tout ça, c'est terminé. Et peut-être aussi parce que c'est juste trop glauque. Les gens ont une bonne raison de ne pas vouloir en parler. Ce mec, c'est un psychopathe et ils l'ont enfermé. Lâche l'affaire, merde !

– Et si ce n'était pas lui qui avait fait le coup ? Ce musée, ça ne te fait pas réfléchir ? En vrai, tu sais quoi, je crois que c'est pas lui qui a fait le coup », ajoute Bunny pour le provoquer, même si elle n'est sûre de rien.

Billy renverse la tête en arrière. « Putain, j'y crois pas. » Il laisse Bunny dans son coin, tourne le dos et s'éloigne.

« Attends, je rigole pas ! » dit Bunny en courant derrière lui, jusqu'à ce qu'un homme lui fasse signe de se taire.

Billy se retourne vers elle. « Non seulement tu es ridicule, mais en plus tu es complètement tarée. »

Bunny reste seule avec son secret, déçue de la réaction de Billy. Quelque chose s'est éveillé en elle et elle ne sait pas bien quoi. Elle sent des fourmis dans ses jambes et ses bras. Elle voit Marty et Mackenzie qui discutent sur un banc, sous un portrait illuminé d'Harriet Tubman[1]. Marty a déjà visité ce musée un nombre incalculable de fois. Ses parents sont membres du conseil d'administration. Il tente de dégrafer le soutien-gorge de Mackenzie sans que personne ne s'en aperçoive.

« Marty ! proteste Mackenzie en lui mettant une tape sur le bras. Raccroche-le ! »

1. Harriet Tubman (c. 1820-1913) était une figure de la lutte contre l'esclavage aux États-Unis. Née esclave, elle réussit à s'enfuir et guida des dizaines d'esclaves vers la liberté avant de s'engager aux côtés de l'armée unioniste dans la guerre de Sécession. Elle milita par la suite pour l'abolition de l'esclavage et le suffrage féminin.

« Désolé, désolé », rigole-t-il en essayant de remettre l'agrafe à travers le chemisier.

Bunny s'approche d'eux. Il lui faut une alliée, et elle sait que Mackenzie est complexée par son absence de vie sociale. « Mack, tu fais quoi ce soir ? »

Mackenzie se tourne vers elle, ravie que Bunny prête attention à elle et qu'elle l'appelle par son surnom. « Euh... Je sais pas, j'ai des devoirs à faire. Et toi ? demande-t-elle précipitamment pour se rattraper.

– Tu veux venir chez ma grand-mère ? C'est comme un musée privé... en plus fun.

– Avec plaisir ! J'envoie un texto à ma mère.

– Super. »

Ce soir, Bunny pourra tout lui raconter.

Bunny guide Mackenzie à travers la demeure de sa grand-mère. Mackenzie sent dans l'air des effluves de Chanel Numéro 5 qui la font éternuer. Elle laisse tomber son étui à violon qui heurte le sol avec un fracas inquiétant. « J'aurais dû te prévenir, c'est plein de poussière et de naphtaline », dit Bunny en s'affalant sur un coussin du canapé qui porte encore l'empreinte de sa mère.

Elle allume une cigarette et s'ouvre une canette de Coca achetée à la nouvelle supérette Wawa au coin de la rue.

« C'est pas grave », répond Mackenzie en s'essuyant le nez de la manche de son sweat-shirt bleu marine. Elle regarde tous les souvenirs posés sur les étagères vidées de leurs livres.

« Ta mère est là ?

– Non, répond Bunny, détendue.

– Oh. Parce que ma mère a dit que je pouvais venir du moment que ta mère était avec nous. » La condition était en réalité que Mackenzie rapporte à sa mère toutes les informations qu'elle parviendrait à obtenir sur Mme Bartholomew.

Bunny souffle la fumée de sa cigarette en direction de Mackenzie. « Tu écoutes toujours tout ce qu'elle te dit de faire, ta mère ?

– Non », répond Mackenzie.

Dans l'espoir de détendre l'atmosphère, elle tend la main vers la cigarette de Bunny et en tire une bouffée. Bunny examine les lèvres de la jeune fille, intriguée par sa gêne soudaine. Mackenzie fait semblant d'avaler la fumée et la retient un instant, brûlante, dans sa bouche, puis rend la cigarette à Bunny.

« Garde-la, dit Bunny qui a remarqué qu'elle faisait semblant de fumer. Alors, t'en es où avec Marty ?

– Euh… » hésite Mackenzie. Elle tire une nouvelle bouffée et s'efforce de se retenir de tousser. Sa poitrine se soulève, ses narines se gonflent et elle reprend son souffle. « Je sais pas…

– Je crois qu'il t'aime bien, la taquine Bunny. Non, en vrai, je crois qu'il t'aime tout court.

– Tu crois ?

– Oh, oui. Je connais Marty depuis la maternelle. C'est sûr, il veut sortir avec toi.

– C'est vrai ?

– À ton avis ? »

Mackenzie écrase la cigarette dans le cendrier de Meredith près des restes d'un mégot taché de rouge à lèvres.

« Bon, tu peux garder un secret ? demande Mackenzie.

– Promesse du petit doigt », annonce Bunny en lui tendant son auriculaire. Les yeux dans les yeux, elles croisent ensemble leurs petits doigts.

« On est sortis ensemble mardi après l'étude. Il m'a reconduite chez moi. »

Bunny sourit, prend une autre cigarette et allume la bougie parfumée Diptyque sur la table, pour l'ambiance. « Tu lui as fait une pipe ?

– Pas encore, mais je l'ai branlé dans la voiture.

– Super, dit Bunny en tapotant sa cigarette pour faire tomber la cendre.

– Ouais, enfin sauf que j'ai pas pu aller jusqu'au bout. Mon père arrêtait pas de m'appeler sur mon portable parce que j'avais dépassé le couvre-feu.

– Oh non, quelle sale allumeuse ! s'esclaffe Bunny.

– C'est pas ma faute !

– Bon, OK, à mon tour. »

Bunny se tourne dans le canapé face à Mackenzie.

« Et toi, tu peux garder un secret ?

– Juré promis, dit Mackenzie, l'auriculaire tendu.

– Je suis allée à la prison centrale et j'ai parlé au gars qui a tué Audrey Banks et ses parents. »

Mackenzie reste bouche bée.

« Waouh.

– Ouais, je sais, dit Bunny. Attends, je vais nous servir des shots. » Elle se lève et s'approche de l'armoire à liqueur, toujours remplie de carafes Waterford en cristal. Elle sort deux verres et y verse quelques doigts de bourbon.

« Et c'était comment ? » demande Mackenzie, suspendue au bord de son siège.

Bunny lui tend le verre. « Cul sec ! » Elle vide le sien et le claque sur la table. « Eh bien, ça faisait un peu bizarre parce que je lui ai parlé en visio, et au début, il y avait plein de parasites sur l'écran. Je crois qu'il a à peine quelques années de plus que nous, ça paraît dingue. »

Bunny ne dit pas à Mackenzie qu'Anthony l'a accusée de le traiter comme un animal dans un zoo, ni à quel point toute cette violence qu'elle a entrevue à l'écran l'a ébranlée.

« Truc de fou, dit Mackenzie, qui ne sait pas trop quoi répondre ni quoi lui demander. Et alors, ça t'a fait peur ? Il faisait peur, lui ?

– Non. Je vais retourner le voir », répond Bunny, imperturbable. Pour mettre à l'épreuve la loyauté nouvelle de Mackenzie, elle verse une deuxième tournée de shots et lui tend un verre. « Tiens, je compte jusqu'à trois. Un, deux, trois… »

Elle vide le verre et le frappe sur la table. Mackenzie ne boit que la moitié du sien.

« Et tes parents, ils sont au courant, pour Marty ? demande Bunny.

– Non, pas moyen, répond Mackenzie.

– Pourquoi tu dis ça ? Ça serait vraiment la fin du monde s'ils étaient au courant ? interroge Bunny, à l'affût d'un indice de racisme.

– Euh, ben… Je pense que ça ne les dérangerait pas. Marty a déposé des candidatures dans toutes les facs de l'Ivy League, alors…

– Et alors ? Ça veut dire quoi ? S'il n'était pas inscrit dans les facs de l'Ivy League, il ne serait pas à la hauteur ? C'est parce qu'il est noir ?

– Non ! Non, ce n'est pas ce que je voulais dire…

– Alors tu voulais dire quoi ?

– C'est juste que… Surtout ne le dis à personne, sérieux, parce que mes parents, je les aime mais…

– Je ne dis rien, juré, promet Bunny en se rapprochant plus près d'elle sur le canapé.

– Une fois, ma grand-mère était super malade, elle avait son cancer et elle était dans une de ces cliniques où ils envoient les gens qui vont mourir. Bref, un jour qu'on était allés la voir là-bas avec mes parents, une infirmière… afro-américaine est entrée dans la chambre, et mon père a été trop désagréable avec elle. Il lui a dit, genre, "Qui êtes-vous ? Que faites-vous ici ?", et l'infirmière lui a répondu : "Je suis ici pour aider Mme Wallace à prendre ses médicaments, monsieur." Pourtant elle était hyper gentille, et mon père s'est vraiment comporté comme un connard. Il lui a dit : "Je vais vous demander de sortir immédiatement et de faire venir quelqu'un d'autre." Et toute cette scène, putain, j'ai trouvé ça tellement…

– Raciste, l'interrompt Bunny.

– Oui, répond Mackenzie, visiblement honteuse.

– Je te comprends. C'est trop dégueulasse.

– Trop, trop dégueulasse », répète Mackenzie en tripotant les cheveux à l'arrière de sa tête et en s'arrachant machinalement une mèche sous le coup de la nervosité.

« C'est à cause de trucs comme ça que je suis allée à la prison, dit Bunny en soufflant pensivement la fumée par le côté de sa bouche. Une fois, j'étais avec Audrey et j'avais pris l'Audi de mon père pour aller acheter de la beuh pour une fête chez Stan. On s'est perdues à la sortie de l'I-395 et on s'est retrouvées dans une cité dans le Sud-Est. Il faisait encore jour, il devait être dans les quatre heures de l'après-midi, et on est arrivées à un stop. On avait les fenêtres ouvertes, Audrey vapotait et moi je fumais, et il y avait des gamins sur le trottoir, des Noirs avec leurs cartables sur le dos. Un des garçons a crié : "Elle est stylée, ta voiture !", et Audrey a répondu : "T'as qu'à travailler, tu pourras te payer la même." Et avant qu'elle ait le temps de remonter sa fenêtre, un des garçons a crié : "Tu parles, c'est ton père qui te l'a payée !" Et Audrey lui a fait un doigt d'honneur. Et moi, j'ai accéléré parce que j'avais peur qu'ils nous agressent. Et en vrai, il avait raison, le gamin. Il devait avoir, je sais pas, douze ans. Parce que c'était bien la voiture de mon père. Il avait raison. Et j'ai trouvé ça dégueulasse. Audrey est morte quelques semaines après ça. »

Mackenzie a les yeux fixés sur Bunny mais celle-ci n'arrive pas à savoir si elle l'écoute ou si elle est ailleurs, ou encore si elle garde le silence parce qu'elle ne sait pas bien quoi répondre pour ne pas faire de gaffe. Après quelques secondes, Mackenzie demande :

« Mais alors tu crois que c'est un de ces garçons qui l'a tuée ?

– Mais nooooon ! » répond Bunny, frustrée que son raisonnement ne rencontre pas d'écho chez son amie.

On dirait que toutes ces choses qu'elle commence seulement à remarquer restent invisibles pour les autres. Pourquoi est-elle la seule à les voir ? « C'est juste un exemple de plus du privilège blanc, poursuit-elle. Audrey ne se rendait pas compte de tout ça, et c'est pour ça qu'elle s'est mise en colère.

– Mais c'est vrai, non ? Si tu travailles dur, tu peux te payer une belle voiture. Mon père dit tout le temps ça.

– Ton père le raciste ? » lance Bunny.

Mackenzie n'apprécie pas d'entendre cette accusation dans une autre bouche que la sienne. Bunny fait machine arrière : elle est venue ici pour se faire une alliée, pas une ennemie déguisée en amie. Elle éprouve un besoin complexe d'être entendue, mais elle n'est pas sûre d'être prête à en payer le prix. Que va-t-il se passer si elle se met Mackenzie à dos ? « Je veux juste dire que nous, depuis notre naissance, on a tout. Et ces gamins s'en sont aperçus, ils l'ont vu tout de suite, rien qu'à nous regarder. Et ça m'a fait penser à la raison qui a poussé ce type à tuer la famille d'Audrey. Pourquoi est-ce qu'il les a torturés d'abord ? J'ai vu plein de films comme ça, et il y a toujours un mobile. Et... Peut-être que les Banks étaient vraiment racistes. Peut-être que c'étaient vraiment des salauds. »

Mackenzie réfléchit, perplexe. « Oui, mais ce n'est pas une raison pour assassiner quelqu'un ! Et puis, si ce n'est pas lui le coupable, alors qui c'est ?

– Ça, je n'en sais rien », dit Bunny.

Elles fixent toutes deux devant elles un portrait de la grand-mère de Bunny qui les regarde de haut depuis le mur d'en face, les cheveux relevés en chignon au-dessus de sa tête.

« Tu es amoureuse de Marty ? demande Bunny pour changer de sujet.

– Je… Tu ne lui dis pas, hein ?

– Tu es amoureuse, ça se voit… Ne t'en fais pas, je ne lui dirai rien.

– C'est quoi, ton Insta ? demande Mackenzie dans l'espoir que Bunny la suivra à son tour.

– C'est bb_queen.

– Moi c'est Mackattack1. »

Bunny sort son téléphone et ouvre l'appli, s'arrête un instant sur le profil de Mackenzie, hésite à la suivre puis, sur un coup de tête, clique sur S'abonner.

« Oh merde, regarde ce qu'Haley vient de poster. C'est ma petite sœur, dit Mackenzie en tendant le téléphone à Bunny.

– Oh putain, c'est Linda Williams !

– Tu la connais ? s'étonne Mackenzie.

– Ma mère la connaît, ils sont dans notre club. Ma mère l'aime pas du tout. Elle dit que c'est une mauvaise langue, elle ne lui fait pas confiance… Dis donc, elle défonce tout, ta petite sœur !

– Je crois que ma mère veut entrer dans votre club, elle n'arrête pas de me montrer des photos.

– Intéressant », murmure Bunny, perplexe et intriguée.

Plus tard dans la soirée, quand Betsy vient chercher Mackenzie chez sa nouvelle amie, elle lui demande : « Alors, qu'as-tu pensé de Mme Bartholomew ?

– Très gentille, répond Mackenzie. Mais elle dit que Mme Williams est une mauvaise langue et qu'il ne faut pas lui faire confiance. »

23

Spring Valley, banlieue chic de Washington où résident journalistes, lobbyistes, avocats et partenaires de chez Deloitte, a été construite sur un site où étaient autrefois testées des bombes et des armes chimiques de la Première Guerre mondiale. Avant que ne soient érigées les grandes bâtisses de pierre grise avec leurs piscines et leurs balançoires s'étendait ici une vaste vallée constellée de grenades, de têtes d'obus chimiques et de capsules de 75 millimètres de gaz moutarde, une substance toxique qui provoque brûlures, saignements et hémorragies internes, et qui peut rendre aveugle. Un samedi matin, un an tout juste avant le meurtre de la famille Banks, M. Cowan, le père de Chase, était occupé à tondre sa pelouse lorsque Lincoln, leur labrador noir, s'est mis à japper et à couiner devant la clôture en plastique orange du chantier du terrain voisin, où un diplomate était en train de se faire construire une villa de huit cents mètres carrés. En regardant Lincoln, M. Cowan a remarqué que le chien avait du liquide qui lui sortait par les yeux et la bouche. La plupart des familles ont alors accepté de quitter leur domicile pour permettre que leurs jardins soient inspectés, afin de vérifier s'ils renfermaient d'autres bombes. Cependant, les Cowan, inquiets de voir baisser la valeur de leur maison, ont refusé l'inspection. Pendant les travaux des démineurs, chaque matin, des hommes en combinaisons protectrices orange leur faisaient signe depuis l'autre côté de la clôture tandis que M. Cowan lisait le *Washington Post* en sirotant son café.

La maison comporte une pièce sécurisée dans laquelle il garde un détecteur de mensonges, dont il se sert à l'occasion pour demander à Chase s'il se drogue ou s'il lui a volé de l'argent. La pièce est pleine de coussins et de couvertures, et un vieux poste de télévision a été installé pour jouer aux jeux vidéo. Les quatre manettes et leurs câbles sont éparpillés partout sur le sol, et une odeur de vieux sacs de sport plane dans l'air. Avec sa porte bardée de gadgets et de verrous, la pièce est à mi-chemin entre l'antre d'adolescent et la cellule d'isolement.

Marty, Stan et Billy sont penchés sur l'ordinateur portable de Chase. « Matez un peu ça, dit Chase. Ça va vous changer la vie. »

Stan sort de son sac à dos une bouteille d'eau-de-vie Everclear, en avale une rasade, puis la passe à Billy. Chase se connecte sur un compte privé Vimeo. Marty remonte ses lunettes sur son nez et s'approche de l'écran, où une jeune fille brune s'avance vers un lit à baldaquin. « En route pour Paris, les gars », annonce Chase, hilare.

La fille est en uniforme de lycéenne : jupe écossaise verte, chemise blanche, tennis Adidas. Elle dégrafe son soutien-gorge sous sa chemise et le jette par terre, les bouts de ses seins pointent sous le coton. Elle s'assied sur le lit et lève sa jambe droite, laissant voir sa culotte rose. Ce n'est pas une fille de Saint Peter's. Elle vient de l'école pour jeunes filles de Holden Farms, que les garçons surnomment « Chaudasse Farms » – comme si leur vie sexuelle à eux était un modèle de vertu. Le père de la jeune fille, qui est marchand d'armes, passe la majeure partie de son temps au Moyen-Orient et il la considère moins comme son enfant que comme une ligne sur ses notes de frais.

Elle s'adosse contre un coussin, tandis qu'un garçon sportif en maillot de baseball entre dans le cadre.

« Les mecs, c'est Kevin Dallinger ? s'écrie Billy.

– Lui-même, ton grand pote ! » répond Marty en lui mettant une tape dans le dos.

Kevin joue dans l'équipe rivale de celle de Billy. « Cette petite salope de Dallinger, murmure-t-il face à l'écran. On va voir s'il a les poils roux. »

Stan éclate d'un rire irrépressible au moment où Kevin, à l'écran, baisse son pantalon et monte sur le lit. « Non ! Je peux pas voir ça ! hurle-t-il, plié en deux.

– Attends, tu vas voir… » Chase, surexcité, pince l'entrejambe de son pantalon en se rapprochant davantage de l'ordinateur. « C'est parti pour la tour Eiffel, les gars ! »

L'image tremble. La personne qui filmait pose la caméra sur le manteau de la cheminée, obtenant ainsi une vue de face du lit queen size. Au moment où le visage du deuxième homme apparaît à l'écran, Billy, Stan et Marty placent leurs mains en porte-voix et hurlent à l'unisson : « Ooooooooh !!!

– J'y crois pas ! C'est Danny Davis ! J'ai toujours cru qu'il était pédé ! »

Billy tape dans la main de Marty comme s'il venait de gagner un pari. Stan avale une nouvelle gorgée d'Everclear, puis sort une cigarette électronique de sa poche et en tire une bouffée.

La fille enlève sa culotte rose qu'elle jette à travers la pièce et se met à quatre pattes, tandis que Kevin prend position à genoux face à elle. Danny, entièrement nu, monte sur le lit et se place derrière elle. Ils forment maintenant une tour Eiffel humaine dont la fille, prise par-devant et par-derrière, constitue la plateforme horizontale. Chase se tord de rire :

« C'est de la bombe !

– Hé, Billy, je veux faire la tour Eiffel avec toi et Bunny ! lance Stan en esquissant un petit pas de danse.

– Oublie, mec, répond Billy. De toute manière, j'ai passé l'âge de faire la tour Eiffel.

– T'as passé l'âge ? rigole Marty. Comme si tu l'avais déjà fait ? Dans tes rêves, gros !

– Ah ouais ? réplique Billy. Toi, t'as jamais rien fait du tout, espèce de puceau.

– C'est vrai, ça, renchérit Chase. Hé, Marty le Malin, tu vas te la taper quand, la nouvelle ?

– Vas-y, lâche-moi ! répond Marty, embarrassé de n'avoir pas encore perdu sa virginité. Je me concentre sur mes dossiers pour la fac, j'ai pas eu le temps.

– Ben voyons… ironise Billy.

– Désolé, mais il y en a qui doivent bosser. Tout le monde ne peut pas se servir du nom de son père pour entrer dans une école. »

Marty a touché un point sensible. Billy reste étrangement calme, comme un chasseur qui guette sa proie, puis fait un pas vers Marty. Il le plaque contre le mur, la tête penchée en avant, les yeux dans les yeux. « Tu viens de dire quoi, connard ? »

Son visage est si proche de celui de Marty qu'il pourrait presque le lécher.

« J'ai dit qu'il y en a qui doivent bosser pour de vrai pour entrer dans une fac, plutôt que de se servir du nom de leur père. »

Billy empoigne Marty par les deux bras et le cogne contre le mur. « Va te faire enculer. » Il crache par terre et déverrouille la porte blindée de l'abri. Avant de sortir, il se retourne pour lui lancer « Putain de puceau », et claque la porte derrière lui.

Stan, Chase et Marty se regardent un instant en silence.

« Pourquoi il est susceptible comme ça, putain ? demande Marty pour détendre l'atmosphère.

– T'avais pas besoin de dire ça, mec. Toi, t'as la note maximale à tous tes examens d'entrée. Et en plus, tes parents sont au conseil d'administration de toutes les putain de bonnes œuvres de la ville.

– Mais attendez, il est pas célèbre, le père de Billy, s'étonne Stan. Je comprends pas.

– Il va être nommé ministre de la Défense, espèce d'abruti, répond Chase.

– Oh, OK. J'espère qu'il va pas tous nous faire exploser. »

Billy descend la longue allée du jardin jusqu'à son pick-up Ford garé de l'autre côté de la rue. Le vent froid le saisit comme si on venait de le pousser dans une piscine glacée et fait s'envoler sa casquette de baseball. Au moment où il la rattrape, il remarque à quelques portes de là, devant l'ambassade mexicaine, une Suburban noire dont le conducteur semble l'observer. Pris d'un élan de paranoïa, Billy enfonce la visière de sa casquette sur ses yeux, saute dans sa voiture et lève le camp.

Les premiers flocons de neige volettent au-dessus des buissons épineux qui encadrent la maison des Montgomery.

« Fait chier. » Billy se gare dans l'allée. Il voit par la fenêtre au-dessus de l'évier de la cuisine sa mère qui rince un verre à vin, mais pas son père. Même s'il essayait d'entrer en cachette par la cave et qu'il prenait l'ascenseur jusqu'à sa chambre, ils risqueraient d'entendre les grincements à travers les murs.

Il décide d'aller saluer sa mère dans la cuisine, tout en priant pour que son père ne soit pas rentré. « Où étais-tu ? » demande Carol, le bout des doigts blanc et fripé, en entendant les pas de son fils derrière elle. « Je t'ai envoyé plusieurs messages. » Elle évite son regard.

« Je suis allé réviser chez Chase pour les examens du premier semestre. Je croyais que vous aviez une réception.

– Nous ne sommes pas allés à la réception. Ton père a eu une urgence militaire. »

Carol écrase l'éponge à l'intérieur du verre tellement fort qu'il vole en éclats et lui entaille la main. Elle recule et trébuche.

« Maman, dit Billy en faisant un pas vers elle.

– Ce n'est rien, juste un petit morceau de verre. »

Elle s'enveloppe le doigt dans un torchon blanc, adossée au placard d'angle. Billy remarque qu'elle a les dents violettes.

« Fais voir, dit-il en voyant le sang couler dans l'évier.

– Ce n'est rien, je te dis, répète Carol en prenant une grande inspiration saccadée.

– Papa t'a dit ce que c'était, comme urgence ? demande Billy, attentif aux réactions de sa mère.

– Peu importe. Ton père n'était pas très heureux de partir, mais il n'a pas le temps de ne pas être heureux, ni de chercher à savoir si nous sommes heureux… marmonne Carol.

– Maman, tu es sûre que ça va ? »

Pour la première fois, il perçoit la vulnérabilité de sa mère – l'absence de son mari, le départ prochain de son plus jeune fils, l'invisibilité dans laquelle tombera bientôt sa vie – et cette intuition l'irrite. Carol continue de travailler tous les jours à la bibliothèque mais sans qu'elle s'en aperçoive, sa solitude est en train de se muer peu à peu en un isolement glacial.

« Il faut que tu confirmes si tu veux aller à West Point : nous avons eu des questions de la presse. Ton père voulait que je te passe le message.

– Maman, je n'ai pas encore reçu la lettre d'admission de l'académie », répond Billy, comme s'il avait encore une chance d'être refusé.

Carol se tient droite, les deux mains posées sur le comptoir derrière elle tandis que le torchon s'imprègne lentement de sang rose. Elle le regarde dans les yeux. « Demain, essaie de ne pas pousser ton père à bout. »

Billy enfouit ce regard dans un recoin très profond de son esprit, en compagnie de toutes les choses auxquelles il refuse de penser. Il sort de la cuisine, monte l'escalier quatre à quatre et passe devant un portrait de son grand-père, héros du Débarquement et survivant d'un accident d'avion, qui le regarde courir jusqu'à sa chambre.

Il s'installe sur son lit par-dessus la couverture et consulte sa messagerie électronique.

Cher William Montgomery,

Nous avons le plaisir de vous informer que vous êtes admis à la Tisch School of the Arts de New York University…

24

Cate est assise à son bureau, à deux portes de celui de Doug. Depuis le festival de musique, deux nouvelles fusillades ont déjà eu lieu. Lassée de la monotonie des flashs d'information, elle demande au jeune stagiaire de changer de chaîne pour mettre la conférence de presse de la Maison-Blanche sur C-SPAN. Elle veut observer, apprendre, regarder, attendre, juger. Bien que ce bureau historique représente pour Cate une bulle d'intimité, il s'agit en réalité d'un espace public : les citoyens ordinaires ont tendance à l'oublier, mais toute personne a le droit de venir la consulter. La télévision passe sur une autre chaîne.

On frappe à la porte extérieure du bureau. Le stagiaire – fraîchement recruté, surdiplômé, héritier d'une fortune considérable – tourne la poignée cuivrée. Une jeune journaliste tirée à quatre épingles et chaussée de bottes en caoutchouc se tient dans l'encadrement de la porte. Tout droit sortie de Brown University, sans doute. « Bonjour, je suis Anne Price, du *Washington Post.* Je cherche Cate Bartholomew. Est-ce qu'elle est ici ? »

Le stagiaire, qui a signé un accord de confidentialité au moment de son recrutement, ne dit pas un mot, fait volte-face et se dirige vers le bureau de Cate.

« Il y a une journaliste du *Post* qui veut vous parler.

– Quoi ? demande Cate.

– Elle est à la porte.

– D'accord. Demandez-lui ce qu'elle veut. »

Malgré son sang-froid apparent, le cœur de Cate se met à battre plus fort. Est-ce que quelqu'un est au courant de sa liaison avec Doug ?

Le stagiaire revient. « Elle n'a rien voulu me dire. » Cate lui jette un regard furieux. Cette visite l'irrite au plus haut point, mais elle n'a pas le droit de le laisser paraître au risque d'éveiller les soupçons. Elle met de côté son travail : elle était en train d'écrire un communiqué à la place de Walter, censé l'écrire à la place de Doug, qui lui-même était censé l'écrire à la place d'une commission d'hommes blancs prenant la parole au nom des femmes américaines sur la question des violences conjugales. Elle se lève et s'avance vers la journaliste, qui n'est guère plus âgée qu'elle.

« Que puis-je faire pour vous ?

– Bonjour Cate, je suis Anne, du *Washington Post.* Est-ce que vous avez cinq minutes ? »

Cate se sent comme si des policiers venaient de débarquer devant sa porte pour lui annoncer une très mauvaise nouvelle. « C'est à quel propos ? » Elle jette un coup d'œil derrière elle : le directeur des affaires législatives de Doug lui lance un regard inquisiteur par-dessus la cloison de bois de son bureau, curieux de savoir qui est cette citoyenne ordinaire qui se présente à l'improviste à leur bureau.

« Est-ce que ça vous dirait de sortir un instant ? demande Anne, sur un ton qui tient plus de l'ordre que de la question.

– Attendez, je prends mon manteau. »

Cate revient d'un bond à son bureau et attrape son trench-coat dont elle s'enveloppe les épaules avec l'apparence de la plus parfaite désinvolture.

Une puissante odeur de café torréfié emplit le Starbucks bondé de North Capitol. Cate tient entre ses deux mains son gobelet de pumpkin spice latte.

« Vous faites les choses à l'ancienne, vous. D'habitude, les journalistes ne se présentent jamais à notre bureau, sauf lorsqu'il y a un vote au Sénat.

– Je préfère rencontrer les gens en chair et en os plutôt que par téléphone ou par courriel. Et puis dans cette ville, je ne fais confiance à personne. »

Le radar de Cate identifie aussitôt Anne comme une journaliste novice fraîchement débarquée à Washington. Ce genre de propos, elle les a entendus un nombre incalculable de fois dans la bouche de nouveaux arrivants depuis l'époque où, enfant dans le salon de tante Meredith et d'oncle Chuck, elle écoutait les adultes parler du cirque politicien et de tous ces gens qui ne survivaient jamais plus de quelques années dans ce bourbier. « Dans cette ville, je ne fais confiance à personne. » La journaliste n'a pas tort. Sauf que si l'on est décidé à faire de vieux os à Washington, la question est totalement hors de propos : Cate a appris à n'agir que si elle sait exactement ce qu'elle fait et si elle a un contrôle absolu de la situation.

« Tout à fait d'accord, répond-elle, conciliante.

– Est-ce que vous connaissez cet homme qui est ici avec le sénateur Wallace ? »

Anne lui montre une photographie sur son iPhone : un homme au visage triste qui porte des lunettes rondes, une Rolex en or, des mocassins bateau et un pull à losanges. Il se tient entre les colonnes blanches d'une vieille demeure. Il a le bras passé autour des épaules de Doug, de dos, qu'il accompagne vers la porte.

« Je n'ai jamais vu cet homme de ma vie… Pourquoi me demandez-vous cela ? Je n'ai pas beaucoup de temps.

– Nous lançons une enquête sur plusieurs hommes proches du pouvoir, des cas très divers qui vont du harcèlement à l'agression sexuelle, et même au viol. Plusieurs d'entre eux semblent s'être réunis au domicile d'Albert Rasmussen, qui a travaillé comme lobbyiste de haut niveau chez Hill and Knowl…

– J'ai déjà entendu parler de lui.

– Eh bien, l'homme sur la photo s'appelle Tim Miller, et il a fait l'objet de témoignages crédibles et concordants de la part de plusieurs femmes qui l'accusent de harcèlement et d'agressions sexuelles.

– D'accord, dit Cate en attendant d'en savoir plus.

– Avez-vous déjà eu à faire face à des comportements inappropriés de la part du sénateur Wallace ou de tout autre membre de son équipe au Capitole ? »

Cate est sidérée. Comment est-ce possible ? C'est bien trop tôt. Elle n'est pas du tout préparée. Elle croyait être amoureuse de Doug. Et elle ne peut pas envoyer Walter au casse-pipe – ou en tout cas pas encore, pas tant qu'elle n'a pas de plan. Elle sait qu'elle doit réfléchir à tout cela avec beaucoup de soin. S'il y a bien une chose qu'elle a apprise de sa tante Meredith, c'est que Washington est une toute petite ville. Ce n'est pas comme New York ou Los Angeles, où l'on peut toujours se réinventer : une fois que les vannes sont ouvertes, impossible de revenir en arrière.

« Non, pas du tout. Doug… le sénateur Wallace est un homme de la plus haute intégrité. Toute l'équipe est très professionnelle et très dévouée. Nous sommes tous absolument ravis de la vague de notoriété dont il bénéficie actuellement. »

Cate est très satisfaite d'avoir réussi à placer les mots « absolument ravis » dans sa réponse – une expression empruntée à Meredith et aux femmes de son entourage, qui ont un faible pour les adjectifs comme « divin » et « fabuleux ». Elle a le sentiment d'avoir répondu en personne mûre.

« Cate, vous faites partie des rares porte-parole de sexe féminin, et vous êtes très jeune pour vous retrouver à un tel poste. C'est pour cette raison que je tiens à vous tendre la main : je veux que vous sachiez que vous pouvez compter sur moi si jamais il vous arrive quelque chose, ou bien s'il vous est déjà arrivé quelque chose mais que vous ne vous sentez pas encore prête à en parler. Je sais que vous n'avez pas accès à des espaces de parole où vous puissiez vous sentir en confiance, et c'est cela que je vous propose. »

En entendant la tirade d'Anne, Cate se retient d'éclater de rire. « J'apprécie beaucoup votre soutien. Les femmes qui choisissent de prendre la parole sont très courageuses. C'est grâce à elles que nous parviendrons à construire un avenir meilleur pour nous toutes, à Washington et dans le monde entier », répond-elle sans une seconde d'hésitation.

L'espace d'un instant, Anne étudie le langage corporel de Cate comme si celle-ci était branchée sur un détecteur de mensonges. « De toute évidence, le sénateur Wallace était bien en compagnie de M. Rasmussen ce soir-là. Le soir où cette photo a été prise », poursuit-elle en montrant à Cate une nouvelle photographie de Doug en train de ressortir un peu plus tard de la même maison au clair de lune.

« Et donc ? demande Cate, imperturbable.

– Et donc vous savez ce qu'on dit : qui se ressemble s'assemble. »

Cate se lève, presque offensée. A-t-elle mal interprété les paroles de la journaliste ? Lorsque celle-ci lui a parlé de confiance, s'agissait-il d'une provocation, ou d'une manière de lui faire comprendre qu'elle doit se blinder ? Anne est-elle vraiment de son côté ? Lui veut-elle réellement du bien ? Ou bien est-elle juste assoiffée de notoriété ? Qu'a-t-elle à gagner si Anne parvient à obtenir son scoop et à faire tomber plusieurs hommes d'affaires et membres du Congrès, si ce n'est la perte de son emploi et une réputation éternelle de victime ? Ici, ce n'est pas Hollywood, se dit-elle. « Si jamais un jour je suis témoin de comportements déplacés, Anne, je ne manquerai pas de vous faire signe. Merci pour tout ce que vous faites pour ces femmes.

– Pensez-y, répond Anne sans hésiter. Ma porte vous restera toujours ouverte. »

Cate remonte à grands pas North Capitol en murmurant : « Merde merde merde merde merde merde merde merde merde… »

25

La lumière plate qui tombe du ciel laiteux force Bunny à plisser les yeux. Vêtue d'une doudoune noire, son sac sur le dos, elle approche des grilles de fer forgé du cimetière. Au moment où elle va tourner vers l'entrée du parloir, son téléphone sonne. Elle s'arrête devant la clôture et décroche. « Salut. » Elle laisse tomber son sac à dos. C'est Billy.

« Je suis pris, annonce-t-il.

– À NYU ? demande-t-elle, trépidante d'impatience.

– Ouaip. »

Elle entend son sourire à l'autre bout du fil. L'occasion mérite qu'elle prenne une pause. Elle s'assied d'un bond sur le mur en briques, laissant ses jambes pendre au-dessus d'une pierre tombale, près de la statue d'un ange en prière.

« Billy, c'est canon !

– Je sais, répond-il d'un ton devenu plus solennel.

– Tu vas faire quoi ?

– Leur répondre que je décline leur offre, avec toutes mes excuses », répond-il. Il voudrait que Bunny puisse le sauver de cette vérité, même s'il sait que c'est impossible.

« Quoi ? Mais Billy, il faut que tu y ailles. C'est ton rêve, putain. Dis-leur merde, à tes parents !

– Non mais, tu ne comprends pas…

– Si, je comprends très bien, et je te répète : DIS-LEUR MERDE !

– Mais mon père…

– Tu n'es pas ton père, Billy. Je sais que tu as l'impression que tu es obligé d'être comme lui, mais ce n'est pas vrai. Tu n'es pas obligé. »

Bunny le touche à un point sensible. Elle le sent, et tente de faire machine arrière. « Tu dois être toi-même, Billy. C'est… » Elle donne un coup de talon dans le mur de brique avant d'ajouter timidement : « C'est pour ça que je t'aime.

– Tu te prends pour qui ? On dirait que d'un seul coup tu sais tout sur tout, se défend Billy.

– Hein ? T'es pas bien ? J'essaie juste de t'encourager à te libérer de toutes les putain de règles que t'impose ton père.

– Et qui va me payer la fac, Bunny ? Qui va me payer NYU ? Si je ne vais pas à l'académie militaire, mon père va me déshériter. »

Sentant que la conversation prend un tour insoluble, Bunny saute du mur de brique. L'heure tourne, et elle doit arriver à temps au coin de la rue pour son rendez-vous avec Anthony. Elle vérifie sur son téléphone : plus que cinq minutes.

Billy la sent devenir plus distante. « Allô ?

– Tu m'as appelée pour m'annoncer la nouvelle, ou bien pour t'engueuler avec moi ?

– Et toi, tu couperais les ponts avec tes parents ? » demande Billy, non sans raison.

Bunny presse le pas sur le trottoir. Une branche dépassant du cimetière lui griffe la joue et elle l'écarte vivement, puis frotte sa peau écorchée.

« Il faut que je raccroche », dit-elle pour couper court, incapable d'imaginer le début d'une réponse à cette question et trop distraite par la perspective de retrouver Anthony.

« Jamais tu ne ferais une chose pareille, pas vrai ? lance Billy. T'es juste une hypocrite.

– J'ai rien demandé, répond-elle. Et toi non plus ! Va parler à ton père, je suis sûre que tu n'as jamais essayé ! Arrête d'avoir peur de lui tout le temps. »

Elle passe devant un homme qui dort dans une voiture en attendant une visite ou peut-être la sortie d'un prisonnier.

« Laisse tomber, Bunny. Il faut que je raccroche, dit Billy.

– Ouais, c'est moi qui l'ai dit en premier. »

Bunny s'apprête à appuyer sur Raccrocher, mais le bouton a déjà disparu. Billy a raccroché avant elle. Elle fourre son téléphone dans sa poche avec un grognement.

Bunny s'assied sur une chaise en plastique bleue, au milieu des mères, des épouses, des petites amies et des enfants. Elle sort un carnet Moleskine et un stylo. Aujourd'hui, le chauffage est cassé mais pour quelque raison mystérieuse, un ventilateur est allumé, ce qui rend l'expérience aussi bizarre que réfrigérante. Elle attend en regardant la femme dans la cabine voisine de la sienne qui crie dans le combiné, lorsque Anthony apparaît à l'écran vêtu d'une combinaison orange, voûté, la main gauche coincée entre les genoux. Bunny se concentre sur l'écran. Elle voudrait lui dire la vérité sur son identité : qu'elle ne s'appelle pas Grace, qu'elle n'est pas journaliste, qu'elle était amie avec Audrey Banks, qu'elle connaissait ses parents et l'employée de maison, qu'elle sait comment ils sont morts, qu'elle sait qu'Audrey était arrogante et parfois désagréable, et qu'au fond elle est peut-être comme elle… Mais elle a peur de lui avouer tout cela. Elle n'y parvient pas. Et elle n'y parviendra peut-être jamais, en tout cas pas tant qu'ils seront surveillés et écoutés.

« Pourquoi vous êtes revenue ? demande Anthony.

– Parce que c'est important pour moi, vraiment. Et puis… Parce que je me pose beaucoup de questions sur ce qui a été écrit sur vous, ou plutôt sur ce qui n'a pas été écrit. Je veux comprendre », répond Bunny, ses mains moites posées sur son carnet.

Anthony apprécie la détermination dont fait preuve cette jeune fille si blanche et si privilégiée. « Vous avez déjà visité une prison avant ça, Grace ?

– Oui », répond-elle en faisant de son mieux pour ne pas rougir de son mensonge, les yeux baissés sur son carnet.

Elle déglutit et lève les yeux. « Et vous ? Vous avez déjà été arrêté, avant ?

– Qu'est-ce que ça change ? » répond-il.

Bunny est prise au dépourvu par la réponse d'Anthony. Sa question contenait-elle un sous-entendu raciste ? Ou bien était-elle tout simplement hors sujet, comme semblerait l'indiquer tout ce qu'elle a appris ces derniers temps du mouvement Black Lives Matter ? En tout cas, elle regrette de l'avoir posée. Elle s'efforce de réagir vite et, prise de honte, met aussitôt à distance sa propre question.

« Pour certaines personnes, ça change beaucoup de choses », dit-elle.

Anthony pivote dans son siège, distrait une fois de plus par un incident derrière lui : des cris, du tumulte, un corps cogné contre un mur jusqu'à ce que deux surveillants immobilisent les détenus. Une fois le danger passé, il reprend sa place face à l'écran. Bunny, alarmée, assiste à la scène et se sent soulagée lorsqu'il se retourne vers elle. « C'est tout le temps comme ça, là-dedans ?

– Parce que ça vous intéresse ? demande Anthony sur un ton de défi.

– Pourquoi vous avez accepté de revenir me voir au parloir, si vous n'avez pas confiance en moi ? proteste Bunny, que son ego fragile rend incapable de ne pas tout ramener à sa personne.

– À votre avis ? »

Bunny penche la tête sur le côté et pose son stylo. « Parce que vu les accusations qui sont portées contre vous, j'imagine que vous ne recevez pas tellement de visites ? »

Anthony éclate d'un petit rire, amusé par toutes les choses qu'elle ne sait pas. Elle ne mérite pas qu'il s'ouvre à elle. « Non, c'est pas pour ça.

– Alors pourquoi ? insiste Bunny, intéressée et surprise de n'avoir pas fait mouche.

– Parce que vous avez l'air de quelqu'un qui a du fric », répond-il en levant le menton.

Bunny, mal à l'aise, se met à rire. « Pardon ?

– Les cheveux bien brillants. La veste à mille dollars. Ça se voit sur vous : vous êtes bourrée de pognon. À part votre carnet et votre stylo, vous avez l'air sortie d'un catalogue. »

Elle panique. Surtout, ne pas céder au sentiment d'imposture. Elle n'a qu'un seul choix : lui faire comprendre qu'elle est dans son camp et lui donner confiance. Bunny hoche la tête. Elle reconnaît que son apparence tranche avec le décor du parloir de la prison. « Oui, c'est vrai », admet-elle, tout en se disant qu'elle préférerait que ce ne soit pas le cas. Elle commence aussi à saisir que dans ce genre de moments la meilleure chose qu'elle puisse faire est de se taire et d'écouter.

Anthony, plus détendu, se laisse aller contre le dossier de sa chaise, étonné que Bunny n'ait pas cherché à se défendre. Il ne dit rien.

« C'est vrai mais ce n'est pas mon argent à moi. C'est celui de mes parents », réplique Bunny, qui ne peut s'empêcher de se justifier. Prise de paranoïa, elle jette autour d'elle des regards inquiets.

« C'est la même chose », répond Anthony.

Irritée, elle retourne dans sa tête la question de Billy. *Et toi, tu couperais les ponts avec tes parents ? T'es juste une hypocrite.*

« Et vous, vos parents ? » demande-t-elle, frappée par la pensée soudaine qu'il a lui aussi des parents, qu'il en a forcément eu et qu'il en a peut-être encore. Cette pensée lui semble étrange. Lorsque Bunny voit des assassins au journal télévisé, on dirait qu'ils sortent de nulle part et qu'ils ont atterri sur Terre comme par magie, sans avoir jamais eu de famille, de mère, de père ou d'enfant : sans avoir jamais été humains.

« Quoi, mes parents ?

– Vous êtes en contact avec eux ?

– Bah oui, répond Anthony.

– Où sont-ils ? demande-t-elle, sceptique, comme s'il lui semblait impossible qu'il en ait.

– Ma mère, elle est chez elle… commence-t-il avant de s'interrompre.

– Et votre père ? poursuit-elle, remarquant le malaise d'Anthony. Où est-il ? »

Anthony se frotte le front et regarde ses pieds, le combiné toujours à l'oreille. Elle a touché un point sensible.

Bunny, gênée, tente de combler le silence. « Mon père à moi, il n'est pas très présent non plus. Il est toujours au travail. Il travaille tellement ces derniers temps que je ne l'ai pas vraiment vu depuis des semaines. C'est mon anniversaire bientôt, et je suis sûre qu'il ne sera pas là. Mais ce qui est sûr, c'est qu'il va m'offrir un gros cadeau hyper cher pour compenser. »

Anthony lève les yeux vers l'écran. « Mon père à moi, il aurait jamais raté mon anniversaire », répond-il avec conviction.

Les idées préconçues de Bunny sur les familles noires s'effondrent d'un coup, et avec elles son espoir de se trouver un quelconque point commun avec Anthony. Le coup du père, normalement, ça aurait dû marcher, non ?

« Oh, répond-elle, embarrassée. Vous avez de la chance.

– Il est mort, mon père. Ça aussi, c'est de la chance ? Mais s'il était en vie, jamais il raterait mon anniversaire. »

Bunny sent la honte l'envahir. « Oh, je ne savais pas… Désolée.

– À mon avis, il y a beaucoup de choses que vous savez pas. »

Bunny serre le téléphone dans sa main, la mâchoire contractée, pour ne pas laisser voir à quel point elle se sent soudain vulnérable. « Et comment est-il décédé, si je peux me permettre ? » Incertaine de la manière dont s'exprimerait une journaliste, elle opte pour un ton bien élevé.

L'écran se remplit de parasites. « Anthony ? » Bunny gémit et attend quelques secondes avant de mettre une claque sur le côté de l'écran. « Grrrrrrr ! » Elle regarde derrière elle en grinçant des dents. Un surveillant lui fait les gros yeux. « On ne tape pas sur le moniteur, mademoiselle.

– Anthony, vous êtes là ? »

Son visage apparaît et disparaît, prend l'apparence de longues traînées en travers de l'écran. « Ouais, je vous entends. »

Bunny se penche vers l'écran, le combiné coincé contre son menton, et dit d'une voix très basse. « C'est vraiment de la merde, ce système. Complètement pourri.

– Du calme. Par ici, ils aiment pas trop les gens qui foutent le bordel. »

Bunny apprécie l'ironie de se voir rappeler à l'ordre par Anthony. Elle oscille sans cesse entre les moments où elle est convaincue qu'il est coupable, et ceux où elle le croit innocent. Elle ramène la conversation sur son père. « D'accord, je vais faire attention. Et je m'excuse d'avoir dit tout ça, ou d'avoir pensé tout ça. Sur votre père. Je n'aurais pas dû. »

Elle regarde ses genoux. Lorsque l'absolution qu'elle attendait tarde à venir, elle lève les yeux vers Anthony qui garde le silence. Pourquoi reste-t-il indifférent à ses excuses ? Pour elle, il serait tout naturel qu'il exprime de la reconnaissance. Est-ce que son silence indique qu'il est coupable ? Ou bien simplement qu'il cherche à se protéger ? Bunny change de position dans son siège, déstabilisée par la complexité de la situation. À l'étroit dans sa peau blanche, elle peine à comprendre.

« Vous attendez que je dise que je vous pardonne, c'est ça ? demande-t-il.

– Euh, non... Non, désolée », dit-elle, submergée par ses propres pensées.

Elle s'exprime maintenant d'un ton prudent, en laissant passer un temps après chaque parole. « Désolée. Mais, euh... Est-ce que je peux vous demander comment il est mort ? » Elle craint qu'il ne raccroche à nouveau mais elle est prête à prendre le risque. Anthony l'examine et semble remarquer son émotion grandissante.

« Cancer du poumon, répond-il.

– Il fumait ?

– Il a jamais fumé une clope de sa vie.

– Et d'après vous, comment il a attrapé ça ? »

Anthony inspire profondément.

« À cause de l'usine de produits chimiques.

– Il travaillait dans une usine de produits chimiques ?

– Ouaip.

– Laquelle ? demande Bunny en rouvrant son carnet, le combiné calé entre son oreille et son épaule.

– La même que moi », dit-il en regardant tout droit dans le moniteur.

Bunny reprend le combiné dans sa main et lève les yeux vers lui. « Mais alors c'est l'usine... C'est l'usine de la famille Banks ? » demande-t-elle, le cœur battant. Mais alors, il est vraiment coupable ? Malgré ses efforts pour éviter de se perdre en conjectures, elle reçoit l'information comme un coup de poing en plein ventre. Une nouvelle bagarre se déclenche derrière Anthony. Elle entend les détenus qui se battent, une télévision à plein volume, du métal qui s'entrechoque, des portes qui s'ouvrent et se verrouillent, et encore de la friture. « Anthony… appelle Bunny en frappant le côté du moniteur. Saloperie ! »

Il réapparaît.

« Je devrais pas vous parler, dit-il.

– Si vous ne me parlez pas, alors comment voulez-vous que je vous aide ?

– Vous voulez m'aider ? Vraiment ? C'est pour ça que vous êtes là ?

– Je… Je veux savoir la vérité pour pouvoir vous aider. D'abord, il faut que je sache ce qui s'est passé », dit Bunny.

Elle tente de rester le plus vague possible et de ne pas perdre de vue les raisons intimes qui l'ont conduite ici : des raisons purement personnelles et égoïstes.

« Vous êtes pas ma putain d'avocate, répond-il, de plus en plus frustré, méfiant et furieux.

– Je sais… Et d'ailleurs, qui est votre avocat ? Et pourquoi personne ne parle jamais de tout ça ? De votre père ? Je ne comprends pas…

– Mon avocat ? C'est un pauvre tocard de commis d'office, voilà qui c'est. Vous croyez que j'ai les moyens de me payer un putain d'avocat ? Ce genre de trucs, c'est pour les gens comme vous. Ils en ont pas parlé à la télé, parce qu'ils veulent pas qu'on sache que l'usine a déconné et qu'ils sont tous des putain d'assassins, c'est tout.

– Mais… Ça vous donnerait des circonstances atténuantes. Ça expliquerait pourquoi vous avez fait ça : à cause de votre père.

– J'ai rien fait, putain ! » hurle-t-il dans l'appareil.

Effrayée, Bunny fait un bond dans son siège. Elle reprend une contenance pour ne pas éveiller les soupçons du surveillant. « Non, attendez. Ce n'est pas ce que je voulais dire, dit-elle, le souffle court.

– Un jour, je suis allé dans le bureau du patron, David Banks, raconte Anthony, brûlant de colère. Je l'ai traité de tous les noms, ce putain de salaud. Il a tué mon père. Il s'est même pas excusé. Il est juste resté là, avec ses mains pleines de sang. Il a appuyé sur un bouton sur son téléphone, le vigile est arrivé et il m'a foutu dehors. Et maintenant, c'est moi qu'on accuse.

– Je… Je suis désolée, Anthony.

– C'était un homme bien, mon père. Il méritait pas ça. Et moi non plus, je méritais pas ça. »

Il secoue la tête, choqué et incrédule. Un moment de silence s'écoule sans qu'aucun des deux n'ose regarder l'écran.

« Ils racontent que vous étiez en colère parce que vous avez été licencié », dit Bunny. Elle tente de faire taire en elle la possibilité terrifiante que ce soit lui qui ait commis le meurtre, ce qui confirmerait ses pires soupçons.

« Ouais. Après ça, ils m'ont viré.

– Mais ils n'ont jamais dit à la télévision pourquoi vous aviez été licencié.

– Non. »

Bunny hésite. La situation évolue trop vite et elle ne sait pas dans quoi elle s'embarque. Elle ne sait pas si son instinct dit juste ou si elle se fait mener en bateau.

« Alors vous pourriez m'aider à trouver un meilleur avocat ?

– Euh… Il faudrait d'abord que j'en parle à quelques personnes, dit-elle en regardant l'écran.

– Si vous pouvez rien pour moi, alors barrez-vous, dit Anthony, prêt à raccrocher.

– Non, attendez ! Je… Je vais trouver une solution… »

On entend la sonnerie d'une alarme : la visite est terminée. Anthony, maintenant plus calme, pivote dans son siège.

« Je reviendrai le week-end prochain », dit Bunny.

Les visiteurs commencent à se lever et on entend le claquement des téléphones qui raccrochent. Anthony pose le combiné.

En s'approchant de la grille du cimetière, Bunny se sent observée. Elle se retourne et regarde en l'air. Un homme blanc en combinaison orange la regarde depuis une fenêtre. Il tient un objet à la main, peut-être un balai ou une serpillière. Une alarme résonne à nouveau. Bunny continue d'avancer et passe devant le mirador de la prison couvert de fil barbelé. À sa gauche se trouve un petit poste de garde dont les fenêtres sont des vitres sans tain : elle tente de regarder à l'intérieur mais ne voit que son propre reflet.

26

Avant d'aller chercher ses filles à l'école, Betsy décide de déposer en mains propres sa fiche de candidature au Washington Club, histoire de s'y montrer. Pendant une de ses fréquentes nuits d'insomnie, au cours desquelles son ambition l'empêche de fermer l'œil, elle a aussi eu l'idée de se préparer pour son entretien avec le directeur du club en consultant le *Green Book*. Cet entretien déterminera si sa personnalité, son rang social à Washington, son histoire personnelle (il faudra qu'elle règle la question de feu son ex-mari), la réputation de sa famille proche, la profession de son mari et le montant de ses donations à des œuvres caritatives suffisent à lui autoriser l'entrée dans le club des clubs.

Embarrassée de n'avoir jamais entendu parler du *Green Book*, preuve supplémentaire de son inadéquation, elle a pris rendez-vous aux archives de la bibliothèque de Georgetown pour le feuilleter.

Lorsqu'elle entre dans la bibliothèque, Betsy horrifiée sent une odeur d'urine et de poubelles, sur fond de relents de vieux papier journal. Elle passe devant deux longues tables équipées d'ordinateurs où sont installés des hommes sans domicile fixe qui cherchent du travail et consultent leur messagerie. Un homme blanc, dont le crâne chauve est agrémenté d'une queue de rat, joue à un jeu vidéo, dans lequel un soldat aux commandes d'un tank écrase et abat des civils à la Kalachnikov, tout en marmonnant dans sa barbe : « Avec ça, je peux buter dix mille personnes à la fois. »

Son carré Hermès devant le nez, Betsy se dirige vers l'accueil de la bibliothèque. Un jeune homme lève les yeux de son magazine.

« Bonjour ma belle ! lance-t-il.

– Oh, euh, bonjour, répond Betsy avec un petit rire. Vous saluez toujours les gens comme ça ?

– Pas du tout, dit-il en souriant. Mais j'a-do-re votre foulard.

– Merci. Je... Je cherche la salle Peabody.

– Mais bien entendu, roucoule-t-il en saisissant le trousseau de clés sur son bureau. Suivez-moi, c'est au troisième étage. »

Dans l'ascenseur, le jeune homme tourne la clé dans la serrure située à côté du bouton du troisième étage. Dieu merci, il la conduit dans une salle privée : avec un peu de chance, l'odeur sera plus tolérable.

« Vous faites des recherches généalogiques ? demande-t-il.

– Disons plutôt, sur... la haute société. C'est pour un projet sur lequel je travaille, ajoute-t-elle avec un clin d'œil.

– Fabuleux ! Rien de tel qu'une petite excursion parmi les grands de ce monde... »

La porte de l'ascenseur s'ouvre. Le bibliothécaire s'écarte pour laisser passer Betsy. « Pas besoin de clé pour redescendre. Si vous avez des questions, George au fond pourra vous aider. Allez, ciao !

– Merci », dit Betsy avec un petit signe de la main. Les portes se referment sur lui.

Betsy est soulagée de voir des livres anciens dans les vitrines, et des pancartes PRIÈRE DE NE PAS TOUCHER sur les documents historiques. L'odeur n'est toujours pas idéale, mais elle se rapproche un peu plus de celle d'une bibliothèque. Un vieil homme qui semble sorti d'un autre monde lui crie depuis la porte de la réserve : « Je peux vous aider ?

– Oh, je cherche juste un ouvrage, merci », répond Betsy.

Lorsque l'homme retourne à son bureau et reprend sa lecture, Betsy parcourt du regard les étagères. Elle tombe d'abord sur des titres comme *Georgetown, un quartier noir au temps jadis*, qui lui indiquent qu'elle va dans la mauvaise direction. Elle traverse la pièce jusqu'au coin opposé, où elle trouve *La Haute Société de Georgetown* et *Le Club pour dames de Georgetown* : elle n'est plus très loin de son but. Elle finit par repérer le petit livre vert à reliure cartonnée, coincé entre un bouquin rébarbatif et un autre bouquin rébarbatif, aussi épais qu'un annuaire.

Le sous-titre, *The Social List of Washington DC*, est embossé en lettres dorées sur la couverture. Betsy le sort de l'étagère, en prenant aussi les deux livres situés de chaque côté pour donner l'impression qu'elle effectue des recherches sérieuses sur la société washingtonienne. Elle tire une chaise face à un bureau en acajou dans un coin de la pièce, juste en dessous d'un portrait de George Peabody, « père de la philanthropie », un financier d'origine modeste qui s'est élevé jusqu'au statut de pionnier du crédit et de la banque en Amérique.

Le livre commence par une table des matières organisée selon les catégories de la hiérarchie washingtonienne : Maison-Blanche, Cour suprême, Congrès, Corps diplomatique, Dirigeants d'entreprise (dans la banque, le droit, les cabinets de lobbying, etc.). Cette section recense, à l'attention de toute personne jugée digne d'obtenir un exemplaire du livre, l'adresse personnelle de chaque individu ainsi que celle de sa résidence d'été, d'hiver et de retraite, et éventuellement celle d'un quatrième domicile (situé le plus souvent en Europe). Avec son iPhone, Betsy photographie toutes les adresses qu'elle peut trouver dans le quartier de McLean afin de se faire une idée de l'identité de ses voisins. Certains noms, aux sonorités qui fleurent bon l'aristocratie protestante, lui rappellent la Caroline du Nord : Tutty Fairbanks, Tibby Meriwether, Holly Dutton… Elle feuillette le livre jusqu'à parvenir à l'index alphabétique où elle reconnaît les noms de famille des camarades de classe de ses filles : les Bartholomew bien entendu, les Montgomery, les Davidson et les Cowan – ce qui lui procure une agréable sensation de chaleur. La section consacrée au protocole des réunions mondaines passe en revue l'étiquette en vigueur dans les cocktails et les dîners. Betsy trouve cette partie particulièrement fascinante, surtout dans le monde d'aujourd'hui où les bonnes manières partent à vau-l'eau. Parmi les différents conseils, elle lit : *Il est recommandé d'éviter l'utilisation des étiquettes ou des marque-places… De tels objets sont absolument hors de propos dans une réunion mondaine.* Elle découvre aussi la formule de politesse qu'il convient d'employer lorsque l'on écrit un courrier à un sultan ou une sultane (Sa Majesté) ou lorsque l'on s'adresse à eux (Votre Majesté). Ce principe s'applique également aux princes et aux princesses, ainsi qu'aux rois et aux reines.

Bunny est assise au milieu du canapé, entourée de cadeaux emballés dans du papier pastel décoré de ballons. Un portrait de son arrière-grand-mère est suspendu dans un cadre doré au-dessus du manteau de la cheminée. En attendant que sa mère apporte le gâteau d'anniversaire de ses dix-huit ans (son préféré : fondant au chocolat sans farine), elle remarque une toile d'araignée dans le coin de la fenêtre, au-dessous de laquelle est posée contre le mur une affiche encadrée célébrant les soixante-dix ans de l'Atomic Heritage Foundation. Elle se souvient de ce que lui avait dit un jour cette peste de Lily Anderson quand elles étaient en cinquième : « Tu sais que les toiles d'araignée sont faites de peau humaine ? » C'était un mensonge, évidemment, mais sans que Bunny sache pourquoi, ce souvenir refait surface à ce moment précis. Elle contemple l'affiche en réfléchissant à toutes les personnes innocentes tuées par la bombe atomique, et une pensée tourne en boucle dans sa tête : des crimes de guerre, rien que des putain de crimes de guerre, tout cet héritage transmis avec fierté de génération en génération, et qui retombe maintenant sur ses épaules à elle. Elle se demande si tout cela s'arrêtera un jour, et aussi si elle n'a pas été trop dure avec Billy. Il était blessé de ne pas être invité au dîner de famille avant sa grande soirée d'anniversaire. Bunny lui a dit que c'était parce que sa mère voulait lui dire quelque chose en privé. « Tu vois, ce n'est pas si facile que ça de leur dire non », a-t-il alors répondu, soulignant une fois de plus son hypocrisie. « Bientôt, on n'habitera plus chez nos parents, Billy. » « Ouais, ouais, bien sûr… »

Joyeux anniversaire, joyeux anniversaire, joyeux anniversaire Bunny, joyeux anniversaire !

Meredith pose le gâteau au centre de la table basse, manquant au passage de mettre le feu aux cadeaux. Bunny ferme les yeux pour faire un vœu mais, paniquée, elle sent ses pensées se réduire à un magma confus. Elle cherche encore un peu mais rien ne lui vient. Alors elle fait semblant et souffle ses bougies. « Bravo ! » Cate, Meredith, Phyllis et l'époux de Phyllis âgé de quatre-vingt-dix ans battent niaisement des mains à l'unisson. « Ma chérie, je voulais te donner ceci avant ta fête de ce soir, dit Meredith en lui tendant une enveloppe. Je tiens à ce que tu l'ouvres avant les autres cadeaux. »

Pendant que Bunny s'exécute, Meredith passe derrière le canapé et pose sur ses épaules un foulard Hermès qui fait d'elle une copie conforme de sa mère, de Phyllis et de la mère de sa mère. « Maman, tu fais quoi ?

– Rien, je te couvre avec le foulard Hermès de Maman pendant que tu ouvres ton cadeau. »

Bunny déplie le papier qui se trouve dans l'enveloppe : c'est un dépliant de bienvenue à l'association Daughters of the American Revolution[1], sur lequel sont imprimées des photographies de femmes en robes, étoles et gants blancs, comme figées dans un concours de Miss America des années cinquante. Bunny s'efforce de ne pas laisser paraître son dégoût.

« Tu es contente, ma chérie ? Maintenant, tu pourras venir aux réunions avec Phyllis et moi.

– Tu vas adorer, ajoute Phyllis.

– Tu as des ancêtres des deux côtés de la famille qui ont participé à la Révolution, renchérit Meredith. Papa en est très fier.

– C'est vraiment très cool, dit Cate, sincèrement intéressée.

– Cate, tu sais que toi aussi tu pourrais en devenir membre ? Il suffit que tu fournisses les papiers pour prouver que tu as des ascendants du côté de ton père.

– Oui, peut-être que je m'en occuperai quand j'aurai le temps, répond Cate d'un ton qui laisse presque transparaître son ressentiment contre son père.

– Alors ? Tu es contente ? » répète Meredith en se tournant vers Bunny.

1. The Daughters of the American Revolution (« les filles de la Révolution américaine ») est une société nationale réservée aux femmes, fondée en 1890 et basée à Washington, qui se donne pour but de promouvoir le patriotisme, de préserver l'histoire américaine et d'œuvrer en faveur de l'éducation. Pour y adhérer, il faut prouver que l'on compte parmi ses ancêtres un « patriote de la Révolution américaine ».

Bunny pose sur l'enveloppe un regard vide. « Merci Maman. J'ai trop hâte », répond-elle d'une voix atone. Tout cela est à des années-lumière des milliards de choses qu'elle est en train d'apprendre. Elle a l'impression qu'on cherche à la précipiter dans un monde rétrograde dont elle ne pourra plus jamais s'échapper, prisonnière des griffes gantées de blanc de ses ancêtres.

« Et avant que tu ouvres le reste, voici un cadeau de la part de ton père. Tu sais à quel point il est déçu de ne pas pouvoir être à la maison pour ton anniversaire. »

Bunny ouvre sa seconde enveloppe « surprise ». À l'intérieur : un chèque de cent mille dollars.

« Maman, j'y crois pas !

– Il est temps pour toi d'apprendre à gérer ton argent de manière responsable. C'est un cadeau que ton père prévoyait depuis toujours de t'offrir pour ton dix-huitième anniversaire. Ce n'est qu'une partie d'un fonds de dépôt plus important, qui va t'être légué en plusieurs versements. Tu ne dois en parler à personne, entendu ?

– L'argent est fugitif, ma chérie. Et ces choses-là ne regardent personne à part toi, ajoute Phyllis en jetant à Meredith un regard lourd de sous-entendus.

– N'oublie jamais que c'est malpoli de parler d'argent, d'accord ? » ajoute Meredith.

Cate sent dans son ventre un pincement de jalousie. Elle a beau être liée à cette branche de la famille, elle reste la fille du frère maudit. Son oncle et sa tante lui ont déjà offert quelques chèques très généreux, mais elle n'a pas reçu d'héritage pour son dix-huitième anniversaire et elle n'en recevra pas pour son vingt-cinquième.

En voyant le chèque, Bunny se sent partagée. Elle pense à Anthony. Est-ce que tout cela est normal ? Elle ne ressent ni gratitude, ni joie, ni satisfaction, et se demande si Billy avait raison en la traitant d'hypocrite. Désorientée, elle est en colère contre elle-même, sa mère et Billy, mais elle ne tient pas à passer pour une ingrate le jour de son anniversaire. Bunny resserre le foulard autour de son cou, jouant à la perfection la comédie pour sa mère, et annonce : « Je reviens tout de suite. Je vais le ranger là-haut, pour éviter de le perdre avant de le porter à la banque demain ! » Elle bondit de son fauteuil et monte en courant les escaliers dont chaque marche craque sous ses pieds. Bunny entre dans sa chambre, se jette sur son lit, enfouit son visage dans ses oreillers en toile de Jouy bleu ciel et pousse un hurlement. Son chèque flotte comme une plume jusqu'au sol.

Assise devant sa coiffeuse, Bunny se penche vers le miroir pour appliquer des paillettes autour de ses yeux. Le chèque de cent mille dollars est toujours par terre.

« Je peux ? murmure Cate en entrebâillant sa porte.

– Entre », dit Bunny qui tourne la tête à droite, puis à gauche, pour vérifier la symétrie de son ombre à paupières.

« Prête pour la grande fête ? » demande Cate sur un ton qui se veut amical. Elle essaie de se convaincre qu'elle pourrait mettre de côté son ressentiment et être la grande sœur que Bunny n'a jamais eue, jusqu'au moment où elle remarque le chèque par terre.

« Ouais, ça va être cool. » Bunny pose le tube de paillettes et saisit son gloss dont elle dévisse le bouchon. Cate se retient de la réprimander et ramasse le chèque. « Bunny, ton chèque, dit-elle en le lui tendant. Fais attention, tu ne peux pas le laisser traîner comme ça, par terre ! »

Bunny se retourne et le lui arrache des mains. « C'est pas grave, dit-elle en le posant sur une rangée de bouteilles de parfum devant elle.

– Si, c'est grave. Il ne faut pas laisser traîner comme ça un chèque de cent mille dollars.

– C'est bon, détends-toi, il s'est juste envolé et il est tombé par terre, ment Bunny pour éviter d'y penser, tout en étalant du gloss sur ses lèvres.

– Ne sois pas si blasée ! La plupart des gens ne reçoivent pas un chèque de cent mille dollars pour leurs dix-huit ans. D'ailleurs, la majorité n'en verront jamais un seul de toute leur vie…

– Ça va, je m'excuse, dit Bunny. Il est là, maintenant.

– Je sais que c'est ton anniversaire, mais ce n'est pas une raison pour agir comme une enfant gâtée. Rien de tout cela ne t'est dû.

– Mais non, tu ne comprends pas…

– Tu as de la chance, toi, ton père n'est pas en prison, l'interrompt Cate. Je te conseille de te montrer un peu plus reconnaissante. »

Cate sort de la chambre et ferme la porte derrière elle. Au moment où la porte se referme, une brise légère envoie de nouveau le chèque voltiger en l'air. Bunny le voit retomber doucement à ses pieds.

Après un bref instant de trouble et de honte, elle prend son téléphone et, sur un coup de tête, envoie un message à Stan sur Signal, un service de messagerie cryptée dont ses parents ignorent jusqu'à l'existence. Les rejetons des *cave dwellers* savent qu'il suffit à leurs parents d'une simple demande à un contact haut placé pour avoir aussitôt accès à tous leurs SMS. Mais il existe une faille à ce système, que les enfants utilisent pour leurs commandes de drogues, leurs échanges d'enregistrements secrets ou d'adresses de soirées et leurs envois de messages pornographiques.

Tu peux me pécho 200 Xta ? écrit Bunny.

On va faire un tour au pays des merveilles Lizbet ? répond Stan.

Ouais et tu descends dans le terrier avec moi C'est ma tournée. Je t'envoie les $$ sur Venmo.

Une part inconsciente de son être veut se débarrasser de tout cet argent le plus vite possible – comme si le solde de son compte en banque pouvait la libérer du passé de sa famille.

OK. Vodka ?

Yesss. Papa m'a filé un chèque pour mon anniv je vais vider mon compte lol . J'suis une adulte maintenant je fais ce que je veux.

Stan répond par deux émojis représentant des pilules suivis de « x 100 ».

T'es avec Billy ? écrit Bunny. Trois petits points apparaissent, disparaissent et réapparaissent.

Oui.

Tu sais pas si il vient ?

Les trois points apparaissent, disparaissent et réapparaissent.

Oui.

Bunny attend une minute entière avant de répondre : Top ☺. Elle voudrait avoir l'air détachée mais elle se sent toujours coupable et elle se prépare pour une grosse engueulade.

La Société des Cincinnati et Anderson House

La Société des Cincinnati, la première société patriotique privée des États-Unis, a été fondée en 1783 autour de l'héritage patriarcal des hommes blancs qui se sont battus pour l'indépendance américaine durant la Révolution. Dotée d'une branche dans chacun des treize États (ou anciennes colonies), la société s'est donné pour objectif dès sa fondation d'incarner la vertu civique, qu'elle considère comme le principal trait d'union entre ses membres. L'adhésion est réservée aux hommes descendants directs des officiers de l'Armée et de la Marine continentale (parmi lesquels des membres français des forces armées). George Washington fut le premier président général de la société.

Le siège de la société se trouve à Anderson House, une somptueuse demeure de la Belle Époque située sur Embassy Row, autrefois habitée par le diplomate Larz Anderson et sa femme, l'écrivaine Isabel Anderson. Les Anderson étaient connus pour leurs réceptions et accueillaient souvent dans leur maison des présidents (Taft et Coolidge) ainsi que des généraux illustres ou des membres des familles Vanderbilt et Dupont. À la mort de Larz en 1937, en l'absence d'héritiers, la maison fut léguée à la Société des Cincinnati dont celui-ci avait été un membre actif[1].

1. Site internet de la Société des Cincinnati : *societyofthecincinnati.org*.

27

Anderson House est un luxueux manoir du début du XXe siècle bâti sur Embassy Row. Décrit en son temps comme « une villa florentine en plein siège de l'indépendance américaine », le bâtiment est aujourd'hui dédié à la mémoire des héros blancs qui ont conquis l'indépendance de l'Amérique. Habité du temps de sa construction par un diplomate qui avait servi en Europe et au Japon, il est orné de murs en bois sculpté, plafonds à moulures et sols en marbre. Ses onze chambres sont réservées aux membres de la très élitiste Société des Cincinnati, la plus ancienne organisation patriotique privée des États-Unis. Pour fêter les dix-huit ans de Bunny, la famille Bartholomew a privatisé le lieu moyennant un tarif exorbitant.

Les salons de la demeure sont clôturés par des cordons de velours rouge. À tous les murs sont accrochés des portraits des héros de la guerre de Sécession, prisonniers de leurs cadres dorés. Tandis que le DJ installe sa table devant un grand piano à queue du XIXe siècle, Bunny, frissonnante, attend à l'entrée entre deux colonnes corinthiennes hautes de deux étages. Elle porte une mini-jupe plissée en daim rose pâle, un col roulé en cashmere blanc et ses Doc Martens en cuir vegan. Ses longs cheveux ondulés tombent en cascade dans son dos, retenus par un bandeau de cashmere blanc assorti à son pull.

Billy avance dans l'allée, les mâchoires serrées, sa parka noire ouverte sur sa chemise à col bleu, un bouquet de roses

roses à la main. Stan, en manteau de drap rouge et chapeau de feutre, arrive d'un pas bondissant et salue Bunny le premier. Il ouvre tout grand son manteau pour exhiber un sachet rempli de deux cents pilules de MDMA qui pend devant son entrejambe, et qu'il fait aussitôt disparaître. « Bon anniversaire, Lizbet ! » Il lui met une claque sur les fesses et entre dans la maison, la tête haute. Bunny se retourne pour faire face à Billy qui lui tend en silence le bouquet de roses, les yeux plantés dans les siens. « J'ai un autre cadeau en plus de celui-ci, dit-il.

– Elles sont trop belles, merci. »

Bunny pose les fleurs sur une table de marbre aux pieds dorés. « Va te servir à boire, je te rejoins dans cinq minutes. » La tension entre eux est presque palpable.

Une chanson d'Ariana Grande résonne à plein volume dans la grande salle de bal où l'on dansait autrefois en souliers à boucles. Dans la bibliothèque rouge, les adultes, assis dans des fauteuils de velours, boivent du brandy au milieu des livres anciens sur la guerre et le pouvoir, tandis que deux cents élèves des lycées privés environnants se passent en cachette des bouteilles d'alcools forts et dansent dans leurs tenues achetées sur Net-à-Porter.

Bunny embrasse Mackenzie sur la joue quand elle entre. « Il y a quelqu'un qui t'attend dans l'escalier », lui glisse-t-elle avec un regard en coin en direction de Marty, tiré à quatre épingles avec son nœud papillon rouge et ses bretelles.

« J'ai reçu ma lettre d'admission anticipée à Harvard ! annonce Marty en remontant sur son nez ses nouvelles lunettes rondes.

– C'est pas vrai ! » s'exclame Mackenzie. Elle se jette à son cou et l'embrasse avant de retrouver aussitôt sa retenue habituelle.

Chase les surprend en pleine étreinte. Il arrive vers eux d'un pas titubant, en prenant de temps à autre de grandes lampées de sa bouteille d'eau en plastique remplie de vodka russe premier choix. « Qu'est-ce que j'entends ? »

Marty remarque que le pantalon de toile de Chase lui tombe au-dessous de la taille. « Pas de ceinture ? Tu te laisses aller, gros. C'est depuis que tu sais que tu vas dans une fac publique ?

– Une fac publique ? Je suis pas une racaille comme toi, mec. Moi, je me casse au pays du soleil. À moi les gros culs et les gros lolos ! » Les bras ouverts comme s'il venait de gagner la coupe du monde, il envoie de grands coups de reins dans le vide. « Vous en faites pas, les filles, y en aura pour tout le monde !

– Ah ouais, le taquine Marty. Tu vas à Columbia avec les Noirs, c'est ça ?

– T'as craqué ou quoi ? Rollins College. La Floride, bébé ! Y a pas de mal à se faire du bien ! »

Chase avale une autre gorgée de vodka. Bunny les rejoint dans leur petite bulle élitiste. « Stan vous a donné votre cadeau ?

– Notre dessert, tu veux dire ? »

Marty, un grand sourire aux lèvres, sort deux pilules de sa poche et en tend une à Mackenzie. « Une pour toi, très chère. Et Billy et Stan, ils sont où au fait ? »

Bunny se retourne : derrière elle, Stan se laisse glisser à califourchon comme un enfant de douze ans sur la grande rampe d'escalier dorée et Billy, hilare, le rattrape en bas. Les invités se déhanchent sur la piste de danse. Les adolescents gobent leurs pilules, dansent autour des statues des héros de la guerre et se roulent sur l'herbe enneigée dans leurs manteaux de fausse fourrure dans le jardin inspiré de la Renaissance italienne. Leurs haleines forment des nuages tourbillonnants dans l'air glacé.

« J'ai l'impression d'avoir du retard, dit Bunny. C'est quoi ce bordel ? Vous avez commencé sans moi ?

– On a fait un petit tour chez Stan avant de venir, répond Chase.

– Bande de salauds ! s'écrie-t-elle.

– J'étais pas invitée non plus, intervient Mackenzie. Sinon, je te l'aurais dit, tu sais bien.

– C'est pas grave », répond Bunny. Puis elle se tourne vers Chase, agacée : « File-m'en une. Toi, je suis sûre que t'es déjà chargé à bloc, espèce de crevard. Vas-y, donne ! C'est mon anniversaire. »

Chase lève les yeux au ciel, l'air coupable, et tend à Bunny une pilule sur laquelle est gravé un smiley. « Allez, Mack, en route pour le pays des merveilles ! » dit Bunny en tirant la jeune fille par le bras pour la séparer de Marty. Mackenzie articule en silence un « désolée » à l'attention de Marty, en esquissant un au revoir de la main. Elle se tourne vers Bunny. « Il vient de me dire qu'il est pris à Harvard !

– Super. Et moi, avec un peu de bol, je vais être prise à Yale. Allez, avale ça », ordonne-t-elle, guère emballée par l'admission de Marty. Elle peine à éprouver le moindre enthousiasme pour cet avenir tracé à l'avance.

Mackenzie garde la pilule dans sa main.

« Moi, j'ai pas fait de préinscription. J'ai juste envoyé un dossier à UNC Chapel Hill. C'est là que mes parents veulent m'envoyer, mon père a étudié là-bas.

– Combien ils ont payé ? demande Bunny en avalant sa pilule avec une gorgée de vodka.

– Combien ? Je sais pas.

– À mon avis, vu que tes parents ont payé, tu seras forcément prise. Faut pas t'en faire.

– Oh, je ne m'inquiète pas. Je disais juste que je n'ai pas fait de préinscription. »

Mackenzie boit une gorgée de vodka et finit par avaler sa pilule, dans l'espoir que la drogue l'aidera à oublier ce climat toxique de compétition.

Bunny balaie la salle du regard. Sous l'une des grandes arcades de la galerie extérieure, au bord de la piste de danse, Lily Anderson est en train de draguer Billy. Stan souffle des ronds de fumée dans l'air froid, debout dans l'encadrement de la porte qui mène au jardin. Bunny coince son téléphone dans la ceinture de sa jupe et avale une nouvelle gorgée. L'ecstasy commence à faire effet : son sang est plus fluide, ses capacités motrices plus déliées, sa mâchoire se contracte. Elle s'approche de Stan de telle sorte que Billy puisse la voir. « Je peux t'en taxer une ? »

Stan tend à Bunny une Capri, une de ces cigarettes fines que l'on trouve surtout en Europe. « Ça va bien, Lizbet ? », demande-t-il.

Bunny inspire une bouffée qui fait rougeoyer le bout de sa cigarette comme une étoile en feu. « Trop bien. » Elle souffle la fumée en direction de Billy, tout en jetant un regard meurtrier dans le dos de Lily Anderson.

Les spots stroboscopiques balaient la piste où les jeunes se retrouvent pour danser. Bunny et Stan se balancent ensemble d'arrière en avant. Ils pouffent, puis éclatent de rire, puis s'esclaffent de plus en plus fort jusqu'à attirer l'attention de Billy. Lily Anderson s'en va chercher à boire et Billy s'approche, passe le bras autour du cou de Bunny et niche son nez contre elle. « Hmm, tu sens bon. Je veux plus qu'on se dispute. »

Bunny respire l'odeur de sa peau sous l'aftershave et les cigarettes, et prend son visage entre ses mains. « Moi non plus », dit-elle en l'embrassant. Leur baiser est lent et sensuel, leurs lèvres pleines de picotements. Au moment où leurs bouches se détachent, ils échangent un regard lourd de désir. Elle le repousse.

« T'as envie que je te bouscule ? demande Billy.

– Tu veux qu'on monte ? demande Bunny qui ne peut s'empêcher, sous l'effet de la drogue, de chatouiller l'avant-bras de Billy du bout des doigts.

– Oui.

– À vos ordres. Direction le premier étage, lance Bunny, imitant une voix de soldat. Objectif : la chambre du général. »

Elle fait un salut militaire, comme pour tourner en dérision tout ce qui a défini la vie de Billy depuis son enfance.

« Attendez-moi ! s'exclame Stan.

– Désolée, crie Bunny, les yeux embués par l'alcool et la drogue. La Russie n'est pas invitée aux négociations de paix. »

Billy éclate de rire.

« Comment ça ? C'est dégueulasse, proteste Stan.

– Va nous faire un bonhomme de neige, on revient », dit Bunny.

Stan, vêtu de son manteau rouge, sort dans un tourbillon et s'enfonce à pas trébuchants dans le jardin enneigé.

Bunny et Billy entrent dans la chambre mal éclairée dans laquelle trônent d'un côté un immense lit à baldaquin et de l'autre une double cheminée en pierre de taille. Le sol est recouvert de tapis de soie, sur lesquels retombent les drapés des rideaux. À l'étage inférieur, sous leurs pieds, ils entendent pulser le rythme de « Started from the Bottom » de Drake.

Bunny s'enroule dans un grand rideau de soie rouge et tourne sur elle-même. « C'est trop bon ! » s'extasie-t-elle en virevoltant jusqu'à ce que la tringle vacille au-dessus de sa tête et se décroche. Prise au piège, emmaillotée comme une momie, elle se dandine jusqu'à Billy en faisant voltiger l'autre rideau derrière elle comme une cape dans le vent. Elle se cogne contre lui et tombe par terre.

Elle se tortille jusqu'à sortir à moitié de son cocon de soie. « Oups ! » s'écrie-t-elle, aussi hilare que lui. « Le général va être furieux !

– Grave ! renchérit Billy.

– Et Monsieur l'Ambassadeur aussi ! » ajoute Bunny de sa voix de soldat.

Billy se roule dans la soie sauvage comme s'il dessinait un ange dans la neige.

« T'as raison, c'est trop bon !

– Tu crois que le vieux dégueulasse là-haut m'en voudra beaucoup si j'enlève mon soutif ? demande Bunny en montrant du doigt le portrait d'un grand héros de la guerre d'Indépendance.

– Négatif. Il s'est battu pour l'indépendance des seins ! s'exclame Billy en tournant la tête vers le portrait. Il bouge les yeux ! Ça fait comme des ronds noirs qui tournent… Waouh !

– Billy, pourquoi t'as si peur du noir ? » demande Bunny d'une voix pâteuse.

Elle veut l'entraîner à la dérive vers un endroit obscur tout au fond de son être, cet endroit qu'elle ne parvient à partager avec personne depuis qu'elle recherche la vérité sur le meurtre de la famille Banks.

« J'ai pas peur du noir. » Billy s'assied, les yeux toujours fixés sur le portrait au-dessus de lui. Il avale de grandes rasades de vodka dans sa bouteille d'eau minérale en verre.

« Démêle-moi, demande Bunny. Je suis coincée. »

Billy s'approche d'elle à quatre pattes et commence à tirer sur la soie, tandis que Bunny s'extirpe du cocon et rampe jusqu'à la dalle en pierre de la cheminée dont elle respire l'odeur de poussière et de bois refroidi. Elle se penche vers lui et aboie, le front collé au sien comme un sergent instructeur :

« Réponds-moi, soldat ! Pourquoi tu as peur du noir ? » Elle cambre le dos comme un chat, baisse la tête et frotte son visage contre la joue de Billy, l'écrasant comme de la pâte à modeler.

Mal à l'aise, Billy repousse Bunny qui tombe en arrière et se retrouve assise. Elle pouffe sans prendre son geste au sérieux, se lève d'un bond et retrouve son équilibre. Le bras tendu dans le noir vers la lampe, elle tire sur le cordon et fait clignoter la lumière de la chambre. Billy plisse les yeux. « T'entends ça ? demande Bunny comme si elle distinguait des voix de fantômes dans les murs. C'est Audrey ! C'est Audrey ! Elle nous appelle au secours ! Elle veut savoir qui l'a tuée ! C'est toi qui l'as tuée ? » lance-t-elle, avec un sérieux de détective au héros de la Révolution. « C'est toi ? » demande-t-elle à Billy. « Ou bien c'est moi ? » Elle regarde par terre, la main posée sur sa poitrine comme une tragédienne, et se cogne violemment contre Billy, qui a réussi à se lever et caresse maintenant le manteau de la cheminée comme s'il était fait de velours. « Dis-moi la vérité », dit-elle.

Billy s'avance jusqu'à elle et saisit ses fesses à deux mains pour la tirer violemment contre lui, le plus près possible. La tête de Bunny bascule en arrière, les yeux levés au ciel. Billy soulève doucement son visage vers lui. Il regarde ses lèvres entrouvertes et immobiles, caresse son menton. « Embrasse-moi », dit-il. Bunny obéit.

« Tu m'aimes ? balbutie-t-elle.

– Oui.

– Étrangle-moi. »

Billy sent la colère le gagner, bientôt remplacée par un sentiment de tristesse. Il garde ses émotions pour lui, sa poitrine se soulève, la tête lui tourne. Il pose la main sous la clavicule de Bunny.

« C'est tellement sexy », dit-elle en sentant la main de Billy si douce sur sa poitrine. Elle attend qu'il la prenne par le cou, mais Billy ne peut s'y résoudre. « Étrangle-moi, j'ai dit... Allez, serre. Ça te fait peur, ça aussi ? » gémit-elle, le fixant de ses yeux vitreux et passionnés.

Billy suit du bout des doigts le tracé fragile de la clavicule. Bunny, la tête abandonnée en arrière, laisse échapper un petit rire qui se transforme en râle lorsque Billy se met à serrer.

Le vent fait voler des grêlons contre la vitre. Billy entend le martèlement de la glace contre la gouttière de zinc au moment où il jette Bunny par terre sur le tapis de soie. « Tu aimes ça, le pouvoir, hein ? Ça te plaît, tout ce qu'on a, tout ce qu'on est, pas vrai ? » soupire-t-elle quand Billy lui retire sa culotte pour la caresser.

« On est quoi, nous ? murmure-t-il. Dis-le-moi.

– Dis-moi que ça te plaît. » Bunny étend son bras qui se perd dans les drapés rouge profond du rideau de soie.

« On a juste de la chance, Bunny, murmure Billy en mordillant son cou.

– Non, c'est pas vrai. »

Elle le gifle et éclate de rire. « Je t'ai fait mal ? » La tête de Billy bascule en avant, puis se redresse d'un mouvement mécanique. Elle défait sa ceinture.

« Arrête de faire la sale gosse. Embrasse-moi », ordonne-t-il.

Bunny l'embrasse violemment et se met à déboutonner sa chemise. Les plaques d'identité militaires qui appartenaient à son grand-père tombent de l'encolure et se balancent contre sa bouche. Elle les prend dans sa main.

Il regarde Bunny, la soulève pour l'asseoir à cheval sur lui, la jupe remontée au-dessus de la taille, et tente de retirer son pull tout en enfonçant ses doigts plus profondément en elle. Soudain, le visage de Billy prend une teinte cadavérique. Des petits morceaux de vomi jaillissent de sa bouche comme un volcan en éruption. Son corps perd toute force.

« Beurk ! » s'exclame Bunny.

Il tombe sur le côté, les pupilles basculées en arrière dans ses orbites.

« Oh, merde ! Billy… Billy ! » gémit Bunny en se soulevant pour ne pas l'écraser. Elle tire sur sa chemise pour qu'il reprenne connaissance. « Mais qu'est-ce qui se passe ? » hurle-t-elle.

Échevelée, toujours sous l'effet de la drogue, elle court dans le couloir. « Putain, putain, putain… Au secours ! Y a quelqu'un ? » La pulsation lourde d'un morceau de Jay-Z résonne à plein volume à travers les moulures et personne n'entend ses cris.

Marty sort d'une autre chambre un peu plus loin dans le couloir, la chemise déboutonnée. « Qu'est-ce qu'il y a ? Qu'est-ce qui se passe ?

– Appelle les pompiers ! » hurle Bunny. Elle trébuche et tombe par terre, se brûlant le genou sur la moquette.

Une lumière rouge tournoie sur le toit de l'ambulance qui attend dans l'ouverture du portail de fer forgé, au bout de l'allée pavée. La grêle s'est transformée en une pluie glacée. On transporte Billy hors de la maison sur un brancard, un masque à oxygène sur le visage, entouré de deux infirmiers qui prennent sa tension. Bunny court derrière lui mais quand elle arrive sous la pluie froide, elle ne parvient pas à voir nettement. Les lumières rouges lui brouillent la vue, le sang bat dans sa tête, sa bouche est sèche. « Qu'est-ce qui lui arrive ? » demande-t-elle sans s'adresser à personne en particulier. De l'autre côté de l'allée, Mackenzie et Marty se tiennent près de Meredith et de Phyllis, qui est en train de négocier avec un policier. Marty s'approche de Bunny et pose sa veste sur ses épaules mouillées. « Tiens, Bun, mets ça. Ça va, ça va aller. »

28

Mackenzie, les jambes emmêlées à celles de Marty, est réveillée par le cliquetis électronique d'un flash d'appareil photo. Tous deux sont allongés nus sur la table de billard en feutre vert dans le sous-sol de sa maison, recouverts d'un des plaids luxueux de Betsy.

Déboussolée, Mackenzie lève la tête et aperçoit Haley qui se tient au bord de la table de billard, son téléphone portable braqué dans leur direction. *Clic, clic, clic.*

« Qu'est-ce qui se passe, putain ? » Prisonnière de sa gueule de bois, Mackenzie tend péniblement la main en direction de sa petite sœur et manque son coup.

Haley l'esquive d'un mouvement preste vers la gauche, un grand sourire aux lèvres, et lui répond : « Il se passe que je vais te faire chanter, connasse. »

Mackenzie secoue Marty par les épaules. « Marty, lève-toi, lève-toi ! Mon réveil a pas sonné ! » Marty se retourne en se frottant les yeux. « Hein ?

– Lève-toi. Dépêche-toi ! Il faut que tu t'en ailles, sinon mon père va te tuer. Je ne plaisante pas. Lève-toi ! »

Marty se redresse en clignant des yeux et attrape ses lunettes au bord de la table. Il les enfile, les remonte sur son nez et voit Haley à l'autre bout du billard qui le regarde en souriant. « Oh, merde ! » gémit-il. Paniqué, il saute au bas de la table et ramasse ses vêtements éparpillés un peu partout. Sans autre motif que celui de punir et d'humilier sa sœur,

Haley se met à hurler. Son cri résonne, guttural, presque animal : une vraie actrice en herbe.

Après l'overdose de Billy, tous les invités ont été renvoyés chez eux. Mais Mackenzie n'avait pas du tout sommeil. Elle était chez elle en train de contempler la collection de clochettes de table en cristal de sa mère lorsque Marty l'a appelée pour savoir si elle était toujours éveillée. Il a pris un Uber jusqu'à la maison des Wallace où il s'est introduit discrètement par la porte du garage. Ce n'était pas parce que son ami venait de faire une overdose qu'il allait se priver d'une occasion de perdre sa virginité avec la fille du nouveau sénateur.

Tandis que Marty s'enfuit par la porte du sous-sol et se dirige vers les courts de tennis, Mackenzie entend son père qui dégringole en courant l'escalier de derrière. Elle perçoit la panique dans le bruit de ses pas. Doug apparaît en caleçon, un pistolet neuf millimètres chargé à la main.

Marty détale à travers les courts de tennis. Ses lunettes tombent de son nez et se pulvérisent par terre. « Tant pis. » Il fonce vers la sortie, poursuivi par Doug, qui agite son pistolet en l'air comme un cow-boy tout droit échappé d'une clinique de désintoxication.

« PAPA, arrête !!! ARRÊTE !!! » hurle Mackenzie.

Marty descend Chain Bridge Road au pas de course, pieds nus, la chemise ouverte dans le froid glacial. Il passe devant Hickory Hill, la propriété historique de la famille Kennedy, longe des pelouses impeccables où sont affichées des pancartes de propagande gouvernementale : *Oui aux armes à feu, Non à l'avortement, Blue Lives Matter.*

Mackenzie, les seins nus, traverse le court de tennis en string rose en hurlant à pleins poumons, tel un volcan de passion adolescente en pleine éruption : « PAPA, ARRÊTE !!! »

Haley, secouée par la tournure de plus en plus sérieuse que sont en train de prendre les événements, reste plantée là, les yeux grands ouverts, son iPhone au bout de son bras ballant, à regarder sa sœur qui tente de sauver la vie de son petit ami.

« Mackenzie, nom de Dieu, qu'est-ce qui se passe ici ? Va t'habiller ! » Doug s'avance vers sa fille, pistolet à la main, dans son caleçon remonté qui laisse apparaître ses testicules.

Mackenzie repart précipitamment vers la porte du sous-sol. « Tu as essayé de tuer mon copain ! » Elle entre dans la salle de jeux et fonce sur sa petite sœur qu'elle tente de prendre à la gorge. « Tout ça, c'est de ta faute ! Je vais te tuer, salope ! »

Haley s'enfuit de l'autre côté de la table de billard comme un chiot qui ne veut pas retourner dans sa corbeille.

« Elle a voulu me faire chanter ! s'écrie Mackenzie. Donne-moi ton téléphone, espèce de petite pute ! » Elle ramasse le sien au bord de la table et le jette au visage d'Haley sous le regard horrifié de Doug.

« T'es jalouse de moi, c'est tout ! » hurle Haley, juste avant que le téléphone de Mackenzie ne l'atteigne en plein sur la lèvre inférieure, faisant couler le sang le long de son menton. Doug court vers Haley, l'index pointé sur Mackenzie. « File dans ta chambre tout de suite ou je tire une balle dans le plafond, nom d'une pipe !

– Elle a voulu me faire chanter ! répète Mackenzie en pleurant. Elle a essayé de poster une photo de moi à poil sur Instagram.

– C'est pas vrai ! hurle Haley.

– Va dans ta chambre ! gronde Doug en fonçant droit sur Mackenzie, prêt à la tirer par le bras.

– Très bien ! Ce sera pas ma faute si tu retrouves des *nudes* de moi partout sur Internet quand tu seras en pleine campagne électorale. ALLEZ TOUS VOUS FAIRE FOUTRE ! »

Après un dernier hurlement, Mackenzie ramasse son téléphone et monte en courant les escaliers.

Doug pose son revolver sur le bar du sous-sol et attrape une serviette à côté du flipper. Il soulève Haley, l'assoit sur le bar et lui tamponne la lèvre.

« Ouille, ouille, ouille, gémit Haley.

– Ce n'est pas trop grave, chouquette, mais elle ne t'a pas ratée. » Une fois l'hémorragie contrôlée, il tend la main vers le téléphone de sa fille. « Donne-moi ça. » Haley répond par un grognement. « Toutes les deux, vous avez intérêt à bien vous tenir et à ne pas faire honte à votre famille. Arrêtez de vous comporter comme des idiotes. Allez, fais voir.

– Mais Papa !

– Mon père aurait déjà sorti la ceinture s'il m'avait entendu parler comme vous venez de le faire, ta sœur et toi. Montre-moi les photos. »

Haley ouvre l'appli de photos tandis que Doug tient le téléphone. « Bon sang de bon Dieu », murmure Doug en faisant défiler les photos : Mackenzie, allongée nue contre Marty. Un gros plan de son visage, les yeux à demi fermés, les seins à l'air, les bras tendus vers la caméra. Marty à moitié descendu de la table de billard, les fesses en l'air, son pénis oscillant entre ses cuisses tandis qu'il essaie de remonter son pantalon.

« Qui est ce garçon ? demande Doug, soucieux.

– Je ne sais pas, moi. Elle a dit que c'est son copain.

– D'accord. Je monte lui parler. »

Doug descend Haley du comptoir, un sourire forcé aux lèvres. « Tiens bien la serviette jusqu'à ce que ta lèvre ne saigne plus. Il y a du désinfectant sous le lavabo dans ma salle de bains.

– Elle est où, Maman ? demande Haley.

– Elle est encore au lit. » Betsy aurait certainement fait de son mieux pour rétablir l'ordre et la discipline dans la dispute entre ses deux filles, n'eût-elle été plongée dans un profond sommeil sous l'effet du chardonnay et des somnifères de la veille, à l'abri derrière ses bouchons d'oreilles, son masque et son protège-dents, enveloppée comme une momie dans sa couverture chauffante.

Doug est devant la chambre de Mackenzie, vêtu d'une robe de chambre bleu marine à monogramme. Il frappe à la porte. « Mackenzie, chouquette, je vais entrer. » La féminité de sa fille l'effraie et il veut s'assurer qu'elle a quelque chose sur le dos.

Mackenzie, en legging et sweat-shirt de la Saint Peter's Academy, est blottie sous sa couette couleur corail. AirPods aux oreilles, iPad sur les genoux, elle écoute de la musique. Elle refuse de lever la tête quand la porte s'ouvre.

Doug s'assied au bord de son lit. On croirait qu'il est en train de concourir pour le prix du père de l'année. « Est-ce que tu pourrais enlever tes AirPods, s'il te plaît ? » Mackenzie lève les yeux au ciel mais obtempère. Puis, avec la plus grande discrétion, elle glisse son téléphone sous la couette et met en route l'enregistreur.

« Écoute, chouquette, j'ai vu les photos qu'a prises ta sœur…

– Papa, je l'aime », l'interrompt Mackenzie.

Doug hoche la tête, comme pour se retenir d'exprimer la désapprobation et le dégoût profond qui l'habitent. « Mackenzie, commence-t-il en s'efforçant de garder son calme, tu as introduit un jeune homme dans cette maison sans ma permission ni celle de ta mère. Tu as désobéi à ta religion, désobéi aux ordres que te donnent tes parents pour ton bien, et tu as transgressé nos règles… Et le tout, juste au moment où le fils du général Montgomery vient d'être envoyé à l'hôpital pour une overdose. Est-ce que tu te rends compte du tort que tu fais à ta famille? Ce... crétin, qui sort en courant de notre maison ce matin, devant tous nos voisins?

– C'est pas un crétin. Il est pris à Harvard, proteste la jeune fille.

– Ma chérie. Tu as introduit dans notre maison un jeune homme afro-américain qui t'a donné de la drogue. C'est bien cela?

– Quoi? Où tu veux en venir?

– Réponds à ma question: oui ou non?

– NON! Il ne m'a pas donné de drogue!

– Je ne suis pas en colère, chouquette. Je ne suis pas en colère...» Le cerveau calculateur de Doug sait que s'il s'énerve, cela ne peut que faire tourner la situation à son désavantage. Il faut qu'il pense de manière stratégique, avec psychologie. Les meilleurs politiciens de sa connaissance sont de fins psychologues qui s'attachent avant tout à être plus malins que leur adversaire.

«Je ne suis pas du tout en colère. Tu sais, ton Papa aussi, quand il était jeune, il aimait s'amuser...»

Mackenzie s'adoucit sous la caresse de son père, qui a la main posée sur son genou.

«L'amour, chouquette, ce n'est pas simple. Avec ce garçon-là, ce n'est pas du sérieux, pas vrai? Ce n'est quand même pas lui que tu voudrais présenter à Nanny et à Grampy, non? L'amour ne doit pas être un sentiment compliqué. Et... avec ce garçon-là... les choses le seront toujours, Mackenzie. Tu ne voudrais pas te mettre dans une situation difficile, n'est-ce pas?

– Euh, non, mais...

– L'amour, le vrai, ma chérie, c'est quand on trouve quelqu'un qui nous ressemble. Mais ce garçon afro-américain, est-ce que tu trouves vraiment qu'il te ressemble? Ou bien est-ce qu'au contraire tu sens qu'il est différent de toi?

– Il est différent. Mais c'est une bonne chose. Papa, il est…

– Si tu sens qu'il ne te ressemble pas, alors c'est que ce n'est pas le bon, ma chérie. Et ce ne sera jamais le bon.

– Mais Papa, je l'aime…

– NON, tu ne l'aimes pas. Non, répète Doug en secouant la tête. Je suis désolé de devoir te dire ça, mais ce n'est pas un garçon bien, ma princesse. Tu comprends ce que je veux te dire ?

– Non, je ne comprends pas vraiment, mais…

– Tu peux garder un secret ? l'interrompt Doug.

– Oui, d'accord.

– Papa est en train de penser à se présenter à l'élection présidentielle, annonce Doug, les yeux brillants comme s'il venait d'offrir à sa petite fille le plus beau de tous les cadeaux de Noël.

– Waouh, c'est vrai ?

– Et toi, tu veux trouver un garçon qui soit à la hauteur de ton Papa, n'est-ce pas ?

– Euh, oui, mais…

– Est-ce que tu nous aimes, Maman et moi ? demande Doug.

– Bien sûr que oui ! Je ferais tout pour vous, tu le sais.

– C'est bien, ma chouquette. Moi aussi, je ferais tout pour toi… ajoute-t-il en se penchant vers elle pour la chatouiller. Même tirer sur un de tes petits amis ! »

Il la pousse sur son oreiller. Bien qu'elle n'apprécie pas la blague, Mackenzie se force à pouffer parce que c'est la réaction que son père attend d'elle.

Doug se laisse tomber sur le lit avec un soupir, fier d'être aussi sensible.

« Alors affaire conclue ? J'ai effacé les photos du téléphone de ta sœur pour que personne ne soit au courant de ce qui s'est passé. Tout cela restera entre nous deux.

– D'accord, merci.

– Tu es ma petite princesse américaine ! Ne t'en fais pas, on va te le trouver, ton prince… »

Il embrasse sa fille sur le front, se lève et referme la porte derrière lui.

Mackenzie reste assise sur son lit, remonte ses couvertures, appuie sur le bouton Stop de son enregistreur et envoie le fichier à Bunny, accompagné d'un SMS qui dit :

Écoute ça !!!! En tout cas je vais pas casser avec Marty.

29

Betsy et Doug ont décidé de rester à Washington pour Noël. Surfant sur la vague de sympathie qu'ont valu à Doug ses amendements à la loi sur les violences faites aux femmes, ils ont quadrillé en tous sens l'enceinte de la ville – mais c'est l'invitation à la réception de Noël de la Maison-Blanche qui a scellé leur décision. Alarmé par le comportement de Mackenzie, Doug passe des nuits sans sommeil à cliquer frénétiquement sur Pornhub pour relâcher la pression. Il a besoin d'une femme qui ne soit pas Betsy pour pouvoir ressentir autre chose que cette angoisse, cette rage profondément enfouie en lui par sa mère et son père.

Le dimanche matin, les halls de marbre froid du Russell Building du Sénat sont vides et silencieux à l'exception du personnel de sécurité. Doug traverse le bureau, un gobelet de café à la main, la tête haute, dissimulant en lui un tourbillon de honte. Il ouvre la porte de son bureau où l'attend Cate, assise sur le canapé de cuir en jupe de tweed zippée dans le dos, ses jambes nues serrées l'une contre l'autre et constellées de chair de poule, ses mèches dorées par le soleil tombant en vagues sur sa poitrine, ses joues encore rosies par le vent. Elle se redresse en reniflant.

Doug ferme la porte derrière lui. Sur une étagère se trouve une pancarte en bois sur laquelle est inscrit :

Il y a deux choses essentielles en politique. La première, c'est l'argent. La seconde, je ne sais plus ce que c'est.
– 1896, Mark Hanna,
Directeur de campagne du président McKinley

« Merci d'avoir accepté de venir de si bon matin, dit Doug.

– Que se passe-t-il ? demande Cate, qui craint d'être renvoyée et passe mentalement en revue tous les amis avocats d'oncle Chuck.

– C'est ma fille, Mackenzie... Son comportement commence à devenir dangereux. Et la presse est déjà en train de traquer Montgomery : nous n'avons pas besoin d'ennuis supplémentaires.

– D'accord, répond Cate, soulagée. Je vais parler à Bunny. Est-ce que... Est-ce que c'est pour cela que vous m'avez fait venir si tôt ? » poursuit-elle en levant les yeux vers lui, espérant qu'il comprend où elle veut en venir.

Doug se frotte les yeux, épuisé.

« Écoutez, je crois... Je crois que nous devrions faire une pause, dit-il.

– Oui, ça me paraît évident, répond Cate.

– Je voudrais juste m'assurer que vous... que nous ne perdons pas les pédales.

– Les pédales ?

– Que nous ne nous emballons pas trop.

– Doug, je sais ce que veut dire perdre les pédales. Vous voulez arrêter de me voir. »

Elle se lève et recule d'un pas.

« Non, non, ce n'est pas cela. » Doug fait un pas vers elle. Il craint de l'avoir froissée et d'avoir commis un impair. « Non, ce que je veux dire, c'est que, ces derniers temps, je suis surveillé de près à cause de mon succès.

– De *notre* succès, Doug. »

Il lui répond par un regard vide. Cate ne sait pas bien s'il est mécontent de sa remarque, ou si la suggestion que d'autres puissent jouer un rôle dans son propre succès ne parvient tout simplement pas jusqu'à son cerveau. Elle se jette à l'eau, avec l'impression de tirer un pistolet chargé de sous sa jupe : « Vous avez parlé au *Washington Post*?

– Pardon ? s'étonne Doug en secouant la tête. Non. Pourquoi aurais-je parlé au *Washington Post*? C'est vous qui envoyez les communiqués.

– Je sais, répond-elle, désinvolte.

– Alors pourquoi me demandez-vous si j'ai parlé au *Post*? s'inquiète Doug, gagné par la paranoïa.

– Je...

– Ce sont eux qui vous ont contactée ? »

Doug heurte son bureau en reculant et ouvre le zip de sa veste d'aviateur en cuir. Il a trop chaud. Le chauffage est allumé à plein régime.

« J'allais vous en parler... commence Cate.

– Vous alliez m'en parler ?

– Une journaliste d'investigation est passée au bureau.

– UNE JOURNALISTE D'INVESTIGATION ! ?!

– Elle m'a posé des questions sur un certain Albert Rasmussen. »

Lorsqu'il entend ce nom sortir de la bouche de Cate, le visage de Doug vire au blanc spectral. Il est foudroyé par un sentiment de trahison d'une intensité qu'il n'a pas ressentie depuis la mort de son frère.

« Il y a une journaliste qui enquête sur des allégations d'agressions sexuelles, de harcèlement et de viol au Capitole. Elle m'a fait voir une photo d'un certain Tim, mais je ne me souviens plus de son nom de famille. Ça n'a pas d'importance...

– Oh, Cate, bon sang de bonsoir. »

Doug lance son bras en arrière pour se retenir à son bureau, rate le rebord et manque de tomber. Chancelant, il se gratte la gorge et tente de se redresser en s'essuyant le front du revers de la main.

« Elle m'a dit qu'il y avait eu plusieurs incidents concernant certains hommes politiques de votre entourage. C'est pour cela qu'elle est venue me voir…

– Et alors ? QU'EST-CE QUE VOUS LUI AVEZ DIT ?

– Je n'avais rien à lui dire, Doug. Tout ce qui s'est passé entre nous était strictement consensuel.

– Vous lui avez dit ça ? Vous lui avez dit que vous étiez… que vous et moi, nous étions… que nous sommes ? bégaie-t-il.

– Non, répond Cate, très calme. Elle n'a aucune raison de croire qu'il y ait eu une liaison entre nous, et elle n'a aucune preuve. Vous me prenez pour une idiote ? Et même si elle en avait… tout a été consensuel. »

Cate le scrute, cherchant son approbation. Elle espère qu'il sera soulagé d'entendre qu'il compte pour elle, et qu'il lui dira peut-être à son tour qu'elle compte pour lui. Elle a encore besoin qu'il la désire et qu'il prenne soin d'elle…

Mais Doug lui répond sans la moindre considération : « Vous avez réussi à vous en débarrasser ? Comment ? Comment pouvez-vous être sûre que vous en êtes débarrassée ?

– J'en suis sûre parce qu'elle n'a aucune preuve », réplique Cate, de plus en plus agacée par son égoïsme mais toujours soucieuse de le rassurer.

Doug s'est toujours considéré comme différent des autres hommes réunis chez Tim. Il vaut tellement mieux qu'eux… Lui, il a la carrure d'un Corcoran, d'un Graham.

« Il ne va rien se passer. Qui voulez-vous qu'elle aille interroger ? Notre département des ressources humaines ? » s'esclaffe Cate, sans bien savoir si sa plaisanterie s'adresse à Doug ou à elle-même.

« Est-ce que Walter est au courant ? demande Doug.
– Non.
– Mais enfin, Cate, nom de nom !
– Je n'avais pas compris que vous teniez à mettre tout le bureau au courant.
– Bon, bon, d'accord. MERDE ! Merde, merde, merde, répète Doug en faisant les cent pas devant son bureau et en passant sa main sur son crâne chauve. Vous devez lui en parler. C'est mon directeur de la communication, nom de Dieu ! »

Cate savoure sa position de force. Lovée dans le canapé, elle adopte une expression d'indifférence et de détachement, une vieille technique qu'elle a apprise de sa tante Meredith : montre-toi distante et personne ne pourra t'atteindre.

« Quand est-ce que cela s'est passé ? Depuis combien de temps gardez-vous cette information pour vous ?
– Je ne sais plus, Doug. Quelques semaines, peut-être.
– Quelques SEMAINES ? Je ne peux pas le croire ! »

Cate lève vers lui des yeux de Bambi et le regarde marcher de long en large devant sa figurine de Michael Jordan.

Doug éclate de rire comme s'il était ivre. « Eh bien, nous avons un motif d'inquiétude autrement plus sérieux que de savoir si les seins de ma fille vont atterrir sur Wikipedia. Et Betsy ?
– Eh bien quoi, votre femme ?
– Est-ce qu'ils vont aller lui parler ? demande-t-il, accédant à un nouveau niveau de gravité.
– Hmmm, je ne pense pas.
– VOUS NE PENSEZ PAS ?
– Doug, personne ne sait rien, parce qu'il n'y a rien à savoir, non ? » Elle bat des paupières et baisse les yeux pour examiner les pointes de ses cheveux, à la recherche de mèches fourchues. « Cette journaliste débutante n'a absolument aucune raison d'aller parler à votre femme.

– C'est une débutante ? demande Doug, une note d'espoir dans la voix.

– Oui. Pratiquement une étudiante.

– Donc la situation est entièrement sous contrôle.

– Entièrement sous contrôle, dit Cate en se levant et en s'approchant de lui.

– Et vous allez parler à Walter…

– Je vais lui parler cet après-midi.

– Et il n'est toujours pas au courant de notre…

– Personne n'est au courant, Doug.

– Bon, c'est bien, c'est très bien », répond-il en prenant une profonde inspiration.

Il attire Cate vers lui et pose son pouce sur sa lèvre inférieure dont il caresse les fendillements. Il sent son souffle chaud sur sa main. Au moment de l'embrasser, il s'interrompt : « Attendez. Attendez. Asseyez-vous. Là où vous étiez… »

Cate se rassoit sur le canapé et croise les jambes.

« Décroisez vos jambes », ordonne Doug.

Cate garde les jambes croisées pendant dix longues secondes avant de jeter à Doug un regard de défi. Elle jouit du pouvoir qu'elle exerce sur lui et elle n'a pas peur de s'en servir. Elle décroise enfin les jambes.

« Voilà, comme ça. Maintenant, ouvrez-les un petit peu plus. » Cate écarte lentement les jambes. « Oh oui, voilà. » Doug s'approche d'elle et défait sa ceinture, la surplombant de ses larges épaules. Cate déplace sa main entre ses cuisses pour se caresser.

« Non ! Non. Ne bougez pas. Restez comme ça. » Heureux de regagner la seule forme de domination dont il est capable, Doug sort son sexe en érection de son pantalon et ferme les yeux, jusqu'à ce que sa honte se déverse sur elle. Sauf que, cette fois, Cate ne ressent pour sa part aucune honte.

Cate descend d'un Uber sur l'East-West Highway où résonnent les croassements des corbeaux parmi les branches brisées et les poubelles renversées par le vent. Elle se dirige vers les marches d'un charmant pavillon des années cinquante, sonne à la porte et se redresse pour prendre de l'assurance, sautillant sur les semelles de ses bottes en daim…

Une femme ronde approche de la porte vitrée et l'ouvre.

« Cate, qu'est-ce que vous faites là ?

– Bonjour Janet. Je suis désolée de passer sans prévenir, mais c'est une question sensible, et vous savez bien qu'on ne peut pas se fier à la technologie de nos jours.

– Oui, oui, bien sûr. Entrez.

– Je préfère attendre dehors. Est-ce que vous pourriez prévenir Walter que je suis ici ?

– Entendu. Une minute. »

Le cœur de Cate se met à battre plus fort au moment où Walter arrive à la porte, les mains en l'air comme pour se moquer de cette mise en scène trop dramatique.

« Bonjour Walter.

– Qu'est-ce qui se passe ?

– Je vais essayer d'être brève.

– Très bien, répond Walter les bras croisés dans son sweat-shirt University of North Carolina maculé de café.

– Le *Washington Post* lance une enquête sur différents hommes proches du pouvoir – Albert Rasmussen, et quelques autres, peu importe. Je ne me souviens plus des noms et, très honnêtement, je m'en fiche un peu. En tout cas, ils ont recueilli des témoignages à visage découvert sur des cas de viol, de tentative de viol, d'agression sexuelle, de masturbation devant des employés… Bref, la totale. Peut-être même des cas de trafic sexuel. Hé oui, ça n'arrive pas qu'en Arabie saoudite ! Et tous ces hommes font partie de notre cercle rapproché. Enfin, du cercle de Doug. Une jeune journaliste est venue me parler il y a quelques semaines, et elle m'a posé des questions sur d'éventuels comportements déplacés dans notre bureau. Étant donné que je suis la porte-parole, que nous n'avons pas vraiment de département des ressources humaines et que je suis TRÈS dévouée à Doug, je veux faire ce qui est le mieux pour notre équipe. Voici ce que je vous propose : vous démissionnez de votre propre initiative. »

Walter reste planté devant elle. Son expression est celle d'un petit garçon qui s'est fait prendre la main dans le sac de sa mère. Et ce n'est pas loin de la vérité : il a volé à Cate sa dignité, son intégrité et son droit à faire son travail. « Je ne comprends absolument pas de quoi vous parlez », répond-il avec un coup d'œil derrière lui pour s'assurer que la porte d'entrée est complètement fermée et que sa femme, qui est dans la cuisine en train de préparer des sablés en forme de bonhomme de neige pour la vente de Noël, ne peut rien entendre.

Cate ne bronche pas et s'efforce de ne pas rougir. Elle a passé d'innombrables nuits à regarder toutes les interviews d'Hillary Clinton disponibles sur Internet, pour apprendre comment se comporte une femme aux nerfs d'acier dont chaque intonation est identique à la précédente, pareille à un robot invincible. Et maintenant, se dit-elle, on verra la tête que vous allez tous faire quand nous allons déclencher notre petit Me Too…

« Vous ne pouvez pas faire ça, Cate. Vous n'avez aucune preuve.

– Mais c'est déjà fait, Walter. Vous ne pouvez pas prétendre n'avoir rien entendu. En réalité, soit c'est vous qui tombez, soit c'est Doug. Et ce serait tellement dommage, avec tout le travail qu'il a accompli. Et puis pensez à ses filles et à sa femme… Dans tous les cas, vous sortez perdant. Vous voulez qu'on appelle Anne du *Post* ? J'ai son numéro, ajoute-t-elle en brandissant son portable pour que Walter voie la fiche du contact. Par où commencer ? Peut-être que je pourrais lui parler de votre tendance à me tripoter les seins au travail ? Ou bien… »

Cate fait mine de pianoter sur l'écran de son téléphone.

« Non, euh, attendez ! C'est Doug qui vous envoie ? demande-t-il, paniqué.

– Oui, c'est lui, Walter. Mais il ne m'a pas envoyée pour que je vous démolisse. Ça, c'est mon idée à moi toute seule, répond-elle avec un grand sourire.

– Quand est-ce qu'il sort, cet article ? » s'inquiète Walter, submergé par une paranoïa grandissante. Il jette un regard par-dessus l'épaule de Cate pour vérifier qu'elle est venue seule.

« Hmm, je ne suis pas sûre. Mais vous pouvez appeler Anne si vous voulez le savoir. Ou bien vous pouvez aussi appeler Albert, ou encore un certain Tim, ou n'importe quel autre de ces obsédés sexuels qui peuvent dire adieu à leur carrière.

– Que voulez-vous ? De l'argent ? demande-t-il.

– Non, merci. Je m'y attendais, et c'est très aimable de votre part, répond Cate la tête haute. Je veux que vous donniez votre démission, avec effet immédiat. Vous dites à Doug que vous partez et que je suis la seule personne capable de reprendre le flambeau. Vous me confiez votre poste.

– C'est tout ? Vous voulez mon poste ?

– Oui, c'est bien ça.

– Et vous n'irez pas parler à la presse ?

– Non.

– Et comment je peux savoir que vous n'irez pas quand même parler à la presse ?

– Doug est en route pour les sommets. Vous pensez que j'irais mettre en danger sa candidature à la présidentielle, tout ça parce qu'un vieux débris dans votre genre s'amuse à me tripoter les seins ? »

Cate éclate de rire en remarquant que Walter semble plus vexé d'avoir été traité de vieux débris que de prédateur sexuel. La porte d'entrée s'ouvre et Walter sursaute : c'est sa femme. « Vous n'avez pas froid dehors, tous les deux ?

– Nom de Dieu !

– Oh, désolée chéri, lance-t-elle en riant. Je ne voulais pas te surprendre. Est-ce que vous voulez une tasse de thé ?

– Non merci, c'est gentil, répond Cate avec un grand sourire.

– Non, non, je rentre dans deux minutes, balbutie Walter en faisant signe à sa femme de le laisser tranquille. Ferme la porte, s'il te plaît. » Une fois la porte refermée, il dit à Cate : « Pas un mot à la presse.

– Pas un mot à la presse.

– Et rien par écrit.

– Rien par écrit. Juste un accord verbal et votre lettre de démission pour demain… Je peux vous rédiger une déclaration publique où vous faites part de votre décision de vous retirer des affaires pour consacrer plus de temps à votre famille, le bla-bla habituel… »

Walter commence à saisir la réalité de la situation et sent l'émotion le saisir au moment où il lui répond : « Ça marche.

– Parfait. Vous me mettrez en copie du mail, répond Cate en sortant son téléphone pour commander un Uber.

– Doug ne va pas être content.

– Oh que si, Walter. Il n'a vraiment pas besoin que vous ruiniez sa réputation. »

Walter pense à leur amitié de vingt-cinq ans. Est-ce que tout cela en valait la peine ? Au moins, il peut se retirer dignement. Mais la honte ne le quittera jamais.

Un Uber XL se gare sur le trottoir. Cate descend l'escalier de la maison. Avant d'entrer dans le véhicule, elle se retourne vers lui : « Au fait, Walter, n'essayez pas de m'arnaquer. Je vous rappelle que Doug n'est rien sans les donations de mon oncle. Le pouvoir, j'ai ça dans le sang. »

30

Bunny, emmitouflée dans sa doudoune noire, court le plus vite qu'elle peut tout en cherchant son portefeuille dans son sac à dos pour en sortir sa fausse carte d'identité, mais elle ne la trouve pas. Elle s'arrête devant la guérite bleue aux vitres sans tain du poste de sécurité, pose son sac par terre, fouille à l'intérieur, en sort une gourde Bernie Sanders et des tickets de caisse chiffonnés. La porte s'ouvre. «Je peux vous aider ?

– C'est bon, je l'ai trouvée ! s'exclame Bunny, essoufflée, en brandissant sa carte. Je croyais que j'avais perdu ma carte d'identité. »

Le garde, dos à la porte vitrée, regarde Bunny ramasser ses affaires et les fourrer dans le sac avant de courir vers le préfabriqué.

Le combiné collé à l'oreille, Bunny attend Anthony mais c'est un homme inconnu qui apparaît à sa place sur le moniteur et ricane : « Tiens, tiens ! Mais c'est joli tout ça ! »

Bunny le regarde, bouche bée. Désarçonnée, elle se retourne pour appeler un surveillant à l'aide, mais change d'avis. Elle entend à l'autre bout du fil : « Casse-toi de là ! » Anthony menace l'homme qui s'est introduit dans la cabine à sa place. Le prisonnier se lève avec un rire de désaxé et s'éloigne. Anthony s'assied. « Ce bâtard vient me squatter mon parloir !

– Oui, je vois ça», répond Bunny d'un ton qui se veut dégagé. Elle fait de son mieux pour ne pas remarquer qu'Anthony a maigri depuis la dernière fois qu'elle l'a vu, et que sa paupière droite est gonflée. «Ça va? demande-t-elle.

– Je crois que je vais me retrouver au mitard. Un fils de pute a voulu me planter une lame dans le bras mais je l'ai arrêté et je l'ai menacé. Il m'a lâché mais il va recommencer. Dans cette prison, je vais finir par devenir un assassin pour de bon, dit-il en secouant la tête. Et vous Grace, comment ça va?»

Par moments, Bunny oublie qu'elle lui a caché sa véritable identité et elle sent la culpabilité lui tordre le ventre. Elle voudrait lui dire qu'elle connaissait Audrey. Que cette fille était toujours en train d'exhiber son argent et ses privilèges sous le nez des autres. Que cela l'avait même parfois attirée, du temps où elle rêvait d'être acceptée dans son petit clan. Qu'elle ne se reconnaît pas dans cette manière qu'avait Audrey d'exclure les autres, qu'elle ne veut pas être comme elle. Elle voudrait lui parler de la honte et de la culpabilité qu'elle ressent de ne s'être jamais opposée à Audrey, de n'avoir jamais défendu ses opinions, de ne s'être jamais remise en question jusqu'à maintenant. Et elle voudrait demander à Anthony s'il pense que c'est à cause de tout cela que la famille Banks a été assassinée: à cause de leur rapacité? De leur racisme? Ou bien des deux?

Mais comme ils sont sur écoute, il lui est impossible de lui poser toutes ces questions. «Je n'arrête pas de penser à ce que vous m'avez dit sur votre père... Est-ce que d'autres gens sont venus vous voir ici?

– Ma mère, répond-il. Mais elle est pas en forme. Dans sa tête surtout, c'est de pire en pire. Trop de stress...»

Bunny pense à sa propre mère en train d'arracher les racines mortes sous son tulipier agonisant. «Vous avez des frères et sœurs? demande-t-elle.

– J'ai une sœur. Euh, c'est quoi le rapport avec mon dossier ? »

Bunny sort prestement son carnet pour se mettre dans la peau de son personnage : elle a encore oublié la fausse identité qu'elle s'est créée. « C'est important, vous savez, pour le contexte. Il faut que je sache qui vous êtes vraiment, pour que les gens puissent vous comprendre.

– Vous travaillez pour qui ? Je m'aperçois que je vous ai jamais posé la question. »

Prise au dépourvu, Bunny réfléchit à toute vitesse et décide de s'en tenir à des demi-vérités. « Je travaille à mon compte. Je suis indépendante. D'ailleurs, c'est pour ça que je suis mieux placée pour vous aider. » Bon rattrapage, se dit-elle.

Anthony l'examine de l'autre côté du moniteur. « Mouais. Vous êtes jeune.

– Vous aussi », réplique Bunny.

Anthony fait pivoter son siège.

« Si ce que vous m'avez dit est vrai, Anthony, j'aimerais vraiment qu'on parle de votre père.

– Bien sûr que c'est vrai, putain. »

Bunny sent sa colère irradier à travers l'écran. « Quand a-t-il commencé à travailler pour la famille Banks… pour l'usine chimique ? »

Anthony serre les mâchoires mais ne se détourne pas de l'écran.

« S'il vous plaît », insiste-t-elle.

Il inspire à fond et se creuse la tête. « Je devais avoir dans les neuf ou dix ans. Parce que c'est là que ma mère a voulu divorcer.

– Pourquoi a-t-elle décidé de divorcer ?

– Elle a toujours eu des hauts et des bas. Mais quand mon père s'est mis à bosser en Virginie, avec les temps de trajet qu'il lui fallait pour aller là-bas, ça a été dur. Elle, elle dit que c'est parce qu'il ne l'aimait plus. Mais moi, je sais que c'était une histoire de fric, c'est toujours comme ça.

– Je sais que ce n'est pas poli de parler d'argent, mais… »

Anthony éclate de rire et lance en secouant la tête : « Putain, mais vous êtes graves, vous autres !

– Comment ça ? Mais pourquoi ? s'étonne Bunny, qui ne comprend pas ce qui l'a offensé.

– Votre putain de politesse : c'est juste un prétexte pour pas dire combien de fric vous gagnez par rapport à tout le monde. »

Bunny prend le temps de réfléchir à sa remarque, qui est pour elle une révélation. « Hmm, pas faux », dit-elle. Anthony, qui apprécie son honnêteté, se détend dans son siège.

Bunny pense aux paroles de sa mère le jour de son anniversaire, à la manière dont Anthony met en question toutes ces choses qui lui ont été transmises sans qu'elle n'ait rien demandé. *Ce n'est pas poli de parler d'argent.* « Combien était payé votre père, à l'usine chimique ? » demande-t-elle, tout en sachant qu'elle n'aura pas beaucoup d'éléments de comparaison pour évaluer sa réponse. Les contours de son identité se résument au chèque de cent mille dollars qu'elle a reçu pour son anniversaire.

« Je crois qu'au début ça lui paraissait pas trop mal, ils le payaient peut-être dans les trente mille. Mais le trajet tous les jours c'était trop dur et il a fini par déménager dans la ville d'à côté. Quand le divorce a été prononcé, on le voyait plus que les week-ends, les jours où on avait de quoi se payer le ticket de bus.

– Et c'était quoi, son métier ? demande Bunny.

– Agent de sécurité. Il faisait entrer et sortir les employés à la porte de l'usine. Il avait pas les diplômes pour être ingénieur.

– Je comprends, dit Bunny. Je ne sais pas grand-chose sur l'affaire Banks. Je sais juste qu'ils… avaient beaucoup d'argent. »

Elle attend qu'il lui en dise plus sur la question, sur ce qu'il pense de l'argent et sur les Banks.

« C'est clair. Ils avaient assez de fric pour nourrir la ville entière ! Les habitants étaient en train de crever et pendant ce temps, eux, ils se baladaient en jet privé. »

Bunny se demande si c'est à Audrey qu'il fait allusion. A-t-il vu son compte Instagram ? Est-ce que c'est grâce à cela qu'il a pu la trouver ? Et ne risque-t-il pas de la reconnaître à son tour ? « Comment vous savez qu'ils avaient un jet privé ? Vous l'avez vu ? demande-t-elle, suspendue au bord de son siège.

– Non, mais ces gens, je vous jure, il suffit de les regarder pour savoir. Rien que leur attitude… » Bunny modifie instinctivement sa position. Elle essaie d'être moins raide, de ne pas rester ainsi le dos droit, prête à réagir au quart de tour comme une jeune fille bien élevée, bien soignée, bien polie…

Elle se racle la gorge. « Et sur quel site avez-vous travaillé pour eux ? Le même que votre père ? » Elle regarde autour d'elle pour vérifier si les surveillants font attention à elle.

« Non, j'ai bossé dans un entrepôt vers Fredericksburg, pour une autre boîte à eux. Et d'autres fois, j'ai fait des livraisons.

– Oui, c'est ce que j'ai lu… Et quand avez-vous découvert que votre père avait un cancer ? »

Anthony se gratte la tête et l'écran s'éteint.

« Merde ! Anthony ? s'exclame Bunny en frappant le côté du moniteur.

– Madame, madame, si vous touchez encore une fois ce moniteur, nous allons devoir vous demander de partir, dit un surveillant en s'approchant d'elle.

– Désolée, désolée. Anthony ?
– Ouais, je vous entends, répond-il au moment où son image redevient nette. Dans les huit mois avant sa mort.
– Seulement huit mois ? s'étonne Bunny, accablée pour lui.
– Ouais, répond Anthony en toussant dans son poing, le regard détourné, pour dissimuler son émotion.
– Et vous avez réussi à obtenir de l'aide ou des médicaments pour le soigner ? » Bunny ne pense pas à le questionner sur son assurance maladie, un détail qu'elle n'a jamais eu à prendre en compte auparavant.
« Tous ses traitements, je suis encore en train de les payer maintenant.
– Comment ça ? C'est vous qui avez dû payer ?
– Vous croyez qu'il a reçu des indemnités ? éclate Anthony en partant d'un rire incontrôlable. Il bossait même pas à l'intérieur de l'usine.
– Vous aviez des économies ? »
Anthony se laisse retomber dans son siège. Il n'en peut plus de ces questions, et surtout de cette fille avec ses manières, sa peau blanche et ses préjugés.
« Je… Désolée, je sais que je vous pose beaucoup de questions.
– Des économies ? rage-t-il. Des économies… »
Bunny commence à se rendre compte que posséder des économies est un privilège et non un droit.
« Je m'excuse, je… Je crois que je comprends.
– Vous voulez voir tous les emprunts que j'ai dû faire pour essayer de sauver mon père ? Hein ? Vous voulez savoir comment ça fait, quand les huissiers vous appellent ? Quand ils vous menacent de vous coller un procès, pendant que votre père est dans les chiottes en train de vomir du sang ? Et qu'il tient plus debout parce qu'il peut plus rien garder

dans le bide, alors qu'on a même pas les moyens de s'acheter à bouffer ? »

Anthony réprime ses émotions. Il jette le combiné téléphonique contre l'écran et reste affalé dans son siège, les bras croisés. Il se détourne de Bunny qui retient son souffle, immobile, les sourcils froncés. Elle ne sait qu'une chose : elle est allée trop loin maintenant pour revenir en arrière, pour ne pas agir. Le combiné toujours collé à l'oreille, elle regarde Anthony pour lui faire comprendre qu'elle est de son côté et qu'elle ne compte pas s'en aller.

Anthony se penche lentement vers l'écran, reprend le combiné et le met à son oreille. Il regarde par terre. « J'ai pas de contacts, j'ai pas de pouvoir, j'ai personne pour m'aider et mon avocat en a rien à foutre. Tout ce que j'ai, c'est des informations. Cette boîte, elle est riche. Et les gens qui la font tourner, ils sont pauvres. C'est pas juste. C'est pas juste et vous le savez, putain. Je vois ça dans vos yeux. Je mérite pas d'être ici. C'est quelqu'un d'autre qui devrait y être à ma place. Il me faut un bon avocat. Grace, il me faut un putain d'avocat digne de ce nom ! S'il vous plaît. Vous pouvez m'aider à trouver un bon avocat ?

– D'accord, d'accord... Je vais voir ce que je peux faire. Mais si ce n'est pas vous qui les avez tués, Anthony, alors qui a fait le coup, à votre avis ?

– C'est pas mon problème, putain. »

31

Bunny se glisse sous la barrière du parking du Georgetown University Hospital et monte l'allée en pente, vêtue de son manteau de laine rouge. Sur la chaussée est peint en lettres blanches : INTERDIT AUX PIÉTONS. Elle se souvient de l'histoire du matin de sa naissance que sa mère adore lui raconter : « Quand ton père est arrivé devant le gardien du parking pour qu'on puisse partir, il ne trouvait pas son ticket. Toi, tu étais à l'arrière avec moi, tout emmaillotée. Papa a cherché partout dans ses poches et dans la boîte à gants. Il a supplié le gardien : "Allez, quoi, ma femme vient d'accoucher !" Il espérait que ça marcherait, mais l'autre ne voulait rien savoir. Alors il a mis un grand coup d'accélérateur et il est passé tout droit à travers la barrière : il l'a cassée en deux. C'était avec la Volvo que tu conduis maintenant, Bunny chérie. Je crois que devenir papa l'avait fait sortir de ses gonds. Maintenant, il n'y a plus de gardien, juste une machine. »

Arrivée à l'étage, Bunny jette un coup d'œil par la fenêtre de la chambre de Billy et entre sur la pointe des pieds. Il est allongé dans un lit blanc, branché à des machines qui injectent des fluides dans ses veines, les cheveux ébouriffés, sa chemise tachée de la soirée de la fête posée sur la barre du lit. La pièce obscure est baignée d'une lumière grise. Les rebords des fenêtres sont vides et en bas de l'écran de télévision accroché au mur, on voit défiler les grands titres des actualités : *Alerte au réchauffement climatique : Fonte d'un iceberg de la taille de Washington DC / Tentatives de fraude détectées dans le projet de loi de finance / Virus : taux record de mortalité.*

Bunny se sent coupable de n'avoir rien apporté. Les fleurs qu'il lui a offertes pour son anniversaire et qu'elle a posées sur la table dans le hall sont maintenant mortes et desséchées.

« Il y a toujours des photographes dehors ? demande Billy en ouvrant un œil.

– Je ne sais pas, je suis entrée par le parking. Je ne les ai pas vus.

– C'est gentil d'être venue, dit-il en ouvrant l'autre œil. Désolé d'avoir foutu en l'air ta soirée.

– Tu n'as pas foutu en l'air ma soirée. Je n'aurais jamais dû acheter autant d'ecstas.

– On avait un peu abusé avec Stan, avant d'arriver.

– Oui, ça se voyait. »

Billy se force à sourire. Bunny s'assoit au bord de son lit et regarde la chambre vide.

« Où sont tes parents ?

– Maman est en bas, elle est allée chercher un café à la cafétéria. Mon père, je ne sais pas où il est. Sûrement en réunion… Mais si tout va bien, je devrais être sorti avant la fin de la journée. » Il cherche à faire oublier le malaise que provoque chez lui l'absence de son père, la menace que fait planer son silence, même si au fond il sait ce qui l'attend.

« Super », répond Bunny pour ne pas parler du général. Billy sent qu'elle évite le sujet.

« Et comment c'était, alors, cet anniversaire ? demande-t-il. Tu es une adulte, maintenant. Félicitations.

– À part ton overdose, c'était plutôt cool. Mes parents m'ont donné cent mille dollars en cadeau. Je crois que c'est un bout de mon héritage.

– Oh putain », dit Billy.

Il prend le temps de se faire à l'idée de ces cent mille dollars.

« Normalement, dit Bunny, je n'ai pas le droit d'en parler, mais bon… Maintenant, j'ai juste l'impression que ça me prend la tête. Je crois que je devrais tout donner à quelqu'un. Je n'en ai pas besoin. Je n'en aurai jamais besoin. Mon père m'a toujours dit : "Bun-Bun, ton avenir est assuré, tu n'auras jamais à t'en faire." Donc si c'est comme ça, autant que je fasse quelque chose d'utile avec ce fric, non ? Sauver le monde… Peut-être que c'est ça qu'on devrait faire. »

Billy sait que son avenir à lui aussi est assuré, mais à condition qu'il aille à l'académie militaire : il y aura toujours des conditions. Bunny est naïve de penser qu'ils peuvent faire ce qu'ils veulent de leur argent.

« Ou bien tu peux toujours leur rendre le fric, dit Billy pour la mettre face à son hypocrisie. Tu leur dis que tu n'en veux pas.

– Refuser le cadeau de Meredith et Chuck ? Ha-ha ! Autant me tirer une balle dans le pied !

– C'est ça », répond Billy. Il voit clair en elle mais il ne veut pas l'accabler. Ils se ressemblent beaucoup, tous deux prisonniers de leur famille, même si Bunny refuse de le reconnaître.

Elle saute du lit et se met à faire les cent pas dans la chambre. « Je pensais donner le fric à la famille d'Anthony, l'homme qui va être jugé pour le meurtre d'Audrey. Il m'a raconté sa version de l'histoire, et j'ai fait tout un tas de recherches sur les erreurs judiciaires. Et sincèrement, je peux te dire que tout ça, c'est juste dégueulasse. Son père a eu un cancer à cause des produits chimiques déversés par l'usine de la famille Banks. Ils ne lui ont jamais payé d'indemnités, et son père a même reçu des menaces… » Bunny, consciente que ses arguments ne sont pas très convaincants, se retourne vers Billy qui reste assis dans son lit sans laisser paraître ni moquerie, ni étonnement. « Mais je te jure, je crois que ce n'est pas lui qui a fait le coup. C'est juste commode pour eux, parce qu'ils veulent étouffer le scandale : tous ces gens qui sont tombés malades et qui sont morts à cause des produits chimiques et de la pollution de l'air. Et lui, il n'a aucune chance face à eux parce qu'il ne vient pas d'une famille comme les nôtres. S'il avait l'argent pour se battre à armes égales, alors on pourrait savoir qui les a assassinés en réalité. Et si...

– Bunny, pitié, ARRÊTE. » Billy se cache les yeux derrière son bras, comme si la simple mention du nom d'Anthony suffisait à l'aveugler.

« Tu sais que pour un mec qui va aller à West Point, tu es une vraie mauviette dès qu'on parle de violence », lance Bunny.

Billy éclate d'un rire forcé. « Va te faire foutre, Bunny.

– Alors ça ne t'intéresse pas, la vérité ? Ou même, je ne sais pas moi, la justice ?

– La justice pour qui ? Pour ta fausse amie, ou bien pour l'homme qu'on accuse de l'avoir tuée ?

– Audrey n'était pas une fausse amie ! proteste Bunny.

– N'importe quoi ! Vous n'étiez pas amies avant que je sorte avec toi.

– C'est pas vrai. On était amies quand on était petites. Meilleures amies, même.

– Bien sûr, Bunny. J'oubliais ta tendance à toujours tout ramener à toi.

– Je ne ramène pas tout à moi, j'essaie de comprendre ce qui s'est vraiment passé. Et je pense que la situation est bien plus compliquée que ce que les gens veulent croire, parce que tout le monde a trop peur d'entendre la vérité, putain, répond Bunny en tapant du pied.

– Qu'est-ce que tu y connais, toi, à la vérité et à la justice ? Tu crois que si tu files cent mille dollars à un mec accusé de meurtre, ça va t'aider à trouver la vérité ? Que ça fera revivre Audrey et ses parents ? Tu crois que ça va t'aider à te sentir en sécurité dans ce monde de merde ?

– Au cas où tu n'aurais pas remarqué, Billy, le monde dont nous venons tous les deux n'a rien de juste, lance-t-elle en réajustant sa veste, pleine d'indignation vertueuse.

– Tu sais ce que je pense ? répond Billy. Je pense que tu te comportes comme une sale gamine gâtée qui n'en a rien à foutre de ce que sa famille lui a donné, et qui veut juste se lamenter sur son sort. "Oh, pauvre de moi, j'ai pas mérité tout ça, alors je vais m'amuser à jouer les justicières, et je vais refiler tout mon fric à un inconnu parce que je le crois innocent, juste pour me donner l'impression de servir à quelque chose." Arrête de vouloir te faire passer pour une putain de martyre : tout ce qui t'intéresse, c'est ta petite personne. Tu pètes les plombs. »

Bunny fait un grand geste du bras qui renverse un gobelet en papier sur le plateau de métal. « Excuse-moi, c'est de moi que tu parles ou bien de toi-même ? Et d'abord, moi je ne pète pas les plombs : c'est toi qui es couché dans un putain de lit d'hôpital ! » Elle tente de retenir ses larmes. « Ce n'est plus possible… Je n'en peux plus, de tout ça.

– Tant mieux », répond Billy, le menton tremblant.

Carol entre dans la chambre, les yeux cernés, un gobelet de café à la main. « Que se passe-t-il ici ?

– Rien, répond Billy. Bunny s'apprêtait à partir. »

Bunny essuie une larme. « Bonjour, madame Montgomery. Je… Je suis désolée, il faut que j'y aille… Ça m'a fait plaisir de vous voir. » Elle frôle Carol et sort de la chambre.

Carol se dirige vers la chaise vide. « Que s'est-il passé, William ? J'ai entendu des éclats de voix depuis l'autre bout du couloir.

– Rien, Maman. Tout va bien.

– Non, tout ne va pas bien. Tu as fait honte à notre famille, et ta petite amie vient de sortir de l'hôpital en claquant la porte. Tu as intérêt à te reprendre. Pense à ton père et à moi. Pense à ta famille. Nous traversons suffisamment d'épreuves comme cela. Comment as-tu pu être assez égoïste pour faire une chose pareille ?

– Ça n'arrivera plus.

– Si les gens de West Point entendent parler de cette affaire, nous allons avoir de sérieux ennuis. De sérieux ennuis, répète Carol en regardant sa montre. Je vais aller voir à quelle heure nous pouvons sortir d'ici, tout cela est ridicule. Qu'est-ce qu'ils t'ont donné ? » Elle s'approche de la table de nuit. « Qu'est-ce que c'est que ça ? De l'eau ? Je vais chercher l'infirmière. » Elle se dirige vers la porte et hèle une infirmière dans le couloir. « Excusez-moi, nous sommes prêts à partir maintenant. Je vous prie de débrancher mon fils. Je dois prendre la route dans une heure.

– Où tu vas ? demande Billy.

– À la ferme.

– Pourquoi ? Papa part avec toi ?

– Non. Il a demandé à avoir une conversation seul à seul avec toi. Et j'ai besoin de prendre l'air. S'il vous plaît ! » crie-t-elle en tentant d'intercepter une autre infirmière. « Au fait, sache que j'ai vu ton tatouage. Tu peux prier pour que je n'en parle pas à ton père. »

Billy enfonce sa tête plus profondément dans son oreiller et ferme les yeux, priant pour que sa mère le protège, pour une fois. Qu'elle trouve le courage de parler de sa propre voix, plutôt que de se cacher derrière celle de son mari.

32

Billy, épuisé, entre dans le vieil ascenseur branlant. Personne ne l'utilise jamais, sauf Bunny lorsqu'elle se glisse chez lui en cachette la nuit. Une sorte d'instinct masochiste le pousse à y monter, comme s'il allait la trouver à l'intérieur et qu'elle allait lui dire : « Pardon, je ne pensais pas ce que je t'ai dit. » Il se demande si cette fois l'ascenseur va rester coincé, tel l'instrument d'une punition divine, ou bien si les câbles vont enfin céder et le précipiter vers sa mort. Mais l'ascenseur s'arrête en vacillant et Billy arrive jusqu'à sa chambre d'enfant. Il retourne la photo posée sur sa table de nuit où Bunny, les bras autour de son cou, l'embrasse sur la joue dans les tribunes du terrain de baseball. Dans le tiroir de la table de nuit, il trouve un demi-cachet d'amphétamine, émietté comme une craie d'écolier. Il pose l'index dessus, lèche les restes du comprimé blanc collés au bout de son doigt et les avale sans eau. Il en a bien besoin pour encaisser la raclée qu'il est sur le point de recevoir.

La sonnerie de l'interphone le fait sursauter.

« William ?

– Euh, bonjour, Papa.

– Descends dans mon bureau.

– Oui, mon Général. »

Le bureau du général Montgomery est rempli de souvenirs historiques. Au mur est encadrée une photographie de son arrière-grand-père, une casquette plate sur la tête et une pelle à la main, debout devant l'entrée d'une mine de charbon, fier comme un prince tout juste couronné. Des documents recouverts d'inscriptions en cursives, de timbres et d'écussons sont accrochés dans des cadres en bois. Des chandeliers à trois branches sont alignés sur le manteau de la cheminée en briques, à côté d'une pendule ancienne qui fait entendre son tic-tac et d'une photo du général souriant devant un avion de chasse, avec Billy bébé dans ses bras. Une croix surplombe le bureau où son père passe la majeure partie de son temps lorsqu'il n'est pas en voyage. Au-dessus de la cheminée est fixé un portrait de la reine Henriette-Marie d'Angleterre daté de 1634, qui a peut-être été laissé là par le précédent propriétaire de la maison, un diplomate africain. Dans un coin est posée une hélice d'avion en bois offerte au général par un ami du Pentagone pour fêter sa nomination.

Un verre de scotch à la main, le général quitte son bureau pour s'asseoir sur le canapé Chesterfield. Une chaise vide est installée face à lui. Billy toque un coup contre la porte ouverte. « Papa ? » Il entre sur la pointe des pieds, comme s'il était redevenu un petit garçon terrorisé par les colères de son père.

« Assieds-toi. » Sans le regarder, le général indique avec son verre la chaise de cuir face à lui, suffisamment éloignée pour prévenir toute réelle intimité mais suffisamment proche pour se trouver dans le champ de sa colère. Sur le bureau, une lampe Tiffany verte éclaire faiblement la pièce aux volets à moitié fermés.

« Oui, mon Général, dit Billy en s'asseyant.

– Ton grand-père aimait son pays, dit le général avec une mélancolie qui étonne Billy. Quand il était au front, il a survécu à un accident d'avion, et sais-tu ce qu'il a reçu en échange ?

– Eh bien… hésite Billy, qui sait qu'il n'a aucune chance de sortir gagnant de cet échange et qu'il vaut mieux se taire que d'avoir tort.

– Rien du tout. Et tu sais pourquoi ?

– Euh…

– Parce que ce pays ne lui devait rien, et le monde encore moins. Et pourtant jamais, pas une seule fois, il ne s'est plaint. Voilà ce que c'est, un homme d'honneur : un homme qui fait toujours passer son pays en premier, quel que soit le prix à payer, et sans qu'on ne lui ait rien promis. C'est cela que j'ai appris de lui. Et c'est ce que j'ai toujours essayé de faire… quel que soit le prix à payer. »

Le général boit une petite gorgée de scotch tout en examinant, les yeux plissés, la collection d'encyclopédies sur le mur face à lui.

Billy lève le menton. « J'ai toujours eu beaucoup d'admiration pour…

– Je veux te montrer quelque chose. »

Le général sort un téléphone de sa poche et lance une vidéo à l'écran, qu'il pose sur la table basse entre lui et Billy.

On distingue des images saccadées et quelques sons assourdis, bientôt couverts par une salve d'insultes racistes contre les pays du Moyen-Orient. On reconnaît Billy à la fête de Stan, dans la maison de l'ambassadeur de Russie, qui se prépare pour la séance de torture. Il sniffe une ligne de coke et s'essuie le nez. Stan l'attache à la planche. C'est la vidéo que Bunny a filmée cette nuit-là, pour voir s'il parvenait à battre le record. Son père garde la tête baissée tandis que Billy est forcé de regarder la vidéo. Le rire de Chase, le champagne qui coule sur sa tête et se déverse sur le foulard, ses convulsions… La vidéo s'achève et le silence retombe. Le général ne parvient pas à regarder Billy dans les yeux.

Il se lève, s'approche de sa bibliothèque et contemple ses médailles encadrées.

«Je suis désolé, mon Géné…

– Je suis parti de rien, de moins que rien, j'ai construit cette vie pour notre famille de mes propres mains, et c'est comme cela que tu traites notre nom ? »

Il se retourne, frémissant de rage, l'index pointé sur Billy.

«Je vais te dire quelque chose. Cette famille possède peut-être beaucoup, mais nous n'avons aucun droit de faire tout ce qui nous passe par la tête. Dieu ne nous a pas mis sur cette terre, pour le peu de temps qui nous est dévolu, pour que nous nous comportions comme des minables. Nous sommes faits pour être des chefs. Tu as FAIT HONTE À TA FAMILLE. »

Billy recule, sentant la fureur de son père enfler avec chaque gorgée de scotch. «Je sais. Cela ne se reprodui…

– NE M'INTERROMPS PAS QUAND JE TE PARLE. Tu as fait honte à ta famille. Demain, la presse va publier des accusations. »

Billy, le cœur battant et la bouche sèche, se passe la main dans les cheveux.

«Certaines de ces accusations portent sur ton comportement abject et arrogant. Mais il se trouve aussi qu'une enquête a été lancée sur mon rôle dans les forces armées, et tes agissements ne font qu'aggraver cette situation déjà très préoccupante. La presse va s'en donner à cœur joie, William ! » s'exclame-t-il en le foudroyant du regard. « EST-CE QUE TU M'ENTENDS ?

– Oui, mon Général.

– Un de ces foutus journalistes enfermés dans leur tour d'ivoire, qui poussent de hauts cris aussitôt que le moindre bébé perd un bras dans une offensive menée au nom de la démocratie, accuse notre armée de crimes de guerre. Je ne peux même pas imaginer de quoi les médias sont capables pour monter en épingle toute cette affaire. Nom de Dieu, William, est-ce que tu te rends compte de la situation dans laquelle tu nous mets ? De la honte que tu me causes ? »

Billy se lève, bouleversé. Même s'il sent qu'il s'agit d'une question rhétorique, il voudrait apaiser son père. « ASSIS ! » crie le général en frappant du poing sur la table basse. « RÉPONDS-MOI QUAND JE TE PARLE. »

Billy, terrifié, ne peut que bégayer. « Oui… Oui, mon Général, je comprends le tort que cela fait à notre image.

– Nous allons tenir une réunion de famille dans notre ferme en Virginie, où nous devrions encore pouvoir être tranquilles pour le moment. Les agents de sécurité t'emmèneront rejoindre ta mère la semaine prochaine. D'ici là, je t'interdis de parler de tout cela avec qui que ce soit. La famille Bartholomew, Stanley, personne. Tu as bien compris ? ordonne le général, l'index pointé sur Billy.

– Oui, Papa.

– Oui QUI ?

– Oui, mon Général. Bien compris, mon Général. »

Le général avale une dernière gorgée de scotch et retourne à son bureau, bouillonnant d'une fureur silencieuse. Billy attend une conclusion, tandis que son père fouille dans ses papiers. « Debout », dit-il.

Le jeune homme se lève lentement. Le général s'approche de lui et le toise comme un sergent instructeur. Billy gonfle les narines, le menton levé, les pupilles dilatées par les amphétamines, prêt à recevoir le coup. Prêt à encaisser comme un homme. Il cligne des yeux.

« Tu n'es pas mon fils. Referme la porte en sortant. »

Le général retourne à son bureau d'un pas tranquille. Billy rouvre les yeux, sort en tremblant du bureau de son père et ferme doucement la porte derrière lui.

33

Betsy entre d'un pas décidé au Washington Club, dans un manteau d'hiver couleur camel, un Birkin marron au bras – sa version d'une tenue bon chic bon genre. Sa nouvelle broche Ann Hand épinglée au-dessus du cœur, elle s'avance sur la moquette râpée.

« Bonjour, puis-je vous aider ? demande un homme rasé de près et vêtu d'un costume affreux.

– Oui, j'ai rendez-vous pour le thé avec M. Theodore Yoder.

– C'est par ici, dans le salon de lecture. Thomas Jefferson disait : "Je ne peux pas vivre sans livres." Comme il avait raison ! »

Betsy répond d'un sourire évasif. Son guide la conduit à une bibliothèque aux murs d'acajou, meublée de fauteuils de velours vert aux coussins en satin doré. Un grand feu brûle dans la cheminée. Au mur est accroché un portrait du président fondateur du « club des clubs » debout près d'un cheval blanc, en nœud papillon à carreaux rouges, qui pose sur l'assemblée un regard perplexe.

« Monsieur Yoder, nous avons ici madame… Oh, pardonnez-moi, madame, je n'ai pas saisi votre nom. Toutes mes excuses.

– Betsy Wallace, répond-elle, les yeux figés par de récentes injections de Botox.

– Mme Wallace a rendez-vous avec vous. »

M. Yoder se lève en lui tendant la main. « Enchanté. »

Betsy n'est guère impressionnée par l'apparence du vieillard. Theodore Yoder semble tout droit ressuscité d'entre les morts, tel un descendant oublié du *Mayflower* enterré au plus profond de la National Portrait Gallery qui aurait remonté Constitution Avenue en titubant avec son nœud papillon en soie, ses lunettes rondes en écaille et sa moustache blanche. Une chose est sûre, c'est qu'il n'est pas venu en Uber.

« Asseyez-vous, je vous prie », dit l'homme. Devant eux sont posés une pyramide de mini-sandwichs aux œufs durs et au concombre ainsi que des macarons roses et violets pour le dessert. Un majordome se faufile jusqu'à leur table, un gigantesque coffret de thé dans les bras. Betsy choisit un sachet d'Earl Grey, car c'est celui que boit M. Yoder.

« Comment avez-vous rencontré Linda ? » demande-t-il pour entamer l'entretien. Il sort de sa poche une enveloppe en papier kraft qu'il pose près de son assiette à dessert.

« Par nos filles, qui sont ensemble à la Saint Peter's Academy, répond Betsy.

– Formidable.

– Et par la suite, nous avons fait plus ample connaissance à l'Alliance française. »

Le majordome pose une théière sur la table.

« Ah ! *Parlez-vous français** ? » dit M. Yoder, ce qui a pour effet conjoint d'agacer Betsy et de la mettre mal à l'aise.

« J'y travaille, plaisante-t-elle en posant une serviette de tissu sur ses genoux.

– Est-ce que vous vous plaisez à Washington ? Au fait, toutes mes félicitations pour les succès de votre mari.

– Oh, merci. Nous sommes très heureux d'être ici », dit-elle en tournant sa cuiller dans son thé.

M. Yoder ouvre l'enveloppe et en sort une feuille qui ressemble à un CV.

« Je vois que les parents de Doug sont nés à Durham. Son père était procureur, c'est bien cela ?

– Oui, tout à fait.

– Et vous étiez membres du Durham Country Day Golf Club ?

– Oui, c'est cela.

– Et vous-même, vous avez déjà vécu à Washington par le passé, n'est-ce pas ?

– En effet. C'est à cette époque que mon premier mari est décédé d'un cancer, confie-t-elle, décidée à jouer la carte de la sympathie.

– Toutes mes condoléances, je ne voulais pas remuer des souvenirs douloureux.

– Ne vous en faites pas. Dans la vie, on peut choisir d'être une victime ou bien une survivante. Pour ma part, je me considère comme une survivante, énonce-t-elle avec satisfaction.

– Voulez-vous un sandwich aux œufs durs ? » propose-t-il pour changer de sujet.

Betsy se remémore son dîner avec Linda. Le souvenir de la mayonnaise lui donne un haut-le-cœur. « Non, merci. »

Theodore Yoder se racle la gorge. « Nous sommes particulièrement fiers de notre liste d'adhérents et, comme vous le savez, du très beau portefeuille de biens immobiliers dont disposent nos membres…

– Oh, oui. Nous sommes propriétaires de notre maison à McLean. L'ai-je précisé dans ma candidature ? Juste en face d'Hickory Hill, un quartier qui nous rappelle notre chère Caroline du Nord et son charme champêtre. »

Betty sirote son thé, le petit doigt en l'air.

« Et où avez-vous vos habitudes pendant les vacances ?

– Nous passons nos hivers à Palm Beach et nos étés à Nantucket, dans notre villa que nous avons baptisée "Kenneth Point" en hommage à feu le frère de mon mari.

– Formidable. Et maintenant, il y a une question que je dois vous poser… »

M. Yoder jette un regard circulaire à travers la bibliothèque privée, pour s'assurer que personne n'assiste à leur conversation. « Nous avons eu vent d'un incident qui nous a été rapporté par l'un de nos membres les plus anciens et les plus fidèles : cela aurait eu lieu l'été dernier dans une villa de location sur Liberty Street, à Nantucket.

– En effet, nous avons loué une maison sur l'île pendant que les travaux de rénovation avaient lieu dans notre villa, pour préserver son caractère historique. C'était juste après l'élection de Doug.

– Oui, bien entendu, nous avons dû nous aussi rénover notre villa de Cape Cod. Mais ce dont je voulais vous parler, c'est hélas d'un incident qui se serait produit sur Liberty Street. Il était question, je crois, de l'arrestation d'une mineure ?

– Je vous demande pardon, je ne vois pas bien à quoi vous faites référence.

– Eh bien, si cela peut vous rafraîchir la mémoire, voici ce qui était écrit… »

Pendant un long moment d'angoisse, Betsy regarde en silence M. Yoder retirer ses lunettes rondes, les poser sur la table, sortir ses lunettes de lecture de la poche de sa veste et les poser à deux mains sur son nez. Il lit un morceau de papier sorti de l'enveloppe kraft : « "Une chamaillerie qui tourne mal : une mineure arrêtée suite à une violente bagarre avec sa sœur après un concours de chant."

– Oh, bonté divine ! s'esclaffe Betsy avec un petit grognement nasal. Monsieur Yoder, notre fille n'a jamais été arrêtée. Doug et moi avons appelé notre avocat, et elle a été immédiatement renvoyée à la maison. La police s'est même excusée pour le traumatisme qu'elle avait subi.

– Je vois…

– Nos deux filles sont parfois très compétitives. Mackenzie a tout simplement giflé sa petite sœur, et peut-être même qu'elle l'avait mérité. Vous savez ce que c'est. »

M. Yoder se contente de cligner des yeux.

« Voyons, qui n'a jamais giflé son frère ou sa sœur ? Avez-vous des frères et sœurs ? demande Betsy.

– Je suis fils unique. »

Elle pose sa tasse. « Eh bien, quoi qu'il en soit, l'affaire a été classée et la police de Nantucket a présenté ses excuses pour avoir gâché notre matinée.

– L'article dit, je cite : "Quand elle a été appréhendée par la police, Mlle Wallace hurlait : *Espèce de* – pardonnez mon langage – *sale petite pute !* à sa jeune sœur de dix ans." Madame Wallace, j'espère que ce genre de langage n'est pas toléré dans votre famille, car il ne l'est par aucun de nos membres.

– Oh, grands dieux, non. Linda – vous la connaissez bien – saura vous confirmer que je n'accepte aucunement ce genre de langage. Et puis, compte tenu de la position de Linda dans le monde des médias, il ne fait aucun doute que cet incident sera parvenu à ses oreilles, et qu'elle aura jugé elle-même qu'il n'était pas utile de le mentionner lorsqu'elle m'a fourni sa recommandation. Vous êtes bien d'accord, j'espère ?

– Eh bien, cela m'amène à une seconde question délicate. J'espère que vous comprendrez que je suis obligé de procéder à toutes les vérifications nécessaires, y compris pour ce qui concerne les questions personnelles… Avez-vous eu connaissance d'activités suspectes au domicile de la famille Williams ?

– Vous voulez dire, chez Linda ?

– C'est bien cela.

– Non. Enfin, c'est Linda elle-même qui m'a parrainée, donc je ne vois pas bien ce que je pourrais savoir sur elle que vous ne sauriez déjà. »

Betsy sait que cet entretien n'a pas seulement pour but de déterminer si les Wallace sont ou non dignes de devenir membres du club, mais aussi d'évaluer à quel point la réputation de sa famille est susceptible de déteindre sur celle de Linda.

« Nous avons eu connaissance de certains bruits de couloir, dit M. Yoder, selon lesquels son époux, Chris Williams, aurait été compromis par des accusations d'agression sexuelle.

– Oh, quelle horreur ! soupire Betsy, la main sur le cœur.

– Ne dites pas que c'est moi qui vous en ai parlé. Et une fois de plus, toutes mes excuses si je dois vous poser des questions si inconfortables. Cela fait partie des choses qui rendent mon travail particulièrement difficile, s'excuse M. Yoder en remettant en place ses lunettes.

– Eh bien, vous pouvez compter sur moi, mais je n'ai vraiment que des choses très positives à dire sur Linda. Après tout, je ne serais pas en train de vous parler si elle n'avait pas été là.

– Je comprends, dit-il avant d'avaler une gorgée de thé tiède.

– Monsieur Yoder… Je vous demande pardon, mais pourquoi m'avoir fait venir ici pour vous rencontrer, si les ennuis personnels de la famille de Linda vous retiennent de vous fier à son jugement ?

– Madame Wallace, répond-il en ôtant ses lunettes. En politique, personne n'a besoin de regarder la météo pour savoir dans quel sens souffle le vent.

– Eh bien, sourit Betsy, ces derniers temps, le vent a été plutôt favorable à Doug.

– En effet. J'ai été très impressionné par son programme et son nouvel amendement, mais aussi par la dignité et l'élégance dont il a fait preuve face aux difficultés que rencontre actuellement le gouvernement.

– Doug est un gagnant-né. Dès le premier regard, j'ai su qu'il ferait un mari, un père et un leader merveilleux. »

M. Yoder referme son dossier.

« Très bien. Ma secrétaire vous contactera.

– Formidable. C'était un plaisir de vous rencontrer, dit-elle en se levant.

– J'aime beaucoup votre broche Ann Hand. Ann est une amie de longue date.

– Oh, merci. C'est un cadeau de… la mère de Doug, ment Betsy qui vient tout juste d'acheter la broche.

– Très jolie. »

Cafe Milano

« Le lieu par excellence pour voir et être vu à Washington », écrit le Washington Post *au sujet de ce café mythique situé sur Prospect Street à Georgetown, devant lequel sont garées en permanence dans la file du voiturier des berlines noires et des escortes du gouvernement. Le Cafe Milano a été fondé en 1992 par Franco Nuschese, un natif de la côte amalfitaine, établi depuis près de trente ans à Washington. Conçu pour accueillir présidents, premiers ministres, diplomates, lobbyistes et journalistes, le café dispose de quatre salles à manger privées dont certaines sont fermées par des portes en verre. Que l'on désire se montrer (sans être approché) ou bien se restaurer discrètement (sans être vu), il suffit de s'en remettre à Laurent, le maître d'hôtel. Cet élégant brun né à Nice travaille dans le café depuis sa fondation, et porte toujours un mini drapeau américain épinglé au revers de sa veste. Franco et Laurent en savent plus long sur les coulisses de Washington que n'importe quel politicien novice. Les dames ont coutume de déjeuner dans la salle à manger située en façade du restaurant, où elles peuvent être vues (sans être approchées). Le Cafe Milano n'a qu'une seule autre succursale dans le monde : à l'hôtel Four Seasons d'Abu Dhabi, sur la promenade de l'île d'Al-Maryah.*

34

Nourah Al Hashem, sommité mondaine et épouse de l'ambassadeur du Koweit, organise chaque année un gala de bienfaisance au profit de l'une de ses bonnes œuvres favorites : la Lollipop Kids Foundation qui aide les enfants sans-logis. Réunissant sous la bannière de la lutte contre la faim cinquante des femmes les plus puissantes de Washington parmi lesquelles quelques épouses de ministres, ce déjeuner est l'événement de l'année pour les femmes de tous bords politiques. Et pour mettre en appétit l'élite fortunée de Washington, rien ne vaut le Cafe Milano.

Les Jaguar, les Mercedes et les Range Rover sont alignées dans la file du voiturier. Les bougies de Noël de chez Frasier Fir répandent dans la salle une odeur de fête. Au centre des tables recouvertes de nappes en satin vert sont disposés des pots rouge vif contenant des buis miniatures taillés en forme de sapins de Noël. « Ma chérie ! » Les femmes se saluent d'un baiser sur chaque joue, les mains posées sur les épaules de l'autre. Laurent, le maître d'hôtel, les connaît presque toutes : ce sont les épouses de ses clients les plus importants. Il sait aussi lesquelles sont les plus riches, car les plans de table sont conçus stratégiquement en fonction de leur rang. Celles qui sont assises le plus près de l'hôtesse sont les plus fortunées. On les installe près de la scène car il est entendu que, le moment venu, elles donnent sans compter.

Chaque nouvelle arrivante est accueillie par Laurent qui lui tend un numéro de table et une petite pancarte à utiliser au moment de l'appel aux dons, à la fin du repas. L'ambiance est plus solennelle que les années précédentes : Genevieve Banks, qui était toujours assise à la table Numéro 1 et avait pour habitude de faire sensation avec une donation de vingt mille dollars, est remplacée par Betsy Wallace. Celle-ci partage la table Numéro 1 avec Meredith Bartholomew, Phyllis Van Buren, Linda Williams, Carol Montgomery, Sissy Cowan (la mère de Chase, épouse du directeur de la CIA) et Galina Stopinski (la mère de Stan, épouse de l'ambassadeur de Russie).

Betsy rejoint le groupe des philanthropes les plus aguerries de Washington, la tête un peu plus haute qu'à l'accoutumée. Depuis son entretien avec M. Yoder, elle sait qu'elle a toutes ses chances d'entrer au Washington Club et elle détient quelques ragots des plus glaçants au sujet de Linda Williams, qu'elle compte garder pour elle sauf en cas d'absolue nécessité. À Washington, l'usage des commérages est soumis à des règles très strictes. Tout ce qui a trait aux déviances comme l'alcoolisme, les violences conjugales ou les troubles mentaux sévères ne peut être utilisé qu'en cas de légitime défense, ou bien avec la plus grande discrétion et uniquement au sein d'un cercle rapproché.

Vêtue d'une combinaison rouge et de boucles d'oreilles assorties semblables à de grands chandeliers, Betsy s'assied entre Linda, qui porte un blazer rouge discrètement orné d'une broche en or en forme de feuille et des clous d'oreille en diamants, et Meredith en costume écossais Ralph Lauren bleu et vert. La pauvre Phyllis Van Buren, en blanc hivernal, vient d'essayer pour la première fois les injections d'acide hyaluronique. Erreur de débutante : elle ne s'y est pas prise suffisamment à l'avance. Sa lèvre supérieure est visiblement gonflée sous sa couche habituelle de gloss incolore, et son sourire est un peu tordu.

« Linda ! » s'exclame Betsy en se penchant pour l'embrasser sur les deux joues avant de s'asseoir.

« À quoi ressemble ma lèvre ? » murmure Phyllis à Meredith entre ses dents serrées, sans réagir à l'arrivée de Betsy. Un serveur en nœud papillon sert du champagne à toute la tablée. « Elle est très bien », ment Meredith avec un grand sourire.

« Bonjour ma chérie », dit Linda à Betsy, la bouche pincée, pour réaffirmer sa position dominante dans leur amitié. Après tout, c'est elle qui l'a introduite dans le réseau caritatif de Nourah.

« Encore un peu, s'il vous plaît », dit Carol Montgomery au serveur quand il cesse de lui verser du champagne. Vêtue de sa robe-chasuble grise, une croix en or suspendue au cou et une broche militaire au-dessus du cœur, elle jette un regard indifférent aux femmes qui l'entourent. Elle ne laisse rien paraître de la honte que lui inspire l'overdose de son fils, tout en sachant qu'elles sont toutes au courant.

« Tu allais me parler de la journée portes ouvertes de Noël de cette année », dit Meredith à Phyllis, sans un regard pour Betsy. « Je ne le savais pas mais Genevieve Banks devait elle aussi y participer. Donc pour remplacer la maison des Banks, ils ont choisi une famille qui vient de s'installer dans une de ces anciennes églises rénovées. Cela promet d'être très original… »

Phyllis lève les sourcils, ce qui fait tressauter sa lèvre supérieure vers la droite, et boit une petite gorgée de champagne. Une expression de malaise traverse le visage de Meredith. « Enfin, n'en parle pas à Bunny le jour de la visite. Elle est encore… Nous sommes encore très chamboulés par cette histoire.

– Bien sûr, ma chérie, dit Phyllis. Nous allons passer un merveilleux après-midi entre filles à découvrir toute cette sublime architecture, de la plus traditionnelle à la plus avant-gardiste !

– Mesdames, excusez-moi de vous interrompre… Je voulais juste vous saluer », dit Betsy, la main posée sur l'épaule de Meredith.

Meredith tourne la tête, baisse les yeux sur les doigts de Betsy sur l'épaulette de sa veste écossaise et lui décoche à peine un sourire. « Enchantée, répond-elle. Connaissez-vous Phyllis Van Buren ? C'est une amie de longue date.

– Enchantée », répond Betsy, qui ne peut s'empêcher de remarquer les ecchymoses sur la lèvre de Phyllis. Elle devrait peut-être lui passer discrètement le nom de son chirurgien.

Carol vide son verre de vin et voit Galina Stopinski et Sissy Cowan qui éclatent de rire en revenant des toilettes, la tête rejetée en arrière, leurs facettes dentaires tournées vers le ciel, leurs sacs Birkin suspendus au poignet.

« Carol, dit Meredith, Bunny m'a dit que vous passiez beaucoup de temps à Middleburg. Il faudra que vous me préveniez la prochaine fois que vous y serez : vous viendrez prendre le thé dans la ferme de mes parents.

– Avec plaisir », répond poliment Carol.

Meredith sourit. Il serait hors de propos de faire allusion à l'overdose de Billy en une occasion comme celle-ci : c'est toujours un faux pas que de demander à quelqu'un des nouvelles de son enfant quand on sait qu'il ne va pas bien. Les bonnes manières passent avant la compassion.

« Est-ce que Billy va entrer à l'académie militaire ? » intervient Linda en mâchant une bouchée de la salade César qui vient de lui être servie. Le silence tombe autour de la table.

« Oui, comme son père, répond Carol, le dos droit.

– C'est merveilleux de poursuivre une si belle tradition, dit Linda.

– Merci, répond Carol avec un sourire.

– Meredith, à quelle université Bunny compte-t-elle aller ? demande Betsy.

– Yale », répond Meredith sans hésiter ni faire l'effort de la regarder dans les yeux. La simple vue de la tenue vestimentaire de cette femme suffit à lui donner des crampes d'estomac. Pourquoi donc refusent-ils chaque année de placer les gens à table avec leurs amis ? Peut-être que l'an prochain elle déclinera l'invitation. Ce déjeuner n'est plus ce qu'il était. Et cet enfant Jésus peint à la bombe dorée est vraiment du plus mauvais goût.

Betsy a beau être décidée à ne pas se laisser intimider, elle est forcée d'admettre qu'il doit être très plaisant d'être admis à Yale en tant qu'enfant d'anciens étudiants. Toutefois, mieux vaut pour elle ne pas amener la conversation sur le terrain des études. Ces femmes ont probablement toutes fréquenté des facultés de l'Ivy League, alors qu'elle a réussi de justesse à se faire admettre à Gettysburg. Quant à Mackenzie, elle prie pour qu'elle soit prise à Chapel Hill. « Formidable », répond-elle à Meredith avant de changer prestement de sujet. « Phyllis, vous avez des enfants ?

– Oh oui. Mes garçons sont déjà grands », répond Phyllis en couvrant sa bouche de sa serviette pour tenter de mâcher une petite bouchée de salade. Elle avale, se racle la gorge et ajoute : « Princeton », comme pour anticiper la prochaine question de Betsy.

« Ses garçons sont tout à fait adorables. Stuart est en bonne voie pour être titularisé à l'université de Pennsylvanie, et Alex travaille dans les énergies durables en Afrique orientale », explique Meredith pour mettre en valeur sa vieille amie et par la même occasion faire comprendre à Betsy la valeur du cercle dans lequel elle cherche à s'introduire et où elle n'aura jamais sa place, quel que soit le rang de son mari au Capitole.

« Betsy, chérrrie, où vous avez trouvé boucles d'oreilles ! s'écrie Galina Stopinski. Stan me fait cadeau une paire pour mon anniversaire mais très mal assorties avec forme de mon visage. » Elle pose ses mains de chaque côté de ses joues, laissant apparaître un diamant jaune de neuf carats à peine plus petit que celui de Betsy.

« C'est Buccellati. Il faut absolument que vous voyiez leur nouvelle collection », répond Betsy avec un sourire, en titillant du doigt les pendeloques accrochées à ses lobes.

« Quelle horreur », murmure Carol à l'attention des femmes assises en face d'elle. Seule Phyllis l'entend et répond par un petit rire.

Linda tend son assiette à salade au serveur qui fait le tour de la table en versant de la San Pellegrino. « J'ai terminé, merci », dit-elle en regardant ostensiblement son assiette vide pour lui faire comprendre qu'il met trop longtemps à débarrasser. Elle se tourne vers la tablée. « Doug est passé à l'émission de Chris il y a tout juste quelques semaines », ajoute-t-elle dans une tentative d'élever la conversation vers des sujets moins superficiels. Ce n'est que depuis quelques décennies que les journalistes de télévision sont admis dans les cénacles du pouvoir washingtonien, où ils sont aujourd'hui de plus en plus largement acceptés.

« Je suis très fière de lui. Et la nièce de Meredith a été un soutien formidable ! » déclare Betsy, sa coupe de champagne entre les doigts, pour faire savoir à la tablée que Meredith et elle sont connectées non seulement professionnellement, mais aussi par leurs familles.

« C'est Chuck qui lui a obtenu ce poste, bien entendu », précise Meredith avec un sourire. « Pour ma part, j'ai toujours ma carte au parti démocrate ! » Elle remet en place sa serviette de table sur ses genoux. « Betsy, vous avez déjà vécu à Washington il y a quelques années, n'est-ce pas ? » questionne-t-elle, la tête penchée sur le côté, pour mettre Betsy dans l'embarras.

« Juste Ciel, c'était il y a si longtemps. J'étais presque une enfant !

– Oh vraiment ? s'étonne Phyllis, qui se penche vers Betsy en passant par-dessus Meredith. Et que faisiez-vous à Washington, ma chère ?

– Eh bien, j'étais toute jeune mariée et… disons que je cherchais ma voie ! répond-elle, espérant s'en sortir par une pirouette.

– Mais alors, votre mari et vous avez quitté la ville pendant longtemps ? demande Phyllis, sincèrement curieuse au sujet de Doug dont elle a beaucoup entendu parler dans la presse.

– C'était avec mon premier mari, rectifie discrètement Betsy, en espérant que les autres femmes autour de la table vont passer à autre chose et reprendre leurs conversations.

– Je suis sûre que beaucoup d'entre nous sont passées par là », la rassure Phyllis.

Betsy sourit, tout en se demandant si les échos de son passé sordide sont parvenus jusqu'aux autres. En présence de ces femmes, elle se sent accablée par le poids de son secret et n'a pas d'autre choix que de se raccrocher à Doug pour se reconstruire une virginité.

« Comment vont vos enfants, depuis que la famille Banks… » demande Linda. Pas une seule des femmes, pas même elle qui est mariée à un journaliste, ne peut se résoudre à prononcer le mot « assassinat » devant les autres, d'autant plus que certaines d'entre elles étaient amies, même de loin, avec Genevieve Banks.

« Eh bien, répond Betsy, la main sur le cœur, Mackenzie l'a très peu connue mais elle m'a dit que même depuis son point de vue extérieur, tout cela avait été très éprouvant. Est-ce que Bunny va bien ? » demande-t-elle pour ramener l'attention sur Meredith.

Celle-ci pousse un profond soupir. Elle ne ressent pas habituellement le besoin de se faire bien voir de toutes ces femmes, mais elle est gagnée par une insécurité grandissante. L'entreprise familiale était quand même la principale concurrente de celle des Banks. « Oh, je crois que Bunny fait ce que ferait n'importe quelle autre fille de son âge dans sa situation, confrontée si jeune à des événements si atroces.

– Stan beaucoup beaucoup souffrir, mais maintenant il semble encore plus près avec ses amis, répond Galina.

– Mon Dieu, dit Carol. Je crois que Billy a essayé de... Il m'en a parlé très brièvement, mais je ne crois pas avoir déjà rencontré cette famille.

– Meredith, vous connaissiez assez bien Genevieve, n'est-ce pas ? » s'enquiert Linda.

Meredith lève les sourcils mais garde les yeux baissés sur les anchois qu'elle a laissés au bord de son assiette. « Eh bien, vous savez, nous menions des vies très différentes, et nous nous sommes éloignées au fil des années. Bunny et Audrey allaient souvent jouer l'une chez l'autre quand elles étaient plus petites, et nos familles se connaissaient, même si nous n'étions pas particulièrement proches pour la simple raison que nos sociétés étaient concurrentes. Mais il y avait... un certain respect entre nous. Et je sais que David commençait à s'impliquer davantage en politique, et... Qui sait, peut-être est-ce la raison pour laquelle nous ne sommes jamais devenus plus proches », ajoute-t-elle, faisant allusion aux allégeances républicaines des Banks, avant de se souvenir que toutes les femmes qui l'entourent sont du même bord. « Bref, nos deux familles n'étaient au fond pas si différentes l'une de l'autre, mais les affaires sont les affaires... » Elle avale une gorgée de champagne.

Meredith regarde sa montre et tourne les yeux vers le podium sur lequel l'hôtesse, Nourah Al Hashem, vient d'apparaître en costume lamé or et de décrocher le micro de son pied. « Mesdames, je suis très heureuse et particulièrement reconnaissante de vous accueillir aujourd'hui pour notre déjeuner de Noël, qui réunit chaque année cinquante femmes parmi les plus importantes et les plus extraordinaires de Washington. C'est un honneur pour moi d'être ici devant vous, et d'avoir le privilège de vous parler d'une organisation qui me tient à cœur. Dans notre bien-aimée capitale, on compte aujourd'hui plus de quatre mille enfants sans domicile qui ne mangent pas à leur faim, et plus de trois mille parents qui vivent avec eux. Nous savons que, dans notre économie si fluctuante, une famille peut du jour au lendemain se trouver en difficulté. C'est pour cette raison que j'ai choisi de soutenir la Lollipop Kids Foundation et leur travail formidable pour changer la vie de ces enfants. Comme la plupart d'entre vous le savent déjà, nous arrivons au moment de notre déjeuner où nous allons lancer notre appel à dons. Laurent a dû vous remettre une pancarte lors de votre arrivée. J'en profite pour remercier de tout cœur le Cafe Milano et notre maître d'hôtel favori. Applaudissements, je vous prie. » Les dames applaudissent dans leurs fauteuils, le visage tourné vers la scène. Meredith déballe la sucette posée sur son assiette à dessert, tandis que Phyllis se remet furtivement une couche de gloss.

« Mesdames, montrez-moi vos pancartes ! » Les femmes lèvent leurs pancartes comme s'il s'agissait de leurs verres. « Voilà, parfait ! Est-ce que vous êtes prêtes ? Nous allons commencer par la somme époustouflante de vingt mille dollars.

Est-ce qu'une personne généreuse souhaiterait faire un don de vingt mille dollars à la Lollipop Kids Foundation… ? »

Les bustes, les têtes et les chevelures laquées des femmes se tournent en tous sens, à la recherche de la première qui lèvera sa pancarte. Les cœurs se mettent à battre plus fort. Personne ne voudrait avoir à subir l'embarras qu'aucune donatrice ne se manifeste. Soudain, Betsy Wallace, comme tout droit sortie des portes de l'enfer, lève sa pancarte en annonçant : « Je fais un don de dix mille dollars à condition que mon amie ici présente, Meredith Bartholomew, s'aligne elle aussi avec un don de dix mille dollars, pour que nous arrivions à la somme de vingt mille. »

Dans le public, les yeux s'ouvrent tout grands. Jamais personne n'a mis ainsi une autre donatrice sur la sellette – cela arrive parfois dans des endroits comme Las Vegas ou Los Angeles, mais jamais à Washington. Si on l'interrogeait sur ses raisons, Betsy se justifierait en disant qu'elle ne fait que suivre l'avis de Linda : en tant qu'épouse d'un homme politique cherchant à entrer au Washington Club, elle ne doit pas afficher sa richesse de manière trop ostentatoire. Cependant, il s'agit avant tout d'un acte de vengeance. Humiliée par Meredith, Betsy n'a pas oublié l'information que lui a confiée Linda lors de cet affreux dîner : la famille Bartholomew perd secrètement de l'argent.

Phyllis reste bouche bée. Meredith aimerait se pencher par-dessus la table et envoyer un grand coup de pancarte en travers du visage de Betsy, la voir voltiger à travers la pièce, traverser la fenêtre et s'écraser dehors sur le pavé de Georgetown, ses chandeliers d'oreilles éparpillés autour d'elle. Mais au lieu de cela, avec un sourire qui dit : « Dieu que cette femme est infecte ! », elle contre-attaque : « Je fais un don de quinze mille dollars. » Elle n'est pas près de perdre sa dignité face à Betsy Wallace.

« Incroyable ! » Nourah bat des mains et traverse la salle à grandes enjambées dans ses Manolo marron. « Vingt-cinq mille dollars, et nous n'en sommes qu'à notre premier appel à dons ! C'est un record… Chères amies, anciennes ou nouvelles, vous êtes formidables. Et maintenant, notre deuxième appel… »

« Juste Ciel », murmure Phyllis en vidant sa coupe de champagne, tandis que Galina Stopinski et Carol Montgomery font monter les enchères.

L'après-midi s'écoule sans que ni Meredith ni Betsy n'échangent un mot ni un regard. Au moment où les donatrices forment une file à l'accueil pour laisser leurs coordonnées bancaires à Laurent, Betsy profite de cette dernière occasion de s'afficher comme la nouvelle femme qui compte à Washington. Elle tend à Laurent sa carte American Express noire et l'embrasse sur les deux joues.

« Surtout, n'oubliez pas votre merveilleux manteau, dit Laurent en indiquant le vestiaire face à lui.

– Ciao, mon chou », répond Betsy.

Meredith s'approche de Laurent. « Le déjeuner a été un succès, cette année.

– Comme tous les ans, madame Bartholomew. »

Au moment où elle tend sa carte au maître d'hôtel, Nourah vient lui faire ses adieux. « Oh, ma chère amie, nous sommes tellement reconnaissants. Je vais demander à mon assistante qu'elle nous organise un thé au Jefferson, pour vous remercier. » Elles s'embrassent sur les deux joues.

« Madame Bartholomew, je suis affreusement désolé… J'ai essayé à plusieurs reprises de passer votre carte mais la machine la refuse à chaque fois », l'informe Laurent à voix basse en jetant des regards furtifs de tous côtés pour ne pas l'embarrasser.

« Que se passe-t-il, ma chérie ? » lui murmure Phyllis à l'oreille. Meredith se tourne vers elle et chuchote sans cesser de sourire : « Ma carte a été refusée. » Phyllis se met à fouiller dans son sac à la recherche de son portefeuille. « Voyons, mais tu n'y penses pas ! » proteste Meredith. Betsy, qui attend au vestiaire, l'entend et surprend les deux femmes en plein accès de panique.

La femme du vestiaire tend son manteau à Betsy, qui le fait voltiger par-dessus ses épaules comme une cape et l'accroche autour de son cou. « Merci », dit-elle en lui tendant un billet de vingt en guise de pourboire. Elle s'approche du bureau de Laurent, dépassant Meredith et Phyllis. « Tenez, mettez tout sur la mienne, elle n'a pas de plafond », dit-elle. Il passe la carte dans le lecteur : approuvée. Betsy se retourne en souriant et sort d'un pas élégant par la double porte vitrée, laissant planer derrière elle des effluves de Versace Bright Crystal à quatre-vingt-dix-huit dollars le flacon.

35

Bunny attend l'arrivée d'Anthony, le genou droit agité par un tressautement nerveux. Elle est venue lui parler de l'argent. Quand elle le voit apparaître à l'écran avec une balafre sous l'œil gauche, sa jambe s'immobilise.

« Bonjour. Ouille, gémit-elle en regardant la blessure encore fraîche sous son œil.

– C'est encore ce fils de pute qui m'a agressé. » L'écran se brouille et la voix d'Anthony se coupe par intermittence.

« Mais pourquoi ils font ça ? s'exaspère Bunny. Comment ils peuvent appeler ça un parloir ? C'est une honte ! Allô ? »

Anthony, affalé dans son siège, assiste avec agacement aux prises de conscience successives de Bunny.

« Je suis là, répond-il tandis que son visage revient peu à peu à l'image.

– Je ne comprends pas pourquoi vous êtes ici puisque vous n'avez pas encore été inculpé, dit-elle de plus en plus indignée. Je croyais qu'on était innocent jusqu'à preuve du contraire.

– Il me reste plus beaucoup de minutes pour le mois », dit Anthony, comme pour lui rappeler que toutes ces choses qu'elle découvre ne sont une surprise pour personne en dehors de son entourage immédiat.

Elle hoche la tête et essuie son nez froid à la manche de sa veste. « Je ne sais pas si je suis la mieux placée pour vous trouver un avocat, mais je peux vous donner de l'argent pour le faire. Cent mille dollars. »

Anthony la regarde avec une impatience mêlée de scepticisme. Il fait pivoter son siège, soudain parano. « D'où vous sortez cent mille dollars à votre âge, avec le boulot que vous faites ? Vous êtes dealeuse, ou quoi ?

– C'est vous-même qui l'avez dit l'autre fois : j'ai du fric, c'est tout. » Elle baisse les yeux en faisant mine de ne pas y accorder d'importance – sauf que cet argent peut tout changer.

« D'accord. Et il vient d'où, ce fric ?

– Mes parents, je vous ai dit.

– Vos parents vous ont filé cent mille dollars ? Pourquoi ? »

Bunny marque un temps. « Ça, c'est une question qu'on ne m'a jamais posée.

– Normal. Parce que vous traînez seulement avec des gens comme vous. »

Bunny sait que rien ne pourrait être plus vrai. Elle n'a aucun ami qui ne soit pas comme elle. Marty est son seul ami noir. Et d'aussi loin qu'elle se souvienne, on lui a appris à ne pas parler de cette situation, à ne pas y penser et à ne pas la mettre en question.

« C'est qui, vos parents ? demande Anthony.

– Personne. Tout ça vient d'avant eux.

– Ça vient d'où ? »

Maintenant, c'est lui qui pose les questions.

« Euh… Disons que ça vient de la guerre, répond Bunny pour rester vague.

– De la guerre… répète Anthony.

– Oui. De la guerre.

– Ça veut dire quoi, putain, de la guerre ?

– Genre des armes, tout ça…

– Votre famille fabrique des armes ?

– Plus maintenant, mais il y a très longtemps, oui, répond-elle précipitamment. Au siècle dernier. Et malgré ça, mes parents sont hyper fiers de leurs ancêtres, vous voyez ce que je veux dire ? Ils sont hyper fiers de ça et moi, ça m'a fait réfléchir à votre père, un homme qui a gagné sa vie de manière honorable, qui n'a jamais fait de mal à personne, et qui ne savait pas qu'au bout du compte tout ça était en train de le tuer… Et aussi de tuer toute la planète, dit-elle. Pas lui, hein, je veux dire l'entreprise.

– LES entreprises, la corrige Anthony lassé de l'entendre énoncer des faits qu'il connaît depuis toujours. Les Banks en possèdent plusieurs. Mais écoutez, on a pas beaucoup de temps. J'ai presque plus de minutes… dit Anthony d'un ton pressé, le ventre serré, préoccupé surtout par l'argent.

– Anthony, dit Bunny en prenant tout son temps, est-ce que vous trouvez que la famille Banks méritait de mourir ? Vous pensez qu'ils l'ont mérité ? »

Anthony se mord l'intérieur de la joue et soupire. « Quand on me pose la question, je dois toujours faire semblant d'avoir de la peine pour eux, sinon j'ai l'air coupable. Mais quand quelqu'un a buté ton père, t'en as plus rien à foutre de ce qui leur arrive. En réalité, tu leur souhaites ce qu'il y a de pire… Alors, j'ai l'air de quoi, maintenant ?

– Je… Je ne sais pas. Je ne sais pas ce que ça fait de perdre son père. Je ne peux pas vous dire.

– Mmm… grogne Anthony, doutant de sa sincérité.

– Je crois que… Je crois que j'ai peur, poursuit-elle.

– Peur de quoi, putain ? On n'a pas toute la journée devant nous ! proteste Anthony dont l'impatience s'accroît à mesure que son crédit de minutes diminue.

– Peur de ne pas être quelqu'un de bien.

– Vous voulez me filer cent mille dollars, et vous croyez que vous êtes pas quelqu'un de bien ? Vous êtes tarée ou quoi ?

– Parce que cet argent dont j'ai hérité, c'est un argent sale, un argent qui ne m'appartient pas, un argent qui fait couler le sang à travers l'Amérique. »

Elle voudrait qu'il lui dise que ce n'est pas grave, qu'elle est innocente, qu'elle ne doit pas se sentir coupable. Elle voudrait que ce soit la faute de quelqu'un d'autre. Elle voudrait qu'il lui dise qu'elle n'est pas complice.

Anthony la regarde longuement. « Vous êtes pas si mauvaise, Grace. Vous êtes pas si mauvaise.

– Bon, d'accord, répond-elle à moitié convaincue. Alors vous le prenez, cet argent ? Je veux vous le donner à vous, parce que je veux faire quelque chose de bien et de juste. Pour que vous puissiez être entendu et que vous ayez droit à un avocat digne de ce nom. Mais je… Si vous prenez l'argent, je ne pourrai plus écrire sur votre cas. Je n'aurai pas le droit de le faire, ajoute-t-elle, trop heureuse de se débarrasser de son rôle de journaliste indépendante.

– Ouais, merci. J'accepte. Mais c'est quoi, votre problème ? Vous vous sentez coupable d'être blanche ? Vous me faites l'aumône pour vous racheter une bonne conscience par rapport aux Noirs ? »

Bunny panique. Elle s'est laissé submerger par l'émotion et elle en a trop dit. Pourquoi fait-elle tout cela ? Pourquoi est-elle venue ici ? « Je ne veux pas finir comme mes parents », finit-elle par avouer. C'est la chose la plus sincère qu'elle ait prononcée depuis le début.

Anthony réfléchit à ses paroles. « Ouais. Moi non plus. »

Pendant un bref instant, ils échangent un regard de compréhension mutuelle. « Alors, à qui je dois donner l'argent ? » demande Bunny.

Anacostia

En 1608, l'explorateur John Smith découvrit au bord du fleuve Anacostia un village qui appartenait à la tribu Nacotchtank[1] *(un nom dont Anacostia est la version anglicisée). Le lieu était un centre de commerce important, fréquenté notamment par les Iroquois de l'État actuel de New York. En 1668, les Amérindiens furent chassés de leurs terres. Ce n'est qu'en 1854 qu'Anacostia devint l'un des premiers faubourgs du district de Columbia. On y construisit le quartier d'Uniontown afin de fournir un habitat bon marché aux travailleurs blancs, jusqu'à ce que la situation se dégrade et que l'on y construise des logements sociaux dans les années cinquante et soixante. Au cours de cette période, Anacostia connut des changements radicaux, avec l'arrivée d'une population majoritairement noire dans un contexte de tensions culturelles, politiques et raciales.*

Pendant la crise du crack des années quatre-vingt et quatre-vingt-dix, Anacostia devint l'épicentre du trafic de drogue à Washington, faisant de la ville la capitale du meurtre aux États-Unis. Son nom devint pour les élites blanches synonyme de violence armée, ce qui eut pour effet d'accentuer encore davantage les tensions raciales, la gentrification et la ségrégation[2]*. Autrefois habité par l'écrivain abolitionniste Frederick Douglass, Anacostia est aujourd'hui l'objet des convoitises des promoteurs immobiliers, avec l'émergence de grands projets d'infrastructures comme le futur parc d'Eleventh Street Bridge qui le reliera directement au quartier des affaires de Navy Yard.*

1. Site du National Park Service, article « Anacostia Park ».

2. Chris Myers Asch et George Derek Musgrove, *Chocolate City. A History of Race and Democracy in the Nation's Capital, op. cit.*

36

À bord d'un Uber qui traverse Eleventh Street Bridge, Bunny contemple le fleuve aux eaux brunes. Elle n'a pas voulu prendre le risque de se perdre ni de garer sa voiture dans la rue, car sa mère lui a toujours dit : « Fais attention, si tu te perds en conduisant, de ne pas finir à Anacostia. Tu pourrais te faire tirer dessus. »

Du temps où elle était au collège, Bunny est partie en voyage scolaire aux chutes de Great Falls. Le seul enfant latino de sa classe a glissé sur une pierre mouillée au bord de la rivière et s'est ouvert le front. En voyant couler le sang le long de sa joue, elle a eu l'impression qu'il s'agissait d'une conséquence inévitable de son statut social et ethnique : ce genre de choses n'arrivait qu'aux enfants latinos. Cette pensée était l'aboutissement logique des onze années qu'elle avait passées sur Terre, entourée uniquement d'enfants blancs. Et pendant tout le reste de l'année, Bunny a eu peur de s'asseoir près du garçon, comme s'il risquait de la contaminer.

Toute sa vie, Bunny a entendu ses proches lui dire de ne pas traverser le pont qui mène à Anacostia. Mais lorsqu'elle pénètre dans le huitième district et passe devant la grande maison de Frederick Douglass au porche rempli de touristes, elle s'étonne que le changement radical qu'elle attendait ne soit pas visible. Où sont les hommes armés jusqu'aux dents ? Les enfants éclopés qui meurent de faim dans la rue ?

Le chauffeur descend Good Hope Road et passe devant des solderies Cash King et Hope Dollar Store, des laveries automatiques abandonnées dans des immeubles art déco et des magasins d'alcool. Bunny aperçoit un premier mirador de surveillance. Depuis sa visite à la prison, elle sait à quoi servent ces tours : à intimider la population.

« C'est bien ici, mademoiselle ? demande le chauffeur, un homme d'origine orientale.

– Oui, ça ira. »

Il rabat la voiture le long du trottoir. Bunny sort et vérifie l'adresse, puis lève les yeux vers une maison mitoyenne jaune dont le jardin est protégé par une clôture grillagée. Elle s'enhardit, monte les marches du porche et s'apprête à appuyer sur la sonnette lorsque la porte s'ouvre.

« C'est à quel sujet ? » Une femme noire d'une beauté saisissante se tient derrière l'écran-moustiquaire, ses longues tresses remontées en un chignon altier.

Bunny fait un bond en arrière. « Oh, excusez-moi, vous m'avez fait peur », dit-elle en reprenant son souffle. Elle remarque l'élégance de la femme, son pull à col roulé bleu ciel qui met en valeur sa peau d'un brun profond. Elle attend que celle-ci lui réponde mais elle reste imperturbable. « Bonjour, je m'appelle… Grace. Anthony vous a prévenue que j'allais passer ? Vous êtes bien sa sœur ? » demande Bunny, soudain embarrassée par les notes précieuses de son accent.

« Non, Anthony ne nous a rien dit… Vous êtes une assistante sociale ?

– Oh non, répond Bunny en s'efforçant de dissimuler son émotion. Mais je suis ici pour… pour déposer quelque chose qui doit lui servir pour sa défense.

– Comment ça ? Je ne vous suis pas, dit la femme, perplexe et méfiante.

– Je suis venue pour lui apporter une aide financière. Pour son procès », dit Bunny en rassemblant toute sa dignité et sa confiance en elle.

La femme inspecte furtivement les environs par-dessus la tête de Bunny. « Quoi ? Qui vous a envoyée ? C'est l'avocat ?

– Personne ne m'a envoyée. Enfin, c'est Anthony qui m'a donné votre adresse. Je croyais qu'il allait vous prévenir que je passais, et vous dire pourquoi…

– Je n'ai pas parlé à Anthony depuis des mois.

– Je comprends que ça doit vous sembler bizarre de me voir débouler à votre porte un samedi matin… dit Bunny, dans l'espoir de convaincre la femme qu'elle ne représente pas un danger.

– Vous avez une pièce d'identité sur vous ? Ou une carte de visite ? » demande-t-elle.

La main tremblante de nervosité, Bunny fouille dans son sac en toile. Personne ne lui a jamais demandé sa carte de visite. Elle est désarçonnée par ce manque de confiance. « J'ai une carte d'identité. Mais pas de carte de visite. » Elle sort la carte de sa cousine, celle qu'elle a utilisée pour entrer dans la prison, faisant tomber de son sac plusieurs tickets de caisse. « Désolée », dit Bunny en lui tendant la carte avant de s'agenouiller pour ramasser les papiers, le cœur battant.

« Vous travaillez pour un centre de santé ? demande la femme. Vous m'avez l'air jeune. »

La scène ne correspond pas du tout à ce que Bunny avait anticipé. La voici face à une femme digne, belle et intelligente, qui a de bonnes raisons d'être soupçonneuse et qui lui pose des questions : tout le contraire de ce qu'elle s'attendait à trouver dans ce quartier. Honteuse, elle prend conscience que ses préjugés ne résistent pas à l'épreuve de la réalité.

« Comment vous connaissez mon frère ? demande la femme.

– Je… » Bunny hésite maintenant à lui dire qu'elle est journaliste. « J'ai appris son arrestation dans la presse, et j'ai décidé par moi-même de lui rendre visite. Je me souviens du jour où ça s'est passé, c'était… près de chez moi et je me suis demandé si c'était lui ou non le coupable. Et maintenant, plus personne ne veut en parler. Le dossier a été mis sous scellés. Mais Anthony m'a raconté les émanations de produits chimiques. Tout le monde a l'air parfaitement à l'aise avec l'idée qu'il est coupable. Et moi, je veux pouvoir faire quelque chose d'utile avec mon argent, et je sais qu'Anthony n'a pas un bon avocat, c'est lui qui me l'a dit… Et c'est pour ça que je suis ici devant vous, pour vous dire que j'ai de quoi lui payer un bon avocat. Et… Et puis il m'a parlé de votre père. Je suis vraiment déso…

– Vous êtes venue ici pour nous donner de l'argent ? demande la sœur d'Anthony en éclatant de rire. Et qu'est-ce qu'il vous a dit d'autre, mon frère ? Ce beau parleur, il vous a convaincue de lui donner du fric ? Combien ? »

Bunny est décontenancée. « Eh bien, euh… Comme je le disais, il m'a parlé de votre père, et…

– Combien ? l'interrompt la femme.

– Cent mille dollars. Mais vraiment, ce n'est pas lui qui m'a convaincue.

– Mais c'est bien trop ! Vous avez un sacré culot, vous, déclare-t-elle en rendant à Bunny sa carte d'identité.

– Oui, répond Bunny qui ne sait pas trop quoi dire. Où est-ce que je peux envoyer l'argent ? La banque m'a dit qu'il me fallait votre numéro de compte.

– Oh, ma jolie, écoutez-moi. Vous ne savez rien de mon frère. Ce n'est pas un saint. Vous ne savez rien de la situation. Gardez votre argent, ajoute-t-elle en reculant pour fermer la porte.

– Non, attendez, dit Bunny. Je ne comprends pas. Je suis sérieuse. Cet argent, je ne le veux pas, je n'en ai pas besoin. Je veux vous le donner.

– Écoutez. Je n'ai pas le temps de vous faire une séance de psychanalyse maintenant. La dernière chose dont j'ai besoin, c'est que les flics viennent me tourner autour alors que je suis une chef d'entreprise respectable, tout ça parce qu'une ado obsédée par mon frère m'a donné un chèque dont je n'ai pas besoin, et qui me mettrait en infraction avec l'accord que nous avons passé avec l'usine.

– Vraiment désolée, dit Bunny, mais j'ai du mal à suivre. De quel accord parlez-vous ?

– Vous avez du mal à suivre, ma petite, parce que vous êtes larguée. Vous croyez que vous avez le droit de venir vous mêler des affaires d'une autre famille, juste parce que vous avez de l'argent ?

– Hein ? Non, je… Je crois que je ne comprends pas bien. Je veux juste vous aider. Votre famille a conclu un accord ? Un accord financier ? Ça veut dire qu'ils vous ont payés ?

– Vous n'avez pas le droit d'être ici. J'ai des choses à faire. Je n'ai pas le temps de vous écouter. Sortez de chez moi ou j'appelle la police. »

La porte claque. Bunny se retrouve toute seule sur le porche, les lèvres et les jambes tremblantes. Au moment où elle repart en traînant les pieds vers le trottoir, un berger allemand fonce dans sa direction en grognant de l'autre côté du grillage du jardin voisin et fait claquer sa mâchoire. Bunny sursaute, la main sur son cœur bondissant, et commande précipitamment un Uber. Tandis qu'elle attend, en proie à une impression de vulnérabilité absolue, elle lève la tête vers le ciel où elle voit une caméra de vidéosurveillance qui la filme depuis le sommet de son mât. Elle plonge ses yeux dans l'objectif, comme éblouie par le soleil.

37

« Vous êtes du quartier ? » demande le chauffeur Uber. Un crucifix est suspendu à son rétroviseur.

« Euh, oui, répond Bunny, encore sous le coup de l'émotion.

– Une fille du quartier ! Ça alors ! C'est pas commun. Je viens de déposer un couple au musée Frederick Douglass.

– Oui, c'est vrai que la ville a beaucoup changé, ou en tout cas c'est ce que me disent les gens.

– Alors là, je vais vous dire ce que j'en pense, commence-t-il. Ça ne me dérange pas, toutes ces belles maisons et tous ces immeubles qu'ils construisent un peu partout. Je suis beaucoup plus vieux que vous, ça oui. Je suis entraîneur de baseball, et il y a des gars que j'ai connus tout gamins qui reviennent ici après dix ou quinze ans, vous voyez, parce qu'ils ont fondé une famille, et ces gars-là se plaignent que ça a trop changé ! Alors moi, je leur dis un truc : le quartier qu'ils ont quitté, à l'époque où ils ont eu les moyens de s'en aller, c'est pas devenu le foutu musée qu'ils auraient voulu, un truc qui ressemble à leurs vieux souvenirs. Et par-dessus le marché, ils viennent se plaindre de la race de ceux qui arrivent pour acheter les maisons des anciens dont eux, ils n'ont pas voulu s'occuper. Alors moi, je leur dis : vous auriez pu rester dans le quartier, dans une maison qui était déjà finie de payer... »

Le téléphone de Bunny sonne. « Oh, je suis désolée, il faut que...

– C'est pas grave, vous gênez pas », dit le chauffeur.

Bunny décroche. Elle entend la voix d'une femme plus âgée. « Allô ? Vous êtes bien mademoiselle Elizabeth Bartholomew ?

– C'est moi.

– Ici Ellen Rivkin de la Bank of America. J'appelle au sujet du chèque que vous venez de déposer sur votre compte.

– Oui, je m'en souviens.

– J'ai le regret de vous informer que le chèque était sans provision.

– Pardon ? Excusez-moi, je crois que la ligne a coupé.

– Le chèque était sans provision. Il n'a pas pu être encaissé.

– Comment ? Que voulez-vous dire par sans provision ?

– Eh bien, je ne sais pas d'où il provient mais il semblerait que le compte d'origine ne contienne pas les fonds suffisants. Je vous conseille de contacter la personne ou la société qui vous a fait ce chèque. N'hésitez pas à m'appeler si vous avez des questions.

– Je… Je ne comprends pas. Normalement, il devrait y avoir de l'argent sur ce compte. » Bunny se trouve précipitée dans une dimension inconnue. Comment est-ce possible ?

« Je suis désolée, dit la femme.

– Merci pour votre appel. » Bunny raccroche et se tourne vers le chauffeur. « Excusez-moi.

– Vous en faites pas, répond-il en traversant Key Bridge.

– Pardon, où en étiez-vous ?

– Eh bien voilà ce que je leur ai dit : le problème, de nos jours, c'est pas une question de couleur mais une question de culture. C'est ça, le problème. Je ne sais pas pourquoi, mais tous ces gens qui n'ont pas eu la même éducation et les mêmes opportunités que nous, on leur a dit qu'ils devaient rester dans leur galère. Moi, je leur dis : c'est vous qui devez changer, c'est VOUS. Si vous regardez un peu, c'est vous les premiers à vous plaindre. C'est pas les anciens, ceux qui ont vécu les émeutes, et qui ont vendu cinq cent mille dollars une maison qu'ils ont achetée trente mille dans les années cinquante. Ces gens-là, ils s'en mettent plein les poches, et c'est tant mieux pour eux ! J'ai rien contre. Vive l'économie de marché. C'est ça que je dis : que Dieu bénisse l'économie de marché ! »

Bunny a les mains qui tremblent. Elle lui demande s'il peut monter le chauffage.

« Pas de problème… Vous savez, j'ai des cousins âgés qui vivaient sur U Street, ils ont acheté leur maison en 1949 pour cinquante et un mille dollars, et elle a jamais été retapée depuis les années soixante. Et des promoteurs sont venus les voir. La maison faisait huit mètres de large, alors ils ont dit qu'ils voulaient la diviser – elle avait deux étages, et un sous-sol – et ils ont dit voilà : on va vendre trois appartements, et on va louer le sous-sol, et ça paiera les frais de la copropriété. Génial ! Une idée de génie ! Ils ont acheté la maison à ma cousine pour quatre cent mille dollars comptant, et en plus ils l'ont payée six cents dollars par mois pour habiter là et s'occuper de l'immeuble. C'était en 2013. Alors vous savez ce qu'elle a fait ? Elle s'est fait construire une nouvelle maison dans le sud-est de la Virginie, parce qu'elle avait de la famille là-bas, et il lui restait encore de l'argent par-dessus le marché. Alors moi, ce que j'en dis, c'est pourquoi on irait l'enquiquiner ? »

Bunny hoche la tête pour donner l'impression qu'elle l'écoute. Elle pense à Anthony : toutes les idées qu'elle s'était faites sur lui, tous ses préjugés sur la vie de cet homme sont en train de s'écrouler comme des dominos. Ses convictions lui semblent mises à mal, à la merci de la moindre impulsion – même si elle ne perçoit pas encore à quel point ces convictions reposent sur un noyau profondément vicié, assez puissant pour tout contaminer et la priver de son libre arbitre.

La perspective de devoir retrouver dans quelques minutes sa mère et Phyllis pour la journée portes ouvertes des maisons de Georgetown lui donne mal à la tête.

« Ma femme et moi, poursuit le chauffeur, on habite à la campagne. On en a eu marre de vivre en ville. Moi, j'ai mon petit lopin de six hectares derrière la maison. J'ai installé mon fumoir sur la terrasse. Le week-end dernier, je nous ai fumé une poitrine de bœuf. Et les enfants, ils peuvent aller s'amuser dehors. Enfin, maintenant, ils sont grands mais avant, ils sortaient faire du cerf-volant. Et c'est pour ça que je l'aime, l'Amérique. Moi, j'ai grandi dans une cité et mon père était alcoolique. Ma mère s'en sortait pas. Quand j'étais jeune, j'étais un drogué et maintenant, ça fait vingt ans que je suis sobre : vous voyez tout ce qui peut arriver quand on veut s'en sortir. Des miracles », conclut-il en secouant la tête d'un air incrédule.

De légers flocons de neige se posent sur le pare-brise tandis que le chauffeur se gare sur la 33e Rue. « Voilà, je crois que vous y êtes. » Il tourne la tête par-dessus son épaule. « Allez pas attraper froid. »

Bunny le regarde, désorientée, suspendue dans un autre monde. « Merci. » Quand elle ferme la portière, ses cheveux dorés scintillent sous la lumière jaune des réverbères décorés de couronnes de Noël et de nœuds rouges. Comme dans un conte, les femmes au foyer de Georgetown se pressent dans les rues pavées, enveloppées dans leurs fourrures, leurs lainages et leurs manteaux beiges, leurs mugs remplis de vin chaud, prêtes pour la tournée des maisons de Noël.

« Ma chérie ! » Meredith accourt vers elle sur le trottoir. Avec sa fourrure vintage et son chapeau qui ressemble à une sorte de bonnet du siècle dernier, elle est le portrait craché de la grand-mère de Bunny. « Dépêche-toi ! Tu mettras ça avant d'entrer. » Tout en marchant, Meredith tend à sa fille une paire de sur-chaussures en tissu, pour éviter que la boue et la neige n'endommagent les tapis luxueux qu'elles s'apprêtent à fouler.

« Il ne faut pas qu'on manque cette maison. Il paraît que c'est une des plus atypiques de Georgetown. Elle vient d'être ajoutée à la liste des portes ouvertes cette année. Phyllis est en chemin. Le dernier groupe vient de partir de chez elle. Elle va passer voir une sublime villa de l'époque fédérale sur N Street, qui a appartenu aux Kennedy. Elle est divine : ils ont vraiment mis en valeur son caractère patriotique. Elle devrait nous rejoindre d'ici peu. »

L'excitation de Meredith donne la nausée à Bunny. « Maman, il faut que je te dise quelque chose…

– Tu es contente, pas vrai ? C'est la première année que nous faisons la visite toutes les deux ! » Meredith ne l'écoute pas. Son enthousiasme prend une tonalité forcée. « Tu te souviens, quand tu étais petite, que tu t'asseyais par terre dans mon bureau pour feuilleter les numéros d'*Architectural Digest* et que tu me montrais tes décorations préférées ? Tu adorais les cuisines. Tu n'avais que sept ans ! Mais déjà un goût très sûr… »

Bunny frissonne sur le trottoir en briques, face à une pancarte où sont recensés les hôtes et les sponsors de l'événement : CENTRE KENNEDY, WASHINGTON FINE PROPERTIES, ÉGLISE ÉPISCOPALIENNE DES ÉTATS-UNIS.

« Maman… » Bunny tente à nouveau d'attirer son attention. « J'ai reçu un appel de la banque, mon chèque n'a pas pu être encaissé… »

Meredith, debout devant une plaque de la société des Colonial Dames of America pour la préservation du patrimoine, feint de ne pas l'entendre et ajuste les chaussons de protection à ses bottes noires. La légende dit que Thomas Jefferson aimait se soûler dans cette maison.

« Maman… » Lorsque Meredith la dépasse pour entrer dans le hall, Bunny sent une violente colère bouillonner en elle. Elle suit sa mère à cloche-pied en enfilant ses sur-chaussures par-dessus ses Doc Martens.

Du thé fumant est proposé dans un service en argent posé sur une console ancienne. Bunny suit sa mère à l'intérieur. La maison sent le pot-pourri à la vanille. Des poinsettias sont installés au pied du grand escalier.

« Bienvenue au 1552 de la 33e Rue. Cette maison est une des demeures les plus singulières de Georgetown : en effet, contrairement aux maisons de style fédéral, sa structure est entièrement faite de bois. On dit que les planches proviennent d'un ancien bateau, datant de l'époque où Georgetown était le principal port dédié au commerce du tabac dans le pays », récite l'agent immobilier.

Bunny jette un regard réticent aux poutres de bois et aux rangées de vaisselle blanche accrochées en guise de décoration. Qui donc peut être ennuyeux au point de mettre des assiettes sur son mur ? se demande-t-elle. Jamais elle ne fera une chose pareille.

Elles poursuivent leur visite jusqu'à un salon aux murs hauts de près de six mètres, où sont accrochées des lithographies de Salvador Dalí représentant des têtes d'animaux déformées. « Comme c'est moderne », s'extasie une femme.

Bunny, exaspérée, lève la main. « Elle a été construite quand, cette maison ?

– Excellente question, répond l'agent immobilier. Elle a été construite dans les années 1850, et c'était à l'époque une chapelle de quartier pour les Afro-Américains.

– Ah bon ? Vous voulez dire pour les esclaves ? le corrige Bunny.

– Eh bien, peut-être, mais n'oubliez pas que l'esclavage a été aboli à Washington en 1850… donc beaucoup d'entre eux étaient des hommes et des femmes libres.

– En réalité, insiste Bunny, les esclaves n'ont pas été émancipés avant 1863. Et puis, ce n'est pas parce que l'esclavage avait été interdit qu'il n'existait plus. Donc c'était une église pour les esclaves. »

Meredith, embarrassée, donne un coup de coude à Bunny pour la faire taire.

« Oui, en effet, il s'agissait d'une église de quartier fréquentée en majorité par la communauté afro-américaine. Certains étaient libres et d'autres ne l'étaient peut-être pas, mais quoi qu'il en soit c'est ici qu'ils se réunissaient. »

Les femmes lèvent la tête vers les hauts plafonds. « C'est fascinant », dit l'une d'elles en faisant semblant de ne pas remarquer Bunny, en qui elle ne voit qu'une adolescente malpolie. Ils avancent vers la cuisine.

« C'est fascinant », répète Bunny entre ses dents en suivant le groupe.

« Comme vous le voyez, dit l'agent en tendant les bras devant lui, ils ont fait tomber ce qui était autrefois le mur arrière de l'église pour créer cette sublime cuisine blanche.

– Oh, Marianne, touche un peu ce comptoir en marbre ! dit une femme aux cheveux gris en posant la main sur l'îlot de cuisine. C'est une merveille !

– Oui, je crois que les propriétaires l'ont fait venir de Rome », explique le guide.

Bunny, les yeux plissés, sent la rage la gagner tandis que l'agent immobilier accompagne le groupe dans le salon. Il s'arrête face à une immense fenêtre qui ouvre sur un jardin ceint de grands murs de briques recouverts de lierre. Dans le jardin se trouvent quatre pierres tombales. DES PIERRES TOMBALES !

« Comme vous pouvez le constater, il reste quelques plaques funéraires qui remontent à l'époque de l'ancien cimetière, et qui ajoutent une merveilleuse touche historique à cette demeure », dit-il. Un père Noël gonflable est posé à l'endroit où les corps des défunts étaient autrefois ensevelis.

« Une touche historique ? explose Bunny.

– Elizabeth », murmure Meredith.

Les autres visiteuses blanches en chaussons, les cheveux pleins de laque sous leurs toques, tournent la tête de tous côtés pour admirer les œuvres d'art, les moulures à la française toutes neuves et la cheminée en pierre de taille. Elles font comme si elles n'avaient rien remarqué et que rien ne s'était passé.

« Ne vous en faites pas, madame, dit l'agent immobilier sans perdre son aplomb.

– Et les corps des Noirs, ils en ont fait quoi ? » demande Bunny. Elle a toujours entendu des rumeurs selon lesquelles des milliers de corps étaient enterrés en dessous de Volta Park de l'autre côté de la rue, là où elle allait faire du vélo et du toboggan quand elle était enfant.

« Elizabeth Bartholomew. » Meredith l'attrape par le bras. Bunny arrache son bras de la main de sa mère.

« Il arrive parfois qu'on nous pose ce genre de question », la rassure l'agent immobilier, tandis que les autres femmes ne savent plus où regarder. « Quand la chapelle a été rachetée et transformée en résidence privée, vers 1925 je crois, les nouveaux propriétaires ont pu contacter les familles par l'intermédiaire de l'église et leur proposer de leur faire parvenir les corps.

– Ils leur ont fait parvenir les corps ? » s'indigne Bunny, hors d'elle.

Meredith saisit à nouveau son bras, plantant ses ongles dans la veste de sa fille. « Ça suffit. » Bunny arrache son bras et s'avance en direction de l'agent immobilier.

« En effet, mais ils ont conservé les pierres tombales car elles faisaient partie du patrimoine historique de la maison », répond-il, plein d'une indignation vertueuse.

Bunny éclate d'un rire rageur. « Le patrimoine historique ? Je vais vous dire ce que c'est, votre PATRIMOINE HISTORIQUE : ces gens, on les a réduits en esclavage, fouettés, tués, violés, et ensuite on leur vole leur LIEU DE CULTE et on les rachète encore une fois, tout ça pour faire une maison et y accrocher ces PUTAIN D'ASSIETTES RIDICULES ! » Bunny se précipite vers le mur d'assiettes décoratives. Elle en décroche une et la jette au sol où elle se brise en mille morceaux. « PUTAIN » – elle saisit une autre assiette et la fracasse par terre – « D'ASSIETTES » – elle en prend une troisième et la lance de toutes ses forces contre le mur – « DE MERDE ». Elle recule d'un pas, haletante. « Avec des putain de petits… qu'est-ce que c'est que ça ? de petits PERROQUETS dessinés dessus ! Et on est tous bien contents d'être aussi BLANCS et aussi RICHES. Et on s'enferme dans nos tours d'ivoire, comme si rien d'autre au monde n'avait d'importance ! » Elle reste immobile, possédée, comme une boxeuse au milieu du ring.

« Quelle horreur ! » murmure Meredith, une main collée sur sa bouche, en état de choc. Elle court vers les assiettes et se met à quatre pattes pour ramasser les morceaux de porcelaine. « Je suis désolée », répète-t-elle.

Quand elle s'approche de Bunny, son corps tout entier tremble de rage. « Ne me touche pas », gronde sa fille. Elle fonce jusqu'à l'autre bout de l'entrée et dérape avec ses sur-chaussures, faisant tomber au passage un saladier de porcelaine, puis sort de la maison en courant.

38

Meredith descend en courant la 33ᵉ Rue dans ses chaussons bleus en appelant Bunny: «ELIZABETH BARTHOLOMEW!» Elle se dirige vers Halcyon House à l'angle de Prospect Street, là où vécut autrefois le général confédéré Richard Ewell, un compagnon de Stonewall Jackson et de Robert E. Lee. Cette demeure coloniale en brique rouge aux colonnes doriques majestueuses, qui surplombe le Lincoln Memorial, sert aujourd'hui de centre d'affaires pour les jeunes entrepreneurs désireux de sauver le monde.

Bunny s'arrête pour retirer ses sur-chaussures et les jette dans une poubelle au coin de la rue. Elle voit Meredith arriver en courant. La culpabilité et la honte qui la saisissent au ventre, en même temps que le sentiment d'être allée trop loin, la retiennent de s'enfuir.

«Arrête-toi, s'il te plaît», halète Meredith à bout de forces, en sueur dans le froid. «Je ne vais pas te crier dessus. S'il te plaît, arrête de courir.»

Bunny tourne vers elle ses yeux bleus translucides. Les veines sur ses tempes zigzaguent comme des éclairs. «Le chèque a été refusé, dit-elle. La banque m'a appelée. Il a été refusé.

– Ce n'est pas une raison pour te mettre dans cet état, nom d'une pipe. Tu l'auras, ton argent!» crie Meredith, comme si Bunny méritait d'être punie pour avoir posé la question, comme si la honte qui entache le nom de leur famille ruisselait de la mère à la fille.

« J'en ai marre de tout ça ! hurle Bunny.

– Marre de quoi ? demande sa mère en s'adoucissant.

– Je ne veux plus être ici, répond-elle en se mordant la lèvre pour s'empêcher de pleurer.

– Ma chérie, dit Meredith, prenant soudain conscience de l'état de vulnérabilité absolue dans lequel se trouve sa fille. Cette fin d'année a été vraiment… épouvantable, je m'en rends compte. » Elle attire Bunny à elle et la berce dans ses bras. « Mais pourquoi dis-tu que tu ne veux plus être ici ? Tu veux dire à la maison ? À Georgetown ? »

Bunny se libère de l'étreinte de sa mère. « Je veux dire que je ne veux plus de tout ça, de cette vie qu'a eue mon arrière-grand-mère, et ensuite Grand-Mère, et ensuite toi, et… Je n'en peux plus. Je ne veux pas porter une putain d'écharpe blanche avec des gants blancs comme si on était dans les années cinquante. Tu te rends compte, putain, à quel point c'est dégueulasse, tout ça ? Ces gens, ils ont sorti les corps des esclaves de leurs tombes pour pouvoir se construire une villa, et Audrey est morte, et des centaines de gens sont morts à cause des produits chimiques, et tout ça c'est notre faute ! » Bunny éclate en sanglots hystériques.

Le cœur de Meredith s'arrête de battre. « Qu'est-ce que tu viens de dire ? »

Bunny renifle, essuie ses larmes et inspire à fond. « Les produits chimiques, les usines de la famille Banks qui ont tué tous ces pauvres gens innocents… C'est pour ça qu'ils ont été assassinés, pas vrai ? »

Soulagée que Bunny parle de la famille Banks et non de la sienne, incertaine de la manière dont sa fille a obtenu cette information, troublée par la tournure qu'est en train de prendre la conversation, Meredith cherche à prendre sa fille dans ses bras mais celle-ci la repousse et pendant un instant, elles dansent une étrange danse sous les flocons de neige. « Ce n'est pas ta faute, Bunny.

– Mais pourquoi personne ne parle de tout ça ?

– Qui t'en a parlé ? » demande Meredith, inquiète. Elle ne sait pas comment elle va se sortir de cette discussion, comme si la fissure de vérité qui vient d'apparaître menaçait les fondements de toute son existence.

Bunny réfléchit à une réponse. Parler d'Anthony à sa mère l'expose à être punie. « J'ai lu ça sur Internet.

– Ce sont des rumeurs, s'indigne Meredith. Tu dois arrêter de lire des bêtises sur Internet, tous ces sites sans aucune crédibilité, toutes ces théories complotistes... Bon sang, Bunny, tu vaux mieux que ça. La vérité, nous la connaissons. L'homme qui a assassiné la famille Banks est un déséquilibré, qui souffre de graves troubles mentaux ! Malheureusement, c'est la réalité dans laquelle nous vivons aujourd'hui, et, et... » balbutie-t-elle, dans une tentative désespérée d'empêcher son monde de voler en éclats. « Je suis désolée qu'à un si jeune âge tu sois confrontée à toutes ces tueries, à toutes ces horreurs », ajoute-t-elle, pour amener la discussion sur des tragédies plus générales dans lesquelles elle ne joue aucun rôle. « Mais nous ne pouvons rien à tout cela. Rentrons à la maison, tu veux bien ? Il commence à neiger.

– C'est pas vrai ! » s'écrie Bunny, frissonnante, les sourcils froncés. La lumière plate lui fait mal aux yeux et elle sent une migraine la gagner.

« Bunny, tu peux lutter à contre-courant autant que tu voudras, mais cela ne fera pas revenir Audrey. Tu n'y peux rien. Il faut l'accepter. Accepte-le, Bunny. Allez, viens, on rentre à la maison.

– Ce n'est pas d'Audrey que je te parle ! hurle Bunny en s'essuyant les yeux. C'est d'entrer dans le XXIe siècle.

Réveille-toi ! Regarde autour de toi, toutes les informations sont accessibles, n'importe qui peut les consulter. Maintenant, on peut tout savoir sur tout le monde : leur histoire, leur patrimoine, leurs maisons, les membres de leur famille, leurs noms, leurs adresses, leurs numéros de portable... Tu savais qu'Audrey passait son temps à se vanter de ses fringues et de ses bijoux ? Et qu'elle postait des photos d'elle dans le jet privé de ses parents ? Les gens voient tout ça. Les pauvres le voient, tous ces gens que nous, les Blancs riches, nous opprimons depuis des siècles ! Et ils commencent à en parler, parce qu'il y a des gens qui meurent. Même les candidats à la présidentielle, ils commencent à en parler. Ouvre les yeux ! »

Meredith en a le souffle coupé. Ce sont ses pires craintes que sa fille vient de déballer au grand jour. Elle est devenue une étrangère malgré le lien de sang qui les unit. Pourtant, elles ont toujours en commun cette histoire familiale que Bunny la force aujourd'hui à regarder en face. La jeune fille voit tout son héritage s'effondrer devant ses yeux, bien qu'elle ne soupçonne pas encore l'étendue de l'horreur ni le rôle que sa famille y a joué.

« C'est peut-être pour ça que certains pensent que les Banks ont bien mérité ce qui leur est arrivé », conclut Bunny.

Une lueur de terreur apparaît dans les yeux de Meredith qui regarde sa fille, le nez rougi, les joues rosies par le froid. « Je ne sais plus qui est la personne en face de moi. Comment oses-tu insinuer une chose pareille ? Personne sur cette terre ne mérite de mourir !

– C'est vrai, Maman. Personne. Y compris tous les gens que les Banks ont tués.

– Cette conversation est terminée. Je rentre à la maison, lance Meredith en commençant à traverser la rue.

– Qu'est-ce que tu sais sur les affaires des Banks ? Est-ce qu'ils ont payé les familles pour qu'elles se taisent ? Ces milliardaires croient pouvoir tout acheter ! » crie Bunny.

Meredith se retourne, médusée. Sa fille a-t-elle mis des micros dans la maison ? A-t-elle surpris ses conversations avec Phyllis ? « De quoi parles-tu ?

– C'est une question, et je me demande si tu connais la réponse. Tu crois qu'ils ont payé les familles qu'ils ont tuées avec leurs produits chimiques ? » demande Bunny, les bras croisés.

Meredith, pétrifiée de peur et de stupéfaction, éclate de rire. « Bunny, ma petite chérie, je ne sais pas de quoi tu parles. Je pense que tu devrais rentrer à la maison et te reposer, ces derniers mois ont été très éprouvants pour toi », dit-elle, jouant la carte de la sollicitude pour désamorcer les accusations de sa fille.

« Est-ce que les prochains, ce sera nous ? demande Bunny. Je ne veux pas être du mauvais côté de l'histoire.

– Arrête, arrête ça tout de suite ! rage Meredith, l'index pointé sur elle. Ton père et moi t'avons offert une vie exceptionnelle. Je t'interdis d'insulter tout le travail de tes ancêtres et de salir la mémoire de ton grand-père, un héros de la Seconde Guerre mondiale.

– Si être un héros de guerre, ça veut dire assassiner des milliers d'enfants et de parents innocents, alors je vais pas me gêner ! » crie Bunny en réprimant ses larmes.

En s'écroulant l'un après l'autre, ses préjugés entraînent avec eux tous ses repères moraux. Elle ne veut pas de cet avenir qui lui est offert, elle ne veut pas de son passé, elle ne sait plus dans quelle direction se tourner.

« Es-tu devenue folle ? dit Meredith. Je ne veux plus que tu regardes le journal télévisé ! Ni Internet. Et si tu continues, je vais te confisquer ton téléphone. C'est ainsi que tu honores le souvenir de ton amie d'enfance ? En piétinant sa mémoire avec ton ressentiment et tes théories complotistes ridicules ? C'est ainsi que tu traites la mémoire de ta famille ? Ton père va être tellement déçu quand il va apprendre tout cela. » Meredith fait appel à la dernière arme qu'il lui reste. « Si tu insultes ton grand-père, tu peux faire une croix sur ton héritage.

– Il faudrait déjà qu'il en reste quelque chose ! » crie Bunny.

Meredith fait volte-face et traverse la rue, envahie par la curieuse impression que tout lui est étranger : les gargouilles sur les tours de pierre, les rats qui se faufilent derrière les poubelles, les plaques érigées en souvenir d'une histoire américaine pâlissante. Toute sa vie, elle a marché dans ces rues et pourtant, elle ne reconnaît plus rien.

Le lendemain matin, Meredith debout devant la gazinière, une cigarette entre les doigts, souffle la fumée dans la hotte électrique. Cate, assise dans le coin-repas tapissé de toile de Jouy rouge, sirote un café dans un mug blanc décoré d'un père Noël.

« Comment va Bunny ? » demande-t-elle. Depuis que la jeune fille est enfin rentrée chez elle après la dispute sur la 33e Rue, elle n'a pas adressé la parole à sa mère sauf une fois pour lui demander un somnifère.

« Je l'ai mise sous sédatifs », répond Meredith. Elle tire une nouvelle bouffée en plissant les yeux. Dehors, la glace fondue s'écoule dans les buissons de buis givrés. Des pas font grincer l'escalier.

« Maman ? » Bunny apparaît, les cheveux ébouriffés, les yeux gonflés, la voix râpeuse, vêtue d'un T-shirt sur lequel est imprimé le slogan : NON AUX ARMES À FEU. Elle n'a qu'un œil ouvert. « Je peux t'emprunter ton masque pour dormir ? Il y a trop de lumière dans ma chambre. Ça me fait mal aux yeux.

– Il m'en reste un dans le tiroir en bas de ma coiffeuse », répond Meredith.

Dans la cour, on entend le rugissement d'une tronçonneuse qui découpe les branches mortes du tulipier. « C'est pas vrai ! C'est quoi, ce bruit ? » demande Bunny en serrant ses mains contre ses oreilles tandis que les branches tombent dans l'herbe froide.

« C'est l'arboriculteur, il essaie de sauver notre arbre. » Meredith laisse tomber la cendre de sa cigarette en regardant par la fenêtre. « Retourne te coucher, il a bientôt fini. »

Bunny pousse un grognement, remonte l'escalier et claque la porte de sa chambre, faisant trembler les murs de la cuisine.

« Au moins, je pense que les benzos font leur effet. Mais pour ce qui est du reste… » Meredith souffle la fumée dans la hotte. « Cate, je suis inquiète pour elle. Depuis que nous avons perdu les Banks, enfin Audrey, et ma mère avant cela… Et puis il y a eu Billy… On dirait qu'elle n'est plus elle-même. Crois-tu que je devrais l'emmener voir un psy ? » Elle dépose ses cendres sur une cuillère de porcelaine sur laquelle est inscrite la date d'investiture d'un président.

« Je suis désolée pour vous, vous avez traversé tellement d'épreuves, dit Cate. Je ne savais pas si je devais t'en parler, mais le sénateur Wallace m'a dit que sa fille Mackenzie avait passé du temps avec Bunny et ses amis. Il m'a dit que Mackenzie elle aussi se faisait du souci pour elle. Ils traversent tous une période difficile, et le lycée est une source de stress supplémentaire…

– Oh, tout ça, c'est réglé. Nous n'avons pas d'inquiétude à avoir pour son inscription à la fac. » Meredith répudie cette pensée d'un geste de la main, comme s'il s'agissait d'une mouche importune. « Mais peut-être que… Si cela ne te dérange pas, tu pourrais aller la voir tout à l'heure, et peut-être lui dire quelques mots ? Elle a toujours voulu avoir une sœur. Tu pourrais lui expliquer à quel point… » Meredith, encore sous le choc, cherche le mot juste. « À quel point tu es reconnaissante, tu comprends, d'être arrivée là où tu en es aujourd'hui après tout ce que ton père vous a fait subir à ta sœur, à ta mère et à toi. Je crois qu'elle ne se rend pas compte de la chance qu'elle a. Elle n'a jamais été confrontée à la moindre adversité. Enfin, ce n'est pas le terme approprié… à la moindre tragédie, plutôt. Et tout ce qu'elle trouve à faire, c'est de se retourner contre les siens. Insinuer comme elle le fait que tout cela, le meurtre de la famille Banks, ait pu avoir un quelconque rapport avec le racisme, ou bien avec l'argent, ou… Une famille tout entière a été assassinée, nom de nom ! Rien ne peut justifier un acte pareil. »

Meredith a toujours eu une manière étrange de donner à Cate l'impression d'être à la fois appréciée et inférieure. « Tu sais, Meredith, j'ai déjà essayé de lui parler de ça, enfin, une seule fois, le soir de son anniversaire. Je n'ai pas eu l'impression qu'elle était très réceptive. » Cate marque une pause tandis que Meredith tire sur sa cigarette en silence. « Peut-être qu'il faudrait qu'elle évite de regarder les informations pendant un moment ? Je sais à quel point tu aimes CNN, Tante Meredith.

– Oh, je t'en prie. D'ailleurs, je le lui ai déjà dit.

– Je te taquine. Ne t'en fais pas, je vais réessayer. J'irai lui parler dès qu'elle ira mieux.

– Merci. Maintenant, changeons de sujet. Et toi, comment vas-tu ? Le sénateur Wallace semble avoir le vent en poupe, est-ce que c'est à toi qu'il doit ce succès ? demande Meredith en se servant une nouvelle tasse de café, sa cigarette toujours à la main.

– Oui, entièrement à moi, répond Cate, avec une assurance assumée.

– Oh, vraiment ? Je suis tellement fière de toi, dit Meredith en posant la main sur sa joue et en s'asseyant face à elle sur la banquette.

– Que sais-tu de sa femme ? » demande Cate.

Meredith regarde par la fenêtre, les yeux plissés. « Je ne peux pas la supporter. Mais j'ai un peu pitié d'elle.

– Pourquoi ?

– Pourquoi je ne l'aime pas, ou pourquoi j'ai pitié d'elle ?

– Les deux.

– C'est la personne la plus arriviste que j'aie jamais rencontrée de ma vie, et en plus elle est mariée à un homme politique : comment faire pire ? Pour te donner une idée, c'est un peu comme être mariée à un marchand de voitures d'occasion. » Meredith s'interrompt en se rendant compte qu'elle risque de froisser sa pauvre nièce. « Tu sais que je suis très fière de toi, mais tu ne dois jamais faire confiance à un homme politique. Surtout s'il a tendance à baiser tout ce qui bouge, passe-moi l'expression. » Meredith se rallume une cigarette. « Ne va jamais tomber amoureuse d'un homme politique, c'est mon seul conseil. Tu peux bien conquérir le monde, et même devenir présidente si ça te chante, mais ne tombe jamais amoureuse. »

Cate s'efforce de ne pas rougir et avale une grande gorgée de café avant de trouver le courage de répondre. « Tante Meredith, est-ce que… Qui… Comment sais-tu que le sénateur Wallace a tendance à… » Elle ne peut pas se résoudre à prononcer le mot « baiser » devant sa tante. « À courir les jupons ?

– Je n'en sais rien », répond simplement Meredith. Cate reprend son souffle. « C'est juste que je connais les hommes dans son genre. Pardon, ma chérie, je sais que c'est ton patron, mais j'ai une intuition presque télépathique quand je vois sa tête de fouine… »

Cate s'efforce, dans la mesure de la politesse, de défendre Doug, ce qui est avant tout une manière de se défendre elle-même. « Eh bien, je vais être promue au poste de directrice de la communication. Il n'y a pas encore eu d'annonce publique… Mais tu sais, Tante Meredith, Doug va bientôt annoncer sa candidature à la présidence.

– Évidemment, comme tout le monde ! s'amuse Meredith blasée en chassant sa fumée d'un revers de la main. Mais félicitations, ma chérie, je suis tellement contente pour toi. » Elle s'efforce de sourire et de donner à sa voix une tonalité enthousiaste, mais ses compliments sonnent creux. Elle se sent menacée par ce déplacement des forces en présence dans la famille, elle dont l'identité repose avant tout sur ce qu'elle a reçu plutôt que sur ce qu'elle a construit par elle-même. Elle croise les bras, sa cigarette dressée en l'air.

Cate finit son café en silence. Elle déteste Doug, cette ville, et aussi sa tante. Elle avait rêvé d'un avenir meilleur, mais tout est en train de se transformer en un jeu de massacre sans issue. Soudain, elle sent une odeur de brûlé. « Tante Meredith ! s'écrie-t-elle. Ta cigarette ! »

Le bout de la cigarette de Meredith a touché le papier peint en toile de Jouy derrière elle, et brûlé la tête d'un des personnages.

« Oh, merde ! » s'écrie Meredith.

Plus tard dans l'après-midi, Cate frappe à la porte de Bunny. « Entre », dit celle-ci, adossée à un vieux coussin, les yeux protégés de la lumière par un masque de sommeil. Cate s'approche sur la pointe des pieds de sa table de nuit. Le téléphone de Bunny est posé sur une pile de livres – *Chronique d'un pays natal*, *Ne tirez pas sur l'oiseau moqueur*,

Le Chant de Salomon – et son MacBook Air est en train de charger. Bunny remonte sa couette jusqu'à son menton. Quand Cate s'approche, elle sort une main de sous les couvertures et soulève son masque sur un de ses yeux. « Quoi ? Qu'est-ce qu'il y a ?

– Je suis venue voir comment tu allais. Ça va mieux, ta tête ? demande Cate.

– Je me sens comme si je venais de faire quelques AVC, si on peut appeler ça aller mieux. »

Cate éclate de rire et s'assoit au pied du lit. Bunny remet le masque en place, comme pour marquer une limite à ne pas franchir. Elle ne veut pas regarder Cate.

« J'ai entendu parler de ce qui s'est passé », entame Cate, émue et douloureusement consciente de ne pas faire partie de la famille. Elle se souvient avec ressentiment de la fois où Bunny est venue lui rendre visite à San Diego, avant qu'elle parte vivre à Washington. Chuck avait emmené sa fille en excursion à SeaWorld. À l'époque, Cate venait d'être prise en stage chez McDonald. Quand Bunny avait appris la nouvelle, elle avait cru que sa cousine faisait griller des burgers en cuisine. Une fois Cate installée à Washington, son stage avait été mentionné un jour dans une conversation où il était question de son entretien avec un lobbyiste ami de Chuck : Bunny avait alors compris que c'était au siège de McDonald que sa cousine avait fait un stage, et non dans le snack du quartier. Ce malentendu embarrassant en disait long sur l'éducation protégée dont elle avait bénéficié.

« Franchement, ils l'ont bien mérité, dit Bunny.

– Je croyais que la violence n'était pas une solution ? Regarde le T-shirt que tu as sur le dos.

– J'ai juste cassé quelques assiettes, ce n'est quand même pas la même chose qu'un tir de Kalachnikov. Les proprios devraient me remercier. »

Elle repose sa tête sur son oreiller et se frotte les tempes. Cate ne peut s'empêcher de pouffer en pensant aux assiettes volant en éclats dans cette maison cossue de Georgetown. Bunny sourit en l'entendant rire. « Tu vois ! Toi aussi, tu penses qu'ils l'ont mérité ! Bande de sales bourges.

– Je ne pense pas qu'ils ont mérité quoi que ce soit. Nous vivons une époque compliquée. Et le lycée, comment ça se passe ?

– Ça va.

– Il paraît que tu es copine avec la fille de mon boss ?

– Qui ça ? Oh, Mack. Ouais, elle est cool.

– C'est vrai ?

– À propos de racistes : je ne voulais pas t'en parler, mais ton boss en est un, lance Bunny avec un sourire satisfait en se redressant sur son oreiller.

– Quoi ? » s'étonne Cate qui accuse le choc, puis repasse aussitôt en mode professionnel.

« Ouaip, dit Bunny.

– Comment ça ?

– Quoi, comment ça ? Je l'ai entendu dire des trucs racistes.

– Quand ? insiste Cate, alarmée mais sceptique.

– L'autre jour.

– Comment ça ? Arrête d'être énervante, Bunny.

– Où est mon téléphone ? »

Bunny tâtonne en direction de sa table de chevet. Cate prend le téléphone et le pose dans sa main. Bunny remonte son masque pour faire défiler ses SMS. « Aha ! » Elle appuie sur Play sur l'enregistrement et lève le téléphone en l'air. Cate tente de le saisir.

« Ne touche pas à mon téléphone. Écoute ça. »

Elle monte le son, et on entend la voix de Mackenzie et de son père : « *Ce crétin, qui sort en courant de notre maison ce matin, devant tous nos voisins… Tu as introduit dans notre maison un jeune homme afro-américain qui t'a donné de la drogue. C'est bien cela ?… NON ! Il ne m'a pas donné de drogue !… Ce garçon afro-américain, est-ce que tu trouves vraiment qu'il te ressemble ? Ou bien est-ce qu'au contraire tu sens qu'il est différent ?… Mackenzie. Tu ne voudrais pas te mettre dans une situation difficile, n'est-ce pas ?* »

Tout en s'efforçant de garder son calme, Cate réfléchit à ce qu'elle vient d'entendre. « Pourquoi as-tu cet enregistrement ? Qui… qui te l'a envoyé ? C'est Mackenzie ? »

Bunny sourit. Cate tend la main vers le téléphone. « Montre-moi. Je veux juste vérifier que c'est vrai.

– Hé hé ! la taquine Bunny en écartant d'un geste brusque le téléphone. Maintenant, à ton tour d'avoir mal à la tête ! »

Sous l'effet de la menace, Cate sent son ambition prendre le dessus. Elle a envie d'étrangler Bunny et de la pousser par la fenêtre.

Bunny remet son masque en place sur ses yeux. « Tu peux sortir, maintenant. Et au fait, ce n'est pas parce que ma mère te dit de monter me voir que tu es obligée de le faire. »

Cate reçoit la remarque comme un coup de poing en plein ventre. Elle se lève, s'approche de la porte et se retourne en murmurant : « Petite ingrate de merde. »

L'Alibi Club

L'Alibi, le club pour hommes le plus ancien et le plus secret de Washington, se trouve dans une maison du XVIII*e siècle coincée entre deux immeubles de bureaux modernes impersonnels, à quelques rues de la Maison-Blanche. Fondé en 1884, il accueille les puissants de tous bords, politiciens, lobbyistes, juges et hommes d'affaires. Le club garantit de fournir un alibi à ses membres quelles que soient leurs activités. Ainsi, si l'épouse de l'un d'entre eux appelle pour demander où se trouve son mari, la personne qui répond lui fournira si nécessaire un alibi. Le club ne compte que cinquante Alibistes à la fois, et ce n'est qu'après le décès d'un membre qu'un nouveau peut être admis. Aucun journaliste n'a jamais pénétré à l'intérieur. Vu de l'extérieur, le bâtiment a un abord mystérieux, avec parfois une pancarte officielle indiquant qu'il s'agit d'un immeuble abandonné. Mais tout cela fait partie du jeu, et a pour but de maintenir les indésirables à distance. Parmi ses membres les plus illustres actuels et passés, on peut citer entre autres le président George H. W. Bush, Henry Roosevelt, Thomas Gardiner Corcoran, le sénateur Mark Warner, le secrétaire d'État John Foster Dulles, le président de la Chambre des représentants Nicholas Longworth et le sénateur Lamar Alexander*[1].

1. Sarah Booth Conroy, « A Peek at Privilege : Inside the Alibi Club », *The Washington Post,* 22 juin 1992.

Les lois de l'Alibi

Vous trouverez ici les lois de l'Alibi,
Qui restent à ce jour occultes et secrètes.
Gare à celui qui veut manquer à ces préceptes
Car il sera pendu au grand mât à midi.
L'Alibiste appartient à une espèce rare
Qui s'illustre par ses conjugaux avatars.
Gardez-vous d'évoquer votre épouse en ces murs,
Nous n'en avons que faire et nous n'en avons cure.
Ce club accueillera les mœurs les plus discrètes,
Prenez garde de ne jamais en abuser,
Amenez tout ce qui vous passe par la tête,
Dame ou bien demoiselle, à boire ou à manger.
Veillez à ne jamais laisser vos invitées
Causer quelque vacarme aux abords de ce lieu ;
L'Alibi doit rester un sanctuaire de paix
Car nous sommes en façade un club pour messieurs.
Rien ne cause chaos ni troubles plus sonores
Que les cris avinés d'une horrible pécore,
Alors souvenez-vous de ce vers de William :
La plus grande furie de l'enfer, c'est la femme.
Un Alibiste un jour, lassé de sa conquête,
Vlan ! la défenestra du haut de deux étages.
La police accourut, émue de ce tapage,
Conclut au suicide, et mit fin à l'enquête.
Ce que l'on ne dit pas, c'est que la belle enfant

Fut suivie dans sa chute par son sac et ses gants.
Alors quand vous sortez, prenez bien garde à vous,
Tenez fort à deux mains la rampe d'escalier
Si les marches de fer vous semblent onduler,
Si le trottoir approche et vous fait les yeux doux.
Ne craignez surtout pas qu'un gardien de la paix
Vous surprenne, Alibistes, en cet état fâcheux.
Glissez-lui dans la main un billet bien plié :
Il vous reconduira chez vous en moins de deux.
Vous savez maintenant les lois de l'Alibi,
Elles sont véritables, secrètes et occultes.
Gare à l'énergumène qui y désobéit,
Car il sera puni d'un coup de pied au c…[1] *!*

1. Il m'est impossible de divulguer la source dont je tiens ce document. Si je le faisais, je serais dans l'obligation de vous tuer.

39

Cate se trouve devant un immeuble du XVIIIe siècle à demi délabré, aux murs de brique rouge, aux volets d'un vert boueux et à la porte flanquée d'un vieux réverbère. Une pancarte officielle indiquant que l'immeuble est abandonné est plaquée à la fenêtre en verre dépoli bordée de rideaux de velours vert. Le bâtiment est encadré de hauts immeubles de bureaux modernes.

Cate envoie un SMS. *Suis à l'adresse que vs avez donnée. Il y a une pancarte qui dit que l'immeuble est abandonné. Vs êtes où ?* Elle regarde autour d'elle : la Maison-Blanche n'est qu'à quelques pâtés de maisons, avec ses agents des services secrets en gilets pare-balles armés de Kalachnikovs et ses touristes occupés à prendre des selfies.

Venez à la porte, répond Doug.

Cate se retourne comme si elle se sentait observée. La porte de la maison s'ouvre, laissant échapper une bouffée d'air imprégnée d'une puissante odeur de renfermé et de naphtaline, aigre et métallique comme l'haleine de Thomas Jefferson réveillé d'entre les morts.

Quand elle entre, un majordome noir en nœud papillon apparaît comme un fantôme et referme la porte derrière elle. Sans dire un mot, il approche de ses lèvres une vieille corne d'automobile et souffle dedans. Cate sursaute, assourdie par le bruit, et se bouche les oreilles. « Vous êtes fou ou quoi ? » Le majordome baisse sa corne et regarde droit devant lui comme si elle était invisible.

Cate passe la tête dans l'entrée du salon. Une ottomane victorienne et une commode Welton reposent sur un somptueux tapis persan. Qu'est-ce que c'est que cet endroit ? La grande bibliothèque est pleine de manuels de droit reliés de cuir et d'encyclopédies anciennes. Une clochette de service en cristal est posée sur la table basse en ronce de noyer. Des épées sont accrochées en croix au mur au-dessus d'une collection de bibelots historiques en tous genres. On se croirait dans un vide-grenier de luxe dont chaque recoin est imprégné d'une atmosphère de conte de fées américain.

« Montez », lui ordonne Doug du haut de l'escalier adossé à un mur tapissé d'un papier peint damassé antédiluvien.

Ce club secret, créé juste après la guerre de Sécession, veille sur les fantômes des hommes qui reposent dans les cimetières d'Oak Hill et de Rock Creek, dont les portraits encadrés de dorures sont accrochés aux murs du grand hall à l'étage : directeurs de la CIA, juges de la Cour suprême, secrétaires d'État et présidents. Dans la salle à manger, la table ronde entourée de fauteuils Windsor sur laquelle sont disposés des assiettes et des gobelets d'étain semble attendre une tablée de chevaliers du Nouveau Monde. L'uniforme du général Robert E. Lee, encore taché de son sang, est exposé sur un mannequin dans un coin de la pièce. L'Alibi Club est la société fraternelle la plus ancienne des États-Unis. C'est dans ses murs que sont conclus les accords secrets entre partis et accueillis les membres de la famille royale saoudienne. Les institutions washingtoniennes ayant une durée de vie bien supérieure à celle du mâle moyen, l'Alibi Club constitue pour les cercles du pouvoir un moyen éprouvé de se passer le flambeau de génération en génération.

Doug conduit Cate dans une pièce appelée la salle de poker, meublée de tables carrées et décorée d'estampes japonaises. La légende veut que ce soit depuis cette pièce que le général Eisenhower ait lancé l'opération Neptune, nom de code du débarquement américain en Normandie.

« Pourquoi m'avez-vous donné rendez-vous dans un musée ? demande Cate, agacée.

– Ce n'est pas un musée, Cate, c'est un club privé très prestigieux », la corrige Doug, soucieux de défendre le bien-fondé des choix qui ont guidé toute sa carrière politique.

Un homme à tout faire entre dans la pièce, les bras chargés de cartons de guirlandes lumineuses et de couronnes de Noël.

« Excusez-moi, nous souhaiterions avoir une conversation en privé, dit Doug pour se débarrasser de l'homme. Cate, que se passe-t-il ? Où est Walter ?

– Il a démissionné. Vous n'avez pas lu vos mails ?

– DÉMISSIONNÉ ? Nom de Dieu, qu'est-ce que vous lui avez dit ? s'étrangle Doug, auquel il n'a pas échappé que Cate était déterminée à obtenir une promotion.

– Au cas où vous ne l'auriez pas remarqué, depuis que vous et moi avons cessé de… nous voir… » Elle marque une pause. « Walter a pris l'habitude de me peloter dans les coins, entre autres comportements déplacés. La presse commençait à s'intéresser à son cas, alors je lui ai donné le choix : démissionner dans la dignité, ou bien…

– C'est ça, l'urgence dont vous vouliez me parler, bordel de merde ? » Doug est affolé. Peu lui importe que sa collaboratrice ait été victime d'une agression sexuelle. Il traverse la pièce à grandes enjambées jusqu'à un canapé vert au-dessus duquel est accrochée une tête de sanglier.

Cate se détourne et ravale sa fureur. « Si vous lisiez vos mails, vous verriez que tout se passe à merveille. Walter s'en va sans faire d'éclats. Il prend sa “retraite anticipée” pour se consacrer à sa famille. Il ne participera pas aux prochaines campagnes, et il me passe le relais. Et moi, je monte en grade – ce qui d'ailleurs est excellent pour votre image.

– Bon sang de bon Dieu, la presse va se douter de quelque chose, répond Doug, guère convaincu, en passant sa main sur son crâne luisant.

– Ils m'ont déjà contactée, le rassure Cate. C'est fait… Mais ce n'est pas cela, Doug, l'urgence dont je vous parlais. »

Doug perd tout contrôle sur son corps et se met à gesticuler. « Ah bon ? Pourtant tout cela me semblait déjà foutrement urgent…

– La vraie urgence, c'est votre fille. Elle a partagé avec Bunny un enregistrement de vous en train de tenir des propos racistes…

– C'est impossible.

– Une conversation où vous demandez à votre fille de quitter son petit copain noir à cause de sa couleur de peau. » Cate marque une pause pour laisser le temps à Doug d'encaisser. « Mackenzie a cet enregistrement dans son téléphone. Un enregistrement où l'on vous entend dire à votre fille qu'un garçon de couleur lui a donné de la drogue, et que s'il est différent d'elle, alors ce n'est pas vraiment de l'amour, et que vos parents auraient honte si elle le présentait à votre famille. Vous pouvez me croire, je l'ai entendu. »

De la sueur perle au front de Doug et dessine des auréoles sous ses aisselles. Il desserre sa cravate. « Mais enfin, je ne suis pas raciste, bien entendu… » Il éclate d'un rire hystérique, puis donne un coup de poing dans le vide. « Betsy n'a pas assez d'autorité sur ses filles. Je le savais, je savais qu'il ne fallait pas qu'elle fréquente la petite Bartholomew. » Il pointe le doigt sur Cate. « C'est elle qui est responsable de l'overdose du fils du général Montgomery.

– C'est de ma cousine que vous parlez.

– Oh, c'est vrai. Désolé, mais…

– Vous avez raison, elle commence à devenir un danger. »

Doug arpente la pièce de long en large. « Bordel de merde ! »

« Écoutez, nous devons agir vite, dit Cate. J'ai la preuve que deux téléphones au moins contiennent l'enregistrement, et qui sait combien d'autres encore. Et si l'une des deux décide de le poster, la chose va très vite prendre des proportions virales.

– Vous voulez dire virales sur Internet ? » demande Doug.

Cate est interrompue par un grincement de pas sur le palier. Gordon Bay, l'avocat du Président – quatre-vingts ans, chevelure hirsute, épais sourcils noirs et dos bossu –, arrive du couloir en tapant des pieds, sa canne à la main. Debout dans l'encadrement de la porte de la salle de poker, M. Bay s'arrête pour remonter sa braguette et se tourne vers Doug.

« Sénateur Wallace ! » s'exclame-t-il, enchanté de voir ce nouveau membre profiter des locaux du club.

Doug change aussitôt de visage comme s'il était le docteur Jeckyll, et affiche un sourire affable de circonstance. « Cher monsieur. » Il va serrer la main de M. Bay, derrière lequel apparaît une jeune femme aux cheveux noirs, un verre de pétillant à la main, qui s'essuie les coins de la bouche avec ses ongles en acrylique.

« Euh, je vous présente Cate, dit Doug en se tournant vers Cate qui, sans comprendre, lui lance un regard noir.

– Surtout, n'oubliez pas son pourboire, répond M. Bay avec un clin d'œil. Vous savez qu'on n'est jamais à l'abri d'une tentative de chantage. » Il veut ponctuer son propos d'un coup de poing amical dans le bras de Doug mais le rate et manque de tomber.

Doug le raccompagne doucement vers le palier. « Je sais, je sais. Je ferai bien attention à la payer grassement, Votre Honneur.

– C'est bien, mon garçon.

– Faites attention qu'il ne tombe pas dans l'escalier, lance Doug à sa maîtresse.

– Oh, je prends bien soin de lui, monsieur le Sénateur », répond-elle avec un clin d'œil avant de s'éloigner.

Cate reste là, une main sur la hanche, incrédule. « Vous venez de suggérer que j'étais votre prostituée ? C'est quoi, cet endroit ? Un bordel pour ministres à la retraite ?

– Du calme, voyons. Je vous l'ai dit, vous n'avez pas le droit d'être ici.

– Sauf si je suis une pute !

– Cate. » Doug s'approche d'elle et prend entre ses mains ses joues roses d'émotion. « C'était l'avocat du Président. Il ne faut pas qu'il soit au courant de quoi que ce soit. Si c'est mauvais pour mon image, ça l'est aussi pour la vôtre. Surtout dans votre nouvelle position de directrice de la communication. »

Cate prend les mains de Doug et les retire de ses joues. « D'accord.

– Alors il faut que je récupère le téléphone de Mackenzie, et vous celui de Bunny, dit-il, sentant un plan se former dans son esprit.

– Et il faut non seulement que nous récupérions l'enregistrement, mais aussi que nous regardions tous leurs messages et leurs applis, tout ce qui aurait pu leur permettre de l'envoyer, ajoute Cate.

– Très bien.

– Doug, vous savez comment elles marchent, ces applis ? » demande-t-elle avec un regard condescendant.

Doug, gêné, ne répond pas.

« Alors prenez son téléphone et amenez-le au bureau. Je trouverai un technicien qui viendra le vider, dit Cate.

– Parfait. Et vous, vous faites la même chose avec le téléphone de Bunny.

– Oui. Nous n'avons pas beaucoup de temps. Où est Mackenzie ?

– Elle fait des courses de Noël avec Betsy.

– Mettez la main sur son téléphone, et je vous retrouve demain matin au bureau. »

Cate s'enveloppe dans son trench-coat et se dirige vers l'escalier. « Cate, ajoute Doug. Je ne suis pas raciste, je vous le jure. »

Cate jette son sac à main par-dessus son épaule. « Vous savez Doug, je n'ai rien contre les gens qui mentent aux autres. Ceux qui ont des problèmes, ce sont plutôt ceux qui se mentent à eux-mêmes. » Ils se toisent un instant, incertains de pouvoir se faire confiance. Puis Cate tourne les talons et s'en va, laissant Doug à court de paroles. Tandis qu'elle descend l'escalier de bois, un violent fracas de vaisselle et de bois brisé s'élève du salon au rez-de-chaussée. Surprise, elle s'arrête dans l'entrée et jette un coup d'œil dans le salon. Gordon Bay, assis dans son fauteuil Chesterfield, contemple à ses pieds une flaque de soupe de pois cassés répandue sur le parquet, à côté des franges effilochées d'un cordon cassé : la sonnette de service s'est rompue. Affolé, il saisit la clochette en cristal : *ding ding ding ding ding ding* !

40

Une Suburban noire gravit un chemin de terre bordé de saules pleureurs squelettiques et de bottes de paille. Le véhicule qui transporte Billy, le général Montgomery et son avocat approche de la vieille ferme, au sommet de laquelle un drapeau américain flotte au vent. Dans le silence des Blue Ridge Mountains, le froid hivernal descend sur cette terre où reposent les soldats de la guerre de Sécession.

Posséder une ferme à Upperville en Virginie ou dans le village voisin de Middleburg constitue à Washington un marqueur social, un symbole qui indique que l'on est soit le descendant d'anciens propriétaires de plantation, soit le bâtisseur d'un nouveau patrimoine conforme au rêve américain.

Le général a acheté cette vieille bâtisse en pleine récession économique, pour y loger ses beaux-parents à la retraite et y réunir sa famille pendant les week-ends et les vacances. Jusqu'au XIXe siècle, la ferme était un moulin à grain : c'est la première plantation à avoir été brûlée lors des « raids incendiaires » menés par les Confédérés en route vers la bataille sanglante de Gettysburg. Quand le général est devenu chef d'État-Major des armées, un poste qui représentait le summum des honneurs et du pouvoir qu'il pouvait espérer obtenir à Washington, il a choisi ce lieu pour en faire sa maison de campagne : une manière de plus de laisser son empreinte dans l'Histoire. Le seul inconvénient est l'odeur permanente de kérosène et les bruits de moteurs d'avions qui proviennent d'une maison située quelques kilomètres plus loin sur la route, où le rejeton d'une dynastie de banquiers s'est fait construire un aérodrome pour ses foutus allers-retours à New York en jet privé.

Un grand feu flambe dans la cheminée de pierre. Le plafond du salon, haut de cinq mètres, est traversé de grandes poutres de bois. Aux murs, entre les fenêtres biscornues, sont accrochées des gravures représentant des scènes de bataille. Carol est assise à un bout du canapé beige, ses lunettes de lecture rouges posées au sommet de sa tête. Les rides qui entourent ses yeux s'étendent sur tout le haut de son visage. Elle est épuisée par les larmes ravalées, par les journées silencieuses passées à s'évader dans les livres de la bibliothèque. Ses parents, des gens simples et reconnaissants d'être là, sont assis face à elle. Le général entre en uniforme bleu, suivi de son avocat et de Billy.

« Carol, Shirley, Bob, je vous présente mon avocat, Rod Bernstein. Il va passer en revue avec nous ce que nous devons anticiper pour les semaines à venir, et nous expliquer comment nous comporter en public. »

Rod Bernstein est l'un des « nettoyeurs » les plus connus de Washington. Botoxé à souhait, il roule en Maserati et s'envoie en l'air avec une « informaticienne » de vingt-quatre ans. C'est à lui que l'on fait appel lorsqu'un sénateur tue une prostituée, lorsque des fuites révèlent au grand jour une société-écran appartenant à un président, lorsqu'un membre du Congrès provoque un carambolage après quelques whiskys de trop, ou encore, comme c'est le cas cette fois, lorsqu'un ministre de la Défense en cours d'investiture fait l'objet d'une enquête pour crimes de guerre.

Billy s'assied à côté de sa grand-mère qui dégage un parfum de lavande. Elle le prend tendrement dans ses bras.

« Bonjour à tous, dit Bernstein. Nous allons commencer par vous, Billy, car le général n'a besoin de votre présence que pour le début de cette réunion, qui a pour but de nous préparer à la suite des événements. »

Billy regarde son père, puis sa mère, vexé par cette décision. On l'exclut délibérément de la conversation des adultes pour le punir de sa récente overdose. Il est devenu un poids mort. Le général se tient près de Bernstein, les bras croisés.

Bernstein poursuit : « Si des journalistes vous suivent au lycée, à vos matchs de baseball, au domicile de votre petite amie ou je ne sais où, faites semblant de ne pas les remarquer. Ne leur parlez pas. S'ils vous interpellent, continuez de marcher. Ceux qui vont vous filer sont tout en bas de l'échelle. Personne ne s'intéressera vraiment à vos faits et gestes, du moins tant que la vidéo n'aura pas été publiée. Il faut nous assurer que votre présence en ligne reste totalement vierge. Mais avant que je ne passe à la vidéo…

– Quelle vidéo ? De quelle vidéo parle-t-il ? l'interrompt la grand-mère de Billy.

– Shirley, s'il vous plaît, ne lui coupez pas la parole, intervient le général avec tout l'agacement dont est capable un beau-fils. Nous allons y venir.

– D'accord, désolée.

– Avant que je ne passe à la vidéo, Billy, je veux que vous gardiez la tête haute, toujours digne, le dos bien droit. Les apparences et les premières impressions constituent déjà la moitié du travail. Et si des images fuitent sur Internet, au moins, vous aurez l'air droit dans vos bottes. Il n'y a que les célébrités qui regardent leurs pieds. La lignée dont vous descendez exige que vous gardiez toujours confiance en vous face à l'adversité.

– Oui, monsieur, d'accord, dit Billy, ses mains moites serrées entre ses cuisses.

– Ensuite, poursuit Bernstein, si quelqu'un publie la vidéo où l'on vous voit simuler une séance de torture au moyen d'une bouteille de champagne et tenir des propos qui pourraient être interprétés comme racistes, alors nous avons affaire à une situation un peu plus sérieuse.

– WILLIAM MONTGOMERY ! » s'exclame sa grand-mère en jetant à Billy un regard plein de honte et d'incrédulité.

C'est une insulte à l'éducation qu'il a reçue et à la réputation de sa famille. Carol n'arrive pas à le regarder en face.

« Si la vidéo est publiée et que les médias s'en emparent, alors une période d'isolement s'imposera. Dans ce cas, ce seront des agents de sécurité qui vous conduiront au lycée et chez vous. Vous ne devrez à aucun moment être vu en public, car cela ne ferait que prolonger la durée de vie de l'histoire dans les feuilles à scandale. »

Le général hoche la tête pour marquer son approbation, même s'il navigue maintenant dans des eaux inconnues.

« Nous pouvons nous attendre à recevoir des menaces, y compris peut-être des menaces de violence…

– Oh mon Dieu, gémit Carol, au bord des larmes.

– Si c'est le cas, nous surveillerons tout cela de près, donc vous n'avez pas de soucis à vous faire. Je vous le garantis, Carol. Si la vidéo est publiée, au moins, il vaut mieux que cela ait lieu pendant les fêtes, quand l'actualité tourne au ralenti. Mais c'est aussi une période pendant laquelle le moindre détail croustillant peut prendre des proportions virales. Nous devons être vigilants. Si c'est le cas, nous n'aurons aucun moyen de l'en empêcher. Il faudra faire de votre mieux pour traverser cette période, et suivre les instructions que vous recevrez de mon équipe concernant la période d'isolement. »

Billy garde le silence. « EST-CE QUE C'EST BIEN CLAIR, WILLIAM ? crie le général.

– Oui, mon Général », répond Billy, une boule dans la gorge. Forcé de contenir sa terreur face à l'inconnu, il sent son univers se refermer sur lui.

« Parfait. Donc vous avez bien compris ? demande Bernstein.

– Oui, monsieur », répond Billy.

Bernstein s'adresse alors au général Montgomery : « Je crois que nous en avons fini avec lui, n'est-ce pas ? »

Le général se tourne vers Billy. « Tu peux sortir. »

Le jeune homme hésite à demander à son père s'il peut rester pour entendre la discussion des adultes. Il espère que la présence de l'avocat portera son père à plus d'indulgence. Il tarde à se lever du canapé, espérant que quelqu'un va intervenir.

« J'ai dit : tu peux sortir », répète le général.

Carol se sert un grand verre de vin rouge. Billy sort de la pièce, la tête basse, et descend quelques marches du vieil escalier de bois. Puis il remonte silencieusement en ne posant les pieds que sur les marches les moins utilisées et écoute, dos au mur, l'oreille tournée vers la porte. Il se sent comme un soldat dans sa propre maison, un agent de la CIA, un détective privé. Il veut comprendre ce qui arrive à son père, quelle est la source de cette inquiétude qui oppresse la moindre de ses respirations.

Des sons assourdis. Des chuchotements. Des fragments de paroles. « *Base navale… Irak… enquête n'a pas encore été rendue publique… un écolier a été emporté… sniper… témoins dans les SEAL… chantage. Plus d'une douzaine de charges… l'acte d'accusation… tentative de meurtre et meurtre avec préméditation.* »

Les larmes de sa mère, la fureur combative du grand-père, les mots rassurants du général, les paroles de Bernstein : « Vous avez le soutien du Président. »

À chaque parole, le cœur de Billy se met à battre plus fort. Il se consume de honte et de haine de lui-même d'avoir ainsi compromis la réputation de sa famille. Les enjeux ne lui ont jamais semblé aussi insurmontables. Une rage violente pulse dans ses veines, et il ne pense plus qu'à une chose : appeler Bunny.

41

En plein milieu de la nuit, profitant que Mackenzie est profondément endormie, Doug traverse le long couloir qui sépare la chambre de sa fille de la suite parentale. Retenant son souffle, il saisit le téléphone portable sur la table de chevet, le débranche de son chargeur et ressort prestement sur la pointe des pieds. Ce n'est que le lendemain matin, au moment où Teresa, l'employée de maison, est dans la cuisine en train d'emballer le casse-croûte de Haley dans sa boîte repas Disney pour son dernier déjeuner avant les vacances de Noël, que se déclenche le cataclysme.

Mackenzie fait irruption dans la cuisine. « Il est où, mon téléphone ? Tu me l'as pris ? Il n'est plus là.

– Regarde sous ton lit, ma chérie, lui dit Teresa.

– J'ai déjà regardé sous mon lit. »

Betsy entre d'un pas serein dans la cuisine en kimono à fleurs, couronnée de bigoudis chauffants. Son visage est couvert de fond de teint mais ses yeux et sa bouche ne sont pas encore maquillés, ce qui lui donne l'apparence d'une geisha. « Bonjour, ma biche. » Elle sort une tasse à café du placard. « Tu as travaillé ton violon, ce matin ?

– Tu m'as pris mon téléphone ? JE NE TROUVE PLUS MON TÉLÉPHONE. »

Betsy glisse une capsule Illy dans la cafetière. « Pourquoi aurais-je pris ton téléphone, chérie ? demande-t-elle par-dessus le gargouillis de la machine.

– Je ne sais pas, mais IL N'EST PAS LÀ. »

Tandis que Mackenzie fait voler les coussins de la banquette dans la véranda, Betsy prend Teresa à témoin. « Regardez-moi ça. Elle est complètement accro. Ces jeunes ont un sérieux problème. » Impuissante, elle avale une gorgée de café.

Mackenzie fait tomber une décoration de faux hydrangeas. « Ça suffit, dit Betsy en la saisissant par le bras. Tu dois être partie dans une demi-heure.

– Arrête ! crie Mackenzie, au bord de la crise d'asthme, en arrachant son bras de la main de sa mère. J'ai mes notes… pour mon… interro… SUR MON TÉLÉPHONE !!! »

Elle fonce sur l'îlot de la cuisine dont elle ouvre et claque frénétiquement toutes les portes.

« Très bien, ça suffit comme ça. J'appelle ton père.

– Bonne idée. Demande-lui où il est ! »

Betsy lève son téléphone par-dessus sa tête, laissant entendre la sonnerie sur le haut-parleur. Teresa, guère ébranlée par le chaos habituel, ferme le sac à casse-croûte d'Haley.

« Oui ? » répond Doug d'un ton plus enjoué qu'à l'accoutumée.

Betsy regarde Mackenzie droit dans les yeux, tenant son téléphone à mi-chemin entre elles. « Ta fille dit qu'elle ne trouve plus son téléphone, et elle croit que c'est l'un de nous deux qui l'a pris.

– Oh non, ma bichette ! répond-il. J'enverrai un de mes stagiaires aujourd'hui passer la maison au peigne fin. On le retrouvera, ne t'inquiète pas. » Mackenzie regarde fixement le téléphone de sa mère. « Et tu sais, choupinette, Noël approche. Si tu es bien sage, le père Noël t'apportera un modèle plus récent, qu'en penses-tu ?

– C'est de celui-ci que j'ai besoin, Papa. J'ai tout sur mon téléphone. J'ai toute ma vie dedans.

– Bon, ne t'en fais pas. J'arrive à l'instant au bureau, ment Doug qui est encore coincé dans un embouteillage sur Pennsylvania Avenue. Cate, pouvez-vous envoyer quelqu'un chez moi pour retrouver le téléphone de Mack ? lance-t-il au siège passager vide.

– Merci ! dit Betsy.

– Merci Papa, dit Mackenzie.

– À plus tard. » Betsy raccroche. « Tu es contente ? Maintenant, va t'habiller. Je ne veux pas que ta sœur soit en retard à cause de toi. Et n'oublie pas ton étui de violon comme la dernière fois. »

Mackenzie, vêtue de son uniforme, est debout dans la salle de bains : jupe verte à carreaux, legging noir, chemise à col bleu et pull gris à col en V brodé de l'écusson de l'école, *Fidelitas et Integritas.*

Elle examine son corps dans le miroir et tend la main vers son téléphone comme vers un membre fantôme, avant de se souvenir qu'il n'est plus là. Son sac ne contient qu'une liasse de partitions empilées en désordre, et son violon dans son étui est posé près d'elle sur le sol de marbre. Mackenzie adresse un grognement à son reflet. Puis, sentant que le moment fatidique est venu, elle rabat ses cheveux sur le côté gauche de sa tête et y trace une raie du bout de son index. Retenant son souffle, elle fait courir ses doigts le long des racines. Elle frotte le cuir chevelu, gratte, attrape plusieurs cheveux et laisse échapper ceux dont elle ne veut pas. L'espace d'un instant, Mackenzie tente de se retenir, de résister à la tentation, mais cela ne fait qu'aggraver l'anxiété qui la gagne comme un coup en pleine poitrine. Sans hésiter, elle tire un coup sec, comme pour déraciner une maigre plante dans un jardin mourant, et arrache la mèche qui émet un minuscule craquement en se décrochant du crâne.

En sentant les cheveux se détacher de sa tête, elle pousse un soupir apaisé. Elle ouvre la paume de sa main : les bouts de ses doigts sont tachés de sang. Elle les rince sous le robinet et voit l'eau rose descendre en tourbillonnant dans la bonde.

« Mackenzie, hurle la voix de Betsy dans l'interphone. On va être en retard !

– J'arrive ! »

Elle s'essuie les doigts sur une serviette brodée, puis s'assied d'un bond sur le bord du lavabo et s'approche le plus près qu'elle peut du miroir. Elle a une boule au ventre quand elle pense à son interrogation d'aujourd'hui, à son père qui lui a dit que Marty n'était pas assez bien pour elle parce qu'il était différent, à son nouveau morceau de violon. Elle trace une raie de l'autre côté de sa tête et laisse ses doigts courir le long des racines. Reproduisant son rituel avec une précision obsessionnelle, elle frotte à nouveau le crâne de son index, puis enroule la minuscule mèche autour de son doigt et tire un grand coup en retenant son souffle. Elle expire juste au moment où Betsy fait irruption dans la salle de bains. Surprise, Mackenzie tourne brusquement la tête et se cogne à la porte ouverte de l'armoire à pharmacie.

« Aïe ! Maman, merde, tu peux pas frapper ?

– Qu'est-ce que tu es en train de faire ? » Betsy saisit la main de sa fille et voit le sang au bout de ses doigts. « Lave ça tout de suite.

– Mais c'est ce que je fais !

– Fais-moi voir.

– Maman, arrête ! proteste Mackenzie, tentant d'éloigner sa mère.

– Fais-moi voir ça tout de suite. »

Betsy l'attrape de force et lui coince la tête sous son bras, incrustant dans la joue de sa fille sa montre Cartier en diamants. « Ouille ! » gémit Mackenzie. Betsy soulève ses cheveux. « Oh, mon Dieu ! Tu saignes. » De nouvelles croûtes se sont formées autour de la plaque sanguinolente de racines fraîchement arrachées.

« Maman, arrête ! sanglote Mackenzie, en se laissant aller peu à peu dans ses bras. Arrête !

– Ce n'est pas normal de faire ça ! Ce n'est PAS NORMAL, Mackenzie ! POURQUOI FAIS-TU UNE CHOSE PAREILLE ? » hurle Betsy, lâchant sa fille comme si elle la jetait du haut d'une falaise.

« Je ne sais pas ! répond Mackenzie dans un sanglot, appuyée au mur de la salle de bains, en se laissant peu à peu glisser vers le sol.

– J'appelle tout de suite le médecin. »

Haley entre dans la chambre de Mackenzie, son cartable sur le dos, prête à partir à l'école. « Maman ? Qu'est-ce qui se passe ? Je vais être en retard !

– C'est ta sœur. Il y a une urgence. C'est Teresa qui va te conduire. Va lui dire que je t'ai dit de lui demander. Vas-y ! Les clés de la voiture sont sur le crochet à côté de la porte de derrière.

– Sors de là ! hurle Mackenzie à sa sœur, qui s'enfuit de la chambre.

– Est-ce que tu as pris de la drogue ? questionne Betsy. C'est ce Billy Montgomery ?

– Non !

– Il faut que tu arrêtes de faire ça, Mackenzie. » Betsy s'accroupit, pose les mains sur les épaules de Mackenzie et la secoue contre la porte de la salle de bains. « Tu m'entends ? IL FAUT QUE TU ARRÊTES !

– Ça suffit ! J'en ai marre ! J'en ai marre de toujours faire semblant d'être à la hauteur. Je ne veux plus faire semblant. Je ne veux plus faire semblant. »

Mackenzie, recroquevillée sur le tapis de bain, se met à sangloter de plus belle en se balançant d'avant en arrière, le visage enfoui dans ses mains.

42

Dans le jardin de la National Cathedral, Bunny, assise sur un banc en forme de cygne surmonté d'une arche d'aubépines, fume une cigarette en cognant la patte de l'oiseau du talon de sa Doc Martens. À ses pieds, l'allée de pierre est maculée de feuilles mortes en décomposition. Elle jette son mégot dans une fontaine à sa gauche dont l'eau jaillit d'une gargouille de pierre, la gueule ouverte comme un chat qui bâille. Elle croise les bras sur son ventre, voûtée sous son manteau rouge, ses taches de rousseur presque invisibles sur sa peau translucide. Elle porte des lunettes de soleil rouges en ailes de papillon pour protéger ses yeux de la lumière blanche.

« C'est quoi, ces lunettes ? » demande une voix derrière elle.

Bunny fait un bond et se retourne. « Putain, Billy. Tu m'as fait peur ! » Elle reprend ses esprits. Billy se tient devant elle, les mains dans les poches de son manteau de laine noir, les cheveux ébouriffés, les yeux cernés et les joues creuses. « C'est la lumière qui me donne mal à la tête, répond-elle. Tu as escaladé la haie ?

– Ouais. Je suis suivi. »

Billy baisse la tête avec un regard furtif vers la Suburban noire aux vitres teintées qui est garée de l'autre côté de la rue. « Pourquoi tu ne réponds pas à mes textos ? demande-t-il.

– Je ne retrouve plus mon téléphone », répond Bunny. La tension de leur rupture inachevée s'attarde entre eux comme un résidu poisseux.

« On peut parler deux minutes ? » demande Billy. Il s'approche d'elle et lui retire ses lunettes de soleil. Bunny fait la grimace. « Aïe ! Tu peux arrêter ? » proteste-t-elle, les sourcils froncés, ses yeux bleu clair ternis par un voile vitreux. « Rends-les-moi ! »

Billy abandonne et lui rend les lunettes. « Les voilà, espèce de diva !

– Tu fais chier. J'ai les yeux sensibles. » Bunny remet les lunettes et se rassied sur le banc.

« Alors, tu t'es débarrassée de ton argent ? demande Billy en s'asseyant près d'elle.

– Pas encore », répond-elle avec un soupir agacé. Elle voudrait lui parler des portes ouvertes de Noël, mais elle se sent coincée dans sa propre histoire, embourbée dans sa confusion. Elle ne sait plus comment s'expliquer, ni comment parler de ce qui lui arrive.

« Intéressant, ironise Billy avec un hochement de tête.

– Je n'ai pas envie d'en parler. C'est pour ça que tu es venu ? »

Billy lève les yeux au ciel, puis baisse brusquement la tête comme s'il avait aperçu là-haut quelque chose qu'il n'avait pas envie de voir. « Mon père est mis en examen pour crimes de guerre. » Il se contente d'énoncer les faits, d'un ton plat et sans état d'âme qui ne lui ressemble pas.

« Quoi ? demande Bunny, troublée. On dirait un oxymore.

– Ha. Je n'y avais pas pensé.

– Qu'est-ce que ça implique, “mis en examen” ?

– Pour être honnête, je ne sais pas vraiment, mais je crois que ça veut dire de la prison. Sauf s'il est gracié par le Président, mais je ne suis pas sûr… »

Bunny regarde ses Doc Martens qui se balancent devant elle. « Waouh.

– Je sais à quoi tu penses, dit Billy.

– Non, répond-elle.

– Écoute, tout ce que nous possédons… tout ce que mon père a construit pour ma famille a été bâti à partir de rien, mes ancêtres étaient des crève-la-faim.

– Billy, toutes nos familles ont été bâties à partir de pas grand-chose. Pourquoi tu ne veux pas accepter qu'on vit dans un monde raciste, un monde sans principes moraux ? Et que c'est probablement vrai que ton père a commis des crimes de guerre ?

– Tu veux bien me laisser terminer ? crie Billy.

– Vas-y, termine ! » crie à son tour Bunny. Bien qu'ils soient en colère pour la même raison, aucun des deux ne veut entendre l'autre.

Billy regarde ses pieds d'un air las. « Ce que je voulais dire, c'est que je comprends, putain. D'accord ? C'est bien ça, non, que tu veux entendre ? Au bout du compte, tout ce que mon père a accompli n'aura servi à rien, puisqu'il restera dans l'Histoire comme un assassin. Mais ta famille à toi, Bunny, elle a fabriqué les moteurs de nos engins de guerre. Et pourtant, je ne vois personne de ta famille derrière les barreaux. » Billy lève les mains au ciel. « Franchement, tu ne te rends même pas compte de…

– Si, je me rends compte, Billy ! hurle Bunny, les tempes battantes. À ton avis, pourquoi j'essaie de m'en débarrasser, de cet argent ?

– Ce n'est pas en donnant ton fric à un homme accusé d'avoir assassiné ton amie que tu vas arranger les choses, Bunny ! »

Bunny reste debout dans le froid, la lèvre tremblante, au bord des larmes, lorsque Marty arrive en courant à toutes jambes, descend les marches de pierre, traverse le pont du bassin des carpes et les rejoint dans le jardin. À bout de souffle, il laisse tomber ses mains sur ses genoux. « Les gars…

Oh, merde… », halète-t-il en remontant ses lunettes sur son nez. « La vidéo, la vidéo de nous, elle est devenue virale. »

Bunny essuie une larme sous son œil. « Hein ? Quelle vidéo ? »

Billy se laisse tomber sur le banc, la tête sur les genoux. « Putain », murmure-t-il.

« La vidéo ! crie Marty comme s'il s'adressait à une imbécile. La vidéo de nous en train de torturer Billy à la fête de Stan !

– Pas possible ! Elle était sur le téléphone de Stan, c'est lui qui l'avait, se défend Bunny.

– C'est toi qui l'as filmé, Bunny, l'accuse Billy. Donne-nous ton téléphone !

– Mais je ne l'ai pas ! Je ne l'ai pas, mon putain de téléphone ! C'est pas moi !

– Non, attends, elle a raison, vieux, dit Marty. Elle était sur le téléphone de Stan. C'est sur son téléphone que ça a été filmé… Et il est impossible à joindre, ce connard, ajoute-t-il en composant le numéro de Stan.

– J'ai essayé hier, il ne répond pas. Et il n'est pas venu au contrôle d'histoire de vendredi, dit Billy, sentant s'accumuler dans son ventre un mélange de panique et de confusion.

– Putain, mec, gémit Marty. Quand ils vont voir ça à Harvard, ils vont annuler mon admission. Ma vie est foutue. Mes parents vont me tuer. » Il s'assied sur l'herbe givrée et jette par terre son sac à dos North Face. « Qu'est-ce qu'on va faire, bordel ? »

Bunny, gagnée par la culpabilité d'avoir filmé la scène ce soir-là, ne sait pas quoi dire. « Je suis vraiment déso… »

Billy se lève avec un grondement furieux et met un coup de poing dans le tronc d'un chêne vieux de trois cents ans, dont la circonférence est deux fois plus large que leurs trois corps réunis. Sa main s'écrase contre l'écorce avec un craquement. Le sang coule sur son poignet.

Au même moment, les cloches de la National Cathedral se mettent à sonner l'heure. On entend d'abord tinter la plus petite, suivie des autres qui s'ajoutent, crescendo : la société des carillonneurs de cloches de Washington commence sa répétition.

43

Mackenzie descend de la Jaguar de Betsy, une perruque brune sur la tête. Elle a été reçue en urgence par son médecin généraliste qui a diagnostiqué un accès de trichotillomanie, un trouble obsessif-compulsif consistant à s'arracher les cheveux. Il leur a aussitôt recommandé un psychiatre. Mais au lieu de prendre rendez-vous avec lui séance tenante, Betsy a emmené sa fille acheter une perruque et se faire maquiller au comptoir Chanel du magasin Tysons Corner, avant de la conduire au lycée.

Le vestibule du secrétariat est meublé de deux canapés écossais qui se font face et d'une grande mappemonde posée dans un coin. Marty, assis face à Chase, fait de son mieux pour conserver un air digne. Billy, debout dans un coin de la pièce, fait tourner le globe, les yeux fermés, et arrête de temps à autre son index sur un des sept continents. Les trois garçons ont été convoqués dans le bureau du principal dès que la rumeur autour de leur vidéo s'est répandue comme une traînée de poudre. Depuis, des mails de journalistes s'empilent dans la boîte électronique du lycée. Le principal a vu la vidéo, tout comme les parents de Marty et de Chase. Un message a été laissé au père de Billy, et les parents ont rendez-vous ensemble chez le principal.

Mackenzie suit sa mère dans le bureau, tétanisée par cette terreur bien particulière que fait naître au lycée le manque de confiance en soi, en écartant de ses yeux les mèches de la perruque. Marty, qui attend dans le canapé, se lève au moment où elle entre.

« Salut », dit-il, intrigué par ses cheveux mais trop accablé pour lui en faire la remarque.

« Salut, répond-elle. Qu'est-ce que vous faites là ? » S'efforçant de garder un air naturel, elle jette un regard circulaire à la salle d'attente où Chase est courbé sur son téléphone portable tandis que Billy fait tourner le globe terrestre.

« Euh... » Marty enfonce les mains dans ses poches pour éviter de les agiter nerveusement. « On est, euh... On est dans la merde, murmure-t-il.

– Qu'est-ce qui s'est passé ? demande Mackenzie.

– Je te... Je te raconterai plus tard. »

Marty recule de plusieurs pas quand Betsy entre dans la pièce.

« Bonjour », dit Betsy en observant Marty qui s'agite, mal à l'aise, et remonte ses lunettes sur son nez. Le moment ne pourrait pas être plus mal choisi pour rencontrer la mère de la jeune fille avec laquelle il vient de perdre sa virginité.

« Maman, je te présente Marty », dit Mackenzie.

Marty fait un pas en avant et tend la main vers elle comme un soldat, le menton levé. « Enchanté, madame Wallace. »

Betsy lui sourit comme si elle avait un bonbon au vinaigre dans la bouche, puis se tourne vers Mackenzie. « Très bien, je leur ai donné le papier. Tu peux retourner en classe. Teresa viendra te chercher à ton cours de violon. Je lui ai dit que tu pouvais conduire jusqu'à la maison.

– Merci, Maman, répond-elle, son étui à violon à la main. À plus tard, les gars », ajoute-t-elle, soulagée que les ennuis qui semblent peser sur Marty aient détourné l'attention de ses cheveux.

Au moment où Mackenzie et Betsy se quittent dans le hall, Linda Williams arrive d'un pas martial dans le couloir. « Betsy ! » appelle-t-elle.

Betsy s'arrête et se retourne. « Oh, Linda ! » Depuis son entretien au Washington Club, elle n'est pas revenue aux cours de français et elle a cessé de répondre aux appels de Linda.

« Vous avez eu mon message l'autre jour ? demande Linda.

– Oh là là, je suis tellement en retard sur ma correspondance !

– Votre fille a posté un *mème* de ma fille et moi sur un faux compte Instagram, et l'image a circulé dans toute la classe. Depuis, Becca pleure tous les soirs en rentrant de l'école.

– Je suis navrée Linda, je ne sais pas du tout à quoi vous faites allusion. J'ai rendez-vous dans une demi-heure avec mon décorateur d'intérieur. »

Linda, qui tient avant tout à conserver sa position dominante dans leur relation, s'efforce de garder son calme. « Betsy, je ne comprends pas. Ici, à Saint Peter's, nous ne sommes pas du tout habitués à ce genre de comportement. Il serait fort dommage que cet incident arrive aux oreilles du principal… ou de qui que ce soit d'autre, d'ailleurs. Cela pourrait avoir un effet désastreux sur votre réputation et sur celle de Doug. Je viens tout de même d'écrire une lettre de recommandation pour vous faire entrer au Washington Club… » Linda ne soupçonne pas un instant que Betsy ait pu avoir vent des rumeurs concernant les abus sexuels commis par son mari.

« Je me pose une question, Linda : avez-vous vraiment cru que vous pourriez tirer profit du fait de connaître ma famille ? Je sais bien que la notoriété de Doug ne fait qu'augmenter :

l'audience de l'émission de Chris est montée en flèche le jour où il était invité. Mais quoi qu'il en soit, j'aurais apprécié que vous nous teniez au courant des accusations qui pèsent sur votre mari. Les abus sexuels sont une question particulièrement sensible ces temps-ci, et vous savez à quel point une réputation peut être fragile. »

Linda reste pétrifiée comme si elle venait de voir un fantôme.

« Les choses se savent, Linda, poursuit Betsy. Rappelez-moi quel est ce proverbe que les gens utilisent toujours à Washington ? Pas besoin de regarder la météo pour savoir dans quel sens souffle le vent. » Avant d'atteindre les portes coulissantes, Betsy se retourne et lance : « Mes amitiés à Chris ! »

44

Bunny remonte l'allée pavée la tête basse, ses lunettes de soleil sur le nez, traînant derrière elle son lourd sac à dos comme si elle revenait de la guerre. En entrant dans la maison, elle le jette contre le mur tapissé de toile de Jouy, laissant une éraflure sur la scène de pique-nique familial. Elle s'avance lentement dans la cuisine où Meredith, debout face à la gazinière sur laquelle mijote un ragoût de bœuf, une cigarette allumée dans la main droite, contemple la fumée qui s'élève dans la hotte. Le bruit des souffleurs de feuilles des jardiniers et le vrombissement continu de la scie de l'arboriculteur l'ont épuisée. On croirait qu'un moteur tourne perpétuellement dans ses oreilles et n'en finit pas de scier les branches de son arbre favori. Au milieu de la cuisine est posée une malle ancienne à fermoirs dorés, dans laquelle se trouvent les derniers objets de valeur de sa mère qui lui restent à trier: des photos noir et blanc cornées de la ferme de Middleburg, une écharpe-souvenir d'un bal de débutantes et une paire de gants blancs jaunis. *L'Étiquette* d'Emily Post, un guide de bonnes manières, est posé sur le couvercle du coffre qui semble renfermer les dernières reliques du rêve américain.

Sans prêter attention à la malle, Bunny court tout droit vers son téléphone portable posé devant sa mère sur le comptoir. «Mon téléphone! Merci mon Dieu.» Soulagée, elle le serre contre sa poitrine.

« Il faut qu'on parle, dit Meredith en écrasant sa cigarette.

– On ne peut pas faire ça plus tard ? » gémit Bunny en se déchaussant, laissant apparaître ses chaussettes dépareillées. Sa jupe écossaise et son pull gris auraient dû partir à la poubelle depuis longtemps.

Meredith tend le bras pour lui bloquer le passage. « Arrête-toi tout de suite. Assieds-toi. »

Bunny lève les yeux au ciel et se laisse tomber sur la banquette du coin-repas.

« Est-ce que tu es allée à la prison centrale ? » demande sa mère.

Bunny la regarde fixement sans dire un mot, une tactique acquise dès son plus jeune âge. Au lieu de combler elle-même le silence, elle attend de voir ce que sa mère sait pour évaluer le meilleur moyen de limiter les dégâts et de faire basculer la discussion en sa faveur.

« Réponds. » Meredith reste plantée devant elle, puis sort d'un geste brusque le carnet Moleskine de Bunny et le jette sur la table. « Bunny, enfin, nous avons assez d'ennuis comme ça. »

Bunny rougit. « Bon, d'accord. Je voulais juste en savoir plus sur cette histoire. Où est le problème ? » dit-elle, dans l'espoir de minimiser son lien avec Anthony.

« Tu es allée rendre visite à un homme qui a commis un meurtre. C'est… C'est totalement déplacé.

– Déplacé ? se moque Bunny.

– C'est à cause de ces visites que ton comportement a changé ? À cause de tes conversations avec cet homme, qui est accusé d'avoir assassiné toute une famille, nom de nom ? crie Meredith, hors d'elle.

– Si on me disait la vérité de temps en temps, je ne serais peut-être pas allée le voir.

– Oh Seigneur ! s'exclame Meredith, le dos de la main posé contre son front. Comment as-tu pu être aussi idiote, aussi imprudente ? Comment as-tu pu mettre ta famille en danger ?

– Tu vois, lance Bunny en réprimant un petit rire, tu penses qu'on est en danger, pas vrai ? Mais on serait bien plus en danger si je n'y étais pas allée, si je n'avais pas vu, si je n'avais pas essayé de comprendre ce qui se passe. Je SAIS que la famille Banks a tué des gens innocents. Il faut rendre justice à tous ces gens. Et nous, on a les moyens de faire en sorte que ce genre de choses n'arrive plus jamais…

– Elizabeth, pour l'amour de Dieu, je suis au bout du rouleau. Tu as dépassé les bornes, tu m'entends ? DÉPASSÉ LES BORNES. Tu t'es comportée comme une idiote. Non seulement tu t'es mêlée de choses qui ne te regardent pas, mais en plus tu t'es mise en danger, et tu as mis notre famille en danger…

– Alors dis-moi la vérité, dit Bunny en se levant.

– Qu'est-ce qu'il te faut de plus ? Cet homme a été arrêté, nom de nom ! Crois-moi, je sais très bien ce que tu es en train d'insinuer. Je vois comment les faits pourraient être interprétés. Tu crois que je ne comprends pas les histoires que tu es en train de te raconter ? Tu vois tout à travers ta vision caricaturale de l'Amérique, simplement parce que c'est un homme noir qui a été arrêté. Mais ton père et moi ne te laisserons pas dire ce genre de chose.

– Caricaturale ? La voilà, la putain de caricature ! » s'exclame Bunny en frappant du plat de la main *L'Étiquette* d'Emily Post dont la reliure hors d'âge cède sous le choc, laissant échapper quelques pages qui s'éparpillent comme des plumes. « Tu sais sur quoi elles reposent, Maman, toutes vos bonnes manières ? Sur le racisme, le classisme et le CAPITALISME. Votre étiquette, c'est une autre manière de parler de pedigree. Et pour avoir le bon pedigree, il suffit juste d'être BLANC. Blanc comme ces foutus gants de merde.

– Surveille ton langage. Si Mimi était encore en vie, tu te serais pris une gifle.

– Ah oui ? Ce ne serait pas très poli de sa part, hein ? Être polie et avoir de bonnes manières, ce n'est pas la même chose que d'avoir une morale, pas vrai ? Rien à voir ! L'important, c'est que je tienne ma fourchette comme il faut, que je noue mon écharpe comme il faut, que je ferme ma bouche et que je continue à jouer bien sagement mon rôle de gardienne du temple – exactement comme toi. Que je fasse tenir ce mur invisible qui contrôle l'accès à l'argent. D'ailleurs, à propos d'argent, le mien n'est toujours pas arrivé comme tu me l'avais promis. Avoue-le : si tu as si peur de perdre ton pouvoir, ce n'est pas parce que le pouvoir lui-même t'intéresse tant que ça. C'est juste que tu as trop peur de ce qui t'arriverait si tu n'avais plus tout ça pour te protéger. »

Meredith envoie une violente gifle en travers du visage de Bunny, qui vacille et trébuche sur le coffre ancien. Des pages du manuel d'étiquette s'envolent encore et restent un instant suspendues en l'air avant de s'éparpiller sur le sol de la cuisine.

« Tu n'as pas le monopole de la vérité, espèce de gamine ingrate. Sans cette hiérarchie sociale et économique, sans ton éducation, sans le quartier et la maison où tu as grandi, tu n'existerais pas. Tes grands-parents auraient honte de ton comportement puéril. Tu veux que je te coupe les vivres ? Que je t'abandonne en ville sur un trottoir ? Crois-moi, je ne suis pas loin de le faire. »

Meredith tend une main tremblante vers le paquet de cigarettes posé sur le bar derrière elle.

Bunny, une main sur la joue, enfile ses chaussures de l'autre. « C'est à cause de ça qu'ils sont morts. Il y a toujours une bonne excuse, marmonne-t-elle, au bord des larmes. Tous ces gens innocents. Et bientôt, Anthony…

– Ça suffit. J'appelle l'hôpital psychiatrique. Ton comportement n'est pas normal. Tu n'aurais JAMAIS dû entrer en contact avec ce psychopathe. Tu aurais pu te faire tuer en allant dans cette prison ! Quand ton père va savoir ça, il va faire un procès à toute la ville ! » tonne Meredith. En ce moment même Chuck est en train de participer dans des tours en verre à des rendez-vous avec des avocats, pour acheter le silence de ces familles ravagées par le cancer et incapables de payer leurs frais médicaux car leur salaire minimum ne leur donne même pas les moyens de faire trois repas par jour. Quant à Meredith, elle ne dit pas qu'elle est satisfaite, et même soulagée, du succès de ses négociations pour racheter les actions des Banks, qui garantiront à sa famille de conserver à jamais sa position passée et présente : celle d'une lignée de pionniers qui laissera sa marque dans les hiérarchies sociales et économiques du pays.

« Tu crois vraiment que j'aurais pu me faire tuer en allant dans cette prison ? éclate Bunny. C'est toi qui devrais aller dans un hôpital psychiatrique. Je me casse. » Elle se dirige vers la sortie et claque la porte derrière elle.

Le cimetière de Mount Zion

Clement Morgan est le premier homme noir à avoir obtenu une double licence de Lettres et de Droit à Harvard. On dit que ses restes sont enterrés « quelque part dans le cimetière de Mount Zion » à Georgetown. Il est impossible d'identifier le lieu exact de sa sépulture car les pierres tombales fendues et écroulées sont entassées en désordre un peu partout. Leurs inscriptions effacées et maculées de terre rendent impossible la lecture des noms qui y figurent. Le cimetière, qui est rattaché à l'église de Mount Zion, la première congrégation noire de Georgetown, sert de sépulture à des centaines d'esclaves et de personnes libres. À la différence d'Oak Hill, le « cimetière blanc » situé juste à côté, Mount Zion n'a ni grilles de fer forgé pour protéger les lieux des intrus, ni monuments funéraires immaculés, ni jardiniers arrosant les haies de buis chaque samedi. Condamné à la ruine à force d'abandon, ce cimetière est bordé d'un immeuble délabré et d'une ruelle infestée de rats et encombrée de poubelles et de déchets.

La déréliction du lieu en dit long sur l'injustice économique et raciale qui règne dans le pays, ainsi que sur la gentrification qui a transformé Georgetown au cours du siècle dernier [1]*. On dit que ce cimetière a aussi servi de cachette à l'« Underground Railroad », un réseau clandestin qui aidait les esclaves en fuite vers la liberté. Les fugitifs auraient été cachés dans un abri sans fenêtres de trois mètres sur trois creusé dans le flanc de la colline, qui servait à stocker les cadavres gelés pendant l'hiver*[2]*.*

---

1. « Death of a Cemetery: Mt. Zion's Disrepair », *The Georgetowner*, 26 mars 2015.
2. « Mount Zion Cemetery's Underground Railroad Shelter », *Atlas Obscura.*

45

Bunny est assise sur un banc dans le cimetière désert. Elle regarde au loin l'autre versant de la profonde vallée de Rock Creek Park, où scintillent à travers les arbres dénudés les lumières de la maison de Billy. Dans le ciel nocturne, les nuages projettent des ombres sur les sépultures en ruine. Bunny entend des pas sur la neige. Elle tourne la tête vers la droite et voit deux silhouettes noueuses qui arrivent dans sa direction. Effrayée, elle saute de son banc et plonge derrière un cénotaphe bancal. Elle tire son bonnet rose sur ses oreilles, les yeux plissés pour identifier les deux silhouettes. L'une des deux trébuche et se cogne dans une pierre tombale. « Ça va, mec ? »

Un éclat de rire. « Putain, ça m'a cassé mon trip », dit l'autre voix.

Bunny s'approche et braque la torche de son téléphone portable dans leurs yeux. « Marty ? »

Marty, un bonnet rouge sur la tête, lève une main en clignant des yeux, un joint entre les doigts. Il fait un bond en arrière.

« C'est Bunny, c'est Bunny ! les rassure-t-elle avant de les balayer du faisceau de sa lampe. Chase ? Qu'est-ce que vous faites là, tous les deux ?

– Et toi, qu'est-ce que tu fais là ? » demande Marty.

Chase balance au bout de son bras une bouteille de vodka russe. « Tiens, c'est Bunny-lapin qui se promène dans la forêt ! pouffe-t-il.

– M'appelle pas comme ça ! » proteste Bunny. Ce surnom éveille chez elle le souvenir des taquineries d'Audrey au collège. Elle regarde Marty. « C'est moi qui t'ai demandé en premier. Qu'est-ce que vous faites là ?

– On s'est fait virer du lycée, bredouille Chase, le front luisant de sueur, avant d'avaler une grande gorgée de vodka.

– Hein ?

– Non, on s'est pas fait virer du lycée, corrige Marty en s'approchant de Bunny. Mais Harvard a révoqué mon offre d'admission.

– Oh, non, merde, dit Bunny.

– Ouais. Moi aussi ! »

Chase jette sa bouteille dans un buisson, titube vers Marty et le prend dans ses bras en une étreinte d'ivrogne. « Mais je t'aurai toujours, toi.

– Ferme-la, Chase. C'est à Rollins que tu étais pris, pas à Harvard, intervient Bunny.

– Harvard, mon cul ! brame Chase, chancelant, en se frappant la poitrine des deux poings. De toute façon, peu importe où tu vas du moment que t'as du pognon : c'est ça l'AMÉRIIIQUEEEU !!!

– Rentre chez toi, mec, dit Marty. C'est l'heure du dodo.

– Y a pas moyen, ma gueule, dit Chase. Mon père va encore me brancher sur son détecteur de mensonges.

– T'as qu'à pas mentir, dit Marty.

– T'es pas marrant. Espèce de relou. » Chase sort son téléphone de la poche de sa parka et commande un Uber. Il s'éloigne à pas maladroits sur le chemin de briques en hurlant : « J'envoie un texto à Billy pour lui dire que vous êtes seuls tous les deux dans le cimetière !

– Va te faire foutre ! » lui crie Marty.

Ils regardent Chase s'éloigner en zigzaguant. Bunny fait une place à Marty à côté d'elle sur une pierre tombale.

«Je peux?» Marty lui passe le joint. «Je suis désolée pour tout ça», dit-elle. Elle tire une bouffée et le lui rend.

«Trop tard, c'est fait. Mais grâce à la vodka et à la Purple Kush, ça passe bien mieux», dit-il en examinant le mégot.

Bunny enfonce ses mains dans ses poches. Une tempête de neige est annoncée. «Et toi, tu crois que ça a de l'importance, l'endroit où on fait nos études? Et l'endroit où on atterrit à la fin?»

Marty inspire profondément l'air froid en regardant le ciel. «Tu sais que la probabilité d'étudier à la Saint Peter's Academy est plus basse que celle d'être frappé par la foudre?» Il tire une dernière bouffée, puis s'agenouille et frotte le mégot dans la neige sale.

«Tu rigoles? pouffe Bunny.

– Non. J'ai fait des recherches, dit Marty en se levant, les mains dans les poches.

– J'aurais encore préféré être frappée par la foudre.»

Marty, que le cannabis plonge dans une humeur introspective, s'adosse au banc. «Pour moi, ça a de l'importance, dit-il, soudain plus sérieux. Sauf que quand tu regardes bien les probabilités, nous, on a déjà gagné à la loterie de la vie.»

Bunny se tourne vers Marty et ressent un pincement de culpabilité. «C'est ma faute, dit-elle. Je n'aurais jamais dû vous filmer.

– Ah, ne t'en fais pas, Bunny. On a tous participé.

– Mais moi, je n'étais pas filmée. Et ce n'était pas mon téléphone.»

Marty se redresse en reniflant pour s'éclaircir les idées. «En réalité, compte tenu de la position de mon père à Howard, je devrais pouvoir être admis là-bas sans problème. Et au bout d'un an ou deux, il me suffira de me faire transférer ailleurs si j'en ai envie. Tout compte fait, je ne sais pas. Là où on étudie, ça a de l'importance et en même temps, ça n'en a pas. Mais c'est surtout que j'ai déçu mes grands-parents. C'est ça qui me bouffe », dit-il en secouant la tête.

Bunny le regarde en silence, surprise. Elle ressent tout le contraire. Elle éprouve une sorte de dédain héréditaire pour ses grands-parents, et ce sentiment lui inspire une honte secrète. Elle ne sait pas quoi répondre.

« Simplement, je ne pourrai jamais travailler pour la CIA, ni pour la fonction publique. D'ailleurs, je n'en ai pas grand-chose à foutre. En revanche, pour Billy, c'est chaud.

– Quoi ? Mais non, ça ne l'est pas. Pourquoi tu dis ça ? Il n'a même pas envie d'aller à l'académie militaire.

– Oui, mais son père est une personnalité publique. Billy a été harcelé par des trolls toute la journée, et ça ne va faire qu'empirer, dit Marty.

– Je ne lui ai pas parlé depuis l'autre fois, je ne sais pas vraiment où il en est.

– Même avant l'overdose, je le trouvais distant. Il s'énervait pour un rien. Qu'est-ce qui se passe entre vous deux ?

– Rien… C'est juste… Je crois qu'on a cassé, mais on se parle quand même… Enfin, on s'engueule, plutôt. C'est à cause de son père qui lui met la pression, je le sais. Et puis j'ai fait quelque chose qui ne lui a pas plu, et ça a fait ressortir tout un tas de trucs sur nos familles à tous les deux. Et aussi sur toutes les attentes que nos parents placent sur nous. Mais je crois qu'il va peut-être s'en sortir, vu que son père est bien parti pour aller en prison.

– Ouais. Montgomery a toujours été un connard. Mais putain, tu crois vraiment qu'il va aller en prison ?

– S'il n'est pas gracié par le Président, oui. »

Marty secoue la tête. « D'abord Audrey, et ensuite ça. Qu'est-ce qui nous attend, maintenant ? »

Bunny sort un paquet de cigarettes de la poche de sa veste et en glisse une entre ses lèvres.

« Bunny et ses clopes, s'amuse Marty. On dirait que tu sors d'une autre époque… »

Elle s'interrompt. D'une autre époque ? Bunny regarde la cigarette et la casse en deux, puis sort le paquet de sa poche et le piétine.

« Hé ! Mais qu'est-ce que j'ai dit ?

– Rien. J'arrête, c'est tout. J'arrête les cigarettes, dit Bunny.

– Euh, d'accord… » répond Marty, sceptique. Un silence gênant s'installe entre eux. « Et d'ailleurs, qu'est-ce que tu fais ici, Bunny ? Pourquoi tu te balades toute seule dans un cimetière abandonné ? C'est un peu glauque. Tu vas bien, toi ?

– Je me suis engueulée avec ma mère… Et je pensais à Audrey, alors je suis venue rendre visite aux fantômes de l'histoire américaine.

– Et c'est pour ça que tu es venue à Mount Zion ? Les fantômes d'ici, c'est plutôt les miens, remarque-t-il. Les tiens, ils sont enterrés par là-bas. »

Du menton il indique le cimetière d'Oak Hill de l'autre côté de la clôture grillagée, là où reposent les ancêtres de Bunny : un cimetière équipé de caméras de surveillance vingt-quatre heures sur vingt-quatre, comme un rappel glaçant des priorités du pays en matière de mémoire.

« Eh bien, je ne veux plus être de ce côté-là », déclare Bunny en observant Marty. Elle veut lui parler d'Anthony. Elle voudrait lui demander ce que ça fait, d'être le seul élève de couleur dans sa classe. Que pense-t-il des meurtres ? Croit-il que c'est Anthony le coupable ? Et que pense-t-il de la manière dont Audrey exhibait sa richesse aux yeux de tous ? Pense-t-il que si les Blancs ont tellement peur des Noirs, c'est parce qu'ils sont convaincus que, le jour où l'égalité régnera pour de bon en Amérique, les Noirs leur feront subir ce qu'ils ont eux-mêmes subi ? Elle a peur de lui poser toutes ces questions. Elle sait que Marty vient d'une famille aisée qui vit dans une maison confortable tout près de là, avec une bibliothèque qui déborde de livres et des parents juristes. Elle n'ose pas lui parler, de peur de l'offenser ou de dire quelque chose de déplacé. La situation est trop personnelle. Avec Anthony, au fond, c'était plus facile : ils étaient dans des bâtiments différents, séparés par sa fausse pièce d'identité et par l'écran du moniteur, dans une situation où elle avait plus de pouvoir que lui, non seulement à cause de ses origines mais aussi parce qu'elle était physiquement libre de ses mouvements. Elle se demande si ces pensées font d'elle une mauvaise personne.

« Elle te manque, Audrey ? demande Marty.

– Ça arrive, répond-elle sincèrement. Mais parfois, elle pouvait être vraiment conne. »

Marty éclate de rire. « D'accord. C'est honnête de ta part. Je n'étais pas vraiment proche d'elle. Mais c'est triste quand même. »

Bunny lève les yeux et des flocons blancs se posent sur ses cils. « Tu crois qu'il est encore en liberté ?

– Qui ça ?

– Celui qui a assassiné la famille Banks.

– Mais ils l'ont arrêté, s'étonne Marty.

– Oui, mais tu penses vraiment que c'est lui le coupable ? »

Marty soupire, épuisé d'avoir trop bu et trop fumé. « Je ne sais pas, Bunny… Mes parents ne sont pas convaincus. Ils m'ont dit de ne pas en parler, par respect pour la famille, tout ça. Mais les gens veulent juste avoir l'impression que justice a été faite, même si ce n'est qu'en surface. Ils sont contents de pouvoir mettre ça sur le dos de quelqu'un. Ça permet à tout le monde de se sentir en sécurité, même si c'est faux. Enfin, c'est ce que disent mes parents. »

Bunny regarde la neige se poser au bout de ses chaussures. « Oui, c'est logique. » Elle regarde à travers les bois la maison de Billy qui scintille au loin, sans oser en demander davantage. Un silence inconfortable plane sur eux.

« Allez, viens, dit Marty. On se casse, sinon on va finir recouverts de neige. »

46

Cate parcourt la galerie est de la Maison-Blanche en admirant au passage les arbres de Noël peints à la bombe d'un rouge menaçant : elle a l'impression de passer les portes de l'enfer. La réception de Noël est bondée de membres du Congrès, de dignitaires étrangers, de femmes et d'hommes d'affaires parmi lesquels Jeff Bezos, et de stars de la country fraîchement sorties de leurs cures de désintoxication. Dans le salon est, des « nains volants » (le Président a précisé qu'il préférait l'usage de ce terme à celui de « personnes de petite taille ») suspendus à des trapèzes distribuent aux invités des sacs de biscuits décorés du sceau présidentiel doré. Les nains sont venus spécialement en avion du MGM Grand Hotel à Las Vegas.

Cate erre sur le tapis rouge dans une robe de soirée noire et blanche louée sur Internet, les perles de feu sa grand-tante autour du cou, agitée de pensées fébriles sur Doug. Son téléphone professionnel sonne. « Bureau du sénateur Wallace, bonjour ?

– Bonjour, c'est bien Cate à l'appareil ?

– Oui, c'est moi.

– Ici Anne, du *Washington Post.* Nous nous sommes parlé…

– Oui, je me souviens », l'interrompt Cate, tout en s'éloignant des groupes d'épouses de ministres accompagnées de petits garçons en bretelles et de petites filles coiffées de rubans de soie.

« Très bien. Je vous appelle pour vous informer que notre article sera publié dans quelques jours. Je voulais vous donner une dernière chance de témoigner au cas où vous auriez des informations sensibles à nous communiquer concernant le comportement du sénateur Wallace.

– Bravo, vous avez donc réussi à réunir des témoignages concordants », dit Cate, un sourire figé aux lèvres, tout en regardant par la fenêtre Doug qui promène en laisse un alpaga décoré de clochettes sur la pelouse sud de la Maison-Blanche.

« Oui, en effet, répond Anne. Ce que j'ai trouvé n'est pas joli, Cate.

– Je suis navrée de l'apprendre. Mais je n'ai rien à lui reprocher, que voulez-vous que je vous dise ? »

Doug tend la laisse de l'alpaga à Mackenzie et se gratte l'entrejambe. Cate fait la grimace.

« Je vous laisse jusqu'à dix heures ce soir pour me rappeler, dit Anne.

– Joyeux Noël, Anne. »

Cate raccroche, puis appelle Doug tout en l'observant avec ses filles derrière un sapin de Noël rouge. Elle le voit regarder son téléphone, puis appuyer sur Ignorer au moment où elle entend son répondeur se déclencher. Avant qu'elle ne puisse le rappeler, elle voit Betsy qui arrive vers lui, drapée dans une de ses sempiternelles capes. Elle lève sa flûte de champagne pour trinquer avec Doug, puis plisse les lèvres quand il se penche pour l'embrasser. Cate fait tomber son téléphone. Une femme haute de plus de deux mètres, vêtue d'une robe à paillettes bordée de plumes de music-hall, se baisse et lui tend l'appareil.

« Merci, dit Cate.

– De rien, mon chou. »

Les invités sursautent lorsqu'ils entendent le moteur d'un hélicoptère, avant de comprendre qu'il s'agit du Marine One, l'hélicoptère présidentiel, qui descend du ciel et se prépare à effectuer un atterrissage-surprise.

« Haley, Mackenzie, regardez ça ! » s'exclame Doug. L'alpaga fait un saut pour échapper au son assourdissant des pales, arrachant la corde des mains de Mackenzie, et s'enfuit à grands bonds paniqués à travers la pelouse. Deux autres alpagas prennent la fuite, libérés des gamins gâtés qui les tenaient prisonniers.

« Reviens ! » hurle Mackenzie pour couvrir le moteur du Marine One. Elle part à la poursuite de l'alpaga en retenant sa perruque d'une main. Son talon se coince dans l'herbe humide.

Betsy sirote son champagne, plus immobile qu'un paon qui fait la roue. Elle indique l'animal à un agent des services secrets tout en articulant silencieusement les mots « Vous pouvez vous en occuper ? Merci ! ».

« Haley ! Viens voir ! » crie Doug en faisant signe à sa benjamine de venir le rejoindre. Il court vers l'hélicoptère comme un enfant à Legoland, tandis que d'autres invités s'éloignent pour avoir une meilleure vue.

Haley, accablée d'ennui, gémit : « Mais Papa, je l'ai déjà vu, cet hélico. Il a atterri sur notre terrain de foot la semaine dernière, tu te rappelles pas ? Je te l'ai déjà dit.

– Ah bon ?

– On l'a vu atterrir pendant le cours de sport », ajoute-t-elle les yeux au ciel, témoignant d'une apathie assez inhabituelle chez une enfant de onze ans.

Depuis la Blue Room, Cate envoie un message au sénateur : Je vs ai vu ignorer mon appel. Venez me retrouver ds la Blue Room. Elle contemple un portrait du président Bill Clinton, tandis qu'une fanfare des Marine Corps entonne un chant de Noël en version jazz.

Doug, gêné et agité, entre dans la pièce. « Cate, enfin, je suis ici avec ma famille !

– Ça ne vous a pas retenu, le jour de l'enterrement. Vous croyez que je vous ai fait venir ici pour qu'on baise, comme Marilyn Monroe ? Je vous rappelle que nous ne baisons plus ensemble : je voulais juste vous informer que les accusations qui vous concernent vont être publiées dans les prochains jours.

– Hé là, du calme, pas si fort ! murmure Doug en jetant des regards vers tous les coins de la pièce. Je croyais que tout cela était réglé…

– La journaliste m'a rappelée et cette fois, elle était absolument certaine que j'aurais des révélations à lui faire sur votre bureau, concernant votre historique d'agressions sexuelles. Elle voulait m'offrir une deuxième chance de parler. »

Doug sent le ton de Cate passer de la solidarité à la menace. Sa honte est enfouie si profondément en lui que ses joues ne rougissent même plus. « Tout ce qui s'est passé entre nous était consensuel. Je ne comprends pas… À quoi jouez-vous ? »

Un homme déguisé en casse-noisettes passe près d'eux et leur offre du champagne. Doug le chasse d'un geste de la main.

« Oh, je sais, Doug. Mais il y a des rumeurs qui courent selon lesquelles vous auriez tendance à “sauter sur tout ce qui bouge”, et pas seulement sur moi…

– Par pitié, vous ne pouvez pas parler moins fort ? supplie-t-il.

– Vous êtes mon boss, et l'ami de mon oncle… Les apparences ne jouent vraiment pas en votre faveur.

– D'accord, je vous écoute, dit-il en jetant des regards furtifs à gauche et à droite.

– Je sais que dans cette ville on apprécie les échanges de bons procédés. Donc en échange de mon silence, je vous demande le poste de directrice de la communication sur votre campagne présidentielle. Salaire maximum plus avantages sociaux. »

Doug passe la main sur son crâne chauve, il pense aux généraux et aux présidents. « Je vais demander à un avocat de préparer un accord en béton. Ça vous va ? J'ai deux filles, Cate.

– Oh, ça je le sais… D'ailleurs, l'une des deux couche toujours avec son petit copain noir, ajoute-t-elle avec un petit sourire. Joyeux Noël, Doug. »

47

Anthony apparaît à l'écran, une paupière fermée par un hématome. Son bras droit porte une entaille qui ressemble à une blessure au couteau, hachurée de points de suture. Bunny prend le téléphone et le presse contre son oreille.

« Bonjour, dit-elle.

– Bonjour. » Anthony tire sur le fil de suture qui le démange. Bunny grimace et baisse les yeux pour ne pas regarder sa blessure. « Vous lui avez donné l'argent? » demande-t-il, visiblement anxieux.

« Je suis allée voir votre sœur et... Je suis désolée, elle n'a pas voulu de l'argent, Anthony », explique Bunny, gardant pour elle la cruelle vérité : elle n'a même pas en sa possession l'argent qu'elle lui avait promis.

Anthony lui jette un regard méprisant. Bunny sent la puissance de son silence résonner à travers le moniteur.

« Qu'est-ce qu'elle vous a dit, alors, ma sœur? finit-il par demander.

– Elle... Elle m'a parlé d'un accord à l'amiable avec la famille Banks... Enfin, je crois... Et elle m'a menacée d'appeler les flics si je ne m'en allais pas de chez elle. »

Anthony trépigne dans son siège, renifle, se frotte l'œil droit comme s'il n'avait pas dormi depuis des jours.

« Vous pouvez m'en dire plus sur cet accord? demande Bunny.

– C'est le fric qu'ils nous ont payé pour qu'on la ferme.

– Pourquoi vous ne m'en avez pas parlé avant que j'aille la voir ? demande-t-elle, frustrée.

– Parce que si vous aviez su qu'ils nous avaient donné de l'argent, vous y seriez pas allée.

– Pourquoi vous avez cru une chose pareille ? Votre sœur était complètement parano quand elle m'a vue. Et pourquoi vous m'avez menti ? Vous ne l'avez pas prévenue, puisque vous ne lui avez pas parlé depuis des mois. Vous n'aviez pas besoin de me mentir. J'y serais allée quand même ! J'aurais quand même essayé de lui donner cet argent ! » Bunny surjoue l'indignation pour se justifier de n'avoir pas pu lui donner son chèque. Elle fait tout son possible pour le manipuler, honteuse et coupable de s'être fait passer pour quelqu'un d'autre et d'avoir cru qu'elle pouvait l'aider. « Je suis désolée, s'excuse-t-elle. Je ne peux… rien faire de plus. »

Anthony tombe de haut quand il comprend que ses espoirs ne reposaient que sur du vide. Quand il lève les yeux vers elle, il semble plus vulnérable que jamais. Elle sait ce qu'il encourt : multiples chefs d'accusation d'assassinat avec préméditation, d'attaque à main armée, d'extorsion, de vol, d'incendie criminel… Il sera condamné à mort.

« Anthony, j'ai fait ce que j'ai pu, dit Bunny, la tête basse.

– Alors aidez-moi juste à trouver un avocat ! Trouvez-moi un avocat, putain ! Je vais crever ici !

– Je… Je ne suis qu'une journaliste, je ne peux pas… »

Prise au piège de ses propres mensonges, perdue dans ses fantasmes bien-pensants de terreur et d'injustice, Bunny se retrouve face à la réalité d'un système qui ne lui laisse aucune issue.

Anthony hoche la tête, au bord des larmes, puis se baisse hors champ pour ramasser quelque chose que Bunny ne parvient pas à voir. Il réapparaît à l'écran, plus calme, brandissant une copie des pages affaires du *Washington Post* :

Bartholomew Industries en position de monopole dans l'industrie chimique suite à l'acquisition des parts sociales de la famille Banks.

« Vous la connaissez, cette famille ? demande-t-il.

– Je... Je ne vois pas bien. J'ai du mal à lire.

– Attendez, je vais l'approcher. »

Anthony colle le journal à la caméra jusqu'à ce qu'il emplisse tout l'écran. Le cœur battant, Bunny lit le titre qui confirme ses pires craintes. L'égoïsme et la peur de l'autre prennent le dessus dans son esprit, balayant sa conviction qu'Anthony n'est pas coupable. Elle ne peut se résoudre à regarder la vérité en face : comment sa propre famille aurait-elle pu tuer tous ces gens ?

Anthony éclate d'un rire déformé par les sédatifs. « Moi je crois que tu la connais très bien, cette famille. Ce serait pas la tienne, Grace ? »

Bunny se sent régresser à l'état d'ignorance privilégiée dans lequel elle vivait avant le meurtre des Banks.

« Tu m'as menti, à moi ?

– Je... Je ne comprends pas de quoi vous parlez.

– T'ES UNE PUTAIN DE MENTEUSE ! Je vais peut-être crever, Grace, mais moi, au moins, je crèverai en connaissant la vérité. Tandis que toi, tu n'accepteras jamais qui tu es. »

C'est désormais à Bunny d'assumer l'héritage de la famille Banks. Cette prise de conscience fait naître en elle une vulnérabilité nouvelle, une faiblesse si immense qu'elle n'est pas sûre de pouvoir en supporter le poids. C'est comme si une porte se refermait sur elle. Elle sait qu'elle n'arrivera pas à quitter le cocon familial, à renoncer à la certitude qu'il y aura toujours quelqu'un pour intervenir en sa faveur et l'accueillir à bras ouverts sans qu'elle n'ait jamais à subir aucune conséquence – sauf que l'on n'échappe jamais aux conséquences de ses actes.

Elle pense à Billy et à son père. Elle voudrait s'enfuir avec le jeune homme et trouver un endroit où se cacher. Comment a-t-elle pu être assez naïve pour croire qu'elle arriverait à résoudre tous les problèmes du monde ? *Vous avez du mal à suivre, ma petite, parce que vous êtes larguée.* Profondément engluée dans ses problèmes, elle sombre sous le poids de son existence anachronique avec son idolâtrie du passé, ses terreurs racistes, sa croyance dans les hiérarchies d'une nation percluse de préjugés. C'est cela, l'héritage qu'elle laissera derrière elle.

« Pardon, répète-t-elle. Pardon, je suis désolée. » Elle raccroche le combiné. Furieux et terrifié, Anthony la regarde se lever. Elle est exactement conforme à l'idée qu'il se faisait d'elle. Il avait encore quelque chose à lui dire mais il n'entend plus que le silence.

Kicking Bear et la Danse des Esprits

Matho Wanahtake, plus connu sous le nom de Kicking Bear, était un chef de la Nation Lakota. Il accéda à la notoriété après la bataille de Little Bighorn en 1876, lors de laquelle ses troupes infligèrent une défaite cuisante à l'armée américaine. En 1889, il se rendit dans le Nevada pour apprendre la Danse des Esprits sous l'égide du chef Wovoka et la transmettre à son peuple. Cette cérémonie, dont la pratique s'est rapidement diffusée parmi les peuples amérindiens de l'ouest du pays, visait à entrer en contact avec leurs ancêtres et à prier pour leur protection contre le colonialisme blanc, pour la restitution de leurs terres, de leurs traditions et de leur bonne fortune, pour que l'homme blanc soit « englouti par la terre »[1].

Avant le tournant du XXe siècle, Kicking Bear se rendit à Washington en tant que représentant de la tribu Sioux, pour revendiquer les droits des peuples autochtones auprès du bureau des affaires indiennes. C'est à cette occasion qu'il accepta qu'un moulage soit fait de son visage. Après sa mort, l'architecte Glenn Brown, concepteur du pont de Dumbarton, décora la partie basse du pont de cinquante-six sculptures représentant le visage de Kicking Bear[2].

1. Site Internet du Musée et centre culturel Akta Lakota.

2. John Kelly, « Those Carved Faces on the Q Street Bridge ? Meet the Real Person They're Based On », *The Washington Post*, 31 janvier 2018.

48

Billy marche, en sueur, sa chemise collée à la peau de son dos. Noël n'est que dans quelques jours et pourtant la chaîne météo annonce une alerte orange à la pollution de l'air. Il sent le souffle brutal des voitures qui le frôlent tandis qu'il avance en équilibre au bord du trottoir de Massachusetts Avenue. Les galas de Noël, les soirées de bienfaisance, les réceptions n'ont pas encore commencé : toutes ces traditions que les habitants de cette ville se donnent tant de mal à perpétuer pour se sentir importants et légitimes, pour se justifier de faire porter aux autres tout le poids du monde.

Chancelant, Billy approche du portail de la résidence de l'ambassadeur de Russie. Il attend. Il se retourne pour voir s'il est suivi par le *Washington Post*, par le *Daily Mail*, ou bien par ce bloggeur minable de vingt-cinq ans qui rapporte les derniers ragots de Washington. Avant d'avaler une ultime dose d'alcool ou de médicaments, Billy passe un marché avec lui-même. Si son ami Stan lui ouvre, il ne le fera pas. Stan ne le trahirait jamais, pas vrai ? Il n'aurait jamais posté cette vidéo à la demande de son père ou de la Russie.

Accoutumé à entendre des hélicoptères au-dessus de lui, il reconnaît le son d'un engin du gouvernement dont les pales brassent l'air pollué. Il lève les yeux en agrippant des deux mains les barreaux du portail. Où sont les vigiles ? Où est son copain, Poutine 2.0 ? Où est Stan ? Billy lève la tête. Le portail est verrouillé par une chaîne et un cadenas. Il se retourne, la main contre son front comme pour saluer le soleil. Il entend la voix de Bunny, comme le chuchotement d'un fantôme, qui se moque de sa raideur : « Pourquoi t'as si peur du noir, Billy ? » Elle le prend pour quelqu'un qu'il n'est pas. Elle ne le comprend pas, et elle ne le comprendra jamais.

Un vieil homme blanc avance vers lui accompagné d'un chiot labrador couleur chocolat, pataud et frétillant. Avec son polo bleu, son pantalon de toile jaune et ses mocassins marron, l'homme ressemble à une publicité vivante pour Brooks Brothers. « On a enfin réussi à les foutre dehors, ces salopards, pas vrai ? Il n'y a plus personne pour vous ouvrir, ils ont tous foutu le camp. Au pied, Bailey ! Au pied ! » L'homme tire sur la laisse du chiot pour l'écarter de Billy qui recule de quelques pas, les yeux rivés au sol, la capuche baissée. « C'est très bien comme ça. Qu'ils rentrent tous dans leur pays ! » crie l'homme avec un rire déplaisant.

Billy ne comprend pas de quoi il parle. Qu'est-ce qu'il raconte, putain ? Mais où sont-ils tous passés ? Il perd l'équilibre. Il a la bouche sèche et la tête qui tourne. Il tente de parler mais il bégaie car cela fait plusieurs jours qu'il n'a adressé la parole à personne. Depuis son réveil, il est accablé par la honte d'avoir sali le nom de sa famille. Tout son héritage se dérobe entre ses doigts, et il se sent impuissant à l'idée de tout ce qu'il lui faudrait faire pour tout réparer, tout guérir, tout changer, tout enterrer… Pour ne pas devenir ce qu'il est en train de devenir. C'est trop pour lui. Quand il déglutit, il sent une lame de rasoir au fond de son ventre, là où se cache sa vérité. Il n'est qu'un enfant et il n'arrive pas à voir plus loin que sa détresse. Il ne voit plus que son ombre, déformée par le soleil vif et les nuages mouvants, qui frémit dans l'herbe morte.

49

Assise à son ordinateur, une cigarette entre les doigts, Meredith jette des regards furtifs par la fenêtre en direction du tulipier de Virginie dont il ne reste plus que le fantôme. Le téléphone à l'oreille, elle écoute les instructions de Chuck pour accéder à l'un de leurs comptes bancaires parallèles. Un rayon de soleil qui tombe tout droit sur le côté de son visage la force à lever une main pour se faire de l'ombre. Pendant toutes ces années, c'était le tulipier qui la protégeait du soleil.

« Ne quitte pas », dit Meredith. Elle s'approche des rideaux rouge cerise, s'agenouille sur la banquette à fleurs pour tirer le cordon et libère le rideau qui descend sur la fenêtre. Près d'elle sur l'étagère, les gants blancs de débutante de sa mère sont posés au sommet d'une pile de livres de Sally Bedell Smith sur la reine Elizabeth, la princesse Diana, les Kennedy et William S. Paley.

« Alors, quel est l'identifiant ? » Meredith pianote sur le clavier, puis enfile ses lunettes d'écaille pour mieux voir les chiffres. « Mazette ! Chuck ! » Elle n'en revient pas de l'énormité du chiffre qu'elle a devant les yeux. « Est-ce que la presse pourrait être mise au courant ? s'inquiète-t-elle.

– Ils publieront une estimation de la valeur de la transaction, mais aucune information personnelle, la rassure Chuck.

– Et la succession des Banks ? A-t-elle été réglée ?

– La plus grande partie devait revenir à Audrey. Deux cent mille dollars ont été liquidés entre quelques cousins, mais tout a été dispersé et les contrats ont été signés. Tout est bouclé. Et aucun des procès dont les Banks étaient menacés n'a abouti.

– Et nous ? demande Meredith.

– Chérie, le gouvernement local et l'État fédéral n'ont ni l'argent, ni les moyens de prouver quoi que ce soit. Les accusations des familles ne reposent sur aucune base solide. Le juge va prononcer un non-lieu. Je rentre à la maison.

– Ah, tout de même ! soupire Meredith, soulagée.

– Il faut que tu surveilles Bunny de près, entendu ? Je vais virer tout de suite les cinq cent mille dollars dont je t'ai parlé sur son fonds fiduciaire, avec une limite sur le montant qu'elle peut retirer chaque mois. Il est temps qu'elle apprenne à respecter l'argent.

– J'ai pris rendez-vous chez le psychiatre pour qu'il lui prescrive les médicaments dont nous avons discuté. On en parlera ce soir. À quelle heure arrive ton vol ?

– Vers neuf heures.

– À ce soir, chéri. »

Meredith sait depuis toujours que quand la graine du mal a été plantée, il faut attendre des années avant de pouvoir récolter ses écus d'or. Lorsque la plante germe, il est impossible de prévoir dans quelle direction pousseront ses racines, si elles pourriront ou prospéreront pendant des générations. Le plus souvent, on ne découvre tout cela qu'une fois que l'arbre a atteint la maturité. Même s'il est abattu, ses racines resteront solidement ancrées dans le sol. Ce n'est que lorsque l'arbre se décomposera par lui-même que l'on pourra voir à l'œil nu ses tentacules malfaisants, connaître leur nombre et leur envergure.

Elle s'allume une cigarette et ouvre l'armoire à liqueur ancienne, révélant une collection héritée de sa famille de magnifiques carafes dépareillées remplies de whisky single malt, de sherry et de gin. Elle en sort un verre dans lequel elle se verse une dose de gin qu'elle avale d'un trait en plissant les yeux, puis fait claquer son verre sur la table près d'une bouteille de schnaps millésimé dans lequel flotte une feuille d'or. Réprimant l'envie soudaine d'appeler encore une fois une voyante, elle tire sur sa cigarette et allume le journal télévisé.

« *Flash spécial : tôt ce matin, le FBI a arrêté le chef d'État-Major des armées, le général Edward Montgomery, récemment nommé par le Président au poste de ministre de la Défense… La grâce présidentielle semble peu probable. Le fils du général Montgomery, William, a lui aussi défrayé la chronique la semaine dernière suite à une vidéo devenue virale. On le voit à l'image en compagnie de ses camarades de lycée, en train de tourner en dérision l'usage de la torture par les États-Unis et de tenir des propos racistes. Certains de ces individus étaient inscrits à des universités d'élite pour la rentrée prochaine, mais on nous rapporte que leurs offres d'admission auraient été révoquées…* »

Meredith reste immobile devant l'écran de télévision, captivée, tandis que la fumée s'élève comme un serpent du bout de sa cigarette.

Bunny ouvre brutalement la porte d'entrée et déclenche l'alarme. En grognant, elle pianote sur le boîtier le code 0007. Billy ne répond pas à ses appels ni à ses SMS.

« Bunny ? » appelle Meredith sans quitter des yeux l'écran de la télévision, fascinée par le spectacle de son monde qui implose sous l'effet du scandale.

La jeune fille s'avance, sur le point de questionner sa mère au sujet des informations qu'Anthony lui a montrées dans le journal, lorsque son attention est captée par l'écran de télévision.

« Tu as parlé à Billy ? demande Meredith.

– Merde ! » Bunny sort en courant et fonce vers son vélo qui est rangé sur le côté du garage. À cette heure de la journée, c'est le moyen le plus rapide de traverser le Q Street Bridge pour arriver à la maison de Billy.

La température a baissé et le vent glacé picote les joues pâles de Bunny. Elle pédale plus vite tout en téléphonant à Marty, mais il ne décroche pas non plus. Pendant qu'elle était avec Anthony, il lui a envoyé un SMS pour lui demander si elle avait des nouvelles de Billy. Convaincue qu'il voulait discuter de la rupture, elle a ignoré son message, agacée. Peut-être qu'il voulait lui parler d'autre chose, mais peut-être pas – peut-être qu'il voulait lui parler de tout ça à la fois.

Sur cette route qu'elle a pourtant parcourue des millions de fois, Bunny se sent pour la première fois immergée dans l'Histoire : les statues des bisons musculeux à l'entrée du pont, le héros de la guerre de Sécession sur son cheval cabré, les visages de pierre du guerrier amérindien Kicking Bear, maître de la Danse des Esprits.

Sous le regard des gargouilles ricanantes, elle parvient aux pelouses qui bordent l'ambassade d'Haïti où elle cache son vélo. Elle traverse en courant la double ligne jaune de Massachusetts Avenue et remonte l'allée en briques de la maison de Billy. À bout de souffle, elle soulève le heurtoir de la porte principale, un anneau de cuivre dans la bouche d'un lion. *Boum-boum-boum.* « Billy ! » hurle-t-elle.

Seul le silence lui répond.

Elle contourne la maison à toutes jambes en longeant la grille de fer forgé entremêlée de lierre. En plein milieu de l'allée se tortille une couleuvre rayée en train de muer.

Bunny fait un bond, trébuche et tombe, s'écorchant les mains. Elle se relève en essuyant le sang de ses paumes, terrifiée par le serpent qui se glisse hors de sa peau morte et s'enfuit en ondulant sur la terre froide. Elle lève les yeux vers sa gargouille préférée, celle qui est perchée à côté de la chambre de Billy, bouche grande ouverte, griffes hérissées comme des lames. « Billy ! » crie-t-elle vers le ciel en tendant la main vers la poignée du portillon.

Elle entre dans le jardin de derrière et crie le nom de Billy une dernière fois en s'approchant de son corps qui pend au bout d'une corde. Ses paupières gonflées de larmes sont rougies par les capillaires éclatés. Sa tête repose paisiblement par-dessus la corde qui enserre son cou : plus rien ne subsiste de son angoisse adolescente, de ses peurs, de sa colère, de sa honte, de son amour. Il est suspendu au balcon de pierre du bureau de son père, sous une fenêtre décorée de vitraux.

Bunny attrape ses jambes entre ses bras et, réprimant ses larmes, se hisse sur la pointe des pieds, les genoux de Billy contre sa joue, pour le soulever et relâcher la tension de la corde autour de son cou, mais elle n'est pas assez grande... « AU SECOURS ! VENEZ M'AIDER !!! » Le corps se balance contre elle. Elle se baisse et tente de le soulever par les pieds mais ses bras sont trop faibles. « AU SECOURS !!! »

Un agent de sécurité arrive au pas de course pour secourir Bunny, et voit le cadavre de Billy qui pend du balcon, déjà bleu. Il appelle les pompiers, dit quelque chose dans sa radio que Bunny ne comprend pas, et court à toute allure vers le jardin de l'ambassade voisine. Il revient avec une chaise qu'il pose au-dessous du corps. Il monte sur la chaise, maintenant le torse de Billy de son bras gauche tandis qu'il tente de couper la corde de la main droite. En levant les yeux, Bunny aperçoit pour la première fois au grand jour le tatouage tout neuf que Billy ne lui avait jamais montré, un cercle inachevé juste au-dessous de son cœur silencieux.

Tandis que l'agent de sécurité transmet des instructions aux services de secours, Bunny sombre dans un autre monde. Le cœur battant à tout rompre, elle s'agenouille en position de prière et répète en se balançant d'avant en arrière : « S'il vous plaît… S'il vous plaît… S'il vous plaît… » Recroquevillée, elle gémit encore et encore : « S'il vous plaît… S'il vous plaît… S'il vous plaît… » À bout de souffle, elle voit qu'on emmène le corps de Billy. Entourée de lumières rouges et d'uniformes bleus, elle se débat en tous sens : « Lâchez-moi ! » Elle s'effondre sur le flanc, les genoux contre la poitrine, secouée de sanglots rauques entrecoupés de hurlements.

50

Cate est assise dans une limousine aux vitres teintées, face à ce qui sera peut-être la prochaine famille présidentielle des États-Unis : Doug, Betsy, Mackenzie et Haley. Elle observe furtivement le visage de Betsy, avec son eye-liner tatoué sur les paupières, ses faux cils, son Botox et ses injections, et elle espère qu'elle ne sera pas un jour à sa place. Elle se souvient d'une remarque de Doug : « Ma mère m'a toujours dit de choisir les femmes les plus jolies, parce que ce sont celles qui ont le moins confiance en elles. » Elle pense à ce que doit ressentir une femme qui perd sa beauté lorsque c'est la seule chose sur laquelle elle ait jamais pu compter, lorsque l'homme auquel elle s'accroche est le seul critère dont dépend sa valeur. Mais Cate ne sait pas comment échapper à la prison dans laquelle elle s'est elle-même enfermée. Sa soif de pouvoir finit toujours par la trahir. Tout au long du trajet qui les conduit à l'enterrement de Billy, elle est traversée par ces pensées qui lui paraissent dans l'ensemble abstraites, mais tout de même suffisamment précises pour savoir qu'elle préfère les chasser de son esprit.

Quand elle pense à la brutalité glaciale avec laquelle Doug lui a retiré son affection, elle en a le souffle coupé. Elle déglutit, descend ses lunettes noires sur ses yeux et pense à son père qui doit être quelque part dans une prison californienne – chose étrange, car elle ne pense jamais à son père ces jours-ci. Les choses auraient-elles pris un tour différent si elle avait été élevée comme Bunny? Si elle a voulu venir à Washington, c'était pour se construire une vie et non pour se trouver. Pourtant, aujourd'hui, elle est coincée quelque part entre les deux. La violence des émotions qui tourbillonnent dans sa tête l'empêche de penser clairement. Ne mérite-t-elle pas d'être aimée? Sa stratégie va-t-elle fonctionner? « Arrête d'être si mélodramatique ! » se dit-elle. Au fond, Cate sait que même si elle avait, comme Bunny, reçu sur un plateau d'argent toutes les choses les plus difficiles à obtenir – toutes ces choses dont elle croyait jusqu'ici avoir besoin pour gagner –, cet héritage n'aurait pas suffi pour autant. C'est simple: les gens meurent, les situations évoluent. Et même si un jour elle parvenait à conquérir toute cette gloire, tout ce prestige, quoi qu'elle fasse, elle sait qu'elle n'en aurait jamais assez.

Betsy regarde Doug et pose la main sur la sienne. « Est-ce que je t'ai dit que nous avons été admis au Washington Club?

– Non, tu ne m'as rien dit, répond Doug, l'air hagard.

– Eh bien, c'est fait », annonce-t-elle avec un grand sourire, avant de se souvenir qu'ils sont en route pour l'enterrement d'un jeune garçon. Elle saisit le journal posé près des flûtes de champagne vides.

ACCUSATIONS DE VIOLENCES SEXUELLES
PARMI DES PROCHES DU POUVOIR À WASHINGTON.

Cate étudie le visage de Betsy qui lit l'article en se tortillant dans son siège et entrouvre sa fenêtre. « Ouf ! Une bouffée de chaleur ! » minaude-t-elle avec un sourire factice en arrivant à la fin de l'article, où le nom de Doug ne figure pas parmi ceux de ses collègues de longue date, qu'elle connaît tous très bien. Cate adresse un sourire à Betsy, qui lui répond d'un bref regard avant de remonter sa fenêtre à la hâte.

Doug se retourne quand une escorte de motards les double à toute allure pour chasser les piétons ordinaires hors du chemin des responsables du gouvernement en route pour l'enterrement de Billy. Doug pense un instant à son frère Ken et se sent submergé par la haine de soi. Il ajuste sa cravate et s'éclaircit la gorge. Il sent un rhume qui approche. Il s'efforce de ramener ses pensées sur sa proposition de loi. *Un jour, je serai enterré ici, avec les généraux et les saints. Les grands hommes…*

Sans réfléchir, Cate saisit son téléphone qu'elle garde au fond de sa poche avec tous les petits cailloux de sa rancune. Elle refuse d'être considérée comme la victime d'un homme. Mais il lui reste une carte à jouer pour se trouver sous la lumière des projecteurs tout en s'assurant une position héroïque.

Elle compose le numéro d'Anne du *Washington Post* et lui envoie un SMS. En revanche, j'ai autre chose… Elle joint au message l'enregistrement du monologue raciste de Doug où celui-ci ordonne à Mackenzie de quitter Marty, et elle appuie sur Envoyer.

Avant la fin de l'enterrement, la vie de Cate aura changé. Elle verra déferler des armées de photographes et de journalistes. Elle sera invitée à tous les débats et à toutes les émissions politiques de deuxième partie de soirée. Elle sera célèbre. Elle lancera son agence de relations presse. Elle déménagera à New York sans plus jamais se retourner sur son passé.

Anne : Oh la vache.

Cate : De rien.

Bunny, vêtue de noir, est assise dans le coin-repas de la cuisine. Lente et engourdie, elle regarde fixement par la fenêtre dont le verre ancien déforme le monde extérieur, lui donnant l'apparence d'une hallucination : un chat noir s'avance à petits pas sous le porche, enroulant sa queue autour de la colonne blanche comme le bras d'une ballerine. Avec une pince à salade, Meredith pose un hot-dog bouilli sur une assiette de porcelaine face à Bunny. « Il faut que tu manges », lui dit-elle. Loin du monde extérieur, le temps semble s'être arrêté. Jamais Bunny ne s'est sentie aussi présente dans sa propre maison, aussi présente à elle-même. Son malaise est tellement fort qu'elle voudrait se faufiler hors de sa peau. En regardant sa mère assise en face d'elle, les mouvements de son cou quand elle s'éclaircit la gorge, sa manière de lever les sourcils, les pupilles fixées sur un point du mur quelque part entre le sol et le rebord de la fenêtre, elle se demande : « Est-ce que je pourrais être courageuse, comme le disait Billy ? Est-ce que j'arriverais à couper les ponts avec eux et à m'enfuir ? Est-ce que je pourrais survivre ? »

« Mon petit ami au lycée s'est suicidé », dit Meredith.

Pendant un long moment, la phrase reste suspendue dans l'air entre elles. Bunny ne fait rien pour combler le vide. Ce silence appartient à sa mère et elle ne veut plus lutter contre. Elle baisse les yeux sur son hot-dog ramolli et avale sa salive.

Meredith plisse les yeux, comme pour aider le souvenir à remonter. « Je savais qu'il allait le faire, parce qu'il m'a appelée deux fois pour me donner des instructions sur ce qu'il fallait dire à son père. » Elle prend sa fourchette et son couteau et coupe un morceau de hot-dog. « Je m'en souviens, j'avais les cheveux mouillés. »

Bunny prend sa fourchette. Sa main tremble autant que celle de sa mère. L'enterrement de Billy commence dans une heure.

« Il s'est pendu avec la cravate préférée de son père. C'était un malin. »

Bunny avale un morceau de hot-dog en respirant par le nez et mâche.

Meredith décroche son regard du mur et regarde Bunny droit dans les yeux. « Tu savais que l'idée d'utopie est par définition contradictoire ? Chaque personne a un idéal différent de tous les autres, donc nos idéaux ne sont jamais compatibles. C'est le propre de la condition humaine. Si l'on en croit les lois de l'univers, l'utopie ne peut engendrer que le chaos – ce qui serait une situation bien plus effrayante que n'importe quel entre-deux. Mais personne ne réfléchit vraiment à toutes ces choses, Elizabeth. » Avec un soupir, elle plante sa fourchette dans son hot-dog. « J'ai bien peur que l'Histoire ne se soit répétée une fois de plus. »

Bunny voudrait savoir avant qu'il ne soit trop tard : comment changer ce qui est écrit dans les pages enluminées de l'Histoire ? Il suffit d'un instant pour que le pouvoir change de mains : la détonation d'une balle de revolver, la sonnerie d'un téléphone, le froissement d'un chèque déposé à la banque, la voix d'un juge qui annonce la sentence, le fracas d'une tornade… Ce n'est pas au moment de la chute mais plus tard, en entendant le silence des autres, que l'on comprend qu'il s'est enfui.

Les proches et les amis sortent par les portes vitrées de la cathédrale, sous le bas-relief du portique. Les photographes et les badauds déjà présents aux funérailles de la famille Banks sont alignés par ordre hiérarchique sur Wisconsin Avenue, secrètement réjouis d'être témoins de la disgrâce du général et de Carol qui sont tous deux assis dans l'ombre de la grande nef, devant les tombeaux des grands généraux. Le noyau de honte intimement mêlé à leur souffrance ne les quittera jamais plus.

Des corneilles se posent sur les gargouilles grimaçantes tandis que l'on transporte le cercueil de Billy jusqu'au corbillard. Le véhicule s'éloigne, un minuscule drapeau américain battant au vent contre le pare-brise.

Bunny le regarde partir, le front marqué d'une ride verticale qui se creuse entre ses deux sourcils – là où sa mère a toujours aimé poser le doigt : « Tu es mûre pour le Botox ! » « Allez, souris ! » « Ça porte chance ! ». Elle fait mine de suivre la foule, puis revient dans la nef et se glisse dans la chapelle des enfants sur le côté. Transie de froid, elle avance comme un fantôme sur la pointe des pieds dans l'allée centrale, entre les petites chaises où elle a appris à prier, les chevilles croisées, quand elle était à l'école maternelle.

Face à elle, un autel couvert de cierges allumés est surmonté d'une fresque de l'enfant Jésus. C'est là que l'on vient prier pour une fécondation in vitro, un nourrisson malade du cancer, un avortement clandestin… mais jamais pour les enfants des damnés.

Bunny tend la main vers un cierge lorsqu'elle entend des pas derrière elle. Elle sursaute et se retourne : c'est Marty.

« Salut, dit-il.

– Salut.

– Tu fais quoi ?

– Rien… J'allume un cierge. »

Marty hoche la tête et fait demi-tour pour se diriger vers la sortie.

« Marty ? appelle Bunny.

– Oui.

– Pourquoi les gens viennent ici ?

– Pour prier.

– Non, je veux dire dans cette ville, à Washington. »

Marty enfonce ses mains dans ses poches, regarde ses chaussures et se balance sur ses talons. Puis, avec un sourire malin, il lève les yeux vers elle et répond d'un ton posé. « Ça paraît évident, non ? Pour changer le monde, Bunny. »

Elle lui jette un regard perplexe, puis se défait de ce qu'il lui reste d'ironie en un bref éclat de rire. «Je t'aime », dit-elle. « Moi aussi, je t'aime, Bunny. »

Bunny tourne son visage vers l'autel. Elle prend un cierge éteint et le penche au-dessus d'une flamme en un baiser qui embrase la mèche. Elle repose le cierge sur l'autel et s'agenouille en position de prière, les paumes pressées l'une contre l'autre. La lumière du soleil qui traverse les vitraux inonde la chapelle, dessinant sur le mur derrière elle des ombres d'anges aux formes irrégulières. Elle se souvient de son enfance, lorsqu'elle chantait *This little light of mine*, que Billy lui tirait les cheveux et lui pinçait le bras, qu'elle pleurnichait parce qu'il lui faisait mal. Les chaises des enfants portent toujours les mêmes coussins de soie brodés d'images délavées de contes de fées : Hansel et Gretel, le prince-grenouille, le joueur de flûte de Hamelin... Billy lui manque. Elle le revoit jouer du ukulélé pour les gargouilles de son balcon, la taquiner sur ses cheveux roux tout en lui répétant qu'elle était la plus belle, que sa beauté était irréelle. Elle revoit leurs nuits ensemble, l'un contre l'autre dans l'ascenseur cahotant qui les emmenait vers leur histoire, toutes ces nuits où les câbles n'ont pas cédé. Elle voudrait pouvoir lui dire qu'elle l'aime.

Un rayon de soleil qui tombe par le vitrail lui fait plisser les yeux. Le visage dans les mains, elle s'allonge par terre, blottie sur le flanc, et se laisse bercer par ses larmes.

Note de l'auteur

À l'heure où j'écris ces mots, en 2020, le coronavirus a fait plus de cent mille victimes, la Maison-Blanche a sombré dans les ténèbres, l'église de St. John's Church au bout de ma rue est en feu et dans le monde entier, on manifeste pour protester contre l'assassinat de George Floyd et de Breonna Taylor, deux victimes parmi tant d'autres. Pendant ce temps, lorsqu'il n'est pas en train de se cacher dans son bunker, notre Président appelle l'armée à ouvrir le feu sur les manifestants à coup de balles en caoutchouc et de gaz lacrymogènes.

Je suis née en 1985 dans la capitale de notre nation, Washington, et j'ai grandi dans un univers protégé au sein de l'une des communautés les plus privilégiées au monde, dans l'épicentre même du pouvoir, parmi les familles des politiciens, des militaires de haut rang, des agents de la CIA, des géants des médias, des avocats, des mondains et des philanthropes. Durant mon enfance, Washington était une ville majoritairement noire. Pourtant, je n'ai que rarement fréquenté des personnes qui n'étaient pas blanches et je n'ai pas été encouragée à le faire. Mes parents ignoraient délibérément les énormes disparités économiques qui régnaient dans la ville, façonnées et reproduites de génération en génération par la suprématie blanche dans notre nation. Aucun de nous n'a jamais été disposé à examiner notre complicité dans la perpétuation de ce système.

En 2004, alors que j'étais en première année d'université à Los Angeles, mon père, un associé de Jordan Belfort (surnommé « le loup de Wall Street »), a été arrêté pour fraude en valeurs mobilières et condamné à cinq ans de réclusion dans une prison fédérale. En utilisant à mon insu mon numéro de sécurité sociale, il m'a laissé près de cent mille dollars de dettes. Ces années sombres m'ont entraînée dans une spirale de pauvreté et d'addiction, même si je restais protégée de toute violence institutionnelle par mon statut de Blanche et par les relations sociales que j'avais pu tisser au cours de mon enfance extraordinairement privilégiée. J'ai raconté cette expérience dans un récit autobiographique, *After Perfect.*

Pendant des années, je n'ai plus mis les pieds à Washington, une ville qui représentait pour moi tout ce que je pensais avoir perdu et tout ce que j'étais heureuse de laisser derrière moi. J'y suis enfin retournée en 2015 pour une lecture de mon livre, et c'est alors qu'a germé en moi l'idée de *L'Usine à privilèges* (*The Cave Dwellers*) car pendant ma visite, le *Washington Post* a publié un article sur l'assassinat d'une famille fortunée de Washington dont le manoir avait été incendié. De prime abord, cette maison et cette famille me rappelaient les miennes. Je me suis alors plongée dans le traitement médiatique de cette affaire, surnommée par la presse « les meurtres du manoir de DC ». Cependant, toute ressemblance entre cette tragédie et l'histoire qui précède s'arrête là. Ce texte est une œuvre de fiction. Tous les événements et les personnages qui y figurent sont le produit de mon imagination.

À la suite de l'incarcération de mon père, je me suis engagée activement en faveur de la réforme de la justice pénale (même si cet engagement n'avait en aucun cas pour but d'améliorer son sort). Cet engagement a constitué pour moi un premier éveil aux inégalités et aux injustices sur lesquelles repose notre société. Je suis aujourd'hui convaincue qu'il n'aurait pas fallu moins que des événements de cette gravité pour me faire ouvrir les yeux.

Cependant, ce n'est qu'en 2017, lorsque je suis retournée à Washington pour écrire ce livre, que j'ai pris la pleine mesure des moyens par lesquels la suprématie blanche est perpétuée et prospère, consciemment ou non, dans les communautés blanches : les abus de pouvoir politique, les clubs qui prônent la discrimination, les galas, le marché immobilier, l'héritage et l'appât du gain, pour ne donner que quelques exemples.

Je suis partie en quête d'informations pour mieux comprendre par quels mécanismes et pour quelles raisons la culture blanche surannée de Washington, au sein de laquelle j'avais grandi, s'est transmise de génération en génération. J'ai alors découvert le livre de Robin DiAngelo, *Fragilité blanche*, qui m'a aidée à donner sens à certaines des expériences que j'avais connues. Par exemple, à la fête d'anniversaire d'une amie d'enfance, je me souviens avoir entendu un des invités s'exclamer : « Si on allait dans les quartiers chauds, se mélanger avec la racaille ? » Lorsque j'avais réagi, on m'avait répondu des choses comme « C'est une plaisanterie ! », « C'est un bon ami », ou « Ce n'est pas ce qu'il voulait dire ». Mais alors, que voulait-il vraiment dire ? Et pourquoi les autres prenaient-ils sa défense ? Robin DiAngelo décrit cette défense comme un phénomène psychologique habituel chez les Blancs lorsque ceux-ci sont confrontés à leurs privilèges : nous devenons « fragiles » et nous sommes pris d'un réflexe défensif né d'un sentiment de culpabilité, de colère et de peur, fruit de nombreux siècles de silence.

Les visites rendues à mon père dans sa prison à El Paso (Texas), après une enfance passée à bord de jets privés financés par l'exploitation d'autrui, avaient déjà provoqué chez moi un besoin pressant de tirer la sonnette d'alarme. Cependant, c'est la lecture de *Fragilité blanche* qui m'a permis de comprendre comment le faire depuis ma position de femme blanche. Mes nombreuses lectures ont inspiré différents thèmes du roman.

Vous avez remarqué au long du livre des notes où j'apporte des informations sur le contexte historique : la liste de mes sources est détaillée dans les remerciements. Aujourd'hui encore, je continue à apprendre, mais aussi à désapprendre les préjugés avec lesquels j'ai grandi.

J'ai terminé d'écrire ce roman fin 2019. Compte tenu de l'état actuel du monde, je trouve encourageant de constater que nous, Américains blancs, nous trouvons aujourd'hui placés face à notre statut social, et confrontés à notre responsabilité de briser les cycles, conscients ou non, du classisme et du racisme. L'heure est enfin venue d'examiner ce que signifie notre « blanchité » dans nos vies de tous les jours. Cependant, je reste sceptique. C'est pourquoi j'ai voulu poser la question suivante : que se passe-t-il lorsque l'on cherche à briser ce cercle vicieux, que ce soit dans un contexte institutionnel, dans notre vie personnelle ou dans notre propre famille ? Jusqu'où peut-on aller pour y parvenir, et est-il même possible de le faire ? Voilà les questions que *L'Usine à privilèges* se propose d'explorer.

REMERCIEMENTS

Il y a tellement de gens à qui je voudrais exprimer ma gratitude. Pour commencer, ce livre n'aurait pu voir le jour sans ma géniale éditrice, Alison Callahan, avec qui j'ai eu l'immense chance de travailler et que je remercie pour sa confiance sans faille. Alison, j'ai tellement de chance de t'avoir !

Merci à Nancy Palmer et à son équipe, Molly, Carter et Hope, pour m'avoir accueillie à bras ouverts lors de mon retour à Washington et offert une chambre à moi.

Merci à Aaron Karo et Joshua Thurston, mes premiers lecteurs et plus fervents soutiens, d'avoir bien voulu répondre à mes appels à des heures indues. À ma plus chère amie, ma sœur de cœur, Annie Hudson-Price, pour son amour et son soutien intarissables, pour son travail juridique sans relâche aux côtés des plus vulnérables, et pour nos conversations à cœur ouvert sur les questions raciales et sociales. Merci à Hannah Sward et à Claire Titelman pour nos réunions hebdomadaires, pour leurs retours critiques et, avant tout, pour leur amitié. Merci à Alice Fox pour toutes les heures passées à m'écouter lire mes chapitres, et à Valerie Johns pour m'avoir conseillé de ne rien rendre tant que le texte n'était pas fini.

Merci à mon agent, l'incomparable Peter McGuigan, ainsi qu'à toute l'équipe de Foundry Literary + Media, et en particulier Kelly Karczewski, une de mes premières lectrices. Merci.

Je tiens aussi à remercier l'équipe incroyable de Gallery Books / Scout Press pour tout leur travail : Maggie Loughran pour son regard neuf, Brita Lundberg pour son soutien de la première heure, Alexandre Su pour avoir mené à terme ce projet, Joal Hetherington pour la précision de ses retours et pour finir, la reine Jen Bergstrom. Je tiens aussi à remercier Aimée Bell et Sally Marvin, ainsi que Bianca Salvant et Jessica Roth pour leur soutien.

Merci à mes amis qui œuvrent sur le front de la justice sociale dans ce pays. À Heather Warnken, pour sa passion et son dévouement au service de la justice restaurative, et pour m'avoir tant appris durant nos rencontres : Heather, tu resteras à jamais une sœur pour moi dans le « marécage » de Washington. Je remercie Jim St. Germain pour son travail militant dans le système de la justice des mineurs, et pour avoir décroché le téléphone le jour où je l'ai appelé il y a quatre ans pour lui dire que je voulais écrire cette histoire. Merci, Jim, pour tes encouragements et ta générosité lors de nos nombreuses discussions. Merci à Tony Lewis Jr. pour son action de leader dans sa circonscription et pour son travail avec les enfants de parents incarcérés. À Sarah Comeau pour son travail au sein du School Justice Project, et pour avoir partagé les expériences dont elle a été témoin. À Carlton Miller pour son travail au sein de Fwd.us et pour nos discussions sur l'impact de la prison sur les familles. À Amy Friedmann et Dennis Danziger pour leur amour, leur soutien, ainsi que pour leur travail inépuisable aux côtés des étudiants ayant vécu la détention, et pour la création du projet « POPS The Club ».

L'écriture des personnages, des décors et des encadrés historiques a nécessité beaucoup de temps et de recherches approfondies. Je souhaite remercier Richard Price, Paul Hammond, James Frey, John Hudson, Luke Russert, Jeff Nussbaum, John Arundel, Tony Powell, Bob Weiner, Ben Lasky, Bob Costa, Bill Eggers, Will Rahn, Alexander George, Jill Schary Robinson, Valerie Woods, Alex Haight, Rob Bouknight, Ben Polk, Daniel J. Jones et Caitlin Dietze pour m'avoir donné accès à certaines personnalités et à certains lieux que je n'aurais jamais pu approcher autrement. Les personnes concernées se reconnaîtront.

Merci à la famille Gritz, à Randi et Scott, à la famille McDowell, à Brianne et Alex pour leur amour. À la famille Seidlitz, et tout particulièrement à ma marraine Anne Seidlitz pour sa sagesse, son amour et pour nos nombreux dîners.

Merci à mes amies de cœur Claire Woolner, Leanne Tomar, Christine Nolan, Catherine Triffileti, Katie Shannon, Drea Renee, Jackie Aitken, Anusha Salimi et Zoe Persina pour avoir été parmi mes premières lectrices.

Je remercie Robin Muller pour son exposé sur l'allégorie de la caverne de Platon il y a des années de cela. Jacob Meszaros, Shirley Sacks, Albert Owens et Roberta Villa pour leur soutien de la première heure et Elliott O'Donovan pour m'avoir photographiée telle que je suis vraiment. Luis et l'équipe de la Martin's Tavern, ainsi que Roberto et l'équipe du Compass Coffee, et Jose et l'équipe du Tabard Inn. Merci à Judy Hudson de m'avoir prêté sa merveilleuse maison, et à Allan Loeb, mon ami depuis une décennie, pour avoir répondu à toutes mes questions sur l'écriture et l'« industrie ».

Je remercie pour leur soutien mes amis de l'agence MiQ, Melissa Kurstin, Chase Anderson, Emily Hohman, MacKenzie Kerrigan, Cedrick Yancey, Daniel Schwarz et Will Harrington.

Je remercie Melissa Randall pour avoir cru en moi. Merci à ma boule de poils adorée, Mlle Zelda Fitzgerald, qui devine toujours les moments où une bonne marche me ferait du bien. Et merci à mes parents, qui m'ont fourni assez d'histoires à raconter pour toute une vie…

Pour finir, je voudrais remercier les auteurs suivants pour leur travail[1] : Robin DiAngelo, *Fragilité blanche – Ce racisme que*

1. Les œuvres référencées qui existent en traduction française sont citées ici sous leur titre français, et celles qui ne sont pas traduites sont citées sous leur titre original. *(N.d.l.T)*

les Blancs ne voient pas; Ibram X. Kendi, *How to Be an Antiracist*; Kathleen Menzie Lesko, Valerie Babb et Carroll R. Gibbs, *Black Georgetown Remembered : A History of Its Black Community from the Founding of « the Town of George » in 1751 to the Present Day*; Toni Morrison, *Playing in the Dark – Blancheur et imagination littéraire*; James Baldwin, *Chronique d'un pays natal*; Ta-Nehisi Coates, *Une colère noire – Lettre à mon fils*; Arthur Herman, *The Cave and the Light : Plato versus Aristotle and the Struggle for the Soul of Western Civilization*; Elijah Anderson, « The White Space », dans *Sociology of Race and Ethnicity*; Howard Zehr, *The Little Book of Restorative Justice*. Merci.